Eva Klingler, 1955 in Gießen geboren, lebt als Autorin in Karlsruhe und Selestat (Frankreich). Sie studierte Germanistik und Anglistik in Mannheim, absolvierte ein Volontariat beim Südwestrundfunk in Baden-Baden, arbeitete als Journalistin für Tageszeitungen, als Bibliotheksleiterin und als Dozentin in der Erwachsenenbildung. Die meisten ihrer zahlreichen Veröffentlichungen – oft Krimis – spielen in Baden oder im Grenzgebiet zum Elsass. Eva Klingler war Stipendiatin der renommierten »Reemtsma Stiftung für Nachwuchsautoren«. »Tod im Albtal« ist ihr erster Kriminalroman im Emons Verlag.

Dieses Buch ist ein Roman. Handlungen und Personen sind frei erfunden. Ähnlichkeiten mit lebenden oder toten Personen sind nicht gewollt und rein zufällig.

EVA KLINGLER

Tod im Albtal

DER BADISCHE KRIMI

emons:

Für Christoph Höver aus dem Albtal

Bibliografische Information der Deutschen Nationalbibliothek
Die Deutsche Nationalbibliothek verzeichnet diese Publikation in der Deutschen Nationalbibliografie; detaillierte bibliografische Daten sind im Internet über http://dnb.d-nb.de abrufbar.

MIX
Papier aus verantwortungsvollen Quellen
FSC® C083411
FSC
www.fsc.org

Umschlagmotiv: Heribert Stragholz
Umschlaggestaltung: Tobias Doetsch
Druck und Bindung: CPI – Clausen & Bosse, Leck
Printed in Germany 2012
Erstausgabe 2010
ISBN 978-3-89705-889-7
Der Badische Krimi
Originalausgabe

»Tod um Ehebruch? Nein!
Der Zeisig tut's, die kleine goldene Fliege.
Vor meinen Augen buhlt sie.
Laßt der Vermehrung ihren Lauf!«
William Shakespeare, King Lear, IV, 6

Prolog

»Haben Sie außer der Leiche etwas angefasst?«

»Bestimmt nicht. Das war unangenehm genug. Wie sie aussah! Das T-Shirt ist wohl auch nicht mehr zu retten!«

»Ihre Sorgen möchte ich haben!«

Der Mann mir gegenüber stammte eindeutig nicht aus meinen Kreisen.

Das allein wäre noch akzeptabel gewesen, denn unsere Kreise waren nun mal ziemlich eng gezogen. Aber er sah nicht mal aus wie ein solider deutscher Beamter.

Schmal war er, beinahe schlaksig, mit langsamen, lässigen Bewegungen, und sein freches Gesicht mit den wachen grauen Augen und der spöttischen Miene erinnerte an das eines schlauen Fuchses. Im Ohr glitzerte keck ein Strasssteinchen.

Dieses Strasssteinchen verriet ihn. Entweder war er schwul, oder er entstammte jener Schicht, mit der er beruflich zu tun hatte, nämlich der Unterschicht.

Ich tippte auf Letzteres. Dafür besaß ich ein feines Gespür.

Schon als Kind vermochte ich oben und unten instinktiv zu unterscheiden, wie mit einem eingebauten Sensor. Angeblich hatte ich bereits im Sandkasten nach den teuersten Designerförmchen verlangt und nur neben Arzt- und Anwaltskindern Sandkuchen gebacken.

Dieses Gespür ließ mich um solche Leute wie den Mann vor mir auch heute noch einen weiten Bogen machen. Man stelle sich vor, ich hätte mein Dasein als Ehefrau eines Kleinverdieners fristen müssen.

Von meiner neuen muschelfarbenen Chloe-Seidenbluse mit den handgenähten Biesen – als Stilmix toll zu Jeans, ich empfehle dazu ganz klassische Workers' Levi's, meine Damen – hätte ich in diesem Fall nur träumen und hätte sie nicht, dank meiner Barclay Card, Platin Edition, spontan mitnehmen können.

Sein starker nordbadischer Dialekt war ein weiterer Minuspunkt für ihn.

In den Zirkeln, in denen ich mich gesellschaftlich bewegte, war die geografische Herkunft nicht mehr zu erkennen. Könnten alle theoretisch Hannoveraner sein. Hannoveraner klangen immer fein, auch wenn sie nur die Bedienungsanleitung der Kaffeemaschine vorlasen.

Sina aus dem Golfclub, die oben in Bad Waldbronn wohnte und mit dem örtlichen Apotheker verheiratet war (im gemütlichen Erholungsort Waldbronn, wohin sich rüstige Senioren aus Karlsruhe gerne zurückziehen, ist das gleichbedeutend mit dem Besitz einer Goldgrube), stammte zwar angeblich aus Bayern, aber das merkte man nicht. Ich hatte sie noch nie Weißwürste essen sehen, und anstatt Bierkrüge zu stemmen, schlürfte sie Champagner gläserweise.

Elena Gontard, vor langer Zeit einmal Mitarbeiterin des berühmten Ballettchoreografen John Cranko in Stuttgart und jetzt Chefchoreografin am Karlsruher Staatstheater, soll zwar – so die Kleinstadtlegende – in Bad Cannstatt zur Welt gekommen sein, aber bei ihr schwang immer ein undefinierbarer Hauch Frankreich mit. Wir waren allesamt stolz, dass sie neben ihrer kleinen Wohnung in der Nähe des Theaters eine Maisonette in Ettlingenweier bewohnte, und dafür überschütteten wir sie mit Einladungen und Auszeichnungen. Elena war eine nationale und internationale Berühmtheit. Leuten vom Ballett stand ein bisschen Frankreich immer gut, vielleicht sogar gemischt mit einem Schuss (aber bitte nicht zu viel!) Osteuropa. Außerdem hatte sie tatsächlich französische Vorfahren, irgendwelche Tanten, wie sie mir mal erzählt hat. Die sprach sie mit »Sie« und »ma tante« an. Und es gab noch Cousinen, die in Paris lebten. Ich meinte, die Adresse »Avenue Foch« gehört zu haben.

Auf dieses genealogische Insiderwissen konnte ich stolz sein, denn Elena war noch eine Spur elitärer als ich: »Die Leute hier kennen meine Inszenierungen, mehr brauchen sie nicht zu wissen. Sie sollen kräftig fürs Ballett spenden und viele Abonnements nehmen. Der Rest ist Privatsache.«

Elena kaufte fast alles in Straßburg ein und war natürlich immer geschmackvoll gekleidet. Sie ließ keinen Zweifel daran, dass sie auf meine Dienste als Stilberaterin verzichten konnte. »Swentja, *excuse-moi*, aber ich brauche wirklich keinen, der mir sagt, ob mir ein schwarzes Etuikleid steht oder nicht. Und ich hasse es, wenn jemand ungeduldig vor meiner Kabine steht und fragt, ob ich so weit bin.«

»Ich hasse es auch!«, hatte ich zurückgegeben. »Deshalb lasse ich meine Kundschaft zuerst auch immer allein anprobieren. Danach sehe ich mir an, was sie sich aussuchen würden, und hänge es stillschweigend wieder zurück. Das ist der Moment, in dem meine Arbeit beginnt. Denn sie haben bisher immer falsch eingekauft, und sie wollen es wieder tun.«

Sie hatte gelacht. Ich vermutete, dass sie auch deshalb nach Straßburg fuhr, damit niemand sie dabei beobachtete, wie sie so etwas Profanes wie Küchenrollen oder Essig nach Hause trug. »Ein bisschen Nimbus schadet nicht. Die Ettlinger und die Karlsruher lieben jene Künstler besonders innig, die von weit her kommen. Typisches Phänomen von netten kleineren Großstädten. So werden die Brasilianer in meiner Compagnie geradezu vergöttert, und allesamt verehren sie die Australierin Tamatha, obwohl gerade die leider nicht die allerbeste Tänzerin ist. Käme sie aus Pforzheim, hätte ich die Kleine schon rausschmeißen können.«

Zurück zu meinem Gegenüber. Früher wäre er ein Fall für den Hintereingang gewesen. Einer, der finanziell gerade so rumkam. In unseren Kreisen hingegen hatte man Vermögen. Erarbeitet oder ererbt. Vielleicht manchmal auch ergaunert. Aber lebenslang verfügbar, jederzeit abrufbar. Vermehrbar und unter den Kindern teilbar. Dieser Mann hingegen verfügte vermutlich nur über ein bescheidenes monatliches Einkommen, das eines Tages in eine noch geringere Pension überführt werden würde.

Nachdenklich betrachtete ich ihn, so wie ich auch meine Fußpflegerin, meine Zugehfrau und die Bäckereiverkäuferin studierte. Ich fragte mich immer, wie sich all diese Durchschnittsmenschen zum täglichen Aufstehen und zum Arbeiten motivierten. Sie schufteten doch nur, um sich das Bestehende erhalten zu können. So ein Leben konnte ich mir beim besten Willen nicht vorstellen.

Ich wandte mich dem Mann mir gegenüber zu und merkte, dass er mich aufmerksam beobachtete. In seinem Blick lag sogar eine Spur Herausforderung, was mich überraschte, denn zu was sollte *er* mich schon herausfordern? Er sah nicht schlecht aus und hatte etwas von einem lässig-ironischen Draufgänger – eine Mischung, die zweifellos bei manchen Frauen ankommt –, doch wir beide hatten nichts miteinander zu tun und wären uns ohne diese Leiche niemals begegnet.

Er hatte sich kurz vorgestellt. Hagen Hayden.

Seltsamer Vorname. Vielleicht hatte seine Mutter in den sechziger Jahren die »Nibelungen« im Kino gesehen. Andererseits wäre ihr zweifellos volkstümliches Gemüt dann doch eher von dem netten blonden Siegfried als von der düsteren Figur des Hagen von Tronje beeindruckt gewesen, und dass Hagens Mama etwas vom Wohlklang eines Stabreims mit H und H gehört hatte, war ja wohl vollkommen ausgeschlossen.

Irgendeine Rangbezeichnung trug er natürlich auch, doch in der Aufregung hatte ich sie nicht genau verstanden. Er kam jedenfalls von der Außenstelle Ettlingen der Kriminalpolizei Karlsruhe. Sie residierte unweit der Herz-Jesu-Kirche in einem für den Zweck eigentlich zu niedlich aussehenden rosafarbenen Gebäude in der Pforzheimer Straße und hatte normalerweise – soweit ich es beurteilen konnte – nicht allzu viel Schreckliches aufzuklären.

Die romantische Fachwerkstadt Ettlingen, die sich entspannt zwischen dem Rand des Nordschwarzwalds über die Vorberge bis in die Rheinebene ausbreitete, war fürwahr kein Ort, in dem ein Kripobeamter täglich das Fürchten lernte. Die etwa achtunddreißigtausend Einwohner huldigten einer friedlichen Grundstimmung. Ebenso gelassen hatten sie vermutlich schon zu römischer Zeit an dieser alten Straßenkreuzung gelebt, die sie einerseits durch das Albtal mit den Straßen nach Pforzheim oder ins Murgtal und andererseits mit den Handelswegen zu Rhein und Neckar verband. Viele Leute zogen heutzutage nach Ettlingen, um dort den zweiten Teil des Lebens zu genießen. Das Geld dafür hatten sie zuvor in Mannheim, Pforzheim oder Karlsruhe verdient.

Um uns beide herum gingen noch zahlreiche weitere Polizisten und Zivilbeamte ihrer Arbeit nach. Alle sprachen so gedämpft, als könnte die frisch Ermordete von einem lauten Wort aufwachen. Doch nichts würde Friederike Schmied mehr aufwecken.

Ich selbst hatte es bereits versucht. Sie saß da, als wäre sie mitten im Anprobieren einfach eingeschlafen. Das Glas mit dem Sekt war ihr aus der Hand geglitten, auf dem Hemd waren unschöne nasse Flecken. Dennoch war mir aufgefallen, dass das Glas ordentlich auf dem Boden stand. Ihr Mörder musste es nach seiner Tat wieder aufrecht hingestellt haben. Ein gewissenhafter Mörder also, doch vielleicht hatte er nur eine vorzeitige Entdeckung durch das ausfließende Nass verhindern wollen.

Bei meiner Berührung hatte Friederikes Körper auf eine merkwürdig leblose Art nachgegeben und war noch weiter gegen die Rückwand der Umkleidekabine gerutscht. Ich schauderte bei der Erinnerung an den Kontakt mit ihrem nackten Arm. Er war noch warm gewesen!

Draußen fuhr gerade der Krankenwagen vor.

Dabei brauchte die freundliche Friederike ganz gewiss keinen Krankenwagen mehr. Wahrscheinlich war es zu pietätlos, in solchen Fällen gleich einen Leichenwagen zu bestellen, und deshalb nährte man auf diese Weise bei den Umstehenden die tröstliche Illusion, es sei noch etwas zu machen.

Die Boutique am Marktplatz, in der das unfassbare Verbrechen geschehen war, gehörte Frau Trost. Sie saß im Erdgeschoss, in der Nähe der reduzierten s.Oliver-T-Shirts, auf einem ihrer kleinen Anprobehöckerchen, fächelte sich Luft zu und schüttelte nur immerzu ihren wohlfrisierten Kopf. Jene Kundinnen, die sich in dem allgemeinen Wirrwarr nach der Entdeckung der Toten nicht rechtzeitig aus dem Staub gemacht hatten, standen zusammengepfercht in einer Ecke – bei den langweiligen Olsen-Pullovern (die Bedauernswerten) – und wurden von zwei Beamten verhört, die billig aussehende Blöckchen in den Händen hielten.

Ein Team mit Kameras und Koffern, in denen sich wahrscheinlich Spurensicherungsutensilien befanden, war die inzwischen mit einem Seil abgesperrte halbe Wendeltreppe in die kleine Exklusivabteilung hinuntergeeilt. Von dort vernahm man gedämpftes Stimmengewirr. Handys läuteten, und Gespräche wurden leise erregt angenommen.

Ich konnte mir denken, dass Frau Trost mich und das Schicksal dafür verfluchte, dass Friederike sich ausgerechnet in ihrem blühenden, mehrstöckigen Laden am heiteren Ettlinger Marktplatz hatte umbringen lassen.

Ohne etwas aufzuschreiben, feuerte Hagen Hayden rasch weitere Fragen in meine Richtung ab. »Ihre Personalien nehme ich später auf. Jetzt sollten wir keine Zeit verlieren. Sie kannten die Tote also?«

Ich spürte, wie sich feiner Schweiß auf meiner Stirn ausbreitete und mein perfektes Make-up zu zerstören drohte. So etwas hasste ich. Jede Pore, die sich jetzt öffnete, würde ich heute Abend mühsam mit meinen Dr.-Denese-Fruchtpads gründlich reinigen und wieder verschließen müssen.

»Ja, es ist Friederike Schmied. Hier ... hier habe ich eine Karte mit ihrer Adresse.«

Hayden nahm die Karte entgegen und warf nur einen kurzen Blick darauf. Dann schnippte er mit dem Finger. Ein junger Uniformierter griff nach dem Kärtchen, Hagen Hayden nickte kurz, und der Junge entfernte sich. Aus dem Augenwinkel sah ich ihn draußen mit dem Handy telefonieren. Jetzt erhielt Horst Schmied wahrscheinlich die Nachricht. Wie grausam.

»Kannten Sie sie gut?«

»Gut? Ja, durchaus. Wir verkehrten in denselben Kreisen und ...«

Hier zog er ironisch die Augenbrauen hoch, und sein Blick wurde eindringlicher.

Sollte er. Seit vielen Jahren war ich daran gewöhnt, dass die Leute mich neidisch und argwöhnisch betrachteten. Wir gehörten zu einer ganz eigenen Kaste: die Wohlhabenden und die Gutaussehenden! Die sich nicht für ihre Privilegien schämten oder entschuldigten, sondern mitsamt ihrem Geld sogar noch ein halbwegs glückliches Leben führten. In den Medien tauchten wir kaum auf. Den Bildschirm beherrschten die ewig zu kurz Gekommenen in ihren Jeans von Takko und ihrem Übergewicht.

Für Menschen wie uns sollte es ein Elite-TV geben, mit teurer Kosmetik, Mode und Tipps für Drei-Sterne-Restaurants.

»Frau Schmied war außerdem eine Klientin von mir. Wir waren heute das zweite Mal unterwegs. Da kennt man sich so, wie sich Frauen nun mal kennen.«

»Und wie ist das? Klären Sie mich auf!«

Ich dachte nach. »Sind Sie verheiratet, Herr Hagen? Wo geht Ihre Frau einkaufen?«

Er antwortete nicht. Also war er ledig. Das hätte man sich denken können. Das Beispiel eines nicht gelungenen Lebens: mieser Job, keine Frau, keine Familie, keine Perspektive.

Nun musterte er mich amüsiert und mit Interesse. »Ich heiße übrigens Hagen mit Vornamen. Und so weit sind wir beide eigentlich noch nicht. Na ja, vielleicht kommt das noch. Aber nicht jetzt. Jetzt haben wir erst einmal ein Kapitalverbrechen aufzuklären. Welcher Art genau ist Ihr Geschäft? Was hatten Sie mit Frau Schmied zu tun?«

Ich fand den Kerl ziemlich unverschämt. Kühl antwortete ich: »Ich habe mit ihr Kleidergeschäfte und Boutiquen aufgesucht.«

»Wie bitte? Können Sie mir das erklären?« Die Augenbrauen hatten sich wieder auf Normalposition begeben, dafür zuckten die Mundwinkel sarkastisch nach unten.

»Gerne. Obwohl ein Mann das wohl nicht verstehen wird. Sie hat mich dafür bezahlt, dass ich mit ihr shoppen gehe. Sie dabei berate. Meine Güte, ich sollte ihr sagen, was ihr steht und was sie kaufen soll.«

Er starrte mich mit seinen grauen Augen ungläubig an. Dann nahm er mich am Ellbogen, führte mich zur Seite neben das Drehgestell mit nichtssagenden Street-One-Blusen – mir blieb auch nichts erspart –, wies mir mit einer Kopfbewegung ein Stühlchen zu und setzte sich neben mich wie ein besorgter Arzt neben einen Verrückten.

»Erzählen Sie genauer!«

Ich blickte aus dem Schaufenster, vorbei an den großen Schildern: »Heute 50 Prozent auf exklusive Sommerware im ersten Stock.« Durch das Fenster sah ich, wie die Bahre hinaus auf den idyllischen Platz vor dem üppig verzierten Ettlinger Rathaus getragen wurde.

Wie oft hatte ich Rotariergattinnen von außerhalb im Rahmen einer launigen Stadtführung neben der Martinskirche – »Chorturm spätgotisch/romanisch, die reich gegliederte Turmlinie Barock, meine Damen« –, der Stadtmauer und dem Lauerturm mit dem dortigen Museum auch den Marktplatz und das prachtvolle Rathaus gezeigt und ihnen erklärt, dass das Gebäude aus dem 18. Jahrhundert stammte.

Es war seltsam, wie man plötzlich vertraute Dinge schärfer wahrnahm.

Mein Blick schweifte über unser Stadtwappen, einen Nachfolger des ältesten badischen Stadtwappens, mit dem roten Schrägbalken und dem silbernen Zinnenturm, und weiter zum Wohnhaus auf der anderen Seite, wo das Stammhaus des einstmals regional bedeutsamen Kaufhauses Schneider gewesen war.

Wie jeden Samstag war Markt mit etwa dreißig bunten Ständen, aber heute fand noch zusätzlich das Marktfest statt. Die ganze Stadt brodelte. Gut gelaunte Gruppen von Freunden oder einfach nur losen Bekannten bevölkerten die Straßencafés. Die appetitlichen Stände mit Blumen, Gemüse und Naturprodukten sorgten für eine fast provenzalisch anmutende Szenerie. Nicht umsonst war Ettlingen verschwistert mit dem französischen Épernay, wo der Champagner herkam.

Normalerweise kaufte ich ja bevorzugt in Feinkostläden ein, aber gelegentlich schlenderte ich über den Markt und erstand französischen Rohmilchkäse oder frisches exotisches Obst. Vor dieser alternativ angehauchten Kulisse hatte ich so wenigstens die Gelegenheit, meine Jacke von Green House im Ethnostil oder das kurze Blumenkleidchen im Retrolook von Oui auszuführen. Dazu wählte ich dann helle, flache Ziegenlederstiefel, ohne Strümpfe, sodass man meine braune Haut sah, und nahm meinen bunten Korb aus dem Weltladen über den Arm. Das kam bei den wohltätigkeitsbesessenen Damen aus meinen Kreisen gut an. Swentja Tobler als wandelnder Werbeträger für sich selbst, für ihren Mann und für ihren neuen noblen Einkaufsservice.

Zum Markt im heimischen Ettlingen das Gleiche zu tragen wie abends im Restaurant in Baden-Baden oder in Straßburg, wäre für mich hingegen undenkbar gewesen. Ich zog mich mindestens drei Mal am Tag um, und mit der Kleidung wechselte ich die Handtaschen, die Schuhe, den Schmuck und den Stil. Und die Persönlichkeit. Eine neu zugezogene Nachbarin in der Villa nebenan hatte lange Zeit geglaubt, in unserem Haus wohnten zwei Schwestern, die niemals zusammen das Haus verließen.

Friederike Schmied hatte sich einen heißen Tag zum Sterben ausgesucht. Draußen vor der Tür der Boutique, die allerdings mit einer starken Klimaanlage verkaufsfördernd heruntergekühlt war, entfaltete sich ein typischer badischer Frühsommer.

In der Kleinstadt Ettlingen, die von bewaldeten Hügeln umgeben war, konnte man es zwar etwas besser aushalten als in der benachbarten Großstadt Karlsruhe, wo die Hitze zwischen den Mietshäusern lastete, aber auch für unsere Verhältnisse war es heute wirklich drückend. Nicht einmal die Alb, die unweit von hier über flache Steine kullerte und dann zügig unter der pittoresken Holzbrücke hindurchfloss, vorbei am geheimnisumwitterten Neptunstein, brachte echte Kühlung.

Sanitäter hievten die Bahre auf eine Art Gestell, und mühelos glitt Friederikes Körper ins Innere. Zu ihrer vorletzten Fahrt.

Die Kinder, die sich zuvor mitten auf dem Platz mit Wasser aus dem alten Georgsbrunnen bespritzt hatten, standen still und stumm und waren sogar zum Kichern zu verblüfft. Auf einmal war der Tod viel näher als im Fernsehen. Zum Anfassen und zum Erschrecken nah.

Eine Polizistin wischte sich über die verschwitzte Stirn und entfernte das Seil, das den Eingang zur Boutique abgesperrt hatte. Ich kannte sie vom Sehen. Sie saß – in Zivil – oft abends im Vogelbräu, Ettlingens weithin berühmter privater Hausbrauerei mit Biergarten und zünftigem Essen. Am Wochenende, wenn dort der Jazzbrunch stattfand, gab es kaum eine Chance auf einen Sitzplatz. Manche behaupten ja, Ettlingen sei etwas für jene Schickis, die es nicht ganz bis nach Baden-Baden geschafft haben. Aber das stimmt nicht.

In Ettlingen und dem sanft bis in den Nordschwarzwald ansteigenden Albtal ließ sich ein ziemlich stressfreies Leben mit einem beinahe ganzjährigen Urlaubsgefühl verbinden. Die Stadt bedeutete eine gewisse Eleganz ohne billige Angeberei. Sie bot die Möglichkeit zu Understatement und Diskretion, lockte aber auch mit Privatschulbildung, noblen Seniorenstiften und schicken Architektenbüros in renovierten Fachwerkhinterhöfen. Hier gab es viel altes, ruhiges Geld aus Karlsruhe, Heidelberg oder Pforzheim.

Und da draußen auf dem hübschen Platz, umgeben von Läden und Cafés und von Samstagsgesichtern, die ein heiteres Sommerwochenende einläuten wollten, lag jetzt eine von uns auf ihrer

Bahre. Sie war kein glücklicher Mensch gewesen, das hatte ich immer gespürt. Als wollte sie eigentlich eine andere sein, wüsste aber nicht genau, wer.

Und jetzt war sie tot.

Nachdem Friederike so lange nicht aus der Umkleidekabine gekommen war, hatte ich erst gerufen und dann, als keine Antwort kam, nachgesehen.

Ich hatte erwartet, sie aufgeregt und ein wenig verschwitzt inmitten von Kleidungsstücken und Bügeln vorzufinden. Stattdessen saß sie ganz still da, in diesem recht netten Seidenhemd von Aubade in einem zarten altrosa Puderton, neben sich das bewusste Gläschen Sekt, welches die Kundinnen von Frau Trost als Belohnung dafür bekommen, dass sie im Untergeschoss bei den teuren Designern kaufen, anstatt oben auf den Sonderangebotstischen zu wühlen. An ihrem Hals schwollen gerade hässliche rote Würgemale an, die Augen waren hervorgetreten, die Hände hingen schlaff herab. Das ganze Bündel Mensch lehnte an der Wand der Kabine wie eine Puppe.

Ich spürte, wie ich ganz leicht zu schwitzen begann, wenn ich mir den Anblick nochmals vor Augen rief.

Es würde Abend werden, bevor der kühlende Wind, der abends aus dem lang gestreckten und saftig grünen Tal von Bad Herrenalb herunterwehte – von den dankbaren Ettlingern liebevoll »der Albtäler« genannt –, für Erfrischung sorgen würde.

Verdeckt unter dem Tuch, ein langer, rundlicher Klumpen, wartete Friederike Schmied nun so geduldig, wie es auch zu Lebzeiten ihre Art gewesen war, darauf, dass der Krankenwagen wendete und sie endlich unseren Blicken entzog. Auf unserer neu angelegten, mit jungen Pappeln gesäumten Allee würde der Wagen Ettlingen verlassen und Richtung Karlsruhe fahren. Vermutlich ins Diakonissenkrankenhaus in Rüppurr gleich rechts am Ortseingang von Karlsruhe, aber vielleicht auch in die Städtischen Krankenanstalten am anderen Ende der Stadt.

Melancholisch blickte ich ihr nach. Mit ihr verschwand auch eine noch unbezahlte Rechnung, denn ich konnte dem trauernden Witwer schwerlich eine Honorarrechnung für eine Tätigkeit präsentieren, deren Ergebnis eine tote Gattin war. Ich hatte das

Geldverdienen nicht nötig, aber ärgerlich war es doch. Friederikes Tod bedeutete schlimmstenfalls das vorläufige Ende meiner netten Geschäftsidee, denn bei meiner Art von Kundschaft kam es bestimmt nicht gut an, wenn gleich im ersten Jahr eine Klientin beim Einkaufsbummel mit mir ermordet wurde.

Der Kripobeamte mit dem seltsamen Vornamen hatte mich die ganze Zeit aufmerksam beobachtet. Mir wurde unwohl. Hoffentlich forschte er in meiner Miene nicht nach verräterischen Hinweisen, um mich als Verdächtige in seine Akten aufzunehmen. Zwar besaß ich für nahezu jeden Anlass das geeignete Outfit, doch beim Untersuchungsgefängnis müsste ich passen. Vielleicht könnte ich meine einfache Reisenthel-Weekender-Tasche – ein Werbegeschenk der Vogue – nehmen und einen schlichten Jogginganzug von Hanro einpacken. Welche Farbe wählte man am besten für den Knast? Grün und Blau könnten sich mit den Uniformen meiner Wärter beißen oder für Verwechslungen sorgen. Rot war zu aggressiv, und Schwarz wirkte deprimierend. Weiß würde zwar unschuldig aussehen, aber ich wusste ja nicht, wie man es im Untersuchungsgefängnis mit der Sauberkeit hielt. Weißes ist nun mal empfindlich.

Aber warum hätte ich Friederike Schmied ermorden sollen? Oder anders gefragt: Warum hätte *irgendjemand* die biedere, freundliche Friederike Schmied ermorden sollen?

Sie war harmlos und langweilig gewesen. Immer auf der Jagd nach ein bisschen Bedeutung, einem Pöstchen, einer kleinen Einladung oder einer neuen Freundin, die ihr Bedeutung verleihen sollte.

Bei mir sähe die Sache schon anders aus. Wahrscheinlich würde mich der eine oder andere ganz gerne erwürgen, denn ich konnte mit meiner Kritik ziemlich gnadenlos sein. Zumindest behauptete Elena das gelegentlich, obwohl dann eine gewisse Hochachtung in ihrer Stimme mitschwang. Die Einladungen zu meinen Partys etwa waren gefürchtet, vor allem bei denen, die *keine* bekamen!

»So, Frau Tobler. In diesem Laden hier, praktisch vor aller Augen, ist gerade eine Frau ermordet worden. Und von Ihnen hätte ich jetzt ganz gerne die Vorgeschichte in Kurzform.«

Ich holte Luft …

1

Bestandsaufnahmen

Ich heiße Swentja Tobler. Wem der Name für eine badische Pflanze seltsam vorkommt, dem sei gesagt: Es hätte noch schlimmer kommen können.

Wird es ein Junge, hatten meine Eltern damals beschlossen, so würde er auf einen der Namen getauft, die Mamma aus ihrer Südtiroler Heimat kannte (Federico? Luigi?), wird es ein Mädchen, so sollte es heißen wie die Schwester meines schwedischen Vaters. Und so kam es. Aus mir wurde Swentja Alström.

Mamma und mein Vater haben sich am Frankfurter Flughafen kennengelernt. In einem der Restaurants dort saßen die beiden zufällig am selben Tisch und löffelten Suppe: Mamma Nudelsuppe und Papa Krabbensuppe.

Und beide verpassten ihren Flieger, weil sie nur noch Augen füreinander hatten und nicht mehr für die Anzeigentafeln: Verliebt. Verlobt. Verheiratet.

Beide litten noch unter akutem Heimweh nach Meran beziehungsweise Malmö, und so beschlossen sie, an einen Ort ungefähr in der Mitte zu ziehen. So landeten sie in Karlsruhe in einer geräumigen Altbauwohnung in unmittelbarer Nähe des Bahnhofs, die Mamma durch ihre italienischen Verbindungen gefunden hatte.

In der Marienkirche unweit unserer Wohnung traf sich sonntags die italienische Gemeinde zum Gottesdienst. Da saß dann der kleine Pizzabäcker, sonntäglich gekleidet, neben dem eleganten italienischen Herrenschneider und der reichen Ehefrau eines Importeurs aus Milano. Und dazwischen ich, als Kind. Der Gottesdienst langweilte mich, also schaute ich um mich und schulte meinen Sinn für Eleganz und für Schönheit, denn am Sonntag achteten die Italiener besonders auf ihr Äußeres.

Zwar war die Wohnung groß, doch die Wohnlage nur mittelmäßig gut. Nachts hörte ich die Schreie der Tiere aus dem benachbarten Zoo, und manchmal roch es streng nach Elefant. Das war mir peinlich, wenn meine Kindergartenfreundinnen zu Besuch kamen, und so beschloss ich, später einmal im besten Viertel meiner Stadt zu wohnen.

Als klar wurde, dass ich keine Geschwister bekommen würde, wurde Mamma wieder tatendurstig. Wie alle Italiener hatte sie irgendwo in Deutschland eine Kusine, und ihre lebte sogar ganz in der Nähe, nämlich in Gernsbach, einem Kleinststädtchen im benachbarten Murgtal. Dort betrieb Luisa eine auf italienische Mode spezialisierte kleine Nobelboutique. Mamma heuerte zunächst als Schneiderin an, wurde dann Einkäuferin, später Teilhaberin und schließlich Chefin.

Mein Vater hingegen eröffnete in dem mit Rehakliniken gespickten Ort Langensteinbach bei Karlsbad eine Zahnarztpraxis. Wir zogen weg aus Karlsruhe und landeten wieder ungefähr in der geografischen Mitte – in einer schönen alten Villa am Berg, oberhalb des Kurparks von Bad Herrenalb im Nordschwarzwald, mit Blick in die meisten der berühmten sieben Täler.

Damals blühten die Kurorte noch, und Bad Herrenalb besaß ein beinahe mondänes Flair. Inzwischen hingegen standen viele Wohnungen leer oder wurden nur selten genutzt, und das Städtchen wirkte wie ein unterbelegtes Krankenhaus. Der alte kleine Kurort, der sich einst um ein mächtiges Kloster herum entwickelt hatte, war jetzt nur noch das Ziel für einen Nachmittagsausflug mit der Karlsruher Stadtbahn.

Trotz der schönen Sommer und der schneereichen Winter im Nordschwarzwald langweilte ich mich als Kind dort fürchterlich. Daher schockierte ich den biederen Ort mit allerlei Provokationen, wie etwa dem steinernen Mönch am Eingang zum Klosterbezirk eine Pudelmütze aufzusetzen.

Mir war immer klar gewesen, dass ich rausmusste. Als ich alt genug war, fuhr ich mit dem Bus über einen steilen Nordschwarzwaldhügel, vorbei an dem am Berg klebenden Dorf Loffenau, hinüber nach Gernsbach ins wildromantische Murgtal. Von dort ging es weiter in die schicke Kurstadt Baden-Baden. Oberhalb der Altstadt gab es eine teure und ziemlich dekadente Privatschule voller abgeschobener reicher Scheidungskinder, und dort bekam ich den ersten Vorgeschmack auf das gute Leben. Ich lernte sehr schnell, wie sich die Upperclass benahm und was sie sich leisten konnte, und es gefiel mir ausnehmend gut.

Ich wollte genießen, was es zu kaufen gab, und zwar bald und möglichst lebenslänglich.

Hinzu kam, dass ich mit meinem schwedisch blonden Haar, der nussbraunen italienischen Haut und den leuchtend blauen Augen sehr hübsch aussah. Die gesamteuropäischen Gene meiner Eltern hatten offenbar Walzer miteinander getanzt, sich dann erschöpft niedergelassen und beschlossen, das Beste aus dem zu machen, was da aus Liebe entstanden war. Ich hatte wirklich Glück gehabt, und da ich das wohlproportionierte Gesamtkunstwerk richtig zu dekorieren und in Szene zu setzen wusste, konnte ich mich bald vor Anträgen nicht retten.

Meine Güte, das war jetzt zwanzig Jahre her. Damals dachten manche Frauen eben noch, eine reiche Ehefrau wäre automatisch auch eine glückliche Ehefrau. Ich war jedenfalls davon überzeugt.

Auf einer Dinnerparty im Hause eines Baden-Badener Industriellen lernte ich Dr. Nicolaus Tobler kennen und sah sofort, dass er mir genau die Art von Leben bieten würde, die ich für mich ausgesucht hatte: als allseits geschätzte Dame der Gesellschaft, die im Luxus, aber nicht spießig lebte und alles genoss, was es so gab. Nette Sportarten wie Reiten, Tennis, Segeln und Golf. Boot und Pferd. Schicke Urlaube. Schönes Haus in harmonischer Umgebung, am besten in der begehrtesten Wohnlage Ettlingens und des Karlsruher Umlandes, die den treffenden Namen Vogelsang trug und einen atemberaubenden Blick über die Rheinebene bis ins Elsass und die Pfalz bot. Ausflüge ins nahe Heidelberg, nach Straßburg oder die Spielbank in Baden-Baden. Ein Abonnement im Karlsruher Staatstheater. Mehrere Ferienwohnungen. Und genau so kam es.

Ich gab die Rolle der neuen Königin in der kleinen Stadt und tauchte ein in eine komfortable Ehe und ein sorgenfreies Leben. Dass auch Leidenschaft und mehr als eine oberflächliche Zuneigung dazugehören sollten, um diesem Leben einen tieferen Sinn zu geben, schien mir damals nebensächlich.

Ein Fehler, wie sich herausstellte, denn genau daran mangelte es.

Anfangs war Nicolaus zwar von mir begeistert gewesen, er hatte es nicht erwarten können, die begehrteste Schönheit der Gegend als Hauptpreis und Trophäe zu gewinnen, doch das ließ nach der offiziellen Preisverleihung – sprich der Hochzeit – rapide nach. Er war nun Partner in einer großen Steuerkanzlei und leitete die Ettlinger Niederlassung. Ich, die nette junge Ehefrau, durfte das Haus einrichten, und später konnte ich vielleicht eine Galerie aufmachen oder so.

Es blieb beim »oder so«. Als ich unsere Tochter bekam, vergaß ich alle Karrierepläne und spielte perfektes Leben im perfekten Haus. In gewisser Weise tat ich das bis heute, und ich wusste, in zehn Jahren würde der Bridgeclub auf mich warten. Mit Anfang vierzig sah ich immer noch sehr gut aus. Mein Kleiderschrank war begehbar, genauer gesagt, man konnte sich problemlos darin verlaufen. Zweimal im Jahr versteigerte ich meine Handtaschen bei einem Ladies' Lunch für einen guten Zweck. Die Einladungen dafür waren begehrt.

Mein Mann arbeitete so viel, dass er vermutlich keine Zeit und keine Energie hatte, mich zu betrügen. Und wenn? Es wäre peinlich gewesen, das ja. Aber es würde mich nicht ins Herz treffen, denn mit meinem Herzen hatte er nicht mehr viel zu tun. Dennoch war er kein schlechter Ehemann: großzügig, freundlich, zuvorkommend, aber – gleichgültig.

Bis zu jenem Abend im Juni des vergangenen Jahres hatte mich das nicht gestört. Bis zu jenem Abend war mein Leben so, wie ich es mir erträumt hatte. Und das war vermutlich der Abend gewesen, an dem begann, was jetzt zu der Toten in der Umkleidekabine geführt hatte …

Damals saß ich allein auf der Terrasse und blickte ins Tal, hinunter auf die romantische kleine Stadt mit ihren reizenden Brücken. Alles war wohlgeordnet in unserer Welt. Wäre der Berg nicht dazwischen gewesen, so hätte ich, wenn ich den Kopf drehte, das schicke Watthalden-Hotel mit seinem exklusiven Innenhof und den Lichtern des Restaurants erspähen können. Ihm gegenüber befand sich die Buhl'sche Mühle, ein historisches Mühlengebäude, das heute als elegante Tagungsstätte diente. Daneben lag das

Schwimmbad und talauswärts die sorgfältig restaurierte historische Altstadt von Ettlingen mit Fußgängerzone, Innenhöfen, Ladenpassagen, Restaurants und dem heiteren Schloss.

Gerade erst war ich zurückgekehrt von einem netten Freundinnentreff im »Albkönig«, einem der letzten feinen Hotels im Raum Karlsruhe, das glücklicherweise auf Ettlinger Boden stand. Wir hatten erst einen Prosecco-Crodino, dann einen leichten Sommersalat zu uns genommen und das Ganze mit leichtem Geplauder und ein bisschen Tratsch gewürzt.

Elena hatte wieder köstliche Geschichten aus der Theaterwelt zum Besten gegeben. Wir wussten alle, dass sie für ihre Tanzstiftung und ihr Lebenswerk demnächst mit dem Bundesverdienstkreuz geehrt werden sollte, doch sie selbst hätte es niemals erwähnt. Sie ließ sich höchstens darauf ansprechen. Alles andere wäre unfein.

»Elena, wie du das aushältst. Immer Männer mit diesen engen Kostümen und diesen Pos und diesen Muskeln um dich herum. Ich hätte dauernd Lust, ihnen einen Klaps zu geben«, sagte eine ältere Dame aus unserer Runde kichernd.

»Woher wissen Sie, dass ich es *nicht* tue!«, kam es kühl von Elena zurück. Das schnelle badische Du gab es bei ihr nicht. Das musste man sich erst verdienen. Ich bewunderte sie dafür.

Draußen flutete das gemächliche Leben einer gepflegten Kleinstadt vorbei. Nach unserem Lunch stiegen wir alle in unsere schicken kleinen Flitzer und fuhren nach Hause in unsere alten oder neuen Villen. Nur eine von uns, die vor Kurzem mit etwas zu viel Prosecco erwischt worden war, musste diesen Monat mit der Straßenbahn zurück in ihre vornehme Karlsruher Wohngegend am Beiertheimer Wäldchen fahren, aber dazu schwiegen wir diskret. Ihr Mann besaß an der Karlsruher Kriegsstraße eines der größten Labors der ganzen Region, und sie hätte sich für jede Fahrt zweifellos ein Taxi nehmen können, doch sie fand es angeblich interessant, mal mit ganz einfachen Menschen in der Bahn zu sitzen.

Jeder, wie er wollte. Mir persönlich lag nicht besonders viel an einfachen Menschen.

Zu Hause war ich gleich unter die Dusche gegangen. Hatte meinen königsblauen Hausanzug von der amerikanischen Nobelfirma Juicy Couture angezogen, mich abgeschminkt und die vitaminreiche Augencreme aufgetragen. Ich bewunderte das Werk meiner Zugehfrau, die im Bügelzimmer noch rasch ein paar Laken zusammenlegte, und schickte sie nach Hause. Bargeld bekam sie keines. Sie erhielt natürlich ein Gehalt.

Ein Glas Rotwein in der Hand, blickte ich in den gärtnergepflegten Garten. Nicht weit von uns hatte ein neues Gourmetbistro mit Lieferservice eröffnet. Ich würde morgen mal vorbeischauen und das Angebot an Meeresfrüchten und ausgefallenen italienischen Schinken prüfen. Drei Partys standen an, und selbst zu kochen kam nicht in Frage. Allein was die Küchenluft mit meinem Haar anstellen würde! Meine Siamkatze Marilyn strich mir mit steil aufgerichtetem Schwanz um die Beine. Ich griff nach ihr, sie entzog sich graziös und sprang dekorativ auf eine toskanisch angehauchte Bank.

Das Haus war ruhig. Unsere Tochter Samantha konnte das stille Bild nicht stören. Sie befand sich für ein Jahr in London bei einer befreundeten Familie, die schon vor etlichen Generationen mit Baumwolle reich geworden war. Begegnungen wie diese würden Samantha helfen, ihren vorgezeichneten Weg zu finden.

Nicolaus hatte eines seiner zahlreichen Geschäftsessen.

Ich seufzte behaglich. Mein Leben schien vollkommen. Genau, wie ich es geplant hatte.

Ich hatte gewählt. Ein behagliches Luxusdasein anstatt fragwürdiger Freiheit und sogenannter Selbstbestimmung. Freiheit für Frauen hieß meistens, arbeiten zu gehen. Darauf und auf die Selbstbestimmung in Form von Abenteuern mit wechselnden Männern konnte ich verzichten. Ich atmete tief ein. Die Sonne zauberte ein intensives, fast giftiges Grün auf den Rasen. Ein greller Sonnenstrahl ließ das Glas eines der Wohnzimmerfenster aufleuchten, als stünde der Raum dahinter in Flammen.

Auf einmal fühlte ich mich gar nicht mehr so behaglich. Irgendetwas stimmte nicht.

Wie von einer Rauchschwade sah ich mich urplötzlich von etwas wie Langeweile umgeben. Von Frust. Von einer Sinnlosigkeit, die beinahe schmerzte. Es war nicht die Stille im Haus. Es war ein Schweigen in mir.

Die drei Partys würden verlaufen wie die davor. Dieser Abend würde enden wie zahllose vor ihm. Mein Leben würde sich genauso abspielen wie das der Frauen in unserem Kreis, die zehn Jahre älter waren als ich. Zwanzig Jahre älter. Golf. Bridge. Theater. Festspielhaus in Baden-Baden. Kreuzfahrten.

Reichte mir das?

Mein Terminkalender war voll, aber meine Tage waren im Grunde leer. Der Garten überzog sich mit einer Art Grauschleier.

In meinem Bücherregal fand ich ein Buch, das ich zum Vierzigsten geschenkt bekommen hatte: »Heute fängt dein zweites Leben an – erfinde dich neu!«

Ich begann zu lesen. Die Botschaft war die übliche: Freude am Leben haben. Kreativ sein. Neues wagen.

»Vor allem«, mahnte die Autorin streng, »sollten Sie in sich gehen und sich fragen, was Ihnen im Leben eigentlich wirklich Spaß macht. Tun Sie's einfach und schauen Sie, was passiert. Ich garantiere Ihnen: Es wird sich etwas verändern.«

Damals ging ich also in mich. Was erfüllte mich eigentlich wirklich?

Ich kochte nicht gerne, ich war nicht kreativ. Und schon gar nicht musikalisch. Musik war mehr ein gesellschaftliches Muss. So ging ich nicht nur anstandshalber zu den Ettlinger Schlosskonzerten im Asamsaal oder ins Staatstheater in Karlsruhe, sondern ließ mich auch bei den alljährlichen Ettlinger Wettbewerben für junge Pianisten blicken, bei denen damals übrigens der junge Lang Lang das erste Mal aufgefallen war.

Sex als Hobby? Fehlanzeige. Mit Nicolaus war es immer langweilig und anstrengend gewesen, und das würde wohl so bleiben. In den ersten Jahren meiner Ehe hatte ich Haremsdamen beneidet, die nur alle paar Wochen zum Sultan gerufen werden.

Kinder als Erfüllung? Nein. Das Heranwachsen meiner Samantha war für mich kein Quell ständigen Entzückens gewesen, sondern nüchtern betrachtet eine ziemliche Mühe, und ich war erfreut, dass sie sich zurzeit in sicherer Entfernung von mir aufhielt und keine langen braunen Haare mehr im Badezimmer hinterließ. Absolut keine Leseratte, war ich literarisch bei »Vom Winde verweht« stehen geblieben und litt immer noch mit Scarlett O'Hara, wenn sie sich nicht zwischen ihren verschiedenen Ballkleidern entscheiden konnte.

»Womit, Frau Tobler«, fragte ich mich an jenem Abend im Garten, »verbringen Sie denn dann eigentlich Ihre vielen freien Tage?«

Ich dachte nach, und dabei fand ich eine Sache, die mich richtig glücklich machte: einkaufen. Shoppen! Geld ausgeben! Powershopping. Edelshopping. Die Jagd nach der neuesten Mode, nach interessanten Designern und immer wieder nach der ultimativen Handtasche.

Mit der Kreditkarte in der Hand eilte ich quer durchs Modeland. Ich kannte jeden besseren Kleiderladen zwischen Pforzheim und Mannheim. In manchen angesagten Ettlinger Boutiquen hielten sie mich schon fast für einen unverzichtbaren Teil des Inventars. Mir entging kein Sortimentswechsel bei Noa Noa oder Orwell. Luxus-Handtaschen und Schuhe oberhalb von dreihundert Euro säumten meinen Weg.

Kürzlich waren wir Damen vom elitären Club der »Freundinnen des Balletts« bei einer Malerin namens Beate-Marie in ihrem pittoresken Atelier in der Karlsruher Oststadt eingeladen. »Was sind denn diese Manolos«, hatte sie gefragt. Elena, die nicht immer bei unseren Treffen dabei sein konnte (wenn sie es war, dann adelte sie die Zusammenkünfte!), hatte mich mit ihren grünlichen Augen nur angesehen und die schmalen Brauen bis unter ihren kurzen französischen Pony hochgezogen. Konnte man dieser Künstlerin in ihren Birkenstocks erklären, warum Madonna und ich diesen handgefertigten High Heels des spanischen Schuhgotts Blahnik verfallen waren? Man versuchte es besser gar nicht.

Endlich entdeckte ich an jenem Abend im Garten ein echtes Gefühl in mir: Ich hasste schlecht gekleidete Frauen. Am liebsten würde ich sie an die Hand nehmen und ihnen eine ordentliche Grundausstattung verpassen, ihnen sämtliche T-Shirts mit großen Blumen oder falschem Strass und alle Stretchjeans ausziehen und ihnen dann eine True-Religion-Jeans verpassen, in der sie so schick aussahen, dass sie damit auf den Opernball gehen konnten.

Warum eigentlich nicht?, dachte ich an jenem Abend. Das wäre *die* Geschäftsidee für die Damen der gehobenen Gesellschaft: Exklusive Shoppingbegleiterin. *»Be a lady«*, würde auf meinen Visitenkarten stehen.

Am folgenden Tag waren sie bereits in Druck, und mein Mann tat das, was er immer tat: Er zuckte die Achseln und arbeitete mir Honorarverträge für meine Kundinnen aus.

»Ich glaube zwar nicht, dass jemand für so einen Quatsch Geld ausgibt, aber bei Frauen ist ja alles möglich!«, sagte er. Und er hatte recht: Es war alles möglich.

Die Kunde von meiner Eine-Frau-Firmengründung verbreitete sich rasch im Städtchen und darüber hinaus. Bald riefen die ersten Ratsuchenden bei mir an: Frauen, die allmählich kapierten, dass ihnen bei Größe sechsundvierzig ein verspielter Tellerrock im Milles-Fleurs-Muster nicht stand und dass sie in Braun aussahen wie ein vergammelter Mozzarellakäse.

Ich hatte vielleicht zwanzig Kundinnen verarztet und damit zwanzig Mal klassische weiße und schwarze Basics, gut geschnittene Blazer und fließende schwarze, taupefarbene und graue Hosen in Baden-Baden, Mannheim, Karlsruhe, Stuttgart oder Straßburg sowie bei diversen Nobel-Outlets eingekauft (für die Grundausstattung verließen die Damen gerne das heimische Ettlingen, denn es war schon peinlich, dass man nicht mal ein anständiges weißes Top besaß), bevor Friederike Schmied mir das blühende Geschäft vermasselte, weil sie sich ausgerechnet in der Boutique Valence in Ettlingen umbringen ließ …

***

Jetzt saß ich also an einem heißen Frühsommertag diesem respektlos dreinblickenden Hagen gegenüber, und nach den ersten üblichen Fragen, ob ich etwas Ungewöhnliches bemerkt hätte, stellte er fest: »Gut. Sie haben also angeblich nichts gesehen und nichts bemerkt. Niemand, der Ihnen gefolgt ist. Und von einer Drohung oder einer Erpressung gegenüber Frau Schmied wissen Sie auch nichts.«

»Nein. Friederike war ein ganz harmloses Schäfchen. Niemand hätte ihr drohen wollen.«

»Nein, das nicht. Man hat sie lieber gleich umgebracht. Aber zunächst für meine Unterlagen: Sie haben bestimmt einen Zeugen, wo Sie sich zum Zeitpunkt der Tat aufgehalten haben?«

»Ich kenne ja nicht einmal den genauen Zeitpunkt der Tat«, antwortete ich zögernd. Was wollte er überhaupt damit sagen? Glaubte er etwa, ich hätte meine eigene Kundin erwürgt?

Dann erinnerte ich mich, dass ich nicht Frau Irgendwer, sondern Frau Swentja Tobler war und dass ich mich bestimmt nicht von einem kleinen Beamten mit anmaßendem Namen verwirren ließ. Ich richtete mich auf und blickte ihn hochmütig an.

»Was wollen Sie damit sagen? Ich habe Friederike ein paar Stücke nach ihrem Geschmack, wenn man das so nennen will, aussuchen lassen und bin dann nach oben gegangen, weil ich das Elend nicht mit ansehen konnte. Nichts von dem, was sie ins Auge gefasst hatte, würde ihr stehen. Das einzig Akzeptable war das Hemd von Aubade, das sie trug, als ich sie fand. Das hatte ich ihr zum Schluss noch in die Hand gedrückt. Ausgerechnet *darin* musste er sie ermorden. Das ist nicht in Ordnung.«

»Wirklich dramatisch! War sie allein, als Sie nach oben gingen?«

»Ja. Wir waren die ganze Zeit allein dort unten. Alle anderen Ettlinger Damen befanden sich in den oberen Stockwerken beim Schnäppchenmarkt.« Ich gab mir keine Mühe, ein mitleidiges Lächeln zu unterdrücken.

Er betrachtete mich ungerührt. »Vielleicht haben die anderen Damen keine grenzenlos belastbare Kreditkarte, Frau Tobler. Das soll es geben. Können Sie mir bitte den genauen Ablauf Ihres Einkaufsvormittags schildern?«

»Friederike und ich haben uns um zehn Uhr im Rosengarten neben dem Apothekergärtchen getroffen. Sie saß auf einer der Bänke dort und las in der Vogue. Das hatte ich ihr verordnet. Sie sollte sich ein paar schöne Stücke heraussuchen. Nur, damit ich ihre Neigungen besser einschätzen konnte.«

Hayden räusperte sich.

»Wir haben dann einen Kaffee in einem Bistro am Schlossplatz getrunken. Wir hatten Glück, dass wir einen Platz bekamen. Das Wetter war schön, *ist* schön, es war sehr viel los, und wir haben eine Menge Leute gesehen und begrüßt. Sie hat mir von der Party erzählt, die sie gestern Abend gegeben hat. Nun freute sie sich auf das Einkaufserlebnis mit mir und war ein bisschen aufgeregt. Mehrfach hat sie betont, es sei ihr wichtig, in Zukunft besser auszusehen. Ich habe sie beruhigt. ›Deshalb sind wir da, Friederike‹, habe ich gesagt.«

Hagen schüttelte den Kopf.

»Wir trafen dann um etwa elf Uhr in dem Modegeschäft Valence Fashions ein. Zunächst haben wir uns im Erdgeschoss umgesehen. Das heißt, Friederike wollte sich dort umsehen, doch im Erdgeschoss befand sich lediglich die reduzierte Sommerware, und das habe ich ihr nicht gestattet.«

»Wie bitte?« Hagen hob die Augenbrauen.

»Nun, diese Ware ist reduziert, weil sie nicht abgesetzt werden konnte. Um solche Ladenhüter zu erstehen, brauchen meine Klientinnen nicht mit mir einkaufen zu gehen.«

»Was geschah dann?«

»Friederike sah das ein. Wir gingen ganz kurz nach oben in den ersten Stock, wo Frau Trost ebenfalls reduzierte Ware anbietet, allerdings etwas hochwertigerer Natur. Doch dort war sehr viel los, und so ging sie schließlich auf meinen Vorschlag ein, zunächst ins Untergeschoss zu gehen, wo Frau Trost exklusive Designerware zeigt.«

»Hm. Da unten sind also die ganz edlen Stöffchen.«

»Ja, das ist ein wenig ungewöhnlich. Sie werden das nicht wissen, aber normalerweise befinden sich – wie bei Breuninger in Karlsruhe oder in den Kaufhäusern in Baden-Baden ebenso wie in München bei Loden-Frey oder in ähnlichen Läden – die teureren Kollektionen im oberen Stockwerk. Doch Frau Trost hatte sich für ein anderes Konzept entschieden. Allerdings ist der Designerbereich bei ihr auch sehr klein. Die Damen fahren für Kenzo und Lagerfeld eben doch lieber nach Stuttgart oder München. Vielleicht auch mal nach Mannheim oder nach Frankfurt auf die Zeil.«

»Sehr interessant. Und weiter?«

»Doch Frau Trost hat sich, wie sie meint, für das Untergeschoss etwas Besonderes einfallen lassen. Sie hat den Bereich eingerichtet wie eine Straße in London. Die Umkleidekabine sieht aus wie ein Doppeldeckerbus, einige Shirts hängen in einer Telefonzelle, ein Bobby bewacht die Treppe und so weiter.«

Ich wies auf den schmalen gewundenen Treppenabgang, der mit einem Band abgesperrt war. Auf halber Höhe stand die Wachsfigur eines Bobbys und blickte mit starrem Lächeln vor sich hin. Er wirkte fast gespenstisch angesichts der Bluttat, die sich vor seinen leblosen Augen abgespielt hatte.

»Dort unten führt sie Vivienne Westwood, Kopien von Galliano und Kopien von Issa, der Lieblingsdesignerin von Catherine. Und natürlich auch die ganzen anderen guten Firmen wie ...«

»Liebling von wem?«

»Herzogin Catherine. Der Frau von Prinz William.«

»Um Himmels willen. Solches Zeug merken Sie sich?«

»Warum nicht? Gegen das Bemühen, gut auszusehen, ist nichts einzuwenden, Herr Hayden.«

Sein Blick wanderte an meiner Gestalt entlang. »Das Ergebnis Ihrer Bemühungen kann sich sehen lassen, da muss ich Ihnen recht geben, Gnädigste!«

»Ich tue es für mich und nicht für Männeraugen.«

Er grinste. »Meinetwegen. Und dann?«

»Ich bin also mit ihr nach unten gegangen, habe ihr zwei, drei Blusen, ein Shirt und einen Blazer als Basis für die Herbstgarderobe empfohlen, aber sie durfte sich die jeweiligen Sachen zunächst mal selbst aussuchen. Sie ist dann in die Umkleidekabine und hat sich umgezogen. Ich selbst bin wieder nach oben gegangen und habe mich im Erdgeschoss kurz mit Frau Trost unterhalten. Anhand der roten Londoner Verkehrsampel, die hier oben am Treppenende steht, konnte man sofort sehen, dass die einzige Kabine, die es dort unten gibt, besetzt war.«

»Es war also wirklich niemand unten, als Friederike in die Kabine ging?«

»Nein. Durch dieses ungeheuer originelle Ampellicht wusste ja jeder, dass im Keller keine Anprobekabine frei war. Außerdem war Stadtfest. Überall war furchtbar viel los. Und Frau Trost lockte mit fünfzig Prozent auf alles, aber eben nicht auf die Designerware im Untergeschoss. Auch aus diesem Grund war heute dort unten sonst niemand. Für mich ist das zwar kein Argument, denn es geht um die Qualität der Ware und nicht um den Preis.«

»Amen!«, sagte Hagen.

»Man sieht es eben«, erwiderte ich mit einem Achselzucken.

Hagen sah mich nachdenklich an. »Sie sind gerne reich, nicht wahr? Nun ja, Frau Tobler, eigentlich gibt es nur Ihr Wort, dass Friederike in diese Kabine ging, sich umzog und dass Sie nach oben gegangen sind, als sie noch lebte. Ich sage nicht, dass es so war, aber Sie könnten sie umgebracht haben und seelenruhig ins Erdgeschoss zurück zu Frau Trost gegangen sein.«

Ich lächelte. »Tut mir leid. Sie werden weitersuchen müssen. Kurz nachdem sie in die Kabine gegangen war, habe ich ihr vom Treppenabsatz aus zugerufen: ›Passt das Aubade-Hemdchen?‹ Und sie hat ›Ich hab's noch nicht an!‹ geantwortet. Das müsste Frau Trost eigentlich gehört haben. Danach stand ich noch eine Weile mit Frau Trost in der Nähe des Treppenabsatzes. Friederike war die ganze Zeit allein im Keller, denn ich habe niemanden nach unten gehen sehen. Lediglich eine Viertelstunde später, als sie nicht mehr herauskam und das rote Licht immer noch brannte, bin ich neugierig geworden und habe sie … gefunden. In dem Hemd von Aubade, was bedeutet«, ich machte eine Pause, »dass sie erst einige Zeit nach meiner Frage umgebracht wurde. Es war zwar besser als der Rest, aber es stand ihr nicht besonders und passte nicht an den Schultern. Ich hätte es ihr niemals erlaubt.«

»Sie haben vielleicht Sorgen!«, sagte Hagen Hayden. »Das war ein kaltblütiger und ein ziemlich riskanter Mord. Die Entdeckungsgefahr war extrem hoch. Jeden Moment hätte eine andere Kundin kommen können.«

Ich sagte nichts dazu. Ein Geheimnis meines gesellschaftlichen Erfolges war, dass ich mich nie in die Angelegenheiten anderer Leute mischte. Ich war mir selbst am nächsten und ließ alle anderen ihr Leben leben, wie sie es für richtig hielten.

»Frau Tobler, für mich sind Sie noch nicht ganz raus aus der Nummer. Entweder«, sagte Hagen Hayden ruhig und musterte mich von oben bis unten, »erfinden Sie dieses Gespräch, das Frau

Trost angeblich gehört hat – oder auch nicht – und haben Ihre Kundin doch umgebracht …«

»Ein Entweder verlangt immer ein Oder«, bemerkte ich so gelassen wie möglich.

»Oder der Mörder hat bereits unten auf Frau Schmied gewartet. Die Spurensicherung wird uns da hoffentlich Aufschlüsse geben.«

»Oder …«, ich genoss meinen kleinen Triumph, »er ist durch den Hintereingang zur Boutique vom Hof ins Untergeschoß gekommen.«

»Dazu kann ich noch nichts sagen. Meine Leute fertigen derzeit erst einen genauen Plan des Tatorts an«, sagte Hagen leichthin. »Mir war wichtiger, mich zunächst mit Ihnen als Zeugin zu unterhalten.«

»Natürlich. Ich erkläre es Ihnen trotzdem gerne«, sagte ich und stellte erfreut fest, dass meine übliche Selbstsicherheit langsam zurückkehrte. »Das Kellergeschoss ist ein länglicher, nicht sonderlich großer Raum. Es gibt Regale und Drehständer sowie ein paar Tische mit zusammengelegten Shirts. An den Wänden sind die erwähnten englischen Häuserfassaden aufgemalt. Im Hintergrund gibt es eine Tür, die man nicht gleich als solche erkennt, da sie durch einen Vorhang mit Londonmotiven verhängt ist. Diese Tür, eine Feuerfluchttür, führt ins Treppenhaus, und sie ist immer unverschlossen.«

Hagen hob fragend die Augenbrauen.

Ich seufzte: »Offen gestanden bin ich dort einmal mit einer Kundin geflüchtet, weil wir wirklich nichts gefunden haben und Frau Trosts fragendem Blick ausweichen wollten.«

Hagen unterdrückte ein Grinsen.

Ich fuhr fort: »Durch die Tür gelangt man auf den Hof, der frei zugänglich ist. Es ist, wie Sie wissen, eigentlich mehr ein kleiner Platz als ein Hof. Dadurch, dass es einige private Parkplätze gibt und sich dort auch die städtischen Toilettenanlagen sowie ein kleiner Spielplatz befinden, herrscht ein ständiges Kommen und Gehen. Auch der Blumenladen gegenüber hat hinten in diesem Hof die großen Pflanzen sowie die Teichdekorationen aufgebaut.«

»Weiter«, befahl Hagen grimmig. Sein Handy piepste. Er beachtete es nicht.

»Und man kann leicht durch die äußere Stahltür ins Innere des Ladens von Frau Trost gelangen. Es würde nicht weiter auffallen. Ein unbeobachteter Moment, und drin ist man. Außerdem ist der Eingang nicht illegal, sondern einfach nur ein selten genutzter Nebeneingang zu Valence Fashions. Man gelangt von außen zunächst ins Treppenhaus und ein paar Treppenstufen nach unten durch eine weitere Tür in den Exquisitbereich. Dort könnte man sich eine Weile lang zwischen den Kleiderständern verbergen …«

Ich brach ab. Ein unheimlicher Gedanke.

»Frau Trost«, rief Hagen. »Kann ich Sie bitte noch mal sprechen?«

Frau Trost, die mir immer noch verbitterte Blicke zuschoss, eilte mit Trippelschritten heran.

»Ist die Stahltüre unten im Kellergeschoß verschlossen, oder steht sie immer offen?«, wollte Hagen wissen.

»Sie ist offen! Es ist ja auch ein Fluchtweg. Der muss gesetzlich immer geöffnet sein.« Das klang beleidigt.

»Ist das nicht ein wenig riskant? Da könnte ja jeder reinkommen, sich da unten bei den teuren Klamotten in Ruhe bedienen und durch die Stahltüre davongehen.«

»Nein. Die Ware ist elektronisch gesichert, und an der Tür ins Treppenhaus ist ein entsprechender Sensor. Außerdem tun das die Kundinnen nicht, die da unten einkaufen. Das sind normalerweise Damen der ersten Gesellschaft.«

Wieder ein unschöner Blick zu mir. Ich blickte hochnäsig zurück. Wie viele Kauflustige hatte ich dieser Provinz-Coco-Chanel schon gebracht? Aber damit war jetzt Schluss.

Hagen bemerkte: »Wie man sieht. Sie bringen einander lediglich um.«

Frau Trost presste die Lippen zusammen. »Dies ist nicht die Regel, Herr Kommissar, und ein schrecklicher Zufall, dass es hier passiert ist. Wer konnte denn wissen, dass Frau Schmied heute bei mir einkaufen würde?«

Hagen sah mich an, als wäre ich verpflichtet, auf alles eine Antwort zu wissen.

Obwohl ich saß, gelang es mir, Frau Trost von oben herab zu mustern. »Nun, meine Liebe. Es ist in Ettlingen bekannt, dass ich für meine Einkaufsberatungen zuerst Ihren Laden aufzusuchen pflege, pflegte, darf ich nun wohl sagen. Wie ich gehört habe und heute Morgen selbst beobachten konnte, hat Friederike aller Welt davon erzählt. Sie schien stolz darauf zu sein, dass ich mit ihr hierhergehen würde.«

Frau Trosts Augen funkelten.

Ich fügte hinzu: »Die Schmieds hatten im Übrigen gestern Abend einen größeren Empfang. Eine ganze Reihe von Leuten konnte es daher wissen. Eher frage ich mich, ob *Sie* etwas oder jemanden bemerkt haben, der hier nicht hingehörte.«

»Würden Sie mich bitte meinen Job machen lassen«, unterbrach Hagen mich kurz, »den Ihren haben Sie ja bereits gründlich zum Abschluss gebracht. – Frau Trost, können Sie bestätigen, dass Frau Tobler nach unten rief: ›Passt das T-Shirt?‹«

»Aubade-Shirt!«, korrigierte ich ihn. Er hatte recht. Warum mischte ich mich ein?

»Von mir aus. Und dass Frau Schmied geantwortet hat: ›Ich habe es noch nicht anprobiert.‹«

»Dass sie was hinuntergerufen hat«, gab die Trost mürrisch zu Protokoll, »das habe ich gehört. Bin ja nicht taub. Aber die Antwort … mag sein, mag nicht sein.«

Fassungslos musterte ich die Boutiquenbesitzerin. »Sie standen doch direkt neben mir, Frau Trost!«

»Das schon, aber dass Frau Schmied irgendwas von unten hochgerufen hat, weiß ich nur von Ihnen. Sie haben es mir vielleicht nur suggiert?«

»Wenn Sie schon solche Anschuldigungen erheben, dann sprechen Sie wenigstens die Fremdworte richtig aus«, gab ich zurück. »Suggeriert, wenn es Ihnen nichts ausmacht.«

Frau Trost, die mir Gewinne im Bereich von Tausenden von Euro verdankte, sah verstockt zu Boden.

Hagen warf einen Blick auf seine Uhr. Rolex. Mit Sicherheit ein Imitat. »Gut. Wir werden diesen Punkt später genauer klären. Danke, Frau Trost.«

»Ist sie verdächtig?«, erkundigte sich Frau Trost an mir vorbei

bei Hagen Hayden. Der schien die Situation irgendwie zu genießen und warf mir einen amüsierten Blick zu. »Tja, Frau Tobler. Gefängniskluft statt Designermode, hm? Aber Sie sehen auch darin bestimmt sehr appetitlich aus.«

Die Trost schnaufte aufgeregt.

Hagen sagte ernst: »Ein Scherz. Wir geben natürlich keine Auskünfte über laufende Ermittlungen.«

Das war nicht gerade das Geschickteste. Sie würde trotzdem aller Welt erzählen, dass die arrogante Frau von Herrn Dr. Tobler suspekt war. Und jeder in unserer beschaulichen Kleinstadt würde es »schon irgendwie vermutet« haben, dass ich dunkle Geheimnisse hütete! »Bei *dem* Aussehen. Mutter Italienerin. Haben Sie das gewusst? Ach, ihr armer Mann. Arbeitet so schwer und ist so viel unterwegs.« Ich hörte es förmlich summen wie in einem Bienenstock.

»Danke, Frau Trost! Halten Sie sich bitte für weitere Fragen bereit.«

Die blöde Trost trollte sich. Ich widerstand der Versuchung, ihr den Mittelfinger nachzustrecken, denn das war nicht mein Stil.

Als wir allein waren, wandte ich mich Hagen so majestätisch wie möglich zu. »Ich finde es schon recht erstaunlich, wie leichtfertig Sie mit meinem Ruf umgehen. Ich habe Friederike nicht umgebracht. Warum auch? Ich erbe nichts von ihr, sie hat mir meinen Mann nicht gestohlen – und wenn, wäre das kein Grund, sie zu ermorden –, und sie ist keinerlei Bedrohung für mich. Überdies bin ich nicht dumm. Und gute Kundinnen umzubringen ist ausgesprochen dumm, oder?«

Hagen stand auf. »Okay. Vielleicht haben Sie sie nicht umgebracht. Wir werden sehen. Die Ermittlungen beginnen erst. Unsere gesamte Maschinerie läuft jetzt an: Spurensicherung. Tatortanalyse. Obduktion in der Pathologie. Abgleich der Tatumstände am Computer. Der Profiler des BKA in Wiesbaden wird gehört werden, ob es signifikante Ähnlichkeiten zu anderen Fällen gibt. Die Kollegen von der Schutzpolizei werden uns die einschlägigen Kandidaten aus Ettlingen und dem Großraum Karlsruhe vorführen. Frau Trost wird bei uns im Büro sowieso nochmals offiziell befragt werden. Doch wenigstens eines noch für mich, damit ich ein Bild habe: Was für eine Frau war diese Friederike Schmied?«

»Was soll ich dazu sagen?«, antwortete ich langsam. Friederike war tot, doch sie würde keine Lücke in meinem Leben hinterlassen.

»Mich wundert, dass jemand sich die Mühe gemacht hat, sie umzubringen«, bemerkte ich schließlich kurz.

Friederike war ganz nett gewesen, aber leider langweilig und ein wenig tölpelhaft, aber das sagte man natürlich nicht von einer frisch Verstorbenen.

Durch die Fensterscheibe starrten mich Passanten an, die es irgendwie geschafft hatten, sich an den Polizisten, die den Modeladen absperrten, vorbeizudrängen. Das Ganze war mir sehr peinlich.

Immer mehr Kinder versuchten, auf den Rand des Georgsbrunnens zu klettern. Ich war immer stolz auf diesen Brunnen gewesen, denn am Brunnenschaft befand sich das Wappen von Österreich, und als halbe Südtirolerin konnte ich damit etwas anfangen. Dass er spätgotisch war und von 1494, hatte uns damals die Lehrerin erzählt, als wir an einem warmen Frühlingstag um den Brunnen herumstanden, doch das hatte mich weniger interessiert. Ich hörte offensichtlich nicht zu, sondern studierte schon als Schülerin lieber die Auslagen des nahen Kaufhauses. Zur Strafe musste ich dann einen Aufsatz über den Narrenbrunnen verfassen, der Hans von Singen, dem Lieblingsnarren des Markgrafen Ernst, gewidmet war.

»Ich kannte sie, da wir denselben Freundeskreis haben. Erst gestern war ich bei ihr auf einer Party eingeladen. Leider konnte ich nicht hingehen, da ich einer Konzertsoiree an der Musikhochschule in Mannheim beiwohnen musste. Mein Mann hat da gewisse Verpflichtungen, seine Firma unterstützt einen Stipendiaten mit einer großzügigen Summe. Sie haben Vivaldi gespielt. Ich hasse Vivaldi. Eine Idee, und er hat tausend Stücke draus gemacht. Klingen alle gleich.«

Hagen sah mich ausdruckslos an. Ob er schon mal von Vivaldi gehört hatte oder den Namen für eine Pizzasorte hielt, blieb sein Geheimnis. Gut, dass sich die sozialen Schichten nicht vermischen, dachte ich mit einer gewissen Erleichterung. Zumindest nicht auf gesellschaftlicher Ebene. Dass es noch eine ganz andere Ebene gab, verdrängte ich. Dieser Hagen hatte eine gefährliche Ausstrahlung. Die eines Mannes.

»Mein Gott, was soll ich sonst noch über Friederike sagen? Sie war mit einem Politiker verheiratet. Ihr Mann ist Landtagsabgeordneter in Stuttgart. Davor war er hier in Ettlingen Zweiter Bürgermeister.«

»Das ist mir bekannt.«

»Also. Er hat einiges auf den Weg gebracht. Gewerbeansiedelungen in den alten Fabrikanlagen hinten Richtung Albtal und den Ausbau der Straßenbahn ... das ist ja jetzt egal.«

Seufzend brach ich ab. Irgendwie wurde mir nun erst richtig klar, dass die Friederike, die ich gekannt hatte, niemals wiederkommen würde. »Aus dem Leben gerissen«, las man in den Todesanzeigen oft, aber jetzt konnte ich mir unter dem Satz etwas vorstellen.

»Unsere Leute sind bereits bei ihm. Er müsste es jetzt schon wissen«, ließ Hagen Hayden angelegentlich fallen und beobachtete meine Reaktion mit seinen wachen grauen Augen.

Mein Gott, was sollte man dazu sagen?

»Der Arme«, erwiderte ich mechanisch. Ich versuchte mir vorzustellen, wie es war, wenn man eine solche Nachricht bekam. Wenn die Polizei klingeln und mir mitteilen würde, Nicolaus wäre tot. Und ich wäre mit einem Schlag Witwe. Hatte ich überhaupt einen knieumspielenden schwarzen Rock, der zu dem Blazer mit aufgesetzten Taschen von Max Mara passte? Fehlanzeige!

»War die Ehe gut? Harmonisch? Treu?«

Ich zuckte mit den Schultern. »Sie war wie alle Ehen in unseren Kreisen, Herr Ha... Herr Hayden. Sie lief glatt und sie hat funktioniert. Ich habe nichts von Affären oder Streit gehört. Sie hat sich niemals über ihren Mann beklagt. Nicht mal scherzhaft, wie es viele von meinen Kundinnen gerne tun. Eigentlich auch schon fast auffällig.«

Im Hintergrund gab mir eine Mitarbeiterin der Boutique ein Zeichen, ob ich etwas zu trinken wünschte. Ich schüttelte den Kopf. Von Frau Trost wollte ich nichts mehr annehmen, und in dieser Klitsche würde ich nicht einmal mehr ein Taschentuch kaufen.

»Wieso nahm Frau Schmied überhaupt Ihren ... Service in Anspruch?«

»Ja, wieso?«

Vielleicht konnten Männer das nicht verstehen. Ich musterte Hagen. Er trug Jeans und eine Lederjacke. Darunter ein olivgrünes T-Shirt mit Rippen. Es sah nicht mal übel aus, aber wahrscheinlich huldigte er diesem Stil tagaus, tagein. Wie würde er wohl in die Oper gehen? Oder zu einem Empfang? Wahrscheinlich gar nicht. Er war der Typ, der einsam durch die Wälder streifte oder Motorrad fuhr oder auf dem Polizeischießstand im Karlsruher Stadtteil Durlach verbissen übte, bis er der Beste war.

Friederike hat vielleicht verborgene Talente besessen, aber eines hatte sie mit absoluter Sicherheit nicht: das Talent, etwas aus sich zu machen. Alles an ihr wirkte falsch und passte nicht. Der Kopf und die Frisur nicht zum Körper. Die kleinen Füße nicht zu den kraftvollen Schenkeln. Der kleine Busen nicht zu ihrem eher ausladenden Hinterteil. Sie war wie ein Puzzle, bei dem jemand die Teile falsch nummeriert hatte.

Doch auch so etwas musste noch nicht tragisch sein. Wenn eine Frau einen ehrlichen Spiegel hatte, zwei klare Augen und einen Hauch Kleiderverstand, konnte sie daraus das Beste machen. Doch Friederike hatte zwar sowohl Spiegel als auch zwei Augen, aber leider null Kleiderverstand gehabt.

Sie hatte immer katastrophal ausgesehen. Jeans, die nicht saßen. Farben, die nicht passten. Materialien, die sie dick erscheinen ließen. Ich sage nur: Zopfpullover. Die können nur ganz zierliche Frauen tragen, alle anderen sehen darin aus wie Kampfmaschinen. Sie wählte zu kurze Röcke oder solche, die zu lang waren. Kaufte T-Shirts, die genau da endeten, wo ihre Problemzone begann, und trug Gürtel, die ihre Fettpölsterchen noch modellierten.

Hässlich war sie eigentlich nicht gewesen, denn mit ihren hellbraunen Augen und dem goldbraunen, leicht gelockten Haar war sie durchaus als annehmbarer Herbsttyp durchgegangen. Herbsttypen ließen sich gut anziehen, denn der Farbtrend der Haute

Couture ging mit den Naturtönen seit Jahren in ihre Richtung. Sie hätte ganz gut Ocker und Braun, Beige, Taupe, Mauve und sogar Orange tragen können, und in Petrol und Moosgrün hätte sie geradezu rasant ausgesehen – aber niemals, niemals Lila, bitte sehr! Nur bei Todesstrafe Rot und ganz wenig Schwarz. In Schwarz sah sie aus wie meine italienische Großmutter, da wirkten ihre Falten so tief wie Gletscherspalten. Sie hätte Gold und kein Silber tragen sollen. Und sich ja keinen Rotton ins Haar färben lassen! Ihr Friseur gehörte wegen Körperverletzung angeklagt, und in dieselbe Zelle sollte man die Kosmetikerin sperren, die ihr ein Make-up empfohlen hatte, mit dem man Clowns schminkte, aber nicht Frauen wie Friederike. Sie hatte einen leicht gebräunten Haut-Grundton, da konnte man doch etwas draus machen!

Hinzu kam die verhängnisvolle Neigung, alles zwei Nummern zu klein und auf Figur genäht zu kaufen. Doch sie wog nun mal etwas zu viel, deshalb hätten ihr lässig geschnittene Sachen in einer gemäßigten A-Linie gut gestanden. Und genau dazu hätte ich ihr heute verholfen. Nun würde sie wohl ein Leichenhemd tragen. Weiß! Nicht die optimale Farbe für sie, ging aber gerade noch. In Weiß wirken solche Frauen wie Friederike mädchenhaft.

Hagen hatte mich misstrauisch beobachtet. Ich wandte mich ihm wieder zu.

»Sie wollte bei mir schlicht und einfach lernen, wie man sich besser kleidet. Ihr Mann strebt nämlich einen Karrieresprung an, genauer gesagt, er bewirbt sich bei den nächsten Wahlen um den regionalen Spitzenplatz seiner Partei für den Bundestag. Nicht unangefochten, wie ich gehört habe, denn er gilt als ziemlicher Hardliner. Auf seinem Programm stehen so vernünftige Sachen wie die Senkung der Spitzensteuersätze und der Erbschaftsteuer, und er war natürlich gegen höhere Unternehmenssteuern. Mein Mann könnte Ihnen das genauer erklären. Jedenfalls ist er nicht unumstritten. Anlässlich von Stuttgart 21 hat er sich als Gegner der Gegner hervorgetan. Heutzutage macht man sich da sogar in unseren Kreisen keine Freunde.«

»Ich verstehe«, murmelte Hagen. »Und ich frage mich, wie oft Sie ihn noch benutzen werden.«

»Was?«

»Ihren Lieblingsausdruck: in unseren Kreisen. Kreise können auch Schnittmengen bilden.«

»Mengenlehre ist out, Herr Hayden!«

Er grinste beinahe anerkennend. Das gefiel mir. Dieser Hagen war offenbar ein guter Sparringspartner. Mein eigener Mann hatte sich aus dieser Rolle ein paar Tage nach unserer Hochzeit für immer verabschiedet.

Ich fuhr fort: »In letzter Zeit waren die Schmieds ab und zu in Stuttgart und einmal sogar in Berlin eingeladen. Und für solche Events brauchte Friederike eine kompetente Beratung. Welche Designer für sie in Frage kommen, wo man sie findet und ...«

»Dafür gibt jemand wirklich Geld aus? Dass ihm jemand sagt, was er in welchem Laden einkaufen soll?«

»Ja. Stil ist nicht jedem gegeben.«

»Aber Ihnen?« Es klang provokativ.

»Das liegt im Auge des Betrachters, Herr Hayden.«

Er schüttelte den Kopf. Machte sich rasch eine Notiz auf seinen kleinen Block. Anerkennend stellte ich fest, dass es ein Moleskine-Notizbuch war und immerhin ein paar Euro mehr gekostet hatte als die Vokabelheftchen aus dem Schreibwarenladen, mit denen seine Mitarbeiter immer noch herumfuchtelten.

»Wir werden Sie vielleicht heute noch, spätestens aber morgen sowieso einbestellen und Ihre Aussage genau protokollieren. Nur jetzt für den Moment ... wie lange kannten Sie das Opfer schon?«

Ich kannte Friederike, seit sie mit Horst verheiratet war. Also sieben Jahre. Die beiden liefen uns bei fast jedem gesellschaftlichen Anlass über den Weg. Obwohl wir alle oft nach Karlsruhe ins Staatstheater oder in das alternativere »Tollhaus« gingen oder sogar bis nach Stuttgart oder Mannheim für ein Opern-Event fuhren, gab es doch in Ettlingen eine solide und feierfreudige Oberschicht, die immer wieder auch die Angebote vor Ort wahrnahm. Es gab Vernissagen und neuerdings Finissagen. Die Sibyllatage im Schloss. Konzerte des Jazzclubs. Seniorentheater in der Klostergasse. Weihnachtsmarkt. Das Altstadtfest, Marktfest genannt. Sommertheater in unserem Schlosshof. Als Politiker, der es noch zu etwas bringen wollte, musste sich Horst Schmied überall sehen lassen. Und vor allem wissen, wo er sich nicht sehen lassen sollte.

»Schon einige Zeit«, murmelte ich.

Friederike stammte aus Karlsruhe. Ihr Vater war vor Jahren bei einem Unfall auf der Schwarzwaldhochstraße umgekommen, ihre Mutter, eine früher anscheinend beliebte Friseurin, hatte vor Kurzem das Zeitliche gesegnet. Krebs. Ich dachte an meine eigenen Eltern. Sie waren gestorben, wie sie gelebt hatten: zusammen bei einem Flugzeugunglück auf einem Inlandflug in den USA vor drei Jahren. Es war furchtbar und doch ein sauberer, schneller Schnitt gewesen.

»Weiter?« Hagen tippte mit seinem Kuli aufs Papier.

Nach dem Tod ihrer Mutter war mir Friederike nachdenklich vorgekommen. Sie war immer schon schüchtern gewesen, »verklemmt« hatten es weniger wohlwollende Freundinnen genannt. Sie hielt sich gerne im Hintergrund, und wenn sie trotzdem etwas sagte, traf sie oft den falschen Ton. Irgendetwas war verkehrt an ihr gewesen.

»Wir sind beide Mitglieder bei den ›Freundinnen des Balletts‹ und auch bei den ›Liebhabern des Staatstheaters‹ in Karlsruhe. Bei den Letzteren zusammen mit unseren Männern, das ist so üblich. Natürlich unterstützen wir auch die hiesigen Schlossfestspiele durch unsere Anwesenheit.« Und ich fügte absichtlich hinzu: »In unseren Kreisen tut man etwas für Kultur.«

»Hoffentlich verstehen Ihre Kreise auch etwas davon. Mögen Sie das Ballett wirklich? Mir tun schon von fern die Zehen weh, wenn ich die Mädels da so unnatürlich auf ihren Füßchen balancieren sehe.«

»Herr Hayden. Es mag sehr anstrengend sein, aber es ist ein Bestandteil unserer Kultur. Deshalb haben die ›Freundinnen des Balletts‹ auch einen Fonds für Fußpflege und Massage für die Tänzer und Tänzerinnen eingerichtet. Friederike trat anfangs auch in dieser Gruppe zurückhaltend auf, aber in letzter Zeit hat sie sich immer mehr für die Kunst interessiert. Das ist eine Altersfrage, Herr Hayden. Wie Wagner oder Goethe. Wenn man älter wird, lernt man die Leistung besonderer Menschen aus unserer Vergangenheit mehr zu schätzen.« Mein Gott, ich hörte mich an wie die Vorsitzende eines Dorfkulturrings.

Hayden grinste. »So alt werde ich hoffentlich nie. Ich bin Bob-Dylan-Fan.«

Furchtbar, aber typisch! Dieser ungepflegte Amerikaner, der nuschelte, als wäre er ständig betrunken. Meine Gedanken kehrten zu Friederike zurück. War sie die richtige Frau im falschen Körper gewesen oder umgekehrt?

Doch jetzt war sie tot, und ich konnte sie nicht mehr ergründen. Jedenfalls hätte niemand Friederike einen interessanten Tod zugetraut. Man hätte eher erwartet, dass sie immer älter wurde und immer mehr verblasste, bis sie irgendwann nicht mehr da war, ohne Fragen an die Nachwelt zu hinterlassen.

Ein weiterer Beamter gesellte sich zu Hagen und zu mir, nahm ihn zur Seite, sprach leise mit ihm. Hagen kam zu mir zurückgeschlendert, sah auf mich herunter.

»Tja. Ein kaltblütiger, ein wagemutiger Mord, das muss ich nochmals betonen. Laut Spurensicherung gibt es keine Fingerabdrücke an der Hintertür zu dem kleinen Platz. Auch nicht an der zweiten Tür, die ins Kellergeschoss führte. Das kann aber Zufall sein. Wir haben einen frechen Mord in einer gut besuchten Boutique. Nehmen wir mal an, die Person ist wirklich über den kleinen Platz ins Innere des Kellergeschosses des Kleiderladens gelangt – damit ging er ein großes Risiko ein, dass ihn doch jemand sah und erkannte. Da war also jemand möglicherweise sehr unter Druck. Wir befragen derzeit alle Leute, die Fenster oder Ladengeschäfte auf den Hof hinaus haben.«

»Warum erzählen Sie mir das eigentlich alles?«

Hagen lächelte und fasste sich ans Ohrläppchen, so als wollte er überprüfen, ob der grässliche Strassstein noch an Ort und Stelle war.

»Weiß ich auch nicht. Vielleicht brauche ich jemanden zum Laut-Denken, und die anderen sind alle beschäftigt. Fassen wir also nochmals zusammen. Vielleicht fällt Ihnen dann etwas ein, was wichtig sein könnte.« Ich seufzte und setzte mich wieder hin.

Er sah sich um. »Diese Boutique hier ist im Inneren übrigens ziemlich groß. Ich wusste gar nicht, dass wir hier in Ettlingen so einen ausgedehnten Kleiderladen haben. Vorne sieht das Geschäft eher überschaubar aus.«

Ich lächelte herablassend. »Wie sollten Sie das auch wissen, Herr Hayden. Es ist ein teurer Laden. Für Herren und Damen. Und das ist typisch für Ettlingen, denn er ist klein, aber fein. Understatement um jeden Preis, auch wenn man sich alles kaufen kann. Außerdem sind wir eine Stadt mit vielen kleinen Fachwerkhäuschen und wenig Platz in den winkeligen Gassen, über die der Denkmalschutz wacht. Die Stadt war ja im Zweiten Weltkrieg nicht zerstört. Für Discounter-Ramschläden hat man also glücklicherweise wenig Raum.«

Er schüttelte den Kopf. »In unserem Land gibt es ziemlich viele Leute, die sich nichts anderes leisten können als die großen hellen Läden mit den Billigangeboten, meine Liebe.«

»Mag sein. Aber ich muss keine Schuldgefühle haben, dass ich hier einkaufen kann, oder? Und die Damen und Herren, mit denen ich verkehre, auch nicht.«

»Ich verstehe. Macht aber nichts. Ich persönlich bin lieber ein *Mann* als ein Herr. Fassen wir also zusammen, damit auch ich die Szenerie hier verstehe. Das Geschäft hat, wie wir sehen, mehrere Kabinenzeilen. Zwei auf der Verkaufsebene im Erdgeschoss hier mit je zwei Kabinen, zwei mit je drei Kabinen im oberen Stock und nur eine einzige im Untergeschoss bei den Designermarken. Die Umkleide im Untergeschoss liegt etwas abseits, neben der Tür, die in den Hof führt, und sie hat, da sie wie ein Londoner Bus aussehen soll, eine feste Tür und keinen Vorhang.«

»Ja«, sagte ich. »Das wird von den Kunden sehr geschätzt. Da kann man sich umziehen, ohne dass der halbe Körper im Freien steht. Da unten ist natürlich grundsätzlich viel weniger los. Meistens ist dieser Bereich – wie gesagt – vollkommen leer, und zwar schon allein wegen der Preise. Passport. Jil Sander. Chloé. Dior. Rena Lange, um nur die Gewöhnlicheren zu nennen. Da reicht Frau Trost eine Kundin am Tag, um Gewinn zu machen. Die Masse macht sie hier oben bei den Normalmarken.«

Hagen nickte angesichts der Frauen, die immer noch bei s.Oliver zusammenstanden. Nur zögernd löste sich das Grüppchen auf.

»Heute herrschte hier regelrechter Trubel, da nur für diesen

Marktfestsamstag alles, außer den Designern im Keller, fünfzig Prozent reduziert war. Vor dem Laden standen zwei Schülerinnen mit Luftballons und mit Sekt. Die Leute sind hineingeschlendert, den Sekt in der Hand, haben sich umgesehen und sind wieder hinausgegangen. Ich habe etliche Frauen und sogar einige Männer gesehen, die ich kenne, während ich hier oben gewartet habe. Mir war es recht, dass Friederike da unten allein war. Sie sollte in Ruhe anprobieren«

Hagen seufzte. Dieser Mord war vermutlich nicht nach seinem Geschmack. Er schmeckte zu sehr nach teuren Zutaten.

»Friederike war jedenfalls voll Vorfreude auf den Beratungstermin heute. Sie hat offenbar mit ihren Partygästen gestern Abend darüber gesprochen, und ich wusste: Wenn ich es bei ihr schaffe, dann habe ich dreißig neue Kundinnen. Aber jetzt? Nur Lebensmüde werden sich bei mir einkleiden wollen.«

»Wenn jemand ermordet wird, kommt es für das Opfer nie passend. Das Leben war noch nicht zu Ende gedacht«, erwiderte Hagen Hayden überraschend ernst.

Ich schluckte.

Wieder näherte sich ein Beamter. Ein Blatt Papier wechselte den Besitzer. Hagen warf einen kurzen Blick darauf.

»Demnächst kriegen wir iPads. Da können wir die Tatortzeichnung direkt auf unsere Rechner übertragen. Das hier ist noch eine händische Skizze: Der untere Kabinentrakt hat hier diesen Mittelgang, an dessen Ende sich die mehrfach erwähnte Tür hinter einem Vorhang befindet, die – wie wir gehört haben – unverschlossen ist und zunächst ins Treppenhaus und von dort auf den von der Straße her frei zugänglichen Hinterhof hinausführt. Dort sind städtische Toiletten, hier hinten rechts, nahe der Rückwand des Schreibwarenladens, der Boutiquerückseite gegenüber, befinden sich die ausgelagerten Blumenkübel des Blumenladens, ein kleiner Spielplatz am anderen Ende und ansonsten lediglich Lager für ein Eiscafé und andere angrenzende Läden. Der große Hof ist frei zugänglich, und zwar von zwei verschiedenen Straßenseiten.«

»Der Platz oder der Hof wird auch häufig als Abkürzung verwendet«, warf ich ein.

»Danke«, sagte Hagen. »Ich wohne auch hier.«

»Bitte. Ich wollte nur helfen.«

Er fuhr fort: »Der Täter oder die Täterin muss die Stahltür geöffnet haben, ein paar Schritte durchs Treppenhaus gelaufen sein und die drei Stufen hinunter zum Eingang in den Designerbereich. Er hat die Innentür geöffnet. Dort konnte er oder sie hinter dem dekorativen Vorhang stehen und die Szenerie in aller Ruhe beobachten. Er oder sie konnte leicht erkennen, ob Frau Schmied allein war. Als der Mörder sich sicher war, ist er oder sie schnell in die Kabine von Frau Schmied geschlüpft, hat die Tür hinter sich geschlossen, sie überrascht und erwürgt. Das Ganze muss sehr energisch und sehr professionell vonstattengegangen sein. Nach der Tat ist er oder sie wieder durch den Hinterausgang verschwunden. Eine Sache von einer halben Minute. Im kaltblütigsten Fall ist der Mörder einfach nach der Tat durch den Vordereingang gegangen und nochmals durch den Laden geschlendert, um dabei zu sein, wenn man sie fand. Sie sagten ja, es war sehr viel los. Warum hätte die Person auffallen sollen? Er oder sie musste nur einen Kleiderbügel in die Hand nehmen und so tun, als wollte er etwas kaufen.«

Ein schauriger Gedanke. Unten die tote Friederike. Oben ein Cecil-T-Shirt in jenen Händen, die gerade gemordet hatten.

Ich überlegte. »Ich frage mich trotzdem, woher der Mörder wusste, wann genau Friederike das Untergeschoss aufsuchen würde, um etwas anzuprobieren. Und dass niemand anders dort unten wäre.«

»Vielleicht hat er Friederike im Laden beobachtet und gesehen, dass sie nach unten ging. Das Ampellicht brannte. Die Kabine war besetzt. Sie waren oben mit Frau Trost. Aus dem Laden gehen, um die Ecke biegen, einen günstigen Moment abpassen, um durch die Hintertür zu schlüpfen … bei dem allgemeinen Getümmel des Stadtfestes durchaus eine Möglichkeit. Dauert keine zwei Minuten. Ist allerdings tatsächlich kein Allerweltsmord.«

Natürlich nicht, dachte ich mit einem etwas dekadenten Stolz. Ein Mord, mit dem ich zu tun habe, ist kein Allerweltsverbrechen.

»Dennoch ging er ein hohes Risiko ein«, bemerkte ich. »Ich hätte doch bei Friederike bleiben und vor der Kabine stehen können. Obwohl ich das niemals tue, aber das konnte der Mörder nicht wissen.«

»Vielleicht doch. Ihre Geschäftspraktiken waren in ... wie sagen Sie immer so schön ... *Ihren Kreisen* bekannt. Frau Schmied hat überall erzählt, dass sie mit Ihnen einkaufen gehen würde. Trotzdem war es wohl ein Vabanquespiel. Wäre das Opfer nicht allein gewesen, dann hätte der Mord eben nicht heute stattgefunden. Vielleicht morgen. Vielleicht irgendwo anders.«

In der Ferne sah ich, wie Frau Trost heftig gestikulierte. Ihre Verkäuferinnen standen ratlos herum. Eine legte hektisch Pullover zusammen. Ihrer eigentlichen Aufgabe beraubt, wirkten sie alle wie mechanisch aufgezogene Schaufensterpuppen.

»Ist sie eigentlich bestohlen worden?«, fragte ich.

Hagen Hayden zögerte. »Darüber kann ich keine Auskunft geben.«

»Also nicht.«

»Ihre Handtasche stand auf dem Boden. Der Hausschlüssel ist noch da, aber ihre Geldbörse ist offenbar gestohlen worden, und ihr Handy ist auch weg. Allerdings hatte sie noch hundert Euro lose in der Tasche, die der Täter wohl übersehen hat«, sagte er ganz kurz. »Aber behalten Sie das bitte für sich.«

»Lose in der Tasche? Warum denn das? Das könnte doch bedeuten, er hat den Geldbeutel an sich gerissen oder durchsucht, Geld ist herausgefallen, aber das war ihm egal. Warum hat er ihn denn dann überhaupt mitgenommen?«

»Dies war für ihn keine normale Situation«, erklärte Hagen Hayden sachlich.

»Trotzdem unvorstellbar«, murmelte ich, »dass niemand etwas von ihrem Todeskampf gemerkt hat. Wo ist man noch sicher, wenn nicht an einem Ort wie diesem?«

Genau das war auch die Frage, die unsere örtliche Presse nach dem Mord an der allseits bekannten Politikergattin Friederike Schmied wieder und wieder in allen Einzelheiten variierte.

Tagelang auf der ersten Seite. Mindestens zwei Wochen lang auf der zweiten Seite. Dann im Lokalteil. Irgendwann bei Südwestecho im Bereich Vermischtes. Die Bildzeitung gab nach drei

Ausgaben auf. Einmal war auch ich abgebildet. »Das schöne Schicksal« nannten sie mich und zitierten einen Filmtitel: »Der Tod steht ihr gut: Anstatt Nobelhemd – Totenhemd«. Reizend.

Ich selbst wurde drei Mal von der Polizei vernommen. Einmal musste ich nach Karlsruhe zur Kripo, die von Ettlingen aus gesehen am anderen Ende der Stadt war, und sah mich dort fünf wenig charmanten Kollegen von Hagen gegenüber. Sie nannten sich »Soko Schmied« und hatten sich scheinbar in jedes Detail von Friederikes Leben eingearbeitet – zumindest, insofern dieses Leben nach außen hin erkennbar war. Ich verneinte, Geheimnisse, Bedrohungen und andere dunkle Punkte im Leben meiner Kundin gekannt zu haben, und schrieb auf Anforderung hin die Namen all jener Bekannten auf, die ich am Morgen des Mordes in dem Laden gesehen hatte. Sie wurden offenbar allesamt vernommen.

Natürlich teilte man mir das Ergebnis dieser Vernehmungen nicht mit, doch sickerten offenbar wie durch unterirdische Kanäle Informationen über den Fall in unsere eng vernetzte Kleinstadt. Wenn ich im Ort jemandem aus dieser Personengruppe begegnete, registrierte ich eine gewisse Kühle mir gegenüber. Das Ganze war mir höchst unangenehm.

Der Ehemann wurde sowieso unter die Lupe genommen, was in seinem Fall besonders pikant war. Schließlich war er Politiker und noch dazu einer, der sich auf dem Sprung zu etwas Höherem befunden hatte. Alle Bewohner sämtlicher umliegenden Häuser und Wohnungen wurden befragt. Das Privatleben und die Konten der Toten wurden durchsucht. Offenbar hatte alles nichts ergeben.

Die Soko, die jetzt im Volksmund »Soko Friederike« hieß, wurde verkleinert und weiter verkleinert. Irgendwann hörte man nichts mehr von ihr.

Die arme Frau Schmied wurde allmählich vergessen oder verdrängt. Der Hochsommer entfaltete im August seine ganze Pracht. Unsere Kreise begaben sich allesamt in Urlaub und begannen, Friederike wirklich zu vergessen.

Nur ich nicht. Der Anblick ihrer toten Augen, die starr wie die einer Puppe geradeaus gestarrt hatten, aber nichts mehr sehen konnten, ließ mich nicht los. Was und wer mochte auf dieser Netzhaut gespeichert sein? Welches Gesicht, das mich alltäglich in Ettlingen anlächelte? Es war jemand aus unseren Kreisen, dessen war ich mir sicher.

Anfang September, es war für die Jahreszeit immer noch ziemlich heiß, traf ich Hagen Hayden wieder. Ich spazierte gerade um den künstlich angelegten See in dem kleinen, aber reizenden Watthalden-Park, einem grünen Lungenflügel unserer Kleinstadt und in den zwanziger Jahren des letzten Jahrhunderts Schauplatz der heutigen Schlossfestspiele. Eigentlich brauchte unsere Stadt keine zusätzlichen Grünflächen, da sie von Wäldern und Hügeln umgeben war und durch unseren lebhaften kleinen Fluss stets mit echtem Schwarzwaldwasser erfrischt wurde.

Das Watthalden-Hotel war ein modernes und schickes Hotel auf dem Weg nach Waldbronn. Per Zufall wurde es allerdings nur noch von denen entdeckt, die zu ängstlich waren, den Tunnel zu benutzen, der unterirdisch daran vorbeiführte und am anderen Ende von Ettlingen wieder zum Vorschein kam.

Der Tunnel, der das Albtal mit Karlsruhe verband, hatte mehrfach schlechte Noten vom ADAC bekommen und war eine Zeit lang dauernd gesperrt gewesen. Ich fuhr ihn auch nicht besonders gerne. Wenn mein Mann etwas großzügiger wäre, hätten wir längst einen kleinen Firmenjet (Harry, auftanken bitte!), damit ich unter Umgehung des Gotthardtunnels in mein geliebtes Tessin gelangen könnte. Doch Nicolaus rechnete so lange die Steuervorteile und die Kosten gegeneinander auf, bis der Spaß an der Sache verflogen war. Das waren meine Sorgen!

Hagen Hayden, graue Jeans und ein offenes weißes Hemd, saß mit weit von sich gestreckten Beinen auf einer Bank und kickte Steine über den Weg. Neben ihm hockte ein struppiger kleiner Köter, der irgendwie zu ihm passte. Der Hund sah mich aus intelligenten und wissenden Augen an. Hagen, der ziemlich sonnengebräunt war, deutete halbherzig eine Art Aufstehen an, blieb aber letztlich sitzen. Ich dachte an meinen Mann. Er würde sofort höflich aufstehen, doch das war nur eine Geste. Seine Augen würden dabei gleichgültig bleiben. Die von Hagen waren es nicht. Sie nahmen mich wahr. Als Frau.

»Tja«, sagte er lässig und blinzelte in die Sonne, »bevor Sie fragen, sage ich es Ihnen gleich. Viele Hinweise, aber nichts Brauchbares. Viele Spuren, aber keine, die etwas taugt. Friederike Schmieds Mörder ist noch immer freilaufend wie ein verdammtes Biohuhn. Mitten in dieser Stadt, in der eigentlich selten etwas passiert. Ein Mord in einem stinknormalen Klamottenladen, und der Täter kommt davon. Das ärgert mich.«

Mich auch. An mir klebten nämlich seither zwei unerfreuliche Dinge. Einmal der Verdacht, ich selbst hätte Friederike aus unbekannten Gründen umgebracht. Und auch wenn man mir das vielleicht nicht zutraute, blieb bei manchen Damen das unangenehme Gefühl, dass Kundinnen von mir unter erhöhtem Sicherheitsrisiko einkauften.

»Wie kann das sein? Sie haben doch heutzutage so moderne Methoden. Genanalysen. Infrarotspurensicherung.«

Hagen klopfte neben sich auf die Bank. Wollte er, dass der Hund hochsprang oder ich mich setzte? Der Hund gähnte und streckte sich aus.

»Setzen Sie sich.«

Mit meinem weißen Rock von Ralph Lauren ließ ich mich vorsichtig auf der Kante neben ihm nieder.

»Das sieht albern aus«, meinte er freundlich.

Er hatte recht. Ich stand wieder auf, holte mein Lacoste-Seidentuch aus meiner Yves-Saint-Laurent-Tasche und klemmte es mir unter den Po.

Hagen sah mir mit einem Interesse zu, das mich verlegen machte. Er zuckte die Achseln. »Wo keine Spuren sind, nützt das auch nichts. In diesem Fall tappen wir herum wie im tiefsten Mittelalter. Der Täter hat Handschuhe getragen. Und auf dem Boden waren so viele Trampelpfade durch die Kundinnen, die diese Räume aufsuchen, dass nichts mehr herauszufiltern war. Man hatte da unten zwei Tage lang nicht gesaugt. Was glauben Sie, welches Leben sich in solch einem Teppich tummelt. Sie würden sich nicht mit nackten Füßen draufstellen wollen.«

»Hören Sie auf! Aber seltsam, dass dann keine Abdrücke an der Tür waren.«

Er grinste. »Ich sag doch, Handschuhe! Auch sonst hat sich wenig ergeben. Wir haben die Spuren und Hinweise, die es natürlich gab, in ein Computerprogramm mit mehr als zweihundert Kategorien eingegeben, um Rückschlüsse auf den Täter ziehen zu können. Nichts.«

Er hob sein Gesicht in die Sonne. Ich bemerkte Bartstoppeln, aber sie störten mich nicht. Sie gaben ihm etwas Authentisches. Mein Mann würde niemals unrasiert aus dem Haus gehen. Sein Gesicht war glatt wie das eines Chorknaben. »Das Privatleben dieser Frau gibt ebenfalls nichts her. Leider ohne besondere Vorkommnisse.«

Das wundert mich nicht, dachte ich. Im Grunde hätte ich Friederike nicht einmal die Rolle eines Mordopfers zugetraut.

»Ihr Ehemann ist clean, sie war auch clean – so clean, dass es beinahe langweilig war. Keine Schulden. Keine Spielsucht. Kein Alkohol. Keine Tabletten. Sie war gesund. Nicht mal kaufsüchtig, so wie Sie ...«

»Erlauben Sie. Man darf durchaus mehr als eine Jeans besitzen, ohne kaufsüchtig zu sein, Herr Hayden.«

»... kein Liebhaber, zumindest keinen, den man mit bloßem Auge entdecken konnte. Hatte sie einen? Wissen *Sie* das? Ich denke nicht. Keine versteckten lesbischen oder irgendwie ausgefallenen sexuellen Neigungen. Keiner wollte was Schlechtes über sie sagen. Nicht mal die Nachbarn, und die sagen in Deutschland meistens irgendwann etwas Schlechtes. Sie arbeitete als Grundschullehrerin in Rastatt, nur ein kleines Deputat. Recht beliebt. Anscheinend eine freundliche Person.«

»Ja, Friederike war immer freundlich. Bemüht freundlich«, meinte ich. »Ist das eigentlich Ihr Hund?«

Hagen sah beinahe überrascht zu Boden. Der Hund starrte ihn unverwandt an. »Der? Ja. Aus dem Tierheim in Karlsruhe-Daxlanden. Wenn ich arbeite, ist er bei meiner Cousine in Waldbronn-Reichenbach.«

»Da oben ist es schön für Hunde. Viel Natur. Der Kurpark. Der kleine See. Der Wald. Da hat er viel Ruhe und Auslauf.«

»Vielleicht. Halmich geht aber auch gerne nach Karlsruhe. In die Günther-Klotz-Anlage, wo die großen Hunde sind. Kampfhunde. Neue Kumpels treffen. Ettlingen ist ihm zu langweilig. Nur

Softies unterwegs. Er ist ein Raufer. Deshalb heißt er Halmich. Nach der Karlsruher Boxerin. Regina Halmich.«

»Er liebt also die Herausforderung?«, fragte ich. »So wie sein Herr und Gebieter?«

Das war Flirten, was ich hier machte. Verdammt, ich hatte es fast verlernt.

»Ja!«, erwiderte Hagen knapp. »So wie ich!« Sein Blick verriet, dass er wusste, worum es ging.

Ich schluckte. Wechselte das Thema. »Aha. Wird man den Mörder von Friederike jemals finden?«

Er seufzte, breitete die Arme an der Rückwand der Bank weit aus, wobei er meine Schulter leicht berührte. »Je länger es dauert, desto schwieriger wird es. Die Spuren werden kalt. Ich fürchte, Friederike Schmieds Tod wird zumindest im Moment folgenlos bleiben.«

»Für mich nicht! Es kostet mich enorme Überzeugungsarbeit, meinen Kundinnen zu erklären, dass es kein lebensgefährliches Unterfangen ist, mit mir einkaufen zu gehen. Der Mord hat meinem Geschäft geschadet. Dank Frau Trost gibt es auch einige, die mich selbst für die Mörderin halten. Und Kleinstädte wie Ettlingen haben ein langes Gedächtnis. Ich habe keine Lust, den Kopf für so etwas hinzuhalten.«

Hagen stand auf und sah auf mich herab. Sein Blick war kühler geworden. Sein Hund stellte sich hinter ihn und lugte frech zwischen seinen Beinen hindurch.

»Sagen Sie das unserem Mörder! Er wird Verständnis für Ihre gesellschaftliche Situation aufbringen, da bin ich sicher. Aber dazu müssten Sie ihn erst mal finden, und obwohl ich Ihnen ja ziemlich viel zutraue – das dann doch nicht!«

»Warum nicht? Es gibt durchaus Privatpersonen, die Morde aufgeklärt haben. Lesen Sie keine Bücher, Herr Hayden?«

»O doch. In Romanen vielleicht. Nicht im Hier und Heute, meine Gnädigste. Und Sie? Schon gar nicht. Sie sind nicht sensibel genug dafür. Zu oberflächlich, sprunghaft. Zu ichbezogen. Eine reiche Society-Lady. Mehr interessiert an Ihrem Aussehen, als an dem Zustand der Welt um Sie herum.«

»Das stimmt nicht.«

»Machen Sie sich nichts vor! Sie müssten anderen Leuten zuhören können, auch wenn die keine handgenähten Schuhe tragen. Sie müssten Geduld haben und dranbleiben, und das können Sie nicht!«

»Woher wollen Sie das wissen?«

»Nennen Sie es Menschenkenntnis. Sie sind eine Champagnernipperin. Eine, die höchstens beim Tennisspielen alles gibt. Oder sich auf dem Golfplatz verausgabt, wenn die anderen zusehen und sie bewundern. Aber sonst leben Sie mit eher gebremstem Schaum. Ich wette, Sie haben höchst selten Sex mit Ihrem Mann, und wenn, dann nichts Aufregendes.«

Der federleichte Flirt war unversehens zum Kampf geworden. Ich stand auf, sah ihm direkt in die spöttischen Augen.

»Kein Wunder, dass Sie noch in Ettlingen Dienst tun bei dieser miserablen Menschenkenntnis. Friederikes Tod klebt nach wie vor an mir, denn er hat mich aus dem Rampenlicht ins Zwielicht gerückt, und das gefällt mir gar nicht. Bisher hatte ich auf Ihre Behörde gehofft, aber jetzt merke ich, dass Sie keinen Schritt weitergekommen sind. Ich will herausfinden, wer einen Grund hatte, der armen Friederike die Luft abzuwürgen. Und ich werde eine Spur finden. Wetten?«

»Schon verloren. Unsere umfangreichen Ermittlungen haben keinerlei Motiv für diese Tat ergeben. Es klingt unpopulär, aber es gibt solche beiläufigen Morde: eine Straftat, die keinem erkennbaren Muster folgt. Jemand, der Frauen in Umkleidekabinen beobachtet. Ein Triebtäter. Sie hat sich gewehrt, wollte schreien, er hat sie erwürgt. Oder jemand wollte ihr Geld, sie hat sich geweigert, es herauszugeben, und er hat sie in seinem Frust erwürgt. Und dann hastig den Geldbeutel gestohlen.«

»Daran glaube ich nicht! Friederike hätte gerufen, nein geschrien, wenn ein Unbekannter in ihre Kabine gekommen wäre. Sie war sehr ängstlich.«

»Es ist eben ganz schnell gegangen!«

»Daran glaube ich ebenfalls nicht. Friederike muss den Täter oder die Täterin gekannt haben, denn sie hätte sich schon verteidigen können. Sie war keine zarte Elfe. Der Geldbeutel und das Handy sind nur gestohlen worden, um einen Raubmord vorzutäuschen. Warum hat er den Hunderter übersehen? Doch sie hatte sowieso nicht viel Bares dabei. Wir wollten alles mit Karte zahlen. Die war in ihrer Börse. Ist jemals etwas von ihrem Konto abgebucht worden, oder hat jemand versucht, irgendwo damit zu bezahlen? Bestimmt nicht. Sie hatte ein ziemlich billiges Handy. Deswegen mordet man doch nicht. Ihr Mörder war ein Mann, und er hat sie gut gekannt.«

»Wie Sie meinen! Ich bin beeindruckt. Bei der Auswahl von zwei Geschlechtern gleich das richtige entdeckt!« Hagen grinste.

Ich betrachtete ihn mit offener Abneigung. »Es gibt einen Grund für diese Tat. Doch er ist verborgen. Tief verborgen und für Polizistenaugen nicht erkennbar.«

Hagen lachte wieder rau und überheblich. Der Hund sah seinen Leitwolf anerkennend an.

»Von mir aus. Suchen Sie nach einem Motiv. Lassen Sie es nur meinen Chef nicht wissen. Also gut, wetten wir! Um ein Abendessen im ›Albkönig‹. Nur wir beide. Und Sie bezahlen.«

»Aber nur, wenn Sie sich anständig anziehen. Ich will nicht die andere Hälfte meines Rufes auch noch verlieren.«

»Sie würden sich wundern. *Würden*, nicht werden. Denn es wird nicht dazu kommen. Sie sind schön, und Sie könnten sicher jederzeit einen neuen reichen Typen auftreiben, der Ihnen die netten Klamotten finanziert, die Sie da spazieren tragen, aber niemals einen Verbrecher, den wir nicht aufspüren konnten. Wir haben die Sache mit Friederike Schmied nämlich richtig ernst genommen.«

»Wegen der Stellung ihres Mannes, nicht wahr? Aber ich werde mich um Friederike *selbst* kümmern und nicht um ihren Mann.«

»Viel Glück!«, sagte er.

***

Und so beschloss ich, Friederikes Mörder selbst aufzuspüren. Und zwar aus zwei ziemlich egoistischen Gründen: erstens, um mich bei jenen zu entlasten, die mich immer noch misstrauisch ansahen, wenn sie mir in der Stadt begegneten, und zweitens, um Hagen zu zeigen, dass ich nicht nur eine sprechende, sondern auch eine denkende Modepuppe war.

Und auf diese Weise fand ich tatsächlich eine Aufgabe, die mir wirklich Spaß machte!

Doch zunächst einmal fand ich mich der Realität gegenüber.

In Kriminalromanen sahen die Ermittlungen einer Privatperson in einem Mordfall immer so leicht aus wie Marmorkuchenbacken. Erkenntnisse, Verdächtige und der Polizei entgangene Hinweise pflasterten den Weg des Hobbyermittlers. Eins führte scheinbar mühelos zum anderen. Zeugen meldeten sich von allein, und Spuren, die bisher alle übersehen hatten, fielen wie Sternschnuppen vom Himmel. Und vor allem wussten die selbst ernannten Detektive immer, welcher von den lose hängenden Fäden der richtige war, um ihn zu fassen und am anderen Ende einen Mörder zu finden.

Ich hatte aber nicht die geringste Ahnung, wo ich anfangen sollte.

Ich habe Friederike nicht wirklich gut gekannt. Wir waren bei verschiedenen Anlässen zusammengetroffen, doch da sie mindestens fünfzehn Jahre jünger als ich und außerdem berufstätig gewesen war, hatten sich unsere Wege morgens auf dem Markt oder beim Joggen im Horbachpark selten gekreuzt. Früher hatte sie außerdem einen Hund, und ich konnte Hunde nicht leiden. Deshalb war ich ihr meistens aus dem Weg gegangen, wenn ich sie von Weitem sah. Ich wollte nicht unbedingt Pfotenabdrücke auf meiner sandfarbenen Basler-Ziegenlederhose haben. Bei den Sitzungen der »Freundinnen des Balletts« sowie bei denen der »Liebhaber des Staatstheaters«, an denen ich nur gelegentlich teilnahm, hatte ich sie natürlich immer wieder von Weitem gesehen.

Meistens waren das allerdings nur die typischen Bussi-Bussi-Begegnungen, denn sie steckte mit ihrem Bekanntenkreis, das heißt mit dem von Horst, zusammen, und ich saß mit meinen Leuten am Tisch. Sie hatte auf mich sowieso niemals besonders kunstinteressiert gewirkt, ihr Engagement fürs Theater schien mir eine Pflicht, die sie ihrem Mann zuliebe wahrnahm.

Deshalb erstaunte es mich, als sie sich um den Posten der Zweiten Vorsitzenden der Ballettfreundinnen bewarb. Ich sprach Elena einmal darauf an, doch sie sagte kein Wort dazu. Immer die korrekte Beinahe-Französin, äußert sie sich niemals zu Privatangelegenheiten ihrer Gönnerschaft. Sie zog nur die schmalen gezupften Augenbrauen hoch und lächelte ein wenig mitleidig.

Außer dass ich nicht wusste, wo ich beginnen sollte, standen mir natürlich auch keinerlei ermittlungstechnische Hilfsmittel zur Verfügung. Mein Mann war zwar Anwalt, aber er beschäftigte sich nur mit einträglichen Steuersachen, und überdies hatte er wenig Zeit.

Keine Zeit zu haben war eine seiner verlässlichsten Eigenschaften. Rückblickend musste man sich wundern, dass er überhaupt einen Termin finden konnte, um mich zu heiraten und eine Tochter zu zeugen. Friederikes Tod hatte ihn deshalb auch mehr geärgert als schockiert. Wegen des ungeplanten Todesfalles und der sich unweigerlich anschließenden Beerdigung hatte er einen wichtigen Termin in Hamburg absagen müssen.

»Kannst du dir vorstellen, wer Friederike umgebracht haben könnte?«, versuchte ich es am nächsten Frühstücksmorgen nach meiner waghalsigen Wette mit Hagen Hayden trotzdem. Wir saßen im Wintergarten, den ich vor Jahren ärgerlicherweise im Landhausstil eingerichtet hatte. Früher war Landhaus etwas für die gehobenen Geldbeutel, heute gab es das Zeug im Kaufhaus. Ich würde mir etwas anderes einfallen lassen müssen. Letztes Jahr hatte ich in Düsseldorf einen interessanten norwegischen Designer entdeckt, der sehr geschmackvolle Unikate in estnischer Birke fertigte … Zu gegebener Zeit würde ich ihn kontaktieren.

Ich hatte eine Glastür geöffnet. Aus dem Garten roch es würzig nach beginnendem Herbst. Befriedigt musterte ich meinen Frühstückstisch. Ich hatte mir angewöhnt, morgens ein kleines Büfett aufzubauen: Parmaschinken, Melone. Frisches Obst. Müsli und Quark. Für meinen Mann servierte ich Rühreier und Champignons auf einer Wärmeplatte. Das Service, altes Wedgwood, war hellrosa, die Tischdecke, altes irisches Leinen, war weiß, und darauf war auch mein morgendlicher Aufzug abgestimmt. Altrosa Leggings, etwas weiter geschnitten, mit einem weißen Sweatshirt. Dazu trug ich eine kleine silberne Kette mit einem rosafarbenen Kleeblatt. Ein Morgenschmuck.

Ich erwartete ein gegrummeltes Nein. Stattdessen schoben sich die »Badischen Neuesten Nachrichten« ein Stück zur Seite, und es erschien das glatt rasierte Gesicht meines Mannes: Hornbrille, Manager-Igelschnitt, schmaler Mund. Ehemals dunkelblondes Haar, jetzt im Dienst an der Steuerhinterziehung ergraut.

»Ja«, sagte er zu meiner grenzenlosen Überraschung. Ich hatte im Verlauf unserer eher nüchtern verlaufenen Ehe selten eine derart klare Antwort von ihm bekommen. Außer damals am Standesamt, als ihm klar wurde, dass ihm den Hauptpreis des hübschesten Mädchens von Ettlingen und Umgebung keiner mehr streitig machen würde.

»Wer denn?«

»Ihr Liebhaber!«

»Ihr Liebhaber? Friederike hatte einen Liebhaber?«

Er grinste, wie Männer grinsten, wenn es um so etwas wie den außerehelichen Sex von anderen ging. Ging es um den eigenen, verging ihnen das Grinsen meist. In unseren Kreisen wussten die Frauen recht gut, wie man sich fürs Fremdgehen rächte, und das wurde dann teuer. Nicolaus hatte mir ein einziges Mal Grund zum berechtigten Misstrauen gegeben: ganz simpel mit einer Bürokraft. Abiturientin. Blond. Keck. Ein bisschen billig. Ich war dem Rat einer italienischen Cousine gefolgt und war weder verständnis- noch würdevoll gewesen, sondern hatte derart entfesselt getobt, geschrien, geheult und ihn beschimpft, dass er, zu Tode erschrocken, die Sache schon im Ansatz aufgegeben hatte. »Moderne Frau?«, hatte Maria damals gesagt. »Vergiss es. Das ist nur allzu bequem für die Männer. Verhalte dich alttestamentarisch. Das verstehen die meisten Kerle besser. Und es erschreckt sie. Alte Kastrationsängste, du verstehst.«

Nicolaus legte die Zeitung zur Seite und sah auf seine Breitling-Uhr.

»Liebhaber ist das falsche Wort. Sagen wir, sie hatte eine Affäre. Ich habe sie mit der Affäre gesehen.«

»Wo denn?«

»Oben im Rimmelsbacher Hof. Du weißt ja, auf der Hochebene bei Schluttenbach.«

Natürlich wusste ich, wo das war. Von Zeit zu Zeit verschlug es uns Damen, die wir tagsüber Freizeit hatten, dahinauf, mit dem Auto oder besser noch zu Fuß. Dann tranken wir Kaffee in dem rustikalen Ausflugslokal, genossen den weiten Blick über die Vorhügel des Nordschwarzwalds, über Wiesen, Weiden, Koppeln, versteckte Höfe, Obstbäume und Hecken.

Vielleicht hatte eine ihrer Freundinnen ein Pferd dort stehen? Die Töchter der meisten Leute, die ich kannte – einschließlich meiner eigenen –, waren als junge Teenies auf diese Höhen zum Reitunterricht gefahren worden oder hatten dort die Gäule anderer Familien versorgt. Unser Pferd, eine Reitbeteiligung, stand allerdings heute in Moosbronn, ein paar Hügel weiter. Irgendwann ließ zur Erleichterung der Eltern die Pferdeverliebtheit der kleinen Mädchen sowieso nach, ebenso wie auch die Begeisterung fürs Ballett schwand, wenn sich die Spreu vom Weizen trennte und das Üben lästig wurde.

»Ja und?«

»Ich war mit einem Kunden aus Baden-Baden dort. Aus bestimmten Gründen liebt er«, jetzt grinste mein Mann erneut, was ihm eigentlich nicht stand, »etwas abgelegenere Orte für unsere Gespräche. Friederike offenbar auch. Ich habe sie dort mit einer Frau gesehen. Und wenn die keine Lesbe war, dann fordere ich meinen Optiker zum Duell. Grässliche Person. Die beiden schienen mir sehr eng und in ein vertrautes Gespräch vertieft. Einmal hat die Lesbe Friederike die Hand auf die Schulter gelegt, und die hat den Kopf geschüttelt. Ich hatte stark den Eindruck, es war eine Trennungsszene. Ich meine, dass Friederike gesagt hat: ›Ich will damit aufhören!‹ Dass es so was bei denen auch gibt. Man lernt nie aus.« Er lachte.

Ich staunte über meinen eigenen Mann. So viel Beobachtungsgabe hätte ich ihm nicht zugetraut!

»Das hast du hoffentlich der Polizei erzählt?«

»Natürlich nicht. Wo denkst du hin?«

»Und warum nicht?«

»Horst ist zwar nicht unbedingt mein engster Freund, aber wir spielen immerhin seit Jahren Tennis zusammen, und außerdem macht er vielleicht Karriere. Sein Name ist im Zusammenhang mit Berlin genannt worden. Ich mache mir den doch nicht zum Feind, indem ich seine Frau als Lesbe oute! Auch eine tote Frau kann noch peinlich sein.«

Mir fehlten mal wieder die Worte.

Männer und Frauen passten offenbar in keinem einzigen Punkt zusammen. Das wurde mir jeden Tag klarer. Möglicherweise waren es aber nur Nicolaus und ich, die nicht zusammenpassten.

»Glücklicherweise«, fügte mein Mann noch an, »habe ich in diesem Punkt mit dir keinen Ärger! Gegen eine schöne Frau, die sich als Hobby nette Sachen zum Anziehen kauft, ist nichts einzuwenden.«

Ein zweifelhaftes Kompliment. Ich sah meinem Mann nach, wie er gut gelaunt zu seinem BMW ging, um zur Arbeit zu fahren. Erst spät am Abend würde ich ihn wieder sehen.

Ich ging in mein Zimmer, sortierte zwei billige Esprit-T-Shirts, die ich mir gestern Morgen aus einer Laune heraus gekauft hatte, ins Farbschema meines Kleiderschrankes ein. Das fliederfarbene Shirt zu dem braunen Leinenrock mit den Fliedertupfen von Marlene Birger. Das eierschalenfarbene zu meiner Marlene-Dietrich-Hose, die erst nächste Saison modern werden würde. Oder passte es vielleicht morgen zum Frühstück mit der mokkafarbenen Yogahose und Leinenturnschuhen? Ich könnte danach letzte Rosen schneiden und die Blätter in Wasserschalen schwimmen lassen. Elena hatte mir den Tipp gegeben, sie vorher mit Goldpigmenten zu besprühen und mit Spray zu fixieren. Elena und ich waren zumindest in puncto Stil auf Augenhöhe.

Ich ließ meinen vorletzten Einkaufsbummel mit Friederike noch einmal Revue passieren. Gut gelaunt nach einem Frühstück im Dorint-Hotel am Festplatz in Karlsruhe, waren wir morgens um zehn im Kaufhaus Breuninger eingetroffen – eine gute Uhrzeit und eine gute Adresse, wenn es darum ging, die absolute Basisversorgung in Weiß, Schwarz und Grau sicherzustellen.

Keine leichte Aufgabe. Friederike hatte zwar erstaunlich schmale Fesseln und Handgelenke gehabt, doch der Rest sah aus, als hätte der liebe Gott eigentlich ein zartes Persönchen aus ihr machen wollen, wäre aber in seinem Werk gestört worden und hätte den Rest etwas lustlos zusammengezimmert. Oben hatte sie eine Vierzig, unten mindestens eine satte Vierundvierzig. Überdies zeichnete sie sich durch eine beklagenswert schlechte Haltung aus. Hängende Schultern und leicht schlurfender Gang.

Ich hatte sie so diskret wie möglich darauf aufmerksam gemacht. »So, wie ich sie in Erinnerung hatte, war deine Mutter doch recht beweglich!« Dabei hatte ich ihre Mutter nicht oft gesehen, aber sie war mir als zierliche und biegsame Frau in Erinnerung geblieben.

»Ja, das war sie«, hatte sie gesagt und sich instinktiv aufgerichtet. »Du hast recht. Mutter würde mich schimpfen.«

»So was ist schlimm«, hatte ich sie getröstet. »Meine Mamma sieht mir aus dem Himmel zu, und wenn ich meinem Mann nicht einmal die Woche sein Leibgericht koche, meckert sie mich auf Italienisch an. Sie ist immer noch der Meinung, dass Männer über den Magen zu steuern sind. Sogar solche Exemplare wie meiner!«

War Friederike eigentlich wirklich ein so stilles, unglückliches Veilchen im Moose gewesen, oder hatte sie brisante sexuelle Geheimnisse gehütet? Sie hatte immer so durchschnittlich, langweilig und unsicher gewirkt, stets eifrig bemüht, ein biederes und angepasstes Leben zu führen.

Sich aber mit einer Lesbe in einem Ausflugslokal zu treffen und Trennungsgespräche zu führen, war eindeutig *nicht* bieder. »Wenn Horst nach Berlin gehen sollte, eines Tages«, hatte sie irgendwann einmal gesagt, »muss ich deine Dienste noch ein paarmal in Anspruch nehmen. Damit ich nicht wie ein Bauerntrampel aus Ettlingen, sprich aus der Provinz, wirke. Die meisten dort wissen nicht mal, wo Ettlingen liegt. Sie kennen nur das Bundesverfassungsgericht in Karlsruhe. Du weißt ja, Horst ist in dieser Zukunftskommission im Innenministerium in Stuttgart. Das gilt anscheinend als Sprungbrett für Höheres.«

Friederike in der Berliner Politschickeria konnte man sich nur schwer vorstellen.

Wir selbst waren ja mehrfach im Jahr in der Hauptstadt. Mein Mann traf sich mit Kunden, und ich studierte Trends. Danach kamen wir gern ins ruhige Baden zurück und ließen uns mit einem Seufzer in die nett renovierte, verwinkelte Kleinstadtidylle mit ihren sauberen Puppenhäuschen zurückfallen.

Schon die Römer hatten es sich bei uns gemütlich gemacht. Lange bevor hinten im Tal die Klöster für etwas Zivilisation sorgten, hatten sie in ihren Hypokausten Wellnessgefühle genossen. Unter der Martinskirche kann man die Überbleibsel ihrer Lebenskunst bestaunen. Wann immer ich für meinen Mann und seine Rotarier das Damenprogramm organisierte und Besuch von außerhalb die lichten Deckenmalereien von Emil Wachter zeigte, führte ich die Besucher auch dahinunter. Man musste ja nicht gleich erzählen, dass es in Baden-Baden und Badenweiler stattlichere römische Wärmestuben gab. Und wenn die verwöhnten Unternehmergattinnen dann abends nach dem Diner auf den beleuchteten hölzernen Albbrücken standen, fühlten sie sich wie im Süden, waren zufrieden, und ihre Männer machten in Ruhe gute Geschäfte.

Ich ging in Gedanken noch einmal alle Anlässe mit Friederike durch, doch ich konnte wirklich keine auch noch so kleine Bemerkung von ihr, keine Eigenart finden, die des Mordens wert gewesen wäre. Und doch war sie nachweislich tot.

Also musste es einen dunklen Fleck in Friederikes Leben gegeben haben, den wir alle übersehen hatten. Welche Quelle könnte für mich sprudeln, die für Hagen und seine Leute trocken geblieben war? Schließlich hatten sie wochenlang in allen Winkeln von Friederikes Existenz gesucht. Anders gefragt: Wer würde der Polizei gegenüber eisern schweigen, wenn es um mich und mein Leben ging? Freundinnen. Elena zum Beispiel.

Vor allem die beste Freundin einer Frau sollte eigentlich immer – auch über den Tod hinaus – diskret sein, und in Friederikes Fall war das leider Beate Schreiber.

Die Tierarztgattin, eine recht dynamische kleine Person, die mehr hobbymäßig eine Buchhandlung für Kinder betrieb, war nicht gerade meine engste Bekannte. Wir wechselten höfliche Worte, doch wir mochten einander nicht.

Sie benahm sich übertrieben kinderfreundlich und hofierte gut situierte junge Mütter, die teure Bilderbücher bei ihr kauften. Ansonsten tat sie betont kultiviert, war eine mühsam getarnte Kettenraucherin und wäre eine gute Kundin für mich gewesen, denn auch sie hatte ein bemerkenswertes Talent, sich schlecht zu kleiden. Die Gute besaß in etwa die Figur eines Pflaumenmännchens –

diese vertrockneten Dinger, die man früher Kindern in der Weihnachtszeit aufnötigte. Vor allem hatte sie keinen Hintern. Und dieses Nichts steckte sie dann leider noch in ausgeleierte Cordhosen, die zwar vielleicht sogar irgendwann einmal teuer gewesen waren, die man aber trotzdem deshalb nicht lebenslang tragen musste.

»Traust du dich nicht mehr in die Boutique von Frau Trost, oder suchst du etwa ein Geschenk?«

Auch Beates Humor war so trocken wie ein Pflaumenmännchen, er brachte nicht einmal sie selbst zum Lachen. Doch bei mir war sie an die Falsche geraten.

Seit meinen Jungmädchentagen verkehrte ich in der gehobenen Kaste und wurde von ihr hofiert. Mit den Jahren hatte ich mir eine gewisse Kühle und Schlagfertigkeit angewöhnt.

Ich setzte mein Drei-Sterne-Restaurant-Gesicht auf, von meinen Freundinnen »Albkönig-Gsicht'le« genannt, und versetzte kalt wie ein Wintertag auf dem Dobel: »Frau Trosts Boutique hat auch ein wenig an Niveau eingebüßt, findest du nicht? Dabei war das das einzige Geschäft, in das man in Ettlingen gehen konnte.«

Sie verzog das Gesicht.

»Nein, Beate, eine Freundin von mir ist recht spät noch Mutter geworden. Ihre kleine Tochter liebt Ratten. Hast du etwas über Ratten da?«

Ich hatte keine Lust, ein nutzloses Kinderbuch zu kaufen, und hier wähnte ich mich auf der sicheren Seite. Kinderbücher über Ratten hatte es jedenfalls in der guten alten Zeit nicht gegeben.

»Das trifft sich gut. Hier habe ich etwas ganz Reizendes. ›Béla, der musikalische Ratterich‹. Ein ungarisches Kinderbuch. Sonderpreis zwanzig Euro.«

Man muss wissen, wann man verloren hat. Eisig lächelnd entrichtete ich den Preis. Es würde sich schon irgendein Wohltätigkeitsbasar finden, der das Buch brauchen konnte.

Jetzt mussten allerdings Informationen als Gegenwert fließen, sonst hatte sich das gute Werk nicht bezahlt gemacht. Am besten schnell, bevor die nächste Kundin die Ladenglocke ertönen ließ.

Ettlingen war eine Stadt, in der es ziemlich viele gut situierte junge Familien gab. Es würde nicht lange dauern, bis eine nette Mutter auftauchte, und Beate würde um sie herumschwirren wie eine Motte.

»Schockierend, die Sache mit Friederike, nicht wahr?«, begann ich. »Habe dich gar nicht bei der Beerdigung gesehen.«

»Die leidigen Ladenöffnungszeiten! Nicht alle haben es so gut wie du und arbeiten mal zwischendurch und mal nicht. Betonung auf *nicht*, hm?« Falsches Lächeln. »Wenn allen deinen Kundinnen ein solches Schicksal droht, sterben sie bald aus.«

»Unter denen, die noch leben, besteht für meinen Service enormer Bedarf, Beate. Ich werde wohl auch bald mehr Stunden tätig werden müssen. Wie wäre es beispielsweise mit dir als Kundin?«

»Falsche Adresse«, wehrte sie ab. »Ich weiß seit Kinderzeiten, was mir steht.«

Diese Behauptung machte mich beinahe sprachlos. Hatte die Frau keine Spiegel zu Hause? Gab es niemanden, der ihr die Wahrheit sagte?

Doch es kam noch besser: »Nicht böse sein, Swentja, aber ich habe eigentlich auch Friederike abgeraten, dich dafür zu bezahlen, mit ihr teure Klamotten kaufen zu gehen.«

Ich lächelte weiterhin verbindlich. Blöde Kuh. Auch wenn ich zehn Enkelkinder bekäme, würde ich bei dir kein einziges Buch kaufen.

»Seit dem Tod ihrer Mutter war Friederike ziemlich durcheinander, aber sie war eigentlich immer schon ziemlich sensibel. Und schnell aus der Bahn zu werfen. Dann ist man leichte Beute. Ich denke nicht, dass sie sich diese teuren Spielereien leisten konnte, die sie eine Zeit lang im Kopf hatte …«

»So teuer ist es nun auch nicht, mit mir einkaufen zu gehen.«

»Damit meine ich nicht dich allein. Dieser Quatsch mit der Ahnenforschung, den sie eine Zeit lang betrieben hat.«

»Ach das!«, log ich. »Ja, sie hat mir davon berichtet. Das war wirklich …«

»Ja. Sie hatte sich ja schon seit Längerem eingebildet, ihr Vater wäre nicht ihr Vater gewesen. Ich habe der Polizei gegenüber eine Andeutung gemacht, doch sie haben sich nicht besonders dafür interessiert. Du weißt deshalb natürlich davon?« Ich wusste es nicht, aber das ging Beate nichts an.

»Tja. Wie ist sie denn eigentlich darauf gekommen? Das war mir nie richtig klar geworden.«

Eine Kundin betrat den Laden. An der Hand führte sie ein kleines Mädchen, das viel zu dick war. Kleine Mädchen sollten kein Doppelkinn haben. Dafür war immer noch Zeit, wenn sie als Witwen im Café König in Baden-Baden die berühmte Apfelreistorte gleich zweimal bestellten.

»Haben Sie etwas übers Ballett?«, erkundigte sich die Mama. »Meine Leah hier interessiert sich sehr dafür, und das ist meinem Mann und mir natürlich sehr recht. Leah mit – *h*.«

»Du entschuldigst mich?« Beate eilte zu einem Regal mit Büchern, auf deren Titelbildern es von Tutus und Spitzenschuhen wimmelte.

Das Kind – ob mit h oder ohne – sollte lieber erst mal eine Weile lang Äpfel und Möhren anstatt Hamburger essen, dachte ich. Dann denken wir ans Ballett. Wenn es eine Pirouette dreht, vibriert ja der Bühnenboden. Hoffentlich kam die Mutter nie auf die Idee, das Kind Elena vorzustellen. Elena würde alle Träume des Mädchens mit einem ihrer berühmten Blicke vernichten.

Elena hat mir einmal den Grund genannt, warum sie sich überhaupt mit mir traf und mich gelegentlich hinzubat, wenn sie eine handverlesene Damengesellschaft bei sich empfing oder in ein Restaurant einlud. Gerne hielt sie Hof beim Frühstück – ihrer erklärten Lieblingsmahlzeit – in dem feinen Sternerestaurant Hotel Villa Hammerschmiede im Pfinztal, wo sich übrigens auch unser Golfclub Johannesthal befand.

»Ich habe eine Schwäche für Schönheit, Swentja. Nenne es *déformation professionnelle.* Wie intelligent oder menschlich wertvoll du bist, weiß ich nicht, und ich will es auch nicht wissen. Es reicht mir, dass du so schön und so vollkommen bist wie die griechische Urne von John Keats.« Ich hatte verbindlich gelächelt.

In den Jahren, in denen ich eine perfekte Person in einer perfekten Kulisse darstellte, hatte ich außer Vogue und Madame nicht viel gelesen. John Keats? Ich ließ mir regelmäßig die ersten drei Werke der Bestsellerlisten zuschicken, aber der Name sagte mir nichts. Ich schlug nach. »Ode to a Grecian Urn«. Eine Hommage an die vollkommene Schönheit in vierzehn Zeilen. Englische Romantik. England war modemäßig derzeit ein gutes Pflaster. Seit Herzogin Kate Topshop-Kleider trug, waren sie gesellschaftsfähig geworden. Auch ich hatte mir dort übers Internet eine reizende altrosa Bluse mit Rundhalsausschnitt und eine dazu passende Strickjacke bestellt.

Als ich Beates kleinen Kinderbuchladen verließ, war mir klar, dass kein Weg an Friederikes Ehemann vorbeiführte, denn er sollte eigentlich über Friederikes Interessen in der Zeit vor ihrem gewaltsamen Ende Bescheid wissen.

Wenn er sich allerdings etwa genauso für das Gefühlsleben seiner Frau interessierte wie mein Gatte für das meinige, war er als Informant nutzlos. Ich wusste mich in diesem Punkt in guter Gesellschaft, denn die meisten Ehen in unseren Kreisen glichen der meinen.

Die Männer machten ihre vorbestimmte Karriere, und ihre Frauen bekamen ein oder zwei dazu passende Kinder. Alle zusammen landeten bald im Tennisclub, wobei die Kinder im »Kid's Racket Club« mit ihresgleichen Bälle ins Netz droschen. Den Frauen reichte das bald nicht mehr. Sie wollten »irgendwas tun« und endeten, da sie für Karriere zu alt oder zu verwöhnt waren, beim sozialen Engagement.

Sie nahmen dann ein schickes Ehrenamt an und lasen in Ettlingen-West, wo nach dem Krieg die Flüchtlinge angesiedelt worden waren und heute viele türkische und russische Familien lebten, benachteiligten Kindern Märchen vor oder verkauften im Januar beim Pfennigbasar in Karlsruhe Sachen, die sie selbst nicht mal im Keller dulden würden.

Die weniger Altruistischen eröffneten einen kleinen Laden, meist eine Boutique oder etwas Dekoratives, der gute Gefühle, aber keinen Gewinn abwarf. In Ettlingen war das Auffangbecken dafür der sogenannte »Dritte-Welt-Laden«, wo die Damen faire Schokolade und handgenähte bunte Stofftaschen verkauften, die sie ihrerseits allerdings niemals benutzen würden.

Wir alle hatten Freundinnen, die untereinander durch ein dichtes Netzwerk aus sozialer Stellung, Geld, Ansehen, Einfluss und schönen Häusern, etwa im teuren Karlsruher Märchenviertel oder am noblen Geigersberg in Durlach, verbunden waren. Zusammen mit uns kreisten sie um Lesungen, Konzerte, ums Theater oder gute Restaurants. Wir liebten Wellnesshotels, die durchaus auch im noblen Schwarzwald liegen konnten, und wir tauschten uns aus, wie sauber die Schwimmlandschaften und gesund die Frühstücksbüfetts waren. Unsere Pferde standen in den Ställen auf den Höhen des Albtals, unsere Kinder fuhren in die Disco nach Karlsruhe und nahmen schon mal ein Taxi nach Hause. Wir selbst machten eifrig in Kultur und reisten auf der krampfhaften Suche nach guten Events bis Mannheim, Stuttgart, Straßburg oder Pforzheim. Selbst wenn wir eigentlich keine Klassik mochten und nichts davon verstanden, war uns die Netrebko schon mal ein paar hundert Euro wert. Genau wie der Radio-Regenbogen-Award in Karlsruhe, wo Schuhbeck kochte. Für so eine Veranstaltung wurde mit neuem Abendkleid locker ein Tausender pro Paar fällig.

Bei der Kultur brauchte man allerdings gelegentlich die Männer, so wie die Merkel ihren Gatten nach Bayreuth mitschleppen musste. Tauchte man zu oft allein auf, gab es Gerede.

Also kamen die Ehemänner mit, unterdrückten aber stets ein Gähnen und schielten dauernd nach ihren auf Vibration gestellten Handys. Sie waren Richter, Anwälte, Ärzte, Professoren, Industrielle, Selbstständige oder Bankiers, ihre Welt waren Meetings, Dienstreisen, Firmenwagen, Projekte und Mindmaps.

Ich wusste, wie abgeschottet vom wirklichen Leben mein Alltag war, aber die raue Wirklichkeit hatte niemals einen Reiz für mich besessen. Ich lebte gern wie in einem kuscheligen rosafarbenen Wellnessdress, der mich ganz und gar umhüllte und wärmte, und sah überhaupt keinen Grund, diesen Zustand zu ändern.

Doch jetzt klaffte ein Riss in meiner perfekten Wohlstandsfassade, und der hieß Friederike. Wenn ich sie wenigstens nach ihrem Tod noch näher kennenlernen wollte, musste ich mit Horst Schmied sprechen. Da er frei herumlief, ging ich davon aus, dass ihm Friederikes Tod nicht angelastet wurde, obwohl Ehemänner meistens auf Platz eins der Verdächtigenliste standen.

Allerdings gab es keine gesellschaftlichen Regeln für den Besuch bei dem Witwer einer Ermordeten, und das für einen solchen Besuch passende Outfit machte mir ebenfalls Kopfzerbrechen. Vielleicht würde ich die kurzärmelige, diagonal geschnittene Weste von Helmut Lang und dazu eine maskuline Marinehose von Mango tragen – eine sachliche und eher unterkühlte Kombination.

»Ich würde dich gerne treffen, Horst«, sagte ich am Telefon, nachdem es mir mit einigen Schwierigkeiten gelungen war, überhaupt zu ihm durchgestellt zu werden. Seine Sekretärin hatte in arrogantem Ton behauptet, er sei im Moment auch für Freunde nicht zu sprechen. Erst als ich vorgab, aufgrund eines kürzlich stattgefunden Gesprächs mit der Kriminalpolizei anzurufen, hatte sie mich widerwillig durchgestellt.

»Ein Treffen? Reden? Gerne, Swentja«, erwiderte er mit einem Tonfall, der mir nicht gefiel.

Trauer lag darin, ja sicher. Aber auch eine leise Erwartung auf etwas Neues. Auf einen anderen Lebensabschnitt. Hoffentlich nicht auf mich.

»Wenn du es darauf anlegst, würde ich für keinen von unseren Ehemännern die Hand ins Feuer legen«, bemerkte kürzlich meine Tennispartnerin Marion, die im Waldbronner Thermalbad eine Vitrine gemietet hatte und dort versuchte, ihre Seidenmalerei zu verkaufen. Dabei würde ich Marions Mann, einen fettleibigen Investmentbanker, der ihr herablassend die Seide und die Farben für ihr albernes Hobby spendierte, nicht mal mit Handschuhen anfassen.

»Horst, es geht um Friederike. Um ihren Tod. Um die Art ihres Todes. Das lässt mir keine Ruhe. Schließlich war ich dabei. Im weitesten Sinne.«

»Es ist ganz schrecklich«, erwiderte er ziemlich sachlich. »Treffen wir uns zum Espresso im Café Pierod an der Martinskirche. Ich komme so gegen vier aus Stuttgart zurück. Hoffentlich ist die A 5 nicht wieder so verstopft. Ich habe wirklich keine Lust, schon wieder über Freudenstadt auszuweichen und das ganze Murgtal bis Gernsbach hinter einem Laster mit Holzstangen herzufahren. Ständig bedroht von den Motorradfahrern, die wie die Irren überholen. Da müssen andere Lösungen her. Verkehrspolitische Lösungen. Stillstand in den Köpfen ist Stillstand auf der Straße, meine Damen und Herren.«

Er holte tief Luft.

»Ja, das mit meiner armen Frau ist wirklich schrecklich. Jeder in der Fraktion hat mich darauf angesprochen. Es wird Jahre dauern, bis ich mich davon erholt habe.«

In welcher Hinsicht?, dachte ich.

»Gut. Also sehen wir uns nachher.«

Horst wartete schon, als ich kam, denn ich kam aus Prinzip immer etwas zu spät. So viel, dass die Leute gerade noch erleichtert waren, dass ich überhaupt kam, und kurz bevor sie anfingen, sich zu ärgern.

Da es sehr warm war, hatte ich mich in letzter Minute gegen das geplante graue Outfit entschieden, verkörperte aber trotzdem pure Seriosität: ein handgeschneidertes hellbraunes Kostüm meiner Berliner Lieblingsdesignerin Stefanie Loos, ein Geheimtipp, enger Rock und Halbarmjacke aus dünnem Walkstoff, meine kleine hellbraune Gucci-Tasche, die ich schon viele Jahre besaß, und meine sandfarbenen Gianmarco-Di-Lorenzi-Schuhe. Ich sah aus wie eine schicke, aber Hände-weg-verheiratet!-Frau.

Für Horst hatte sich die Mühe mit meinem Aussehen nicht gelohnt, denn er hatte das langweilig glatte Aussehen der meisten Politiker seiner Partei: schlank, alert, gekleidet wie ein Bankangestellter mit Karriereträumen.

Friederike hatte im Grunde überhaupt nicht zu ihm gepasst. Ich könnte wetten, dass er sie bei einer eventuellen späteren Karriere sowieso gegen ein attraktiveres Modell ausgetauscht hätte.

Leider hatte ich das zu oft sehen müssen. Die Frauen witterten den sozialen Aufstieg ihrer Männer, schauten in den Spiegel, nahmen ab, stylten sich um und mussten feststellen, dass alle Bemühung vergebens gewesen war. Irgendeine nette Pressereferentin, sehr sexy, aber auch ein bisschen intellektuell, mit Perlensteckern in den Ohren und blondem Haar, das zu einem Zopf geschlungen war, war ins Rennen gegangen und würde es gewinnen.

Ich beugte mich vor. Sah Horst tief in die Augen. »Ich war bei der Beerdigung, aber da konnten wir leider nicht miteinander sprechen. Die Familie und eure engsten Freunde hatten Vorrang. Deshalb will ich dir jetzt noch einmal sagen, dass es mir leidtut. Vor allem, weil ich mich irgendwie verantwortlich fühle. Wäre ich nicht mit ihr einkaufen gegangen, wäre es vielleicht nicht passiert.«

»Kaffee, bitte«, bestellte Horst nüchtern, nachdem er sich von meinem Blick etwas erholt hatte. »Was nimmst du? Latte? Ja, eine Latte bitte noch für die Dame.«

Ich lächelte verhalten. Mehr Entgegenkommen mussten sich die Leute erst verdienen.

Er wandte sich mir zu. »Du kannst nichts dafür. Der Mörder hätte jede Frau umgebracht, die er in dieser Umkleidekabine erwischt hätte. Ein Verrückter. Friederike war zur falschen Zeit am falschen Ort. Sie hat doch niemandem etwas getan. Die Polizei hat auch nichts finden können. Kein Motiv. Oder hast du vielleicht doch irgendetwas bemerkt? Etwas gehört?« Beinahe ängstlich klebte sein Blick an mir.

Die Kellnerin kam. Wir verteilten die Tassen vorsichtig auf dem runden Eiscafétischchen, die in solchen Cafés immer irgendwie zu klein zu sein schienen.

Ich schüttelte den Kopf. »Das hat mich die Polizei natürlich auch gefragt. Aber ich habe niemanden gesehen, der sich auffällig benommen hat. Es war ein ganz normaler Samstagmorgen, außer dass Marktfest war. Du weißt, in unserem idyllischen Städtchen ist dann immer besonders viel los.«

Er nickte, als wüsste er es. Dabei hatten unsere Männer keine Ahnung, wann das Marktfest stattfand oder wann überhaupt irgendwo etwas los war. Wir sagten es ihnen, und sie dackelten dann neben uns her, hoffend, dass sie es bald hinter sich hätten.

»Zusätzlich war natürlich noch Wochenmarkt, alle Leute sitzen vor den Cafés, alle machen Besorgungen. Jeder kennt sich, man trifft Leute, kleine Grüppchen ziehen zusammen in ein Café oder ein Bistro oder gehen hinüber zum Vogelbräu. Ich habe an dem Morgen fast alle Leute gesehen, die wir hier so kennen. Es war schönes Wetter und eine günstige Uhrzeit. Halb zwölf. Die Pistengänger hatten ausgeschlafen, und auch diejenigen, die am Abend in Kultur gemacht hatten, waren schon unterwegs. Es war ein typischer badischer Gute-Laune-Tag.«

Horst seufzte. Starrte in seine Tasse. Trübe hob er den Blick und sagte: »Ja, das ist es, was mir hier in der Gegend so gut gefällt. Man lebt beinahe wie im Süden, und ein paar Meter weiter fängt schon der Schwarzwald an. Zumindest die Ausläufer davon. Jedenfalls gibt es hier überall genug verdammten Wald, oder etwa nicht? Man muss doch nicht jeden Grashalm bewachen, oder?«

Er hing offenbar ganz eigenen Gedanken nach.

Ich betrachtete dabei mein Thomas-Sabo-Armband und zählte die Anhänger. Beim Eiffelturm blieb ich hängen. An jedem Hochzeitstag in den letzten Jahren hatte ich mir einen Anhänger gekauft. Es brachte nichts, als Frau darauf zu warten, dass dein Ehemann deine Gefühle und Wünsche erriet. Erfüll sie dir lieber selbst, und zwar am besten mit seiner Kreditkarte.

»Friederike war auch gerne hier. Der Gedanke, nach Berlin umzuziehen, war ihr nicht angenehm. Doch mein Wechsel dorthin ist ja auch noch lange nicht sicher. Nach der Geschichte erst recht nicht. Da bleibt immer was hängen. Wirst du auch noch merken.«

Danke, Horst.

»Meine Frau …«, bei dem Wort schluckte er, »liebte die Natur. Sie ist gerne gewandert. Und erst vor ein paar Wochen ist sie sogar das Albtal entlanggeradelt, bis über den Hügel nach Gernsbach ins Murgtal. In letzter Zeit war sie so aktiv. Ich war froh, dass sie ihre verschiedenen Ängste überwunden hatte. Sie war sogar bei einer Therapeutin deswegen. Hast du das gewusst, Swentja? Die Polizei hat mit der Frau gesprochen, aber da kam nichts dabei heraus.«

»Schweigepflicht«, bemerkte ich.

»Ach so. Gerade war sie am Aufblühen. Sie hatte sogar eine kleine Clique zum Laufen gefunden. Die sind über die Felder gerannt, immer an der Alb entlang bis nach Karlsruhe. Dann haben die Dämchen in Weiherfeld was getrunken und sind mit der Straßenbahn zurück.«

Ich verzog das Gesicht. Dämchen! Hinter den meist zu dicken Hintern anderer Frauen und ihrem preiswerten Deo herzulaufen, war nicht meine Sache.

»Ja, sie war nicht unsportlich, aber bescheiden. Sie machte sich eben nicht viel aus ihrem Aussehen und stand nicht dauernd vor dem Spiegel. Sie war mehr ... der kreative Typ. Im Geheimen allerdings. Kannst du dir vorstellen, dass ich sie regelrecht überreden musste, am Abend unserer Party erstmals ihre neuen Wolkenbilder im ersten Stock oben aufzuhängen? Wolken in allen Farben. Gar nicht mal schlecht, aber sie war so unsicher. ›Zeig sie doch mal‹, habe ich gesagt. ›Pass auf, du verkaufst noch eins.‹«

Er schüttelte den Kopf.

Ich würde wetten: Seine nächste Partnerin wird eine schlanke Elfe mit Kleidergröße sechsunddreißig und einer Vorliebe für Sonnen-, Nagel- und Kosmetikstudios.

»Horst, wir haben an dem Samstagmorgen, an dem sie starb, sehr viele Leute getroffen, die am Abend zuvor auf eurer Party waren. Alle haben den Abend gelobt und sich nochmals bedankt.«

»Ja. Es war zu bedauerlich, dass du nicht kommen konntest.«

Ich lachte. »Ich? Gott, nein. Horst, auch wenn du es nicht so gerne hörst, aber ich bin nicht scharf auf spaßfreie Partys, die von aufstrebenden Politikern nur deshalb gegeben werden, damit die richtigen Leute mit den richtigen Leuten zu seinem Wohle am Büfett zusammentreffen!«

Er nickte abgeklärt. »Friederike auch nicht. Obwohl ja durchaus intelligent, war sie leider gesellschaftlich nicht sehr gewandt. Anders als du. Du könntest, willst aber nicht. Ich war sehr froh, dass sie mit dir einkaufen gehen wollte. Sie hat wie ein Kind jedem davon erzählt und sich sehr auf den Vormittag gefreut.«

Meine Güte. Ich würde es für mich behalten, wenn ich meinem eigenen Geschmack nicht vertrauen könnte. Friederike war eben immer ein bisschen zu sehr bemüht und zu dankbar für Kleinigkeiten.

»Es hat mich schon gestört, dass Kollegen und vor allem Kolleginnen manchmal die Nase über sie rümpften. Ich verstehe nicht viel davon, aber als Politikergattin sollte man nicht bei C&A einkaufen, oder?«

»Ich kenne keinen Laden dieses Namens«, versetzte ich würdevoll. Trotzdem wurde mir Horst sekündlich unsympathischer. Der typische Ehemann unserer Kreise, der unbewusst auch gleich die Frage beantwortete, woran diesen Männern eigentlich mehr lag: am Verstand oder am Aussehen ihrer Gattin.

Es schien mir an der Zeit, zu meinem eigentlichen Anliegen zu kommen.

Ein Auto fuhr an uns vorbei, trotz Fußgängerzone, und brachte Blumen in den badischen Farben Gelb-Rot für eine Beerdigung oder eine Hochzeit in die Kirche. Ich liebe den Platz vor der St.-Martins-Kirche, denn mit seinen Bäumen, Bänken und dem Blick über den flachen Fluss auf die Häuserzeile am anderen Ufer hat er etwas Französisches. Nicolaus und ich wurden dort kirchlich getraut. Die standesamtliche Zeremonie hatte im Ettlinger Schloss stattgefunden, dessen barockes Ambiente auch bei Heiratswilligen von außerhalb beliebt war. Markgräfin Sibylla Augusta wusste schon, warum sie sich hierher zurückzog.

»Horst, jemand hat mir berichtet, Friederike habe sich in letzter Zeit mit ihrer Familiengeschichte befasst.«

Er seufzte wieder, trank seinen Kaffee aus und warf einen verstohlenen Blick auf seine Uhr.

Männer hatten das Talent, die Tagesordnung nicht aus den Augen zu verlieren, während frisch zurückgebliebene Frauen zunächst endlos über ihren Mann sprechen konnten. Doch dann drehte sich der Wind. Während Männer im privaten Kreis noch lange Zeit weiterjammerten und sich selbst bedauerten, schüttelten sich die Frauen irgendwann wie eine nasse Katze und machten mit ihrem Leben weiter.

»Ja, das ist wahr. Meine Güte, du erinnerst mich. Ich hätte der Polizei vielleicht die Sache mit dem Kästchen und den Papieren erzählen sollen. In all dem Wirrwarr habe ich wirklich nicht mehr daran gedacht. Das hat aber bestimmt nichts mit dem Mord zu tun. Kann ich mir zumindest nicht vorstellen.« Er starrte in seine leere Kaffeetasse.

»Dann erzähl es jetzt wenigstens mir.«

»Ja, ja. Aber ich muss damit trotzdem bald zur Kripo und es diesem kaltschnäuzigen Kommissar mitteilen. Nicht dass da Indizien übersehen werden. In meiner Stellung muss ich nun mal besonders vorsichtig sein. Also, Friederike hatte vor etwa einem Jahr im Fernsehen einen Bericht über Kinder gesehen, die erst spät erfahren haben, dass ihr Vater nicht ihr Vater war. Und die sich ein Leben lang wie Fremde in der Familie gefühlt haben. Plötzlich sagte sie, genau so sei es ihr ergangen. Sie habe sich immer als Außenseiterin empfunden. Als wachse sie in der falschen Familie auf. Da es bei einer Mutter ja kaum Zweifel über die Urheberschaft gibt, hat sie sich darauf versteift, ihr Vater sei nicht ihr leiblicher Vater gewesen. Der Mann war schon seit ein paar Jahren tot. Ein Unfall. Ich habe ihn überhaupt nicht mehr kennengelernt. Sie hat dann angefangen, ihre alte Mutter damit zu nerven. Sie solle ihr die Wahrheit sagen. Sie wolle etwas über ihre Wurzeln erfahren.«

»Und?«

»Das waren teilweise ziemliche Szenen, die sie der armen Frau da gemacht hat. Meine Schwiegermutter war eine liebevolle und gutmütige Frau. Ich mochte sie gerne, auch wenn sie natürlich mit mir und meiner Welt wenig anfangen konnte. Deshalb war ich aber nicht arrogant. Irgendwo muss der Aufstieg einer Familie ja anfangen.«

Ich machte ein neutrales Gesicht zu dieser Behauptung.

Träum weiter, Horst! In meinen Kreisen wurden Politiker nicht unbedingt als Aufsteiger, sondern eher als Handlanger betrachtet. Unsere Männer bedienten sich ihrer. Schmierten sie. Luden sie ein. Wählten sie oder wählten sie auch nicht. Verloren sie ihr Mandat, wollte keiner mehr was mit ihnen zu tun haben. Ich auch nicht. Ihre Frauen wurden bald nicht mehr zum Ladies' Lunch eingeladen, und das war's. Manche mussten sich sogar einen Job suchen!

»Aber in ihrem Beruf war sie offenbar gut«, bemerkte ich. »Friederike hat mir das oft erzählt, und ihre Kundinnen waren offenbar auch zufrieden.«

»Das ja. Eine fähige Friseurin. Ist ja durchaus ehrenwert! Aber sie hatte natürlich nicht studiert.«

»Nein. Friseurin studiert man üblicherweise nicht.«

Er schwieg.

»Und was kam heraus – bei Friederikes Suche nach ihren Wurzeln?«

Horst sah sich um. Es hatte fast etwas Konspiratives. Er wisperte: »Diese Rehbügel ... eine Lesbe, darauf schwöre ich, furchtbare Person, war der Meinung, es sei nach Lage der Dinge möglich, dass Friederikes Vater tatsächlich nicht ihr leiblicher Vater war. Doch das sei schwer zu beweisen, denn er war zum Zeitpunkt der Geburt mit der Mutter verheiratet und ist dadurch automatisch der Vater, außer die Mutter gibt etwas anderes an. Mancher uneheliche Vater hat in diesen Zeiten lange gezögert und sich dann doch noch zu seinem Kind bekannt. Damals musste man das Kind dann nachträglich annehmen. Meist folgte die Scheidung und ein Skandal. Heute ist ja alles viel lockerer.«

Sein Mund wurde schmal. Vielleicht fand der kleine Spießer es nicht so gut, dass alles lockerer war.

Er fuhr fort: »Ich war erleichtert, dass Friederike offenbar anders über die ganze Sache dachte, nachdem sie im Nachlass ihrer Mutter dieses Kästchen gefunden hatte. Du weißt, sie ist vor einiger Zeit gestorben. Wenn die gewusst hätte, dass Friederike ihr direkt ins Grab nachfolgt. Mein Gott.«

»Ein Kästchen? Was für ein Kästchen? Hast du es gesehen?«

»Ja. Eine unscheinbare Schatulle aus Lederimitat. Weinrot. Altmodisch. Ganz verschlissen. So etwas bekamen meine Schwestern früher zur Konfirmation geschenkt. Ich habe nur einen kurzen Blick hineingeworfen. Es sah so aus, als lägen Briefe und Papiere darin. Sie hatte die Schatulle zwar schon länger in ihrem Besitz, doch sie hat nicht mit mir darüber gesprochen. Na ja, ich hatte auch wenig Zeit. Du weißt ja, wie das ist.«

Und ob ich das wusste! Ich könnte eine Schatulle finden, die bewies, dass ich direkt von der Jungfrau Maria abstammte, und mein Mann müsste erst in seinem Kalender nachsehen, wann er sich mit der steuerrechtlichen Problematik der Sache beschäftigen könnte.

Kurz dachte ich an Hagen. Ohne dass es dafür einen Beweis gab, glaubte ich, dass er sich kümmern würde.

»Sie hat sie mir am Freitagabend vor der Party gezeigt. ›Da drin ist etwas Wichtiges, das mich betrifft, Horst‹, hat sie gesagt. ›Nicht jetzt‹, habe ich ihr geantwortet. Vielleicht war ich ein wenig ungeduldig.«

Er stöhnte und stützte den Kopf in die Hand. »Wir wollten

dann am Wochenende darüber reden, denn ich zog mich gerade um, der Wein musste noch kalt gestellt werden, und die Caterer konnten jeden Moment kommen. Du weißt ja, wie hektisch es zugeht kurz vor einer Einladung.«

Nein, dachte ich. Nicht bei mir. Da ist alles geplant und vorbereitet. Nichts ist schlimmer als eine abgehetzte Gastgeberin.

»Du hast also keine Ahnung, was es mit dem Kästchen auf sich hatte?«

»Nein. Meinst du, es enthält wirklich Hinweise über ihre Familie? Jetzt fällt mir ein, sie hat kürzlich beim Frühstück gemurmelt: ›Ich hätte nicht gedacht, dass ausgerechnet *er* mein Vater ist!‹ Natürlich wollte ich wissen, wie sie das meint, doch sie hat nur abgewinkt. Ich habe nicht nachgehakt, weil ich zum Flieger nach Berlin musste.«

»Hat sie mit anderen Leuten über das Kästchen oder seinen Inhalt gesprochen? Was meinst du?«

Er spielte nervös mit seinem Kaffeelöffel. Es war klar, dass er endlich gehen wollte.

»Vielleicht hat sie es einer Freundin erzählt. Freundinnen waren ihr wichtig, denn wir hatten ja noch keine Kinder.«

So, als ob ein kreischendes, kahlköpfiges Baby eine Frau kommunikationstechnisch gesehen für immer zufriedenstellen würde.

Ich hatte mich nach Samanthas Geburt wie durch vier weiche warme Ärmchen und Beinchen ans Haus gefesselt gefühlt und nur noch panische Fluchtgedanken gehabt. Wäre sie ein Hund gewesen – ab ins Tierheim: Sorry, ich habe mich getäuscht. Ein Hunderter und wir vertuschen die Geschichte. Mit einem Kind hast du lebenslänglich.

Später wurde es besser. Da konnte ich sie süß anziehen und mit einer passenden Wickeltasche von Oilily in Braun und Altrosa – Samanthas Farben – fast überallhin mitnehmen. Wenn ich mit Samantha in Baden-Baden oder Ettlingen im Café saß, hätte ich jeden Tag eine interessante Männerbekanntschaft machen können. Attraktive Mutter am frühen Abend, allein, mit repräsentativem Kind, das war beinahe besser, als spätabends aufreizend gekleidet in der Disco unterwegs zu sein. So eine Mama mit schon halb fertigem Nachwuchs, mit dem man angeben konnte, wenn man selbst noch keinen zustande gebracht hatte, war durchaus begehrt.

»Gut. Du musst das Kästchen der Polizei übergeben, und dann wird man sehen, ob sein Inhalt etwas hergibt. Als Motiv. Für den … für die Tat.« Das Wort »Mord« konnte ich nicht aussprechen.

»Ja, das muss ich wohl.« Er stand auf. Gab mir eine traurig wirkende Hand. »Dass es mit Fritzi so enden musste. Tagelang stand ich in der Presse, und mein Vorstand war alles andere als begeistert. Gerade jetzt, wo die Partei sowieso gewisse Probleme hat. Schlechte Umfragewerte, die natürlich vollkommen unbegründet sind. Die Leute verstehen unsere moderne Steuer- und Umweltpolitik nicht. Man kann die Mittelschicht nicht ausdünnen, meine Damen und Herren.« Er biss sich auf die Lippen. »Aber ein Mord in meiner Familie! Ob ich das überstehe? Politisch, meine ich.«

»Nun, aber immerhin lebst du wenigstens noch und kannst für deine Ideale kämpfen. Ein Robin Hood der Reichen. Die brauchen ja auch jemanden, der sich um sie kümmert!«

»Du verstehst mich, Swentja. Dein Mann kann stolz auf dich sein. Friederike musste ich diese Dinge manchmal genau erklären.«

»Keine Sorge. Ich werde jedenfalls niemals zu den Linken überlaufen. Schließlich will ich meine Goldkarte bei Boss nicht verlieren.«

Sein Handy vibrierte. Er warf durch seine goldgeränderte Brille einen flüchtigen Blick darauf. »Ich muss los. Darf ich dich anrufen, wenn mir noch etwas einfällt?«

»Wenn es mit dem Fall zu tun hat, gerne!«

Hoffentlich hatte er diesen Hinweis verstanden.

Ich schlenderte noch ein wenig durch unsere Stadt. Die Alb führte heute hitzebedingt wenig Wasser. Man konnte fast die Steine zählen, über die sie purzelte.

Ich lehnte mich über die Brücke, sah vorbei an den anderen Stegen bis zu den Hügeln, aus denen unser Fluss kam. Die Alb legte von der Teufelsmühle bei Bad Herrenalb, wo sie entsprang, bis Karlsruhe, wo sie endete, immerhin zweiundfünfzig Kilometer zurück. Und sie versorgte uns an ihren Ufern mit wunderschönen Radwegen, die sich mitten durch Karlsruhe zogen. Einmal im Jahr machten die Rotarierfrauen einen Radausflug zum Naturfreundehaus am Rhein in der Nähe von Karlsruhe. Wir fanden das dann herrlich rustikal und fühlten uns sehr volkstümlich, wenn wir unsere Schnitzel an der Theke selbst holen mussten. Kaum eine aß ihr Fleisch auf. Wir achteten alle auf unsere Linie, und wenn wir es nicht täten, dann übernähmen die anderen für uns diese Aufgabe, indem sie spitze Blicke und spitze Bemerkungen auf uns richteten.

Friederike, wer mag dein Vater gewesen sein? »Ausgerechnet *er*«, hast du gesagt. Das heißt, er war eine Überraschung für dich. Zu jung oder zu alt? Kanntest du ihn schon, und vor allem – kenne ich ihn?

Ich lehnte mich auf die romantische Holzbrücke neben dem Rathaus und bewunderte wie immer den bunten Schildhalterinbrunnen mit dem hübschen Mädchen auf der anderen Seite, der sich harmonisch in das Ensemble der schmucken Hausfassaden und Tore einfügte. Er stammte aus dem 16. Jahrhundert. Die Figur war einst zerstört, sie wurde wiederaufgebaut, und das Original landete im Museum. Früher hieß er Metzenbrunnen, und daraus schloss man, dass die Gestalt eine reich geschmückte Dirne darstellte. Als ich als Kind davon erfuhr, war ich enttäuscht gewesen. Ich hatte das Mädchen immer für rein und madonnenhaft gehalten. So, wie ich ja auch Friederike für harmlos gehalten hatte!

Szenen meiner Ehe:

»Gab's was Neues heute?«, erkundigte sich mein Mann beim Abendbrot. Bruschetta und Melone mit Serranoschinken. Gegrillte Artischockenherzen. Gefüllte Minitomaten.

Ettlingen verwöhnte seine vierzigtausend Einwohner mit erstaunlich vielen Feinkostläden. Für Leckereien musste ich also nicht nach Karlsruhe, aber für einen Rock von BiBA oder für eine ganz gewöhnliche Airfield-Jeans in Schwarz leider schon. Und für meine Lieblingsjeansmarke True Religion war sogar eine Dienstreise nach Mannheim oder Stuttgart fällig.

»Ich habe mich mit Horst Schmied getroffen.«

»Und? Ist er nicht wütend auf dich?«

»Warum sollte er?«

»Nun, das liegt auf der Hand. Wenn Friederike nicht mit dir einkaufen gegangen wäre, würde sie noch leben. Wer macht ihm jetzt sein Essen, und wer führt das Haus? Das ist schon sehr ärgerlich.«

»Er war nicht böse, und sie würde sowieso nicht mehr leben, auch ohne den Einkaufsbummel mit mir.«

»Warum denn?«

Ich dachte, der Mann ist Anwalt, und die denken eigentlich logisch. Wahrscheinlich schaltet er mit dem Auto in der Garage seinen Sachverstand aus.

»Der Mörder hätte sie überall erwischt«, erklärte ich.

»Aber in einem öffentlichen Geschäft? Jedenfalls war die Sache sehr riskant. Er muss es eilig gehabt haben.«

»Ja«, sagte ich langsam, »da hast du recht. Er hatte nicht viel Zeit. Aber wieso eigentlich *er*?«

Nicolaus sah auf die Uhr. »So arbeitet keine Frau! Frauen haben für so etwas keine Nerven. Ich weiß das aus meinem täglichen Leben.«

Wunderbar. Von Emanzipation hatte mein Mann noch nie etwas gehört.

»Aber ein Mann wäre eher aufgefallen, falls doch jemand zufällig den hinteren Eingang zur Boutique beobachtet hätte. Oder wenn man ihn in dem Umkleidekabinenbereich gesehen hätte. Wäre das nicht zu riskant gewesen?«

»Sag das nicht. Du selbst hast mich in den Gängen vor den Kabinen schon warten lassen, einmal sogar peinlicherweise noch mit einem perlenbestickten T-Shirt in der Hand. Wie ein Schwuler.«

»Das war am Anfang unserer Beziehung. Da hattest du noch ab und zu Zeit für mich.«

Mein Mann runzelte die Stirn. »Beschwer dich nicht. Sei doch froh. Es gibt eine Frauenwelt und eine Männerwelt. Eine Ehe funktioniert am besten, wenn man die beiden hübsch getrennt hält und sich nur zum Abendessen trifft. Du gehst einkaufen, und ich gehe Geld verdienen, und so sind wir beide immer bestens gelaunt.«

Stand auf und verzog sich in sein Arbeitszimmer.

Ich sah ihm nach und dachte, dass er eigentlich recht hatte. Am Wochenende, für Theaterbesuche oder Urlaube war es praktisch, einen Mann an seiner Seite zu haben, doch im Alltag fehlte er mir nicht.

Ich kam nicht mehr dazu, darüber nachzudenken, ob das eigentlich ein gutes oder ein schlechtes Zeichen war, denn mein wunderschönes Telefon läutete. Es handelte sich um ein schokoladenbraunes Unikat im Vintagestil mit einem goldenen Hörer und passte sogar in meine Farbkarte.

»Mama?«

»Sammy?«

Meistens sprach ich über Skype mit meiner Tochter in London. Obwohl Skype einen Kuss und eine Umarmung nicht ersetzen konnte, war es für mich immer noch ein Wunder: Du siehst dein Kind, wie es in seiner Küche herumwuselt, so als wäre es daheim und würde reale Unordnung machen.

Ich war wirklich keine fanatische Mutter, aber ab und zu wollte ich doch das Haar meiner Tochter riechen, ihre Haut spüren und in ihren Augen die meiner Mutter aus Italien sehen und mich bei ihrem Lachen an meinen Vater erinnern. Sie war meine einzige Verbindung zur Ewigkeit und meine Rettung aus der Beliebigkeit. Immer wenn ich mir einen vollkommen unnötigen Kaschmirpulli gönnte – unnötig deshalb, weil er in meinem begehbaren Kleiderschrank schon mehrere Geschwister hatte –, dachte ich daran, dass ich wenigstens diese eine sinnvolle Sache zustande gebracht hatte.

»Hab nicht viel Zeit. Wollte dir nur sagen, Maude und ich gehen heute Abend in ein modernes Ballett, und als ich die Karten am Ticketoffice geholt habe, kam gerade eine von den Tänzerinnen heraus. Irgendwie hat sie mitgekriegt, ich bin Deutsche. Sie auch. Oder zumindest so halb und halb.«

Mein Kind schnappte nach Luft. Sie war so redselig wie ihre Oma. Leider hatte sie auch die gleichen Figurprobleme. Als sie noch zu Hause gelebt hatte, musste ich regelmäßig ihre geheimen Schokoladenvorräte suchen und dezimieren.

»Wir reden, und jetzt halt dich fest: Ihre Mutter hat früher mal in Stuttgart getanzt, unter Elena Gontard. Ihre Mama hat immer in höchsten Tönen von der Gontard geschwärmt. Auch, wenn sie furchtbar streng war.«

Ich nickte. Das war bekannt.

»Ihre Mama ist dann nach Paris gegangen. Zum Ballet de l'Opéra de Paris. Fast das beste der Welt. Das hat ihr wohl auch die Gontard vermittelt. Aber psst, jetzt verrat ich dir was. Weißt du, dass die Gontard, die du mir immer so als Vorbild hinstellst, weil sie so eine tolle Figur hat, mal bei Paris in einer Klinik zum Abnehmen war? Zehn Kilo runter. Fiel richtig auf, sagt meine neue Freundin. Und wie hat sie das geschafft? Die Mama von meiner neuen Freundin hat sie gefragt, als sie sie mal zufällig traf. Und wie wohl? Mit der besten Diät der Welt, hat die Gontard ihr damals kühl wie eine Gurke erklärt: ›Mach deinen Teller voll und schmeiß dann die Hälfte weg.‹ Gut, was? Ist auch billiger als die teuren Hollywooddiäten.«

Ich schmunzelte. Das war typisch für meine Samantha. Sie war im Luxus aufgewachsen und hatte stets nur das Beste und Teuerste an Kinderklamotten, an Spielsachen, an Privatlehrern und an Sportvereinen. Und was war dabei herausgekommen: jemand, der ans Sparen dachte!

Atemlos wie immer sprach sie weiter. »Jedenfalls haben wir Adressen ausgetauscht und wollen uns mal treffen.« Ein Seufzen über den Ärmelkanal: »Manchmal tut es doch gut, das gute alte Deutsch zu hören, und eine Freundin könnte ich auch noch brauchen. Maude hat jetzt nämlich einen Freund. Sorry, ich muss los.«

Hörte ich da erstes Heimweh?

Bevor ich mir Sorgen machte konnte, meldete sich mein schönes Telefon erneut. Diesmal war es der einsame Witwer.

»Ich bin's. Der Horst. Horst Schmied«, sagte er überflüssigerweise. Seine Stimme klang aufgeregt und hastig.

»Ich erkenne dich!«, erwiderte ich kühl.

Hoffentlich kettete sich der Kerl jetzt nicht an mich. Männer konnten nicht lange allein sein. Das war keine Plattitüde, sondern eine empirische Beobachtung. Ihre zweiten Ehen wurden meinen Beobachtungen nach nicht wegen überirdischem Sex geschlossen, sondern zu dem Zeitpunkt, wenn die Fertiggerichte nicht mehr schmeckten und die Wohnung langsam irgendwie unpersönlich wurde. Wenn Freunde und Einladungen ausblieben. Wenn zu Weihnachten keine Karten von Tante Hetti und Oma mehr kamen. Wenn sogar die Hausherren merkten, dass es um sie herum ungemütlich wurde.

Doch Horst beschäftigte ein anderes Problem. »Das Kästchen ist weg. Verschwunden.«

Ich brauchte eine Weile, bis mir einfiel, wovon er überhaupt sprach. »Das Kästchen? Friederikes geheimnisvolles Erbstück? Bist du sicher?«

»Ja. Ich kann es nicht finden.«

Das wunderte mich nicht. Mein Mann würde nicht mal wissen, wo ich meine Bankunterlagen aufbewahrte. Eigentlich wusste er gar nichts wirklich Wichtiges über mich. Ich verdrängte den Gedanken. Nicolaus war mein goldenes Ährenfeld, und ich lebte von seinen Erträgen. »Wo hatte sie es denn aufbewahrt?«

»Im ersten Stock. Neben unserem Fernsehzimmer hat, vielmehr hatte sie einen kleinen Raum. Ankleidezimmer oder wie man bei euch dazu sagt. Darin steht ein Sekretär. Mit jeweils zwei Fächern rechts und links. Da war es drin. Ich sehe es noch vor mir.«

Ich auch, denn ich kannte den Raum. In einem alten Schrank in der Ecke hatte die sparsame Friederike jene Kleider aufbewahrt, die sie nur noch gelegentlich trug, aber nicht wegwerfen wollte. Falls sie nochmals in Mode kommen sollten. Ich hatte nur einen Blick in den Schrank geworfen und ihr sogleich verboten, die Dinger jemals noch einmal anzuziehen. »Ab zur Diakonie damit. Du kannst doch im Jahr 2011 keine blaue Bluse mit Rüschen an der Knopfleiste vorn anziehen. Und dann auch noch in Jeansimitat. Das war in den Achtzigern modern. Wenn schon Jeansbluse, dann kommt nur eine von Armani in Frage.«

Sie hatte mich angesehen, als hätte ich ein Fremdwort gebraucht. Dabei gab es bei Armani im Jeansblusenbereich manchmal recht nette Stücke.

Vor Jahren waren wir mal in der Bretagne. Dort habe ich diese hübschen gepflegten Französinnen bewundert, die schick und perfekt am Strand saßen, drei Kinder, Mann und Hund wohlerzogen um sich herum. Wenn es kühler wurde, standen sie auf, ließen die kleinen goldenen Ohrringelchen blitzen, schlüpften braunbeinig in Shorts und Slipper und über das hautfarbene T-Shirt kam eben die bewusste Armani-Jeansbluse. Sie schnappten sich den Korb und begaben sich in ihre Ferienwohnungen mit Seeblick, um eine Stunde später noch schöner wiederaufzutauchen und mit dem ganzen Tross zum Krebseknacken ins Restaurant zu ziehen.

Ich riss mich von meinen Erinnerungen los. Horsts Blick klebte an meinem Gesicht. »Vielleicht hat sie es woandershin gelegt?«

»Kann ich mir nicht vorstellen. Wohin denn? Es hatte doch seinen festen Platz. Friederike war nicht die Ordentlichste, aber ich hatte ihr beigebracht, dass sie ihre Dokumente sorgfältig behandeln soll. Wir sind schließlich ein Politikerhaushalt.«

Meine Güte. Dieser Horst und seine Partei hatten einander wirklich verdient.

»Könnte es danach verlegt worden sein? Nach ihrem ... Tod. Die Putzfrau oder sonst jemand hat das Ding vielleicht weggeräumt.«

»Der Raum war doch von der Polizei versiegelt. Und als er wieder geöffnet wurde ...« Er stieß einen Überraschungslaut aus. »Die Polizei! Die haben den Raum doch ganz gründlich durchsucht. Sie hätten mich nach dem Kästchen gefragt, wenn es noch da gewesen wäre. Eine Schatulle mit alten Briefen und Fotos ... bestimmt. Und sie haben mir ja auch eine Liste von den Sachen gezeigt, die sie mitgenommen haben. Ich musste sie gegenzeichnen, wie es sich gehört. Da war es nicht dabei. Es ist verschwunden. Gestohlen. Aus meinem eigenen Haus gestohlen!«

Horsts Stimme überschlug sich fast.

»Aber wann? Wann konnte jemand etwas in meinem Haus stehlen? Und vor allem warum?«

Dieses ungeheuerliche Vergehen schien ihn beinahe mehr zu erschüttern als Friederikes Tod. Echte Verzweiflung oder vielleicht sogar Wut tönten aus dem Hörer.

In gewissem Sinne verstand ich ihn. Sein biederes Eigenheim war seine Burg, sein Kommandostützpunkt und der Ort, an dem er sich vor seinen Feinden verbarg. Und das schien nun plötzlich nicht mehr sicher. Frauen traf so etwas noch schlimmer. Ich hatte eine Freundin, die mit ihrem Mann bei Baden-Baden als erste Bewohner in ein gerade erschlossenes Neubaugebiet zog, neben einem ehemaligen Fabrikgelände im Rebland. Als sie eines Winterabends nach Hause kam, waren ihre Schubladen durchwühlt worden, und ihre Unterwäsche lag obszön auf dem Bett ausgebreitet. Die nächsten Nächte verbrachte sie bei uns, und ihre Angst verlor sie nie mehr. Die Ehe überlebte den Schrecken nicht.

»Am Tag, als sie ... umgebracht wurde? Am Samstagmorgen?«

»Da kann es nicht geschehen sein. Nach der Party war niemand mehr im Haus. Wir waren todmüde und sind sofort ins Bett gegangen. Am anderen Morgen musste Friederike früh aufstehen, um sich mit dir zu treffen, und ab zehn Uhr hatte ich mit meinen Parteifreunden eine wichtige Besprechung. Die ging den ganzen Vormittag. Bis die Polizei anrief.«

Er lachte ein bisschen hysterisch. »Fast perfektes Alibi übrigens, denn ich war nur ganz kurz draußen, um Getränke zu holen, die Brezeln auf ein Tablett zu legen und ... einmal zum Austreten in unserer Gästetoilette unten. Das können wirklich nur Minuten gewesen sein.«

Warum erzählt er mir das eigentlich so genau?, dachte ich. Doch dann sprach er schon weiter: »Aber selbst wenn – ich hatte sowieso keinerlei Motiv, meine Frau umzubringen. Unsere Ehe war ganz okay. Wir warteten ja auch noch auf Nachwuchs. Und so gibt es nicht mal eine kleine Freundin, die sich jetzt freuen könnte, dass sie zum Zuge kommt.« Letzteres klang bitter.

Sah er sich selbst wohl als Hauptgewinn für eine jede? Einen, bei dem eine weitere Frau ihre Chance bekam, wenn die erste ausfiel? Ein Mann, der nach kurzer Ehezeit befand, die Ehe sei »ganz okay« gewesen, entsprach nicht gerade dem landläufigen Ideal von Leidenschaft. Doch wie war es mit mir und Nicolaus?

»Tot« war das falsche Wort für unsere Beziehung. »Dahinsiechend« traf es eher. Im Grunde warteten wir nur auf den Mörder, der unserer Ehe den Todesstoß gab. Anscheinend hatten wir ihn beide noch nicht getroffen. Ich dachte wieder flüchtig an Hagen Hayden und an seine Blicke, die mich herausforderten. Verwarf den Gedanken. Hagen konnte mir nichts bieten außer diesem kurzen erotischen Nervenkitzel, und der würde dem Alltag wahrscheinlich noch weniger standhalten als die gepflegte Langeweile meiner Ehe.

»Könntest du vielleicht hierherkommen, und wir besprechen das?«, bat Horst. »Ich meine, wann und wie kann dieses verfluchte Kästchen gestohlen worden sein?«

Also musste ich wieder zum Witwer fahren. Erneut stellte sich die Frage des Stylings. Nur nicht zu elegant. Keinesfalls sexy. Schwarz stand mir nicht. Blau wirkte bei meinen Augen zu heiter. Ich landete bei Beige. Beigefarbene Hose. Die weiße Bluse mit einem hellbraunen gestickten stilisierten Golfball am Kragen, ein Präsent meines Golfclubs Johannesthal, schön gelegen am Eingang des Kraichgauer Hügellandes, bei dem wir seit Langem Mitglieder waren. Normalerweise ging ich natürlich nicht in Werbegeschenken aus dem Haus, aber ich mochte die Farben.

Dazu schlüpfte ich in bequeme braune Wildlederslipper von Ecco. Kein Schmuck, außer zwei kleinen Ohrringelchen mit winzigen Holzsonnen, meinem Ehering und einem schmalen Armband, ebenfalls aus Holz. Sportlich und natürlich, aber trotzdem elegant und nicht zu weiblich.

Ich brauchte kein Navigationssystem zu bemühen. Mein BMW fand den Weg wie von selbst. Ich kannte das Haus des Ehepaars Schmied, denn bevor ich einen Auftrag annahm, wollte ich immer den aktuellen Kleiderschrank meiner Kundin sehen. Meistens zeigte sich da schon, warum sie meine Dienste in Anspruch nehmen musste. Grün, Blau, Braun, Rot und viel Schwarz – wenn ich diese Farbkonstellation entdeckte, dann wusste ich: Die betreffende Klientin hatte keine Ahnung. Welcher Frau über vierzehn, in Teufels Namen, stand schon Rot?

»Gut, dass du kommst.« Horst war etwas blass um die Nase. In seiner Partei schätzte man Skandale nicht besonders, und bei ihm verdichtete sich wahrscheinlich der Eindruck, dass die ganze Sache mit dem Begräbnis der Ehefrau noch nicht erledigt war. Die Balkontür war geschlossen, der Garten wirkte etwas vertrocknet.

Das Haus der Schmieds befand sich in einer der guten Wohnlagen von Ettlingen. Nicht der allerbesten, denn das war natürlich unsere im Vogelsang am Hang unterhalb des Wattkopfs. Doch der ruhige Rohrerweg, benannt nach Markgräfin Sibylla Augustas Baumeister Michael Rohrer, der das Barockschloss auf den alten Ruinen neu erbaut hatte, war ebenfalls beliebt. Die Gegend war stadtnah, und in unmittelbarer Nähe gab es im künstlich angelegten Horbachpark geruhsame Spazierwege. Die Häuser repräsentierten den bürgerlich gehobenen Stil der vorletzten Jahrhundertwende. Dass unweit davon die Straßenbahn nach Herrenalb einerseits und Karlsruhe andererseits hielt, machte die Gegend, die jetzt sanft in der Herbstsonne döste, noch attraktiver.

»Dieses Ding stand auf ihrem Schreibtisch, als ich es das letzte Mal gesehen habe. Das war am Freitagnachmittag, denn ich hatte mir bei Friederike die Gästeliste für den Abend geholt. Bei zwei Frauen wusste ich die Namen nicht genau. Früher hatten alle Paare immer den gleichen Namen. Das war viel einfacher. Er war Doktor, sie war Frau Doktor. Heute sind die Männer nur Herr, und die Frauen haben eigene Namen und eigene Doktortitel.« Er schüttelte wieder den Kopf.

Wir befanden uns im ersten Stock des dreistöckigen Hauses in Friederikes Privatraum, der an das Schlafzimmer des Ehepaares angrenzte. Links neben dem Schreibtisch stand in dem Raum noch ein offener Ikea-Kleiderschrank, in dem einige ihrer Kleider, Hosen, Röcke, Blusen und Blazer sichtbar an Bügeln baumelten und Accessoires wie Mützen, Schals, Tücher oder Stolen in Leinenkistchen lagerten. Nicht gerade perfekt, aber dass es hier überhaupt so aussah, war allein mein Werk.

Einen Kleiderschrank umzustrukturieren gehörte zu meinen absoluten Lieblingstätigkeiten. Tat ich es bei mir zu Hause – natürlich auf anderem Niveau –, hatte ich immer das Gefühl, ich könnte damit Ordnung in mein Leben bringen.

Besonders hatte es mir damals Friederikes Kleiderschrank im Schlafzimmer angetan. Ich hatte erst einmal alles aussortiert, was ihr nicht stand, zu eng, altmodisch oder nicht altersgemäß war und keine gute Qualität aufwies. Damit waren praktisch siebzig Prozent ihrer Garderobe zum Roten Kreuz gewandert, wo viele Damen der Ettlinger Gesellschaft in irgendeiner Funktion aktiv waren: Friederike war – modetechnisch gesehen – zu früh gestorben. Ich hatte sie nämlich nach und nach auf die Farblinie gebracht, die das Beste aus ihr herausholte: etwa Moosgrün, denn sie hatte schlammfarbene Augen, die mit einem Kajal von Malu Wilz, meiner Lieblingsfirma für dekorative Kosmetik (nur in der Apotheke, meine Damen!), ganz interessant aussehen konnten. Auch schmeichelten ihr ein ganz zartes Graugrün sowie Mauve und Taupe und ein paar ausgewählte Stücke in Schwarz. Kein Braun. Mit Braun sah sie aus wie eine Praline, die von Weihnachten übrig geblieben war. Gott sei Dank war das arme Ding verbrannt worden. Das Weiß eines Totenhemdes, wiewohl mädchenhaft, hätte ich ungern für die Ewigkeit an ihr gesehen. Ganz in Weiß hatte sie ausgesehen, als wäre sie gerade in eine Wanne mit Buttermilch gefallen.

Horst folgte mir wie ein Schatten. »Siehst du, siehst du!«, sagte er andauernd weinerlich. Gut, dass ihn seine Wähler so nicht erlebten.

Rechts neben dem Fenster befand sich der zierliche weiße Schreibtisch vom Typ nachgemachtes Chippendale mit je zwei kleinen Fächern rechts und links sowie einer Schublade. Zwischen den beiden Fächern war eine Aussparung, die in früheren Zeiten für ein Tintenfass oder Ähnliches gedient haben mochte. Auf dem oberen Schubladenbrett stand das Modell eines alten Autos.

Nachdenklich wog ich es in der Hand. Es war ziemlich schwer.

»Das ist ein alter Mercedes«, erklärte Horst. »Von 1923. Sie hat doch ehrenamtlich einmal im Monat im Automobilmuseum gearbeitet. In Marxzell.«

»Das auch noch?«

Horst stöhnte auf. »Ja. Sie hat am Sonntagmorgen alle vier Wochen Eintrittskarten verkauft und für Kinder Führungen durch dieses Chaos veranstaltet. War eine Aktion der ›Töchter des Albtals‹. Das war bestimmt alles zu viel für sie, die ›Töchter des Albtals‹, die ›Freundinnen des Balletts‹ und die ›Liebhaber des Theaters‹. Dann hat sie angefangen, Französisch zu lernen, ist ins Fitnessstudio gegangen und wollte mit dir ihren Kleiderschrank erneuern … Das hat sie bestimmt überfordert, und ich habe ihr das auch gesagt. Schließlich war sie ja noch stundenweise berufstätig.«

»Und was hat sie geantwortet?«

»›Gut, das Automuseum gebe ich vielleicht auf‹, hat sie gesagt. ›Vielleicht auch die ›Albtaltöchter‹, aber keinesfalls das Ballett und das Theater.‹«

Wie sich das anhörte: das Ballett und das Theater aufgeben. Die Arme! Sie hatte immer versucht, dem Theater nahe zu sein. Ist – wie die meisten von uns – um Elena herumscharwenzelt, wenn diese zweimal im Jahr für die Ballettfreundinnen die neuen Mitglieder der Compagnie vorstellte. Ich glaube nicht, dass Elena jemals mehr als eine hochgezogene Augenbraue für Friederike übrighatte.

»Sie hat sich verzettelt«, erwiderte ich kühl. »Sie versuchte, es jedem recht zu machen, doch irgendjemanden hat sie dabei offenbar vergessen. Oder falsch eingeschätzt.«

»Sie wollte mich nur unterstützen.« Horst Schmied schien, wie mancher Ehemann, die Vorzüge seiner Frau erst zu erkennen, wenn sie nicht mehr da war.

Die »Töchter des Albtals« waren übrigens ein Strauß von Damen, deren Gatten irgendwie und irgendwo etwas zu sagen hatten. Sie repräsentierten sozusagen die weibliche Seite der männlichen Machtmedaille und hatten sich zu dieser halb politischen Gruppe zusammengefunden, die sich um Natur- und Denkmalschutzfragen im Albtal kümmerte. Die reifen Aktivistinnen tauchten oft in der Presse auf, hielten Reden, veranstalteten Versammlungen, organisierten Führungen, Unterschriftenaktionen und Flohmärkte. Auf mich wirkten die stets aufgeregten und aufgebrachten Damen in ihren Kostümchen, die sie allesamt in einer Karlsruher Damenboutique in der eleganten Karlstraße kauften, eher ein bisschen lächerlich.

Horst wies nun anklagend auf die kleine Aussparung zwischen den beiden Schubladenfächern. »Da stand das Kästchen, noch am Freitag, und jetzt ist es weg. Ich habe alles noch einmal durchforstet. Ihre ganzen Sachen. Das war übrigens nicht schön, Swentja.«

Was hatte er erwartet? Dass es ein fröhliches Auspacken wie

an Weihnachten gab, wenn man die Habseligkeiten seiner ermordeten Ehefrau untersuchen musste?

»Was ist mit den Sachen, die die Kripo mitgenommen hat?«

»Die sind alle wieder da. Sie haben alles zurückgebracht. Die Sachen stehen in Kisten verpackt im Gästezimmer. Wie gesagt, ich musste dieses Verzeichnis unterschreiben. Ich habe mir die Liste genau angeschaut, schließlich bin ich in einem politisch sensiblen Bereich tätig. Nicht dass diese jungen Beamten Protokolle oder Unterlagen versehentlich einpacken, irgendwo liegen lassen, und morgen steht alles in der Bildzeitung. Die Schatulle war nicht dabei. Nur ihr Tagebuch, ihre Fotoalben, ihre Bankunterlagen, das Testament ihrer Mutter, natürlich ihr Terminkalender und ihre Adressbücher mit Telefonnummern und E-Mail-Adressen. Solche Dinge eben. Offenbar haben sie nichts Verdächtiges gefunden. Wieso auch? Friederike war wirklich so … naiv.«

Diesem Gedanken hing er noch eine Weile nach. Dann drehte er sich plötzlich um und stellte sich dicht vor mich. »Oder glaubst du, denkst du … hältst du es für möglich, dass sie etwas Unrechtmäßiges getan haben könnte? Ein Verhältnis? Vielleicht wurde sie erpresst. O Gott!«

Ich trat einen Schritt zurück. »Horst, bitte. Sei vernünftig. Erpresser töten ihre Opfer nicht, und Friederike hatte mit Sicherheit kein Verhältnis.«

Es lag mir auf der Zunge zu sagen: Nicht in *der* Unterwäsche! In Schiesser-Feinripp hatte man einfach keinen außerehelichen Sex.

Doch ich wusste noch nicht, wie sehr ich mich täuschte. In *allem* täuschte!

Inzwischen waren wir ins Wohnzimmer gegangen.

Groß, ein wenig protzig, weiße Ledermöbel. Blick in den Garten. Schrankwand mit Buchclubausgaben. Nun ja. Wer's mag.

»Möchtest du etwas trinken? Ich hätte auch Sekt da. Wir haben Sekt aus Frankreich.«

Ich ahnte, welchen Sekt und woher aus Frankreich. Den in gewissen Kreisen sehr beliebten Baron de Lauter aus Lauterburg. Um Gottes willen! Diese Billigmarke aus dem Supermarkt in Sichtweite der Grenze. Ich würde lieber Albwasser trinken als das.

Doch ich hatte im Laufe meines Lebens gelernt, höfliche Absagen charmant zu formulieren. Eigentlich war meine gesamte Teenagerzeit von solchen Absagen geprägt gewesen.

»Danke, Horst. Sekt ist wohl kaum das passende Getränk, wenn man nach gestohlenen Kästchen im Zusammenhang mit einem Mord sucht. Meinst du nicht auch?«

»Ich dachte, ihr Damen trinkt immer ein Sektchen, wenn ihr zusammen auf Tour seid?«

»Eher weniger. Sich typgerecht modisch kleiden kann harte Arbeit sein, Horst.«

Ich setzte mich, akzeptierte ein Mineralwasser und dachte nach. »Horst, es sieht für mich ganz danach aus, dass die bewusste Schatulle an dem Abend eurer Party verschwunden ist. Du hast sie kurz vor der Party noch gesehen, nach Friederikes Tod am Samstagmorgen war sie weg. Wie viele Leute waren eigentlich da?«

Da er sich vermutlich um nichts gekümmert hatte, wusste er es nicht genau, obwohl ihm die Gästeliste von seiner Gattin präsentiert worden war. Er hatte sie wahrscheinlich nur mit einem abwesenden Blick gestreift, so wie es auch mein Mann zu tun pflegte.

»Ungefähr dreißig. Nein, eher vierzig? Es war ziemlich viel los. Aber wirklich, Swentja, nächstes Mal musst du uns … mir auch die Ehre geben. Friederike war schon sehr enttäuscht, dass du nicht kommen konntest. Fast alle aus unserem … eurem Kreis waren da, auch ihre Chefin und …«

»Horst, noch mal: Ich war in meinem Leben zu so vielen langweiligen Partys eingeladen, dass es auf eine mehr oder weniger nicht ankommt. Und die Leute aus unserem Kreis sehe ich sowieso dauernd, so wie es das Wort Kreis bereits andeutet. Dreißig Leute also. Mit Personal, nehme ich an. Du hast vorhin gesagt, ihr hattet einen Caterer?«

»Ja, das ›Best Deli‹ aus Karlsruhe-Neureut. Zwei ziemlich seltsame Gestalten, wenn ich es mir recht überlege.«

Der Stadtteil Neureut lag am anderen Ende von Karlsruhe Richtung Mannheim. Über die Karlsruhe umspannende Südtangente bedeutete das für uns nur wenige Fahrminuten. Ich hatte vor Jahren eine Klientin aus Neureut, an die ich mich gerne erinnere: nur einen Meter sechzig groß, fast genauso breit, mit der

Anmutung eines soliden viereckigen Pakets. Aus irgendeinem Grunde galt ihre Leidenschaft Cordröcken, Cargohosen und Pullovern mit Zopfmuster. Bei ihrem Aussehen ein modisches Schwerverbrechen. Ich hatte ihr stattdessen ein paar dünne Seidenpullover, unifarbene Shirts, ein paar nette Kostümchen mit Schoßjacken von Chanel und Escada gekauft und Clutches anstatt großer Lederbeutel verordnet. Die Frau wurde prompt zur Schriftführerin im Bridgeclub gewählt – etwas, was sie bisher vergeblich angestrebt hatte. Eine Erfolgsgeschichte.

Ärgerlich betrachtete ich das jammervolle eheliche Überbleibsel meiner jüngsten *Miss*erfolgsgeschichte. »Den Caterer kenne ich. Zwei kroatische Schwestern, nicht wahr? Machen ehrliche und eher preiswerte Büfetts. Rechnen korrekt ab. Die beiden sind zu beschäftigt, Mousse au Chocolat zu rühren und einen ordentlichen Pasta-Trüffel-Salat zu machen, um ihre Kundschaft zu bestehlen oder umzubringen.«

»Aber das würde ja bedeuten, dass einer unserer Gäste die Schatulle gestohlen hat.«

»Und offenbar erkannt hat, dass ihr Inhalt zu brisant war, um Friederike mit diesem Wissen noch länger leben zu lassen.«

Horst schwieg. Allmählich dämmerte ihm etwas. Und mir auch.

Er war jedenfalls zu betroffen, um mein Mineralwasserglas erneut zu füllen. Ich bediente mich deshalb selbst, was ich normalerweise niemals tat. Ich hatte die besten Erfahrungen damit gemacht, Männer für mich arbeiten zu lassen. Kürzlich hatte ich in einer der Frauenzeitschriften, die ich akribisch archivierte, gelesen, dass die meisten Dominas eine Art Haushaltssklaven halten, der für sie kleinere Aufträge und Reinigungsarbeiten ausführt. Dafür treten sie ihn mit der Spitze ihrer schwarzen Lackstiefel in den Hintern oder peitschen ihn aus. Dominas waren kluge Frauen, fand ich.

Leise klimperte mein Holzreif, als er gegen die Flasche schlug. Das Wasser perlte ins Glas.

»Warum stiehlt jemand ein Kästchen mit alten Papieren?«, überlegte ich.

Horst schüttelte schon wieder den Kopf. Er musste abgenommen haben. Seine Goldbrille saß nicht mehr perfekt. Sie wackelte und verrutschte schließlich.

»Da Friederike sich offenbar für ihre Vorfahren interessiert hat, vielmehr für ihren wahren Vater, könnte sich in den Unterlagen ihrer Mutter die Antwort darauf befunden haben. Und dieser wahre Vater hatte vielleicht keine Lust auf späten Familienzuwachs. Je nach momentaner Lebenslage kann so etwas auch nach vielen Jahren noch sehr peinlich sein.«

Horst schüttelte noch immer den Kopf und murmelte vor sich hin.

Ich beobachtete ihn mit leiser Verachtung. Politiker! Besessen von ihren durchorganisierten Zwölf-Stunden-Tagen. Aus der Bahn geworfen, wenn die kleinen und großen Tragödien des Lebens sich nicht an ihren Terminkalender hielten.

Friederike war tot. Mir tat es auch leid um sie, aber Menschen sterben nun mal gelegentlich vor der Zeit. Es war tragisch, doch das Leben hielt nur einen Moment lang an, und dann tickte die Uhr von uns anderen einfach wieder im gewohnten Tempo. Selbst ohne mich würde es eines Tages weitergehen, obwohl mir der Gedanke unsympathisch war. In den Boutiquen würde man meine Goldkarten einziehen, meine Adresse in der Kartei löschen, und das wäre es gewesen.

Friederike war nicht mehr zu helfen, aber man konnte wenigstens versuchen, ihren Mörder nicht einfach so davonkommen zu lassen. Doch wohl kaum, indem man bloß den Kopf schüttelte und stöhnte. Ich stand auf und blickte auf Horst hinunter.

»Ich werde diese Ahnenforscherin aufsuchen und mit ihr sprechen. Du gibst mir bitte baldmöglichst eine vollständige Liste der Leute, die auf eurer tollen Party waren. Vor allem die Herren der Schöpfung interessieren mich.«

»Warum?«, fragte er erstickt. Meine Güte. Armes Innenministerium.

»Nun, Friederike hat schließlich nach ihrem Vater und nicht nach ihrer Mutter gesucht. Natürlich kommt auch eine Frau als Täterin in Frage, etwa die Ehefrau des Erzeugers von damals, die einen Skandal fürchtet. Die ihre Familie schützt und Angst hat, die eigenen Kinder verlieren einen Teil ihres Erbanspruchs. Es ist ziemlich unangenehm, wenn der Ehemann fremdgeht, aber noch unangenehmer ist es, wenn die Folgen atmen, sprechen und Geld kosten. Also schick mir bitte die Gästeliste, und dann sehen wir weiter. Wann kann ich sie haben?«

»Ich weiß nicht«, murmelte er, »wo Friederike sie hingelegt hat. Die Kripo hat auch danach gefragt, aber sie haben sich mit meiner Erinnerung zufriedengegeben. Der Abend vor dem Mord hat sie nicht so sehr interessiert. Friederikes allgemeines Umfeld natürlich schon. Ich habe ihnen die Personen genannt, mit denen sie auch sonst viel zusammen war. Unter anderem auch dich!«

»Vielen Dank für die Ehre, Horst. Sie haben mich schon befragt und als harmlos entlassen. Außerdem war ich so viel nun auch wieder nicht mit ihr zusammen.«

Er schüttelte schon wieder den Kopf. »Egal. Ich kann mir nicht vorstellen, dass einer unserer Gäste in Friederikes Zimmer eindringt, eine private Schatulle stiehlt, sie durchwühlt und meine Frau tags darauf umbringt. Am helllichten Tag. In Ettlingen. Im Badischen. Bei uns werden Konflikte normalerweise anders gelöst, oder? Wir sind doch nicht in Südamerika.«

»Die Emotionen sind überall und immer gleich, Horst. Sogar im beschaulichen Albtal mitten im Badischen. Ich kenne in unseren Kreisen mindestens drei Frauen, die Lady Macbeth aussehen lassen wie eine barmherzige Samariterin. Ich nenne keine Namen.«

Er sah mich waidwund an. »Eine von denen …?«

Ich dachte nach. Langsam sagte ich: »Nein. Ich denke, wir suchen nach *Mr.* Macbeth und nicht nach seiner Gattin. *Cherchez l'homme* anstatt *la femme*. Macht vielleicht auch mehr Vergnügen.«

Diese Bemerkung sollte ich bald bitter bereuen.

2

Spurensuche

Rückwirkend weiß ich nicht mehr, warum ich mit der Suche nach Friederikes Mörder ausgerechnet im Automuseum in Marxzell begann. Eines aber weiß ich: Hätte ich damals schon genauer hingehört, wäre das Unheil, das Friederikes Ermordung folgte, vielleicht nicht geschehen.

Das Wetter war schön, als ich Horst Schmieds verwaistes Zuhause verließ. Mein Mann würde sowieso nicht daheim sein, und so hatte ich Zeit zum Nachdenken.

In der Ferne sah man den bläulichen Dunst, der das spätsommerliche Karlsruhe umgab, doch dorthin zog es mich jetzt nicht. Aber auch die an eine Theaterkulisse erinnernde Beschaulichkeit von Ettlingen machte mich an diesem Tag ungeduldig und nervös. Ich mochte keinem Bekannten begegnen und keine neugierigen Augen auf mir ruhen sehen.

Wenn ich Friederike besser kennenlernen wollte, sollte ich vielleicht einfach auf ihren Spuren wandeln und ins Albtal fahren. In Krimis wurden Leute immer erst interessant, wenn sie tot waren. Das galt vor allem bei Serienmorden, bei denen Profiler das Gemeinsame zwischen einer Hausfrau von fünfzig und einer zwanzigjährigen Prostituierten suchten. Wer hätte sich unter normalen Umständen schon für die Hausfrau interessiert? So war es auch bei Friederike. Wer hätte schon auf ihren Spuren wandeln wollen, als sie noch lebte?

Der Ort Marxzell lag auf halbem Wege zwischen Ettlingen und Bad Herrenalb. Direkt an der Straße, erkennbar an den alten Karossen, die vor dem Gebäude standen, lockte das kleine private Automuseum Besucher an. Mit den Rotarierfrauen hatte ich durch das Sammelsurium von Autos, Autoteilen, automobilen Souvenirs aller Art, Feuerwehrautos, Motorrädern, Teilen von Zügen, Puppenstuben, Schildern, Möbeln und Geschirr einmal eine Führung im Albtäler Dialekt mitgemacht. Eine Norddeutsche, die dabei war – die Frau eines Bundesrichters –, hatte immer nur den Kopf geschüttelt und gesagt: »Büschen unordentlich. Da müssten Sie mal fegen, junger Mann!«

Wir Einheimischen wussten alle, dass dieses private Museum eine durch Generationen in der Familie weitergereichte Leidenschaft war und keinerlei wissenschaftlichem Anspruch standhielt. Doch seit Jahrzehnten suchten Kinder und Erwachsene den kleinen Ort auf, in dem es nach Öl und Gummi roch und wo man auf seine ganz private Entdeckungsreise durch die letzten hundert Jahre Kulturgeschichte gehen konnte.

»Ja, unsere arme Friederike ist tot«, sagte Thomas Armbrust, der Leiter und Mitbegründer des Museums, mit echtem Bedauern. Der vierschrötige ältere Mann trug einen verfilzten Norwegerpullover und war mit einem Schraubenschlüssel in seinem Reich unterwegs. Trotz des sommerlichen Wetters draußen war es in der vollgestopften Halle unangenehm kalt. Armbrust stellte eine große Schaufensterpuppe, die einen Strohhut trug und sich an ein großes schwarzes Auto lehnte, wieder aufrecht hin. »Das ist der Dienstwagen vom früheren Karlsruher Oberbürgermeister Günther Klotz!«, sagte er stolz.

Von der Wand sah mich eine gemalte Bertha Benz huldvoll an. Neben ihr hing eine morsche Sense, Angehörige des Hauses Baden lächelten von einem Hochzeitsbild. Irgendwo setzte jemand eine alte Musiktruhe in Bewegung. Beinahe gespenstisch hallte ein Walzer durch die überfüllten Hallen.

»Ich bin betroffen. Kannte sie lange. Sie kam schon als Kind mit ihrem Vater hierher. Ich kann nicht glauben, dass ihr jemand was antun wollte. Sie war doch so freundlich und harmlos. Und gar nicht eingebildet. Einmal im Monat hat sie hier ehrenamtlich Eintrittskarten verkauft. Wir mochten sie alle.«

Ich kannte Armbrust von verschiedenen Begegnungen auf halboffizieller Ebene. Manchmal war er bei Neujahrsempfängen eingeladen, oder er tauchte schlecht gekleidet bei Benefizveranstaltungen auf. Er gehörte vielleicht nicht in unsere Kreise, aber er gehörte zu unserer Region.

Noch aus anderem Grund genoss ich den kleinen Ausflug. Ich hatte mich nämlich zu Hause rasch umgezogen. Beige ging natürlich gar nicht für ein unordentliches und schmuddeliges Fahrzeugmuseum. So hatte ich endlich Gelegenheit, meine Boyfriend-Jeans von Miss Sixty auszuführen. Dazu eine Sweatjacke von Lands' End. Katalogware. Kam mir sonst nicht in den Schrank, aber hier passte sie hin.

Mit einem ölverschmierten, stark riechenden Lappen wienerte Armbrust jetzt an einem alten Unimog herum. Ein Satz Schraubenschlüssel lag auf einem wackeligen dreibeinigen Stühlchen.

»Das ist noch ein Unimog aus den fünfziger Jahren. Einer der ersten mit dem Stern. Die waren nicht kaputtzukriegen, die alten Unimogs drüben aus Gaggenau. Das war ihr Problem. Wer einmal so ein Wägelchen hatte, brauchte so schnell keinen neuen mehr. Ob Winterdienst in Tirol oder Böschungsbegradigung bei uns, die können alles. So eine Qualität ist schlecht für den Absatz von neuen Fahrzeugen!«

Ich musterte das kleine, kompakte Gefährt in blassem Militärgrün leidenschaftslos. »Und Friederike und ihr Vater? Verstanden sie sich gut?«

»Sehr gut sogar. Der Mann war geradezu vernarrt in das Kind. Feuerwehrautos interessierten ihn sehr – er war ja bei den Freiwilligen –, und er hat die kleine Fritzi, wie wir sie alle nannten, immer auf den Fahrersitz gehoben. Dann hat sie mit ihren Patschehändchen das Lenkrad umklammert und ›Tatütata‹ gerufen. Der Mann war wirklich sehr liebevoll und sehr geduldig mit seinem Töchterchen.«

»Und das Kind? Mochte es ihn auch?«

»Auch. Natürlich. Aber später war sie oft komisch, wenn ich über ihn sprach. ›Du hast einen tollen Vater gehabt‹, habe ich gesagt. ›Kannst stolz auf ihn sein.‹ Aber sie hat nur die Schultern gezuckt. Aber es stimmt: Er war schon ein Teufelskerl. Ein richtiger Draufgänger.« Armbrust schwieg eine Weile. »Er hat sie ›meine Prinzessin‹ genannt. Und das war nicht nur einfach so ein Ausdruck. Es war etwas wie … Verehrung in seinen Worten.«

Eine Gruppe Kinder, etwa gleichaltrig und in der Stärke einer Schulklasse, stürmte herein und machte sich lärmend über Hupen, Motorenteile, Lenkräder und Reifen, die in den Ecken auf Montage warteten, her. Man hörte schweres Klirren.

»Moment, Moment …«, rief Armbrust, »diese Autos haben

hundert Jahre gehalten. Da müssen sie auch euch noch überleben. Keiner fasst hier was an!«

»Herr Armbrust …«

»Ja, Frau Tobler, was soll ich sagen«, meinte er hastig im Gehen, »aber dieser Mann hat das Kind geliebt. Vielleicht zu sehr geliebt.«

Vielleicht zu sehr geliebt? Vielleicht *zu sehr*?

Das ging mir nicht aus dem Sinn, als ich zu meinem Auto ging. Ein hässlicher Gedanke. Der Stiefvater, der die kleine Stieftochter auf einen Autositz hievt. Ihr dabei unters Röckchen schielt und einen Schenkel so berührt, wie ein Vater es nicht tun sollte? Vielleicht hatte die erwachsene Friederike deshalb plötzlich entdeckt: Da hat etwas nicht gestimmt mit meinem Vater und mir. Hat sie sich plötzlich an etwas erinnert?

***

Renate Rehbügels »Büro für private Ermittlungen und Familienforschung« befand sich mitnichten in Ettlingen oder im benachbarten Karlsruhe, sondern in Bruchsal.

Bruchsal war eine mittelgroße Stadt mit einem schönen Schloss. An den erstaunlich großzügigen Schlosshof schloss sich ein gepflegter Terrassengarten an, der ganz entfernt an Versailles erinnerte. Obwohl die Stadt nicht weit von Ettlingen lag, suchte ich sie nicht sehr häufig auf. Gelegentlich musste ich mitten durch den Ort fahren, wenn die Autobahn A5, die mich direkt ins Shoppingparadies Mannheim führte, verstopft war. In diesem Falle zuckelte ich meistens genervt und dicht an dicht hinter anderen ebenfalls genervten Fahrern her durch die kleinen Orte an der B3. Nur zäh floss der Verkehr dann auch durch Bruchsal. Rechts ließ man die ausgedehnten Anlagen des Gefängnisses liegen, das wie eine trutzige Burg aussah und abweisend und leer wirkte, obwohl es voller Menschen war. Das große Tor ließ mich jedes Mal schaudern. Wie mochte es sein, wenn man da hindurchging, sich noch einmal umdrehte und wusste, dass man von jetzt an kein Teil der normalen Welt mehr war?

Bruchsal nannte sich im Übrigen das Tor zum Kraichgau, was

für mich nicht unbedingt ein Prädikatsmerkmal darstellte. Mit dem welligen Hügelland rechts der B3 verband ich lediglich urige Fachwerkdörfchen, die, modetechnisch gesehen, direkt an Sibirien grenzten.

Ich hatte einmal versucht, in Bretten einen Winterminirock von Strenesse in Eierschale zu bekommen, den ich mir auf einer Fahrt von Pforzheim nach Karlsruhe in den Kopf gesetzt hatte und der zu meinem kakaofarbenen Kaschmirpulli mit den eierschalenfarbenen Schneeflocken passen sollte: keine Chance. Zum Schluss war ich so verzweifelt, dass es *irgend*etwas von Strenesse hätte sein können.

Auch da komplette Fehlanzeige. Ich irrte schließlich im teuersten und größten Laden der Stadt umher, und alles, was die Verkäuferinnen an Exklusivem zu bieten hatten, war ein kurzer karierter Rock von Esprit, mit dem ich mich in meinen Kreisen eigentlich nirgends zeigen konnte. Esprit! Das trugen die Töchter meiner Freundinnen, wenn sie das erste Mal selbstständig einkaufen durften. Ein typisches Einsteigerlabel.

Wie hatte Elena mal gesagt: »Esprit *hat* man in unserem Alter, aber das *trägt* man doch nicht mehr!« Es war ihr scheißegal, ob Frauen in der Runde waren, die eine Esprit-Jacke trugen. Und keine sagte was. Sie wollten es sich nicht mit ihr verderben.

Ich kurvte also ein bisschen um die Bruchsaler Innenstadt herum, landete zweimal in einem Tunnel, irgendwann parkte ich mein Auto an verbotener Stelle und lief die wenigen Schritte in die überschaubare Fußgängerzone.

Bonita und ähnliche Kettenboutiquen strafte ich mit Verachtung. Was anderes gab es hier wahrscheinlich nicht, aber ich persönlich setzte keinen Fuß in diese Art von Laden. Für mich waren das nur Kleiderkammern für Sekretärinnen, Zahnarzthelferinnen und Grundschullehrerinnen. Sorry!

»Du bist ziemlich arrogant!«, hatte mich meine Bekannte Marlies einmal gerügt. »Mit gutem Grund!« war meine Antwort gewesen. Ich hasste dieses gewollt Modische, das so schick war wie ein Brotbackautomat.

»Kauft euch lieber ein schlichtes weißes Basic-T-Shirt bei H&M als irgendeinen pseudooriginellen Fetzen mit Tigerkopf drauf oder diesem unsäglichen Animal-Print bei Cecil oder in Hausfrauenketten wie Wissmach«, riet ich meinen verunsicherten Kundinnen. Sie schauten dann meist betreten zu Boden. Vor allem, wenn sie Animal-Print mochten. Warum, zum Teufel, sollte ich in der Imitation eines Tigerfells herumlaufen? Ich war ja schließlich nicht beim Varieté.

Renate Rehbügels »Büro für private Ermittlungen und Familienforschung« lag im ersten Stock eines Geschäftshauses, in dessen Erdgeschoss eine Metzgerei mit Schnellimbiss untergebracht war. Gegenüber befand sich die Tür zu einem Zahnarzt ohne Doktortitel namens Bodo Freilich. Tut mir leid, Herr Freilich. Nicht einmal im Notfall würde ich mich zu Ihnen auf den Stuhl setzen. An meine Zähne und an meine Haare lasse ich nur die Besten Ihrer Zunft.

Zarte Fleischwurstdüfte wehten aus der Metzgerküche bis nach oben. Das Entree war also nicht sonderlich einladend, aber vielleicht sollte ich nicht zu streng mit Frauen sein, die sich in einem solchen Gewerbe allein durchs Leben kämpften.

Ich selbst hatte meine Seele vor dem Traualtar einst an einen reichen Steueranwalt verkauft. Frau Rehbügel mochte sich kein Büro in Eins-a-Lage in Baden-Baden oder Badenweiler leisten können, dafür aber gehörte ihre Seele vielleicht noch ihr.

Natürlich hatte ich einen Termin mit ihr vereinbart. Seit ich meinen Golflehrer einmal unvorbereitet wegen einer Haltungsfrage aufgesucht hatte und ihn quasi mit dem Pächter eines Eissalons in Spielberg im Bett erwischt hatte, besuchte ich niemanden mehr unvorbereitet. Nicht mal meinen Mann abends in Büro. Da wir kaum jemals Sex hatten, fragte ich mich gelegentlich, ob er mir treu war. Die Frage blieb unbeantwortet, und ich vergaß sie zwischendurch immer wieder.

Hinter der schlichten Wohnungstür hörte ich sehr energische Schritte. »Moment!«

Renate Rehbügel war eine kräftige Frau mit kurzem rotem Haar und blauen Augen, die von feinen Linien umgeben waren und ein Geburtsdatum irgendwann in den Sechzigern des letzten Jahrhunderts verrieten. Sie trug eine hellblaue Hose undefinierbarer Marke und ein schwarzes Top mit dreiviertellangen Ärmeln – eine Länge, die ich grundsätzlich ablehne, da sie unelegant aussieht. Beides stammte aus einem Katalog der preiswerteren Sorte oder im schlimmsten Fall vom Fernsehshoppingkanal QVC.

Wäre ich Privatermittlerin, würde ich mich in speckiges Leder und verwaschene echte Levi's-Jeans kleiden, die aussahen, als hätte ich darin schon einige Verdächtige gestellt oder zumindest in San Francisco am Hafen gesessen. Auch hier könnte ich also einige typgerechte Verschönerungsarbeiten durchführen.

Als habe sie meine Gedanken erraten, sagte sie trocken: »Nichts zu machen. Bei mir würden Sie sich die Zähne ausbeißen, Swentja. Ich hatte schon als Kind mehr Interesse an Autos als daran, Barbie so anzuziehen, dass sich Ken freut. Heute kann ich für mich selbst sorgen. Und ich fahre eine stattliche BMW in Schwarz.«

»Jedem das Seine«, meinte ich. »Ich fahre auch BMW, allerdings die Version mit vier Rädern und in Creme.«

»Und Sie besitzen natürlich alles, was dazu passt. Sogar die Handtasche«, sagte sie, als ich meine Tasche auf einen Stuhl stellte. Es war übrigens nur eine einfache braune Bree, die nicht mal zweihundert Euro gekostet hatte. »Ich bewundere solche Frauen«, erwiderte sie in einem Ton, der gar nicht so sehr nach Bewunderung klang. »Ich besitze nur eine einzige Handtasche. Vom British Shop. Guter Stoff. Kennen Sie die Sachen vom British Shop?«

»Eine Canvas-Tasche als einzige Tasche?« Ich versuchte, mein Entsetzen zu verbergen. Die Kataloge dieses Pseudo-»Look Like the Royals«-Versands waren mir ein Dorn im Auge, meinen Kundinnen verbot ich, die Bestellzettel auszufüllen: »Wenn Sie bei Lord Crumplethorpe in Crumplethorpe Cottage zum Tee eingeladen sind, mag solch ein Pullover gerade noch durchgehen, aber im richtigen deutschen Leben sehen Sie in diesen grünen und dunkelroten Pullis aus wie eine Diakonisse auf Heimaturlaub.«

»Kommen Sie weiter. Hier ist mein Büro. Möchten Sie etwas trinken?«

Das, was ich gewöhnlich um diese Uhrzeit trank – einen kleinen Prosecco mit Grenadinesaft und ein paar geeisten Johannisbeeren –, hatte sie mit Sicherheit nicht in ihrer Hausbar. Sie besaß wohl nicht einmal eine Hausbar, sondern würde mir aus einer Plastikflasche Mineralwasser oder bestenfalls Apfelsaftschorle anbieten. Stumm schüttelte ich den Kopf.

»Wie Sie wollen. Ich selbst trinke um die Zeit normalerweise ein Weißbier, um endgültig alle Klischees von einer Lesbe zu erfüllen.« Sie grinste.

Dann musterte sie mich ein wenig ironisch. »Sie sind sehr schön!«, stellte sie fest.

»Danke. Ich weiß. Eine Million Männer haben es mir gesagt, aber bisher nur eine Handvoll Frauen. Willkommen also in einem exklusiven Club!«

Sie lachte. »Nicht mein Verdienst. Sie sind für mich keine Konkurrenz, sondern fallen eher in mein Beuteschema.«

Ich beschloss, das zu überhören, und holte Luft. »Gleich vorweg, Renate, ich habe keinerlei offiziellen Auftrag. Sie müssen mir also nicht das Geringste erzählen. Alles, was Sie sagen, ist freiwillig. Ich kann Ihnen nicht mal versprechen, dass ich es nicht weitersage. Aber ich würde ganz gerne wissen, was Friederike Schmied von Ihnen wollte.«

»Mein Firmenschild gelesen, Schätzchen?«, fragte sie lässig zurück. »Ich werfe Licht in das Leben anderer Menschen. Unter anderem auch in dunkle Familiengeheimnisse. Das ist mein Job.«

»Wie kam Friederike auf Sie?«

»Wie kam sie denn auf *Sie*?« Sie sah mich herausfordernd an.

»In meinen Kreisen kennt und schätzt man mich. Wegen meines Geschmacks.«

»Das sehe ich«, erwiderte sie ungerührt. »Und in meinen Kreisen kennt und schätzt man mich wegen meiner Diskretion. Noch Fragen?«

Das saß. Gut gekontert.

In Filmen bestellten ruppige Kripokommissare vom Typus Hagen Hayden solch widerborstige Zeugen aufs Revier, aber wie sollte *ich* weitermachen?

»Wenn Sie nicht mit mir sprechen«, sagte ich offen, »dann bleibt der Mord an Friederike ungestraft. Die Polizei geht nur nach Schema F vor. Sie hat ein Raster über den Fall gelegt, und wenn keiner drin hängen bleibt – Pech gehabt, verehrtes Opfer! Dann wird eben irgendwann eine Episode für ›Aktenzeichen XY ungelöst‹ draus. Aber das hat Friederike nicht verdient. Sie konnte zwar ein T-Shirt vom C&A nicht von einem Nobel-Hemd von Ed Hardy unterscheiden, aber sie war eine … ganz liebe Person. Ein guter Mensch!«

Ich legte etwas Wärme in meine Stimme und deutete ein kleines trauriges Lächeln an. Renate Rehbügel gab auf.

Das Lächelrezept war simpel und stammte aus Italien. In unserem Land, in dem die meisten Leute mit einem muffigen Gesicht herumliefen, schimpfend im Auto saßen, misstrauisch in der Warteschlange standen und ihre Position akribisch bewachten, fiel ein lächelnder Mensch auf und hatte die Wirkung einer Kerze in einem kalten, dunklen Zimmer. »Du bist eine echte Madame Verdurin«, hatte ein Freund einst zu mir gesagt. Lächelnd hatte ich das Kompliment entgegengenommen und gehofft, dass es keine Kokotte war, mit der er mich verglich. Ich hatte nachforschen müssen, wer die Dame war, und stieß auf Marcel Proust und sein Porträt einer Gesellschaftsdame, die große Partys gab, deren glänzender Mittelpunkt sie stets war. Der Vergleich hatte mir gefallen.

»Also gut. Die Vorgeschichte ist ja auch kein Geheimnis.« Sie nahm einen kräftigen Schluck aus ihrem Bierglas. »Friederike kam vor etwa drei Monaten zu mir. Ihrer Mutter ging es damals schon sehr schlecht, und sie wollte nicht mehr länger warten, um etwas über ihre Herkunft zu erfahren. Das Thema beschäftigte sie wohl schon seit geraumer Zeit. Sie hoffte, sie könnte dann noch über die Ergebnisse meiner Suche mir ihr sprechen, bevor es zu spät war. So etwas kommt in meinem Gewerbe häufig vor.«

Ich nickte. Auch ich kannte dieses Gefühl. Wenn die Eltern starben, verschwand mit ihnen auch die Vergangenheit. Worte, die bis jetzt nicht gesagt worden waren, wurden nie mehr gesagt. Der Tod meiner Eltern hatte mich seltsam schwerelos werden lassen.

»Friederike berichtete mir, sie habe den Eindruck, in ihrer Familie stimme etwas nicht. Ihr ganzes Leben lang hatte sie ein Gefühl der Fremdheit gespürt. Viele adoptierte Kinder kennen dieses Empfinden. Und meistens wird dieses Gefühl mit fortschreitendem Alter intensiver, denn man ist nicht mehr finanziell abhängig von den Eltern und sieht sie realistischer. Irgendwann nagt es so sehr an einem, dass man die Wahrheit oder die vermeintliche Wahrheit wissen will.«

»Und was war die Wahrheit in Friederikes Fall?«

»Auf ihrer Geburtsurkunde waren Marianne und Rainer Grüber eingetragen. Friederike wurde ehelich geboren, das heißt, Vater war automatisch jener Mann, mit dem die Mutter zum Zeitpunkt der Geburt des Kindes verheiratet war. Außer die Vaterschaft wird angefochten. Dies war nach Friederikes Kenntnis und auch entsprechend meinen ersten Recherchen nicht der Fall. Das Ehepaar war zum Zeitpunkt von Friederikes Geburt bereits sieben Jahre kinderlos verheiratet gewesen. Dann kam Friederike und danach kein weiter Nachwuchs mehr. So etwas weckt bei einem Kind natürlich den Verdacht, dass etwas nicht stimmt. Aber nur, wenn der Verdacht auf fruchtbaren Boden fällt.«

»Offenbar, denn ich käme nicht mal auf die Idee ...« Ich dachte den Gedanken nur ungern zu Ende. Mein Papa nicht mein Papa? Unvorstellbar. Er war die Lichtgestalt meiner Kindheit gewesen. Und wenn doch? Wenn die vertraute Welt plötzlich zerbricht und sich das hässliche Gefühl einstellt, die ganze Zeit belogen und betrogen worden zu sein? Ich dachte an meinen Vater. Groß, blond, ungestüm. Ein unverkennbarer Schwede. Gliedmaßen wie ein junger Elch. Absurde Vorstellung, meine Mama könnte einen anderen getroffen und mich ihm untergeschoben haben. Sie hatten sich geliebt, das hatte jeder sehen können.

Renate fuhr ungerührt fort. »Friederikes Mutter hat bekanntlich in Ettlingen, Ortsteil Neuwiesenreben, gewohnt, war aber früher Friseurin in Karlsruhe. Sie arbeitete als Partnerin in einem kleinen Salon, den es übrigens heute noch gibt. Marianne Grüber hatte sich auf so alberne Dinge wie Hochzeits- und Ballfrisuren sowie Abiturfeierfrisuren spezialisiert. Sie kam ins Haus und schnippelte dort. Dadurch verkehrte sie offenbar in gehobenen Kreisen, und zwar sowohl in Ettlingen als auch in Karlsruhe. Bis nach Baden-Baden und in die Bergdörfer oberhalb des Albtals hat man sie bestellt. Industriellenkreise, Anwälte, Ärzte. Sie frisierte die Töchter, aber sie konnte offenbar auch Herrenschnitte ausführen. Friederike bildete sich nun offenbar ein, einer dieser Männer wäre ihr wahrhafter Vater gewesen.«

»Aber wie kam sie denn da drauf? Ausgerechnet Friederike?«

Renate zuckte die Achseln. Sie stand auf und öffnete das Fenster. Ein warmer Luftzug strich mir übers Gesicht.

»Ich hatte solche Fälle schon öfter. Meistens sind es die fehlende äußere Ähnlichkeit mit dem Vater und das Gefühl, mit ihm nichts zu tun zu haben und unverstanden zu sein. Mit ihrer Mutter sei es ganz anders gewesen, denn da habe immer eine innere Übereinstimmung bestanden.«

Ich runzelte die Stirn.

Rehbügel fuhr fort: »Ihr Vater habe beispielsweise nicht gewollt, dass sie studiert und Lehrerin wird. Der Mann selbst war übrigens Kunstschreiner. Er ist schon vor etlichen Jahren gestorben, bei einem Verkehrsunfall auf der Schwarzwaldhochstraße. War, wie ich, ein Motorradfahrer. Ziemlicher Autonarr und Raser. Was soll man dazu sagen? Er konnte sich jedenfalls gegen das Misstrauen seiner Tochter nicht mehr wehren.«

Ich hörte nachdenklich zu und versuchte, mich an Gespräche mit Friederike zu erinnern. Sie hatte immer mit Wärme von ihrer Mutter erzählt. Ich hatte die Frau nur ein paarmal mit ihr in der Stadt gesehen und konnte mich kaum an sie erinnern.

»Ja, sie hat mir erzählt, dass sie nun Waise ist. Von ihrer Mutter hat sie ab und zu gesprochen, ihren Vater hat sie aber tatsächlich niemals erwähnt.«

Renate Rehbügel schwieg einen Augenblick, dann sagte sie: »Ja, sie mochte ihn nicht. Offen gestanden, konnte ich sie in diesem Punkt nicht ganz verstehen. Sie hat mir natürlich Fotos von allen Familienmitgliedern ausgehändigt, worauf ich wegen des Eindrucks immer bestehe, und ich fand ihren Vater recht attraktiv. Soweit ein Mann attraktiv sein kann, versteht sich. Er stammte aus der Pfalz, aus einem kleinen Dorf an der französischen Grenze. Seine kleine Werkstatt hatte er in Karlsruhe, in der Nähe des Bahnhofs. Der Betrieb musste nach seinem Tod verkauft werden, es gibt ihn heute nicht mehr. Alles wenig spektakulär und wenig geheimnisumwittert.«

Plötzlich sehnte ich mich nach einem nicht zu kalten Pellegrino, mit einem Minzeblatt serviert.

»Haben Sie die Bilder noch?«

»Hey, hey!«, sagte sie forsch. »Die sind Privatsache. Wie komme ich denn dazu, Ihnen diese Fotos zu zeigen, hm?«

Das fragte ich mich offen gestanden auch. Aber vielleicht lohnte sich ein kleiner Erpressungsversuch.

»Weil Sie sich nicht bei der Polizei gemeldet haben, als Sie von Friederikes Tod gehört haben. Sie haben sich damit strafbar gemacht. Haben Sie keine Lizenz zu verlieren?«

Lachend deutete sie mit dem Flaschenöffner auf mich. »Hallo, hallo. Nee, nee, meine Hübsche. Die Sache mit Friederikes Anfrage bei mir liegt schließlich schon eine ganze Weile zurück. Die Rechnungen waren bezahlt, die Arbeit abgeschlossen. Da war mir die Diskretion, die ich meinen Kunden verspreche, wichtiger. Kein Grund, die Sache aufzuwühlen. Außerdem wusste ihr Mann darüber Bescheid, dass sie bei mir gewesen ist. Zumindest hat sie es so dargestellt. Es wäre also seine Aufgabe gewesen, es der Kripo zu erzählen. In meiner Branche geht man nicht gerne unaufgefordert zur Polizei.«

»Horst wusste von Ihnen, nicht wahr?«

»Ja. Sie hat mit ihm offenbar darüber gesprochen, dass sie endlich die Wahrheit über ihre Herkunft wissen wollte. Und außerdem, Swentja, ist in dieser Vatersuche für mich kein Motiv erkennbar, die arme Friederike zu erwürgen.«

»Wirklich nicht?«, fragte ich zurück. »Das glaube ich Ihnen nicht. Was wäre denn gewesen, wenn sie ihren Erzeuger gefunden hätte? Wie reagiert so ein Mann nach all den Jahren auf eine erwachsene Tochter, die plötzlich aus dem Nichts auftaucht? Und wie reagiert vor allem seine Ehefrau?«

Renate seufzte, erhob sich, schloss das Fenster und dämpfte so das murmelnde Treiben in der Bruchsaler Innenstadt. Mir den Rücken zugewandt, kramte sie ein bisschen an einem Schreibtisch herum, Schubladen klapperten. Sie kam schließlich mit einem Ordner wieder zurück an den Tisch und reichte mir zwei Fotos. Zögernd legte sie noch ein drittes Bild nach.

»Damit Sie zufrieden sind! Das war die Mutter, das war der Papa. Und hier die beiden zusammen, mit Friederike, die damals noch klein war.«

Renate hatte recht. Das Foto von Friederikes Vater zeigte einen untersetzt wirkenden dunkelblonden Mann, der wahrscheinlich bei einer bestimmten Art von Frauen ganz gut ankam. Es haftete ihm eine Art vitaler Lüsternheit an.

Friederikes Mutter neben ihm war eine schmale dunkelhaarige Person, die weibliche Sanftheit ausstrahlte. Mit einer Stupsnase und dunklen Augen wie Kirschen. Die eher pummelige Friederike schien ganz gut zu ihren Eltern zu passen. Sie war ihnen nicht gerade wie aus dem Gesicht geschnitten, aber es war auch nicht so, dass man beim Anblick der drei sofort ausrief: »Die und *diese* Eltern? Niemals!«

Wie ich die beiden so vor mir sah, konnte ich mir schon ganz gut vorstellen, dass Frau Grüber den Wunsch gehabt hatte, verwöhnt und auf Händen getragen und zärtlich wie mit einer Feder gestreichelt zu werden. Ihr Gatte hingegen schien mir mehr einer fürs Grobe, beinahe Animalische zu sein. Er wäre nicht mein Fall gewesen.

Ich besah das Familienfoto näher. Vater Grüber hatte den Arm fest und besitzergreifend um seine Tochter gelegt.

Dennoch – die Geste wirkte liebevoll. *Zu* liebevoll?

Wenn er nicht Friederikes richtiger Vater gewesen war, ergaben sich ganz neue Schattierungen dieses Falles. Der Verdacht aus dem Fahrzeugmuseum kam wieder auf. Hatte sich dieser virile Mann an sein Kuckuckskind herangemacht und es sexuell belästigt? Rührte daher das Gefühl der Fremdheit, das Friederike vielleicht als Mädchen noch nicht hatte fassen können? War dieses lange verdrängte Gefühl erst bei der Ehefrau wieder aufgekeimt?

Ich wandte mich wieder der Rehbügel zu.

Die hatte inzwischen ihr Weißbier ausgetrunken und wischte sich den Mund mit dem Handrücken ab. Es war kein sonderlich netter Anblick.

Ich überlegte mir, wie es wäre, mit dieser Frau – oder überhaupt einer Frau – ein Verhältnis zu haben, doch ich konnte es mir beim besten Willen nicht vorstellen. Ich konnte mir ja nicht einmal ein außereheliches Verhältnis mit einem Mann vorstellen, obwohl ich wusste, dass man mir in unseren Kreisen ganz gerne Affären andichtet.

Es tat mir ja beinahe leid, die gesamte bessere Gesellschaft zwischen Karlsruhe und Baden-Baden oder Pforzheim zu enttäuschen, doch ich hatte einfach noch keinen Mann getroffen, für den sich der Umstand gelohnt hätte. So gehörte der Anblick meiner sündhaft teuren Marlies-Dekkers-Unterwäsche meistens nur mir.

Ohne Grund fiel mir Hagen Hayden ein, obwohl auch an ihn die Dessous, die ich eigens aus Amerika importierte, vermutlich glatt verschwendet wären. Allein ein durchschnittlicher BH aus meiner Jugendstilkommode im Ankleidezimmer kostete vermutlich seinen halben Monatslohn.

»Was haben Sie denn in dieser Sache unternommen?«, wollte ich jetzt wissen.

»Noch nichts Konkretes, aber ich war drauf und dran, etwas zu unternehmen. Bei den Jugendämtern haben sie meistens eine Stelle, die sich auf die sogenannte Wurzelsuche spezialisiert hat. Dort hätte sie erfahren, ob es bei der Vaterschaft damals irgendwelche Zweifel gegeben hat und ob eine Akte zu ihrer Geburt existiert.«

»Geht das so einfach? Man hat doch früher immer ein Geheimnis um Adoptionen und dergleichen gemacht.«

»Heute ist alles viel offener. Wäre Friederike mit mir zusammen hingegangen, hätten wir auf jeden Fall Auskunft erhalten. Beispielsweise über den sogenannten Abstammungsnachweis, wo der leibliche Vater eingetragen ist. Aber dazu kam es gar nicht mehr. Ich hatte schon einen Termin mit der entsprechenden Sachbearbeiterin in Karlsruhe vereinbart, und Friederike und ich hatten uns zu einem vorbereitenden Gespräch getroffen, als sie mir ganz nebenbei mitteilte, sie wisse nun Bescheid und meine Dienste seien nicht mehr vonnöten.«

»Mit welcher Begründung?«

»Sie habe nach dem Tod ihrer Mutter neue Informationen erhalten, die sie erst auswerten müsse. Danach würde sie sich eventuell wieder melden. Ich habe aber danach nichts mehr von ihr gehört. Das war mindestens vier Wochen vor ihrem Tod.«

»Hat sie keinerlei Andeutung über das Wesen ihrer Entdeckung gemacht?«

»Nein. Oder Moment, doch. Sie hat gesagt: ›Ich hätte nicht gedacht, dass ausgerechnet er mein Vater ist. Ausgerechnet *er*!‹ Dazu hat sie gelacht und den Kopf geschüttelt. Ich habe sie nicht weiter gefragt.«

Langsam nickte ich. Das passte zusammen. Ihr wirklicher Papa war also tatsächlich eine große Überraschung für sie gewesen. Und die Lösung befand sich in dem Kästchen. In dieser elenden Schatulle, die natürlich verschwunden blieb und mit ihr der Name von Friederike Schmieds biologischem Vater. Einem Mann, der vermutlich verheiratet war, es vielleicht damals bereits schon gewesen war. Einer, der selbst Kinder hatte. Möglicherweise sogar schon Enkel, wenn man das Alter bedachte. Ein Mann, der eine gewisse Position bekleidete, welche auch immer.

In Karlsruhe und Ettlingen wohnten nicht nur viele öffentlichkeitsscheue wohlhabende Leute, sondern auch etliche Bundesrichter. Friederikes Vater war vielleicht eine Person, die jeder kannte und die verdammt viel zu verlieren hatte!

»Friederikes Mann ist Politiker«, ließ die Rehbügel angelegentlich fallen.

»Ja«, sagte ich und dachte an den karrierelustigen Horst.

Stimmt. Sie hatte vielleicht nicht nur einen Vater, sondern auch einen Mann, der einiges zu verlieren hatte, wenn die Ehefrau aus einem falschen Stall kam. Politisch und auch sonst. Vielleicht war sein Alibi löchriger, als es auf den ersten Blick aussah.

»Ich sage nicht, dass es hier so ist, aber mancher Mann, dem man es nicht zutraut, würde für seine Karriere morden!«, sagte Renate Rehbügel sachlich, mitten in meine Gedanken hinein.

»Frauen nicht?«

»Die sind so dumm und morden meistens aus Liebe. Oder für die Liebe. Und werden schnell erwischt.«

Ich stand auf. Nahm meine Handtasche. Renate musterte mich und meine Tasche ironisch.

»Darf ich wiederkommen, wenn ich noch Fragen habe?«

»Wenn Sie meine Honorarsätze zahlen können, gerne, aber ich rate Ihnen: Passen Sie auf. Wenn Ihre angedeutete Theorie stimmt, was ich nicht unbedingt glaube, hätte hier jemand seine eigene Tochter erwürgt. So einer macht auch vor Ihnen nicht halt.«

»Da mache ich mir keine Gedanken. Ich kann auf mich aufpassen. Auf Wiedersehen.«

»Ciao. Und wenn du mal von dem einen ins andere Lager wechseln willst – für so was Leckeres wie dich gibt es immer Interessentinnen.«

»Den Tag wirst du nicht erleben, Rehbügel«, sagte ich.

***

Wer jetzt den Eindruck gewonnen hat, mein Mann spielte gar keine Rolle in meinem Leben, der irrt. Wir trafen in regelmäßigen Abständen aufeinander, stimmten Termine ab, besprachen die Angelegenheiten unserer Tochter oder kommentierten den Zustand des Gartens.

Szenen meiner Ehe:

»Und wie geht's dir so? Alles im grünen Bereich?« Man hätte meinen können, ein entfernter Bekannter erkundige sich beiläufig. Doch es war mein eigener Ehemann, der auf diese Weise sein ungeheures Interesse an mir zeigen wollte.

»Danke, man ist zufrieden!«, erwiderte ich und lächelte freundlich.

Damit war wiederum er sehr zufrieden. Ein Mann mit einer so überaus wichtigen Lebensaufgabe wie der, anderen Männern beim Steuerhinterziehen zu helfen, kann keine nörgelnde Ehefrau um sich haben, die zusätzlichen und unbezahlten Einsatz und Kreativität von ihm fordert.

Doch dann erkundigte er sich zu meiner Überraschung nach meinem Gewerbe.

»Hast du wieder neue Kundinnen? Oder hat der Tod der Frau von diesem Schmied alle schlecht gekleideten Damen Mittelbadens abgeschreckt?«

Zu den vielen typischen Eigenheiten meines Mannes kam noch eine weitere: Friederike existierte für ihn nicht als eigenständige Person, sondern lediglich als ›Frau von diesem Schmied‹.

»Ja, doch. Die arme Friederike ist schon fast vergessen. Du weißt ja, wie das ist. Dass ich aber in einen Mordfall verwickelt war, ist keineswegs vergessen, doch die meisten sind eher neugierig als abgeschreckt. Ich denke, ich werde demnächst mit einer Kundin nach Baden-Baden fahren. Und mit einer nach Mannheim. Aber vorher gehe ich zum Friseur!«

»Mach das!«, gab mein Mann zufrieden zurück. Frau beim Friseur, alles in bester Ordnung. »Vergiss nicht, wir sind am Wochenende groß beim alten Nagel eingeladen. Der Mann hat es mit unserer Hilfe nicht nur fertiggebracht, den Haken vom Finanzamt, das ihn schon wegen Steuerhinterziehung dranhatte, auszuspucken, er bekommt jetzt sogar eine Steuerrückzahlung. Ich bin für ihn wie der liebe Gott! Und du wirst die Göttin sein.«

Ich lächelte. Das war eine Rolle, die mir gefiel.

***

Den Friseursalon, in dem Friederikes verstorbene Mutter einst gearbeitet hatte, gab es erstaunlicherweise noch, und zwar in der Karlsruher Südweststadt. Umrahmt von einer Bäckerei und einer Galerie befand er sich in der lebhaften Jollystraße – einem für Karlsruhe typischen Mix aus bravem Bürgeralltag und meist ebenso braver moderner Kunst.

Ich hätte allerdings wetten können, dass die Bäckerei einen weit besseren Jahresumsatz als die Galerie machte, denn in einer Stadt, in der es eine der renommiertesten Kunsthochschulen Deutschlands gab, schossen neue Galerien wie Pilze aus dem Boden. Waren die Vernissagen vorüber, der Sekt getrunken und die Häppchen verspeist, herrschte in den Räumlichkeiten allerdings meist heilige Stille.

Der Friseursalon besaß zur Straße hin ein altmodisches Schaufenster mit einer schon fast nostalgisch wirkenden Wella-Reklame.

Das Inhaberschild, das über der kleinen Eingangstür prangte, hatte einst auf Stolze & Grüber gelautet, was in den Siebzigern, wo Salons in der Regel Anita oder Petra hießen, zweifellos eine fast avantgardistische Ansage war. Das Grüber war verblasst, wenngleich noch schwach zu lesen. Am Stolze hatte jemand kürzlich herumgepinselt.

Der Laden war keiner von der Sorte, die ich oder meine Kundinnen jemals aufgesucht hätten. Mehr noch: Ich hätte es meinen Klientinnen geradezu verboten. »Im Polnischen«, dozierte ich gerne, wenn eines meiner Opfer behauptete, ihr alter Friseur sei gar nicht so übel, noch dazu preiswert und sein Salon läge so praktisch in der Nähe, »gibt es ein Sprichwort: Eine schöne Frau ist Augen, Haare und Zähne. An euren Augen könnt ihr nur ein bisschen herumpinseln, die Zähne gehören leider ebenfalls zum Erbgut, aber bei euren Haaren sucht bitte so lange, bis ihr den perfekten Coiffeur gefunden habt. Und dann lasst ihn nie wieder los. Verwöhnt ihn mit Trinkgeld, mit Empfehlungen und lasst Lob auf ihn herabregnen. Er braucht das, denn er ist eitel.«

Meistens murmelten meine Kundinnen dann aufsässig, ich hätte schließlich gut reden, da ich sogar noch mit einem Irokesenschnitt gut aussehen würde. In diesem Fall griff ich sofort an: »Würdet ihr mich als Beauty-Coach wollen, wenn ich unansehnlich wäre? Ihr beauftragt doch auch keinen Architekten, der selbst in einem geschmacklosen, baufälligen Haus lebt, oder?«

Aber der Salon Stolze war wirklich ein absolutes No-Go. Nicht nur die Lage in dieser nahezu boutiquenfreien Seitenstraße, im Inneren sah er auch keineswegs so aus, als würde dort wenigstens eine Latte oder ein schöner Prosecco serviert, um das Warten auf den Meister zu versüßen – einen Meister, der die Haare nur einmal spielerisch hochhob, einem das Gesicht in den Spiegel drehte, um dann mit französischem Akzent zu säuseln: »Siehssstt du, soooo!«

Frau Stolze, die mir einen drallen Po entgegenstreckte, während sie gerade ein verschlissenes Handtuch vom Boden aufhob, sah hingegen aus wie eine Karikatur ihres Berufsbildes. Nicht mehr jung, deutlich über der offiziellen Rentengrenze. Klein, drall, mit gefärbter Hochfrisur, grell geschminkt, kecke Jeans, Pumps und ein professionelles Friseurinnenlächeln. Sie richtete sich auf und taxierte mich blitzartig.

»Kleines Momentle!«, versprach sie, badisch ungenau, angesichts zweier noch wartender ältlicher Herren. Ich ließ mich vorsichtig auf einen der wackligen Wartestühle nieder. Neben mir tickte eine Uhr im Retrolook, die eigentlich auf den Flohmarkt gehörte. In der Ecke stand ein Besen, der schon bei der Einweihung des Ladens Pate gestanden haben mochte.

»Lesen Sie so lange ein bisschen in der Bunten. Die Caroline von Monaco hat jetzt einen Hund. Einen Dackel«, riet mir Frau Stolze, mein Unbehagen offenbar mit jenem Sensor spürend, den Friseurinnen mit den Jahrzehnten erwerben.

Beinahe hätte ich der kleinen Person verboten, den Namen meines Vorbildes in den Mund zu nehmen. Egal durch welche Kümmernisse sie auch ging – Prinzessin Caroline sah einfach immer gut aus. Neben ihr hatte dieser verlebte Welfenprinz doch immer wie ein billiger Schausteller gewirkt.

Sogar Elena, fast die einzige Frau aus unseren Kreisen, die meine Dienste niemals brauchen würde, hatte die Monegassin kürzlich gelobt. »Sie wird älter, aber sie bleibt in Würde stilsicher!«, war ihr kurzes, kühles Urteil, und wenn eine das beurteilen konnte, dann sie. Einer Lady wie ihr, die ständig auf Empfänge eingeladen war, wo es leckere Häppchen zu essen gab, und dennoch seit vierzig Jahren ihr Gewicht hielt, konnte man als Frau nichts mehr empfehlen.

So nahm ich neben dem verbleibenden älteren Herrn Platz, der mich immer wieder wie eine Erscheinung von der Seite ansah, und wartete. Betrachtete die Frau im gegenüberliegenden Spiegel und versuchte, sie mit den Augen der anderen zu sehen. Wurde ich eigentlich sichtbar älter, stellten sich erste Falten ein, und verblasste der Glanz, von dem ich lebte?

Noch war nichts zu entdecken. Dank Dr. Denese, einer äußerst geschäftstüchtigen Kosmetikerin aus den USA, deren gesamte teure Produktpalette mir Botox ersparte. Ich schnitt eine kleine Grimasse. Würde ich eine schön alternde Frau werden oder eine alternde Schöne?

»So, was machen wir denn bei Ihnen?«

Die kleine Friseurin hatte die beiden älteren Herren einen nach dem anderen verarztet, ihnen den faltigen Nacken mit einer Quaste sauber gewedelt und sie mit einem Küsschen auf die Wangen verabschiedet. Sie sprach starken nordbadischen Dialekt und wirkte herzlich.

Um nichts in der Welt hätte ich dieser Frau allerdings auch nur ein einziges meiner Haare anvertraut. Andererseits musste ich ihr einen Köder hinwerfen, wenn ich sie aushorchen wollte.

»Ich dachte an eine neue Koloration. Allerdings eher langfristig, aber ich wollte mich jetzt schon mal beraten lassen«, log ich, ohne rot zu werden. Ich habe allzeit gut und verlässlich gelogen. Wenn du als Teenager gleich mit drei vielversprechenden Jungs gleichzeitig ausgehst und jeder denkt, er ist der Einzige, lernt man das Lügen.

Vorsichtig ließ ich mich auf dem scheußlichen Plastikstuhl nieder. In diesem Salon war seit den siebziger Jahren nichts mehr passiert. Ich fragte mich, ob sie noch mit einem Plätteisen Quetschlocken in die Haare presste.

Dennoch war ich stolz. Schließlich hatte ich nicht viel Erfahrung als Detektivin und fand, ich hatte es bisher sehr geschickt angefangen. Ich würde dem überheblichen Hagen Hayden beweisen, dass man einen Mord in meinen Kreisen nur aufklären konnte, indem man sich in ihnen bewegte und wusste, wie unsere Leute dachten, was sie antrieb, was sie liebten und was sie fürchteten. Und nicht die gleichen Methoden anwenden, als hätten sich irgendwo unter einer Brücke zwei Landstreicher die Köpfe eingeschlagen.

Frau Stolze stemmte die Arme in die Seite, musterte mich mit einem beunruhigend scharfen Blick. »Sie schwindeln. Sie tun es ganz gut, aber Sie schwindeln trotzdem. Warum sind Sie wirklich hier?«, fragte sie dennoch freundlich und setzte sich mir gegenüber auf einen der Plastikstühle. Mit dem Fuß kickte sie ein paar mausgraue Herrenhaare zur Seite.

»Ich muss doch bitten! Wie kommen Sie denn darauf?«

»Mein Kind, ich bin mehr als vierzig Jahre in diesem Beruf. Ich schneide die Haare für alte Leutchen, für einsame Männer, für alleinerziehende Mütter mit wenig Geld und manchmal für ein Kind, das überhaupt kein Geld hat. Leute wie Sie zählen nicht zu meiner Kundschaft. Diese Haare sind nicht von einer Friseuse wie mir, sondern von einem Coiffeur geschnitten worden. Und das nicht erst seit gestern, sondern schon seit langer Zeit. Und wenn Sie die Farbe wechseln wollen, dann gehen Sie zu dem und nicht zu mir. Außerdem steht Ihnen die Farbe, und das wissen Sie ganz genau!«

Einsicht war der Weg zur Perfektion. Frau Stolze war nicht dumm, und sie hatte recht.

»Also, was wollen Sie von mir?«

Die Wahrheit war hier wahrscheinlich der einzige Weg, um die Wahrheit herauszufinden. »Friederike Schmied ist umgebracht worden.«

Sie hob fragend die unmodisch dünn gestrichelten Augenbrauen.

»Die Tochter von Marianne Grüber. Ihrer ehemaligen Partnerin.«

»Ach je«, sagte Lieselotte Stolze mit Wärme. Ihre dunklen Augen wurden traurig wie die eines Clowns, der die Wahrheit über die Schlechtigkeit der Welt erkannt hat. »Stimmt, sie hieß jetzt Schmied, die Kleine. Ermordet? War das etwa die Frau in Ettlingen, die in der Zeitung stand? Die in der Boutique erwürgt worden ist?«

Ich nickte. Die winzige Frau wurde vor meinen Augen rasant zehn Jahre älter. Ihre riesengroßen braunen Augen füllten sich mit Tränen.

»Das ist ungerecht.« Sie schluckte. »War ein so liebes Kind. Aber unsicher. Sie passte irgendwie nicht in diese Welt. O Gott. Sie war nie wirklich glücklich. Das arme Ding.«

»Friederike war unsicher? Wie meinen Sie das?« Das war mir natürlich ebenfalls aufgefallen, aber ich wollte es von ihr hören.

»Friederike kam mir immer vor, als wäre sie für etwas anderes geboren und wisse nicht, wofür eigentlich.«

Diese Analyse war richtig gut. Wenn ich jemals eine Psychologin bräuchte, würde ich zu dieser Frau gehen und nicht, wie die anderen Damen aus meinen Kreisen, zu einer Frau Doktor mit einer Warteliste so lang wie die Schwarzwaldhochstraße und Preisen wie ein Juwelier. Doch bisher war ich ohne seelischen Beistand ausgekommen. Ich ruhte in mir, und solange die Herbstcouture auf die Sommermode folgte, war meine Welt in Ordnung.

Mamma und die italienische Oma hatten mir überdies ein Selbstbewusstsein eingebläut, das durch kaum etwas zu erschüttern war. Nur vielleicht durch die Tatsache, dass mir kürzlich ein schwarzes Pencil-Shirt von Max Mara in Größe sechsunddreißig am Bund etwas zu eng erschienen war! Aus Panik hatte ich zwei Tage lang nur Ananas und Reis zu mir genommen, was mir eine Verdauung wie von einem Alete-Baby bescherte.

»Und Marianne Grüber?«

»Das war eine von den sanften, hübschen Frauen, die ganz gut bei Männern ankommen. Außer auf Dauer vielleicht beim eigenen Mann. Die Kerle langweilen sich ja schnell. Und nehmen alles für selbstverständlich. Aber sie war eine gute, eine solide Kollegin und sehr beliebt.«

»Warum hat sie bei Ihnen aufgehört?«

»Aufgehört ist nicht das richtige Wort. Sie war über die Jahre immer mal wieder weg. Sie hatte ihre Lehre bei mir gemacht, dann hat sie vorübergehend pausiert, weil sie zusätzlich noch Fußpflegerin lernen wollte. Ich hielt das für Blödsinn, denn sie war wirklich gut genug als Friseurin. Hat tolle Hochfrisuren für Bälle und Premieren gemacht, und sie wurde viel von ersten Häusern aus der ganzen Gegend angefordert. Festliche Frisuren waren ihre Spezialität. Marktnische nennt man so was heutzutage.«

Ich lächelte entgegenkommend. Frau Stolze hatte auch eine Marktnische gefunden, nur wusste sie es nicht. Die Alten und Einsamen.

»Später hat sie dann ein weiteres Mal aufgehört, weil sie versuchte, sich in einem kleinen Dorf an der Grenze zum Elsass einen eigenen Salon aufzubauen. Irgendwie klappte das nicht. Die Pfälzerinnen und erst recht die Elsässerinnen hatten damals nicht so viel Geld. Sie machten sich wohl auf den Dörfern die Haare irgendwie selbst. Gegenseitig. In der Küche.«

Das mochte stimmen, war aber ein grausiger Gedanke für mich. Außer Raoul in Achern ließ ich niemanden an meine Haare. Warum dieser Topschneider sich ausgerechnet in der wuseligen Ortenau-Kleinstadt Achern niedergelassen hatte, wusste ich nicht, aber ich wäre für ihn auch nach Dubai geflogen.

»Dann, als das Kind etwa ein Jahr alt war, kamen sie zurück nach Karlsruhe, und sie wollte stundenweise arbeiten. Ich überließ ihr ein paar Kunden. Je älter die Friederike wurde, desto öfter kam sie wieder zu mir und hatte schließlich zwei eigene Stühle. Ein oder zwei Jahre ging das gut, dann wollte sie erneut unterbrechen, weil sie unbedingt wieder schwanger werden wollte und der Arzt ihr sagte, sie sollte sich viel ausruhen.«

Lieselotte Stolze schüttelte den Kopf. »Sie war richtig besessen davon, noch ein Kind zu bekommen. Ich habe sie getröstet. Schließlich hatte sie ja schon eines, doch sie ist von Arzt zu Arzt gelaufen. Nur zu den besten, die man privat zahlen muss. Stress sei schädlich für sie, hätten die Ärzte gesagt. Und das lange Stehen wäre Gift. Deshalb hat sie bei mir aufgehört und nur noch ab und zu ein paar Privatkunden betreut.«

»Zu was für Leuten ...«

Das altmodische Schnurtelefon im Hintergrund läutete. Lieselotte Stolze schoss hoch, umnebelte mich dabei mit einem Geruchsgemisch aus Haarspray und einem eher preiswerten Parfüm und vereinbarte lautstark einen Termin mit einem Kunden. »Hört schlecht. War früher Flugkapitän bei der Lufthansa. Herbert Weißkopf. Das nennt man einen Zufall, denn bei denen im Haus war die Marianne auch. Vor sehr vielen Jahren. Als sein Sohn getauft wurde, hat sie den Tanten die Frisuren gemacht. Früher hat man sich diesen Service öfter geleistet. War das ein fescher Mann. Na, er sieht heute noch ganz gut aus.«

Weißkopf, dachte ich. Der Name kam mir vage bekannt vor. Vor den Augen des alten Mädchens hier wollte ich mir nichts aufschreiben, das würde sie misstrauisch machen. Ich musste versuchen, mir alles zu merken.

»Ist ein treuer Kunde. Ja, ich habe noch viele alte Kunden aus der Zeit, als die Marianne hier war.«

»Wissen Sie noch ungefähr, in welche Häuser sie ging, als sie ...«, das war jetzt gefährliches Pflaster, »noch kein Kind hatte?«

Lieselotte Stolze war nicht blöd. »Sie meinen, ob die Marianne, als sie noch jung verheiratet war, mit anderen Männern angebändelt hat?«

Ich zuckte die Achseln. Draußen lief eine dicke alte Frau vorbei, die vier bemerkenswert hässliche Hunde an der Leine hatte. Sie winkte, und Lieselotte winkte zurück.

Dann sagte sie streng zu mir: »Das war nicht ihre Art. Und selbst wenn ... was soll das mit der armen kleinen Friederike zu tun haben? War sie später eigentlich noch immer so pummelig? Ich habe immer zur Marianne gesagt: ›Stopf doch das Kind nicht so voll. Sie ist als Schwan geboren, mach sie doch nicht zur elsässischen Weihnachtsgans.‹ Sie müssen wissen, ihre Großmutter kam aus dem Elsass. Ihr Vater, Mariannes Mann, stammte aus Berg, einem Dorf direkt an der Grenze. Ein Hinterwäldler.«

Auch Lieselotte Stolze schien offenbar nicht wirklich begeistert von Rainer Grüber als Ehemann gewesen zu sein. Überraschenderweise kam sie gleich zurück auf meine Frage.

»Müsste ich nachschauen, ob ich noch einige alte Bücher aus der Zeit habe, wo drinsteht, in welchen Haushalten die Marianne gewesen ist. Kann ich aber jetzt nicht machen. In fünf Minuten kommt der alte Meierbeer. Der war früher Hausmeister drüben am Theater. Der kann Geschichten erzählen, sage ich Ihnen. Da hören Sie stundenlang zu. Unter einer Stunde bin ich nicht frei.«

»Wären Sie dann so nett und würden diese Bücher für mich heraussuchen?«

Das kleine Persönchen sah mich mit schief gelegtem Kopf an. Dabei bewegte sich kein Haar ihres festgeklebten Frisurenhelmes. Jetzt trat ein schlauer Ausdruck in ihre Augen.

»Warum sollte ich? Wer sind Sie überhaupt? Schneien hier herein. Mit Ihren teuren Kleidern. Sieht ja alles schick aus. Nur diese Handtasche gefällt mir nicht, wenn ich Ihnen das sagen darf.«

»Das ist eine George Gina & Lucy.«

»Von mir aus. Sie sieht aus wie die Schultasche meiner Enkelin. Also, was wollen Sie von mir?«

Ich stand vor einer Entscheidung. Nein. Vor zweien.

Erstens: Sollte ich mich etwa doch von meiner George-Gina-&-Lucy-Tasche mit ihrem gewagten Materialmix und ihren tausend Ösen und Schließen trennen, nur weil sie dieser Hexe hier nicht gefiel? Insgeheim zweifelte ich allerdings selbst manchmal daran, ob sie noch altersgemäß war.

Und zweitens: Was machte man in solch einem Fall? In den Fernsehkrimis übergehen sie derartige Szenen mit einem rasanten

Schnitt. Als Nächstes sieht der Zuschauer, wie der Zeuge haltlos Fakten ausspuckt. Der Weg dorthin bleibt im Dunkeln.

»Ich versuche, den Mörder von Friederike auf eigene Faust zu finden. Und ich glaube, dass das Motiv für die Tat in der Vergangenheit liegt. Vielleicht in Mariannes Vergangenheit.«

Lieselotte Stolze zog ein Auge nach unten, um verschwörerisches Verständnis anzudeuten. Es sah leider nicht raffiniert, sondern lustig aus.

»Sie meinen doch nicht etwa wirklich, die Marianne hätte ein Verhältnis gehabt? Mit jemandem aus den Häusern, in denen sie verkehrte?«

»Vielleicht? Solche Dinge kommen doch vor.«

Die Stolze schüttelte den Kopf. »So was hätte doch die Marianne nicht gemacht. Sie war eine sehr sanfte und liebe Frau. Ordentlich. Gut, glücklich wirkte sie nicht immer. Nein, nicht immer. Aber das waren doch alles gute Häuser. Wohlhabende und alte Familien. Familien mit Kindern und mit … Nein, das glaube ich nicht. Dafür war sie nicht der Typ.«

Sie dachte einen Moment nach.

»Seltsam. Jetzt, wo Sie all das wieder aufrühren. Einmal hat sie zu mir gesagt: ›Man darf nicht zu viel von den Männern erwarten. Sie sind nicht so wie wir. Sie laufen weg, wenn es schwierig wird. Aber mein Mann ist nicht so. Er läuft nicht weg. Ist das jetzt gut, oder ist das schlecht, Lilo?‹ Ja, das hat sie mich gefragt. Ich fand damals, dass es eine seltsame Frage war.«

Ich hielt die Luft an. Eine Vermutung wurde hier zur Bestätigung.

»Das heißt womöglich, der Vater ihres Kindes hat sie damals sitzen lassen«, überlegte ich laut.

Lilo Stolze zuckte mit den Achseln.

Mehr für mich selbst sprach ich weiter: »Und ihr eigener Mann hat trotz allem zu ihr gestanden. Hat ein Kuckuckskind als eigenes großgezogen. Aber welchen Preis mag sie dafür bezahlt haben? Obwohl … vielleicht ist Geld geflossen. Das Ehepaar bekam Geld dafür, dass es den Mund hielt. Doch Friederike war nicht zu bestechen. Nicht mit Geld, denn sie hatte selbst welches. Friederike wollte nicht länger schweigen. Sie wollte Anerkennung, und sie wollte Liebe. Was sie gefunden hat, war der …« Ich brach ab, denn ich konnte das Wort »Tod« nicht aussprechen. Meine Gedanken gingen die kleine Person eigentlich sowieso nichts an.

Lilo Stolze seufzte. »Da kommt mein Kunde. Besser, Sie gehen. Sie passen nicht in meinen Salon. Meine Leutchen denken sonst, ich erhöhe die Preise.«

Ich ging zur Tür. Lächelte. »Okay. Und mit der Tasche, da haben Sie nicht ganz unrecht.«

Sie lächelte auch. Ein bisschen geschmeichelt.

»Also gut – ich werde heute Abend in den alten Kalendern nachschauen, bei welchen Haushalten Marianne vor Friederikes Geburt beschäftigt war. Kann aber nicht dafür garantieren, denn manche Bücher sind nicht mehr da. Hatten Wasserschäden. Ja. Habe aber vieles aufgehoben. Bisschen nostalgisch, wie?«

»Bisschen sehr praktisch!«

***

Ich traf mich mit Hagen Hayden in einem der Straßencafés in Ettlingen gegenüber dem Schloss. Um den kleinen, aber harmonischen Platz vor der bunten, hübsch restaurierten Schlossfassade gruppierten sich mehrere Lokale, die im Sommer gut besucht waren.

Sogar aus Karlsruhe kamen die Leute hierher, um einen Espresso lang etwas wie Kurzurlaub zu machen. Doch, die Ettlinger waren ein genussfreudiges Völkchen.

Für Hagens lange Beine waren die zierlichen, eng beieinanderstehenden Tische allerdings nicht gemacht. Entsprechend unbehaglich sah er aus. Er trug ein kariertes Hemd, dessen Ärmel er hochgekrempelt hatte, dazu schwarze Jeans, neben ihm lag eine leichte Lederjacke. Er roch schwach nach Rauch.

Ich setzte mich ihm gegenüber, mied seinen forschenden Blick und bestellte ein Mineralwasser. »Pellegrino, bitte!«

Er grinste. »Schickimickiwässerchen, was?«

Missbilligend bemerkte ich, dass er einen Cognac vor sich stehen hatte.

»Besser als das da!«

»Gehört dazu. Wenn man schon nicht mehr rauchen darf. Ich bin gespannt, wann sie uns das Trinken in öffentlichen Lokalen auch noch verbieten. Und? Haben Sie den Mörder schon gefangen? Wo kann ich ihn abholen?«

»Ich bin dabei, ihn einzukreisen!«, erwiderte ich würdevoll. Würde und Stolz, gepaart mit Arroganz, das hatte mir meine Mutter vorgelebt. Wenn meine Eltern gestritten hatten, war es immer mein Vater, der mit Entschuldigungsblumen nach Hause kam und noch froh sein musste, wenn Mamma sie überhaupt annahm.

Er hätte es außerdem nie gewagt, mich auszuschimpfen. Italienische Mütter glaubten fest, dass ihre Kinder reine Wunderwesen waren, und bei mir war dieser Gedanke auf fruchtbaren Boden gefallen.

»Geben Sie mir einen Hinweis, Watson?«

Ich zögerte. Ihn jetzt schon in meine Ermittlungsschritte einzuweihen, zerstörte den Spaß am Wettbewerb. Andererseits trampelte ich vielleicht auf bereits von der Kriminalpolizei ausgetretenen Pfaden, die in die Irre führten, und konnte mir unnötige Arbeit ersparen.

Was mir recht gewesen wäre. Ich sah Arbeit nämlich nicht als Erfüllung. Die Frauen aus meinen Kreisen, die voll Begeisterung acht Stunden am Tag in ein Büro oder eine Kanzlei eilten, obwohl sie es nicht nötig hatten, konnte ich nicht verstehen. Hatten sie keine anderen Hobbys?

»Und?«

»So schnell geht es nicht. Doch ich kann Ihnen einen kleinen Hinweis geben. Ich habe Grund zu der Annahme, dass Friederike auf der Suche nach ihrem leiblichen Vater war. Und ihn vielleicht gefunden hatte.«

»Wieso? Gab es Zweifel, was ihren Vater betrifft? Der lebt doch sowieso nicht mehr. Sie war Waise. Wir haben routinemäßig die Geburtsurkunde eingesehen. Sie ist ausgestellt vom Standesamt Germersheim in der Pfalz, und an ihr war nichts Ungewöhnliches. Kind geboren in Berg in der Pfalz im Haus der Schwiegermutter. Vater bei der Geburt anwesend. Sogar ein Sonntagskind war sie, wenn ich mich recht erinnere.«

»Das sagt nichts über die Vaterschaft. Innerhalb einer Ehe ist ein Kind bekanntlich automatisch ehelich, außer die Mutter gibt etwas anderes an. Das sollten Sie ja eigentlich wissen.«

»Bisher hatte ich für dieses spezielle Wissen keinen Bedarf. Zumindest privat nicht.« Er grinste wieder. »Haben Sie Kinder?«

»Eine Tochter!«

»Wie ist sie? Sieht sie Ihnen ähnlich?«

»Nein«, antwortete ich, überrascht über sein Interesse an meiner Familie. Ich hatte gedacht, er sei einfach nur scharf auf mich, so wie viele Männer, wenn sie mich sehen. Seine fast fürsorgliche Anteilnahme rührte mich auf eine schwer erklärbare Weise. »Sie ist fast eine Schwedin. Sieht aus wie meine Oma aus Malmö. Kinder kommen ja oft nach ihren Großeltern und überspringen eine Generation. Im Temperament gleicht sie allerdings mehr ihrem Opa aus Italien. Wenn ihr etwas nicht passt, kann sie schimpfen wie ein Pizzabäcker.«

»Na, da bin ich froh, dass bei uns das Aussehen anders vererbt worden ist. Mein Opa kam vom Kaiserstuhl, war Winzer und sah selbst so knorzig aus wie ein Rebstock. Den anderen habe ich nicht gekannt, der liegt irgendwo in Russland. Beim Desertieren im Februar 1945 erschossen, der Dummkopf. Konnte das Kriegsende nicht abwarten.«

»Winzerfamilie? Deshalb trinken Sie?«

»Ich trinke jeden Tag einen Cognac. Ich denke, das kann man vertreten. Wann ich ihn trinke, hängt von der Situation ab, und bei Ihrem Anblick war mir danach. Also, was für Hinweise gibt es denn, dass Frau Schmieds Vater nicht ihr Erzeuger war? Abgesehen davon, dass das eigentlich nichts mit ihrem Tod zu tun hat.«

Ich seufzte. »Es gibt noch keine konkreten Hinweise. Nur ein Gefühl. Sie könnten vielleicht auf dem Jugendamt nachfragen, ob dort jemals eine Akte über ihre Mutter geführt wurde. Dass es Unstimmigkeiten wegen der Vaterschaft gab, meine ich.«

Er lachte und streckte seine Beine in die andere Richtung. »Unbequem hier. Kommen Sie, wir zahlen und gehen Richtung Horbachpark.«

Langsam liefen wir über den Schlossplatz, vorbei am Tor, das in den hohen Innenhof führte.

Ich hätte wetten können, dass uns die Blicke von halb Ettlingen folgten. Im Horbachpark mit See, Springbrunnen, Laubengängen und Bänken herrschte Ferienstimmung. Der Himmel war tiefblau, die Herbstblumen blühten grell dagegen an.

»Jetzt enttäuschen Sie mich«, bemerkte er. »Gefühle sind nicht ermittlungsrelevant. Die Kollegen vom Jugendamt haben viel zu tun, da mache ich mich lächerlich, wenn ich mir diese Mühe mache. Die Geburtsurkunde der Verstorbenen war vollkommen in Ordnung. Der Vater war offenbar bei der Geburt anwesend. Das hätte er wohl kaum getan, wenn es nicht sein Kind gewesen wäre.«

Ich schwieg. Er griff spielerisch nach meiner Hand.

»Also, das ist ein Mordmotiv aus englischen Häkelkrimis. Glauben Sie mir. Gemordet wird aus anderen Gründen.«

Ich zog meine Hand weg, und er lachte.

»Und aus welchen?«, fragte ich spitz. »Nur damit ich Bescheid weiß.«

»Geld, Geld und noch mal Geld. Meistens.«

»Gut, dann brauche ich nicht mehr weiterzusprechen. Ich glaube nicht an ein Geldmotiv in Friederikes Fall. Ihre Geldbörse wurde gestohlen und ein wertloses Handy. Doch einen Hunderter hat der Mörder übersehen, ihre Kreditkarte wurde niemals benutzt, und jemand, der sich wirklich auskennt, hätte auch ihren Ehering mitgenommen. Da hat sich Horst nämlich mal spendabel gezeigt. Quasi ein Werbegeschenk.«

»Das Geld und das Handy könnten für jemanden durchaus die Rettung gewesen sein. Hätte für den nächsten Schuss gereicht. Wissen Sie eigentlich, meine Schöne, dass es Leute gibt, die von den Pfandflaschen leben, die andere wegschmeißen? Aber ich will Ihnen Ihr kleines neues Hobby nicht nehmen. Gehen wir wieder zurück?«

Er wehrte meinen Protest mit einer Geste ab. Wir spazierten zum Schloss zurück. Von der Straßenbahnhaltestelle Ettlingen-Stadt aus schwärmten die heimkehrenden Kinder, die Schulen in Karlsruhe besuchten, sternförmig in alle Richtungen aus.

»Okay, okay. Ich glaube nicht daran, aber nehmen wir mal an, Sie hätten recht. In diesem unwahrscheinlichen Fall: Vergessen Sie nur niemals – egal, welche Deckel Sie von Töpfen mit irgendwelchen Familiengeheimnissen heben –, sollten Sie zufällig den Richtigen erwischen, kann es gefährlich werden. Jemand, der einmal gemordet hat, könnte die Hemmungen verloren haben und der Meinung sein, auf eine tote Swentja Tobler käme es nun auch nicht mehr an. Und das wäre doch wirklich schade für Ihren Mann, Ihre Tochter – und noch ein paar andere Leute.«

Geschmeichelt schenkte ich ihm eines meiner mittleren Flirtlächeln. Ich hatte es die ganze Zeit schon gespürt: Er war also auch nur ein Mann. Ein Steinchen hatte sich in meinen Schuh geschlichen. Ich humpelte, und wir setzten uns auf eine Bank vor dem Schloss. Ich zog den Schuh aus. Sein Blick glitt an meinem Bein entlang. Bis ganz nach oben. Mit einer trotzigen Bewegung zog ich den Schuh wieder an und versuchte ein lang vergessenes Gefühl der Erregung niederzukämpfen.

Vor uns stand der Narrenbrunnen. Durch ein »keckes Wort der Wahrheit« hatte der Sage nach der »feiertäglichste Narr« einen der zwölf Ratsherren vor dem Enthaupten gerettet. Sprach Hagen bei seinem Anblick die Wahrheit, würde er mich wirklich vermissen?

Hagen Hayden streckte sich und verschränkte die Arme hinter dem Nacken. Sah mit zusammengekniffenen Augen auf mich herunter und zerstörte meine Illusion.

»Oh, nicht zu früh lächeln, Verehrte. Denken Sie nicht an mich! Für die Geschäftswelt von Ettlingen bis Stuttgart, Baden-Baden eingeschlossen, wäre Ihr früher Tod ein Riesenverlust, oder? Ganz zu schweigen von Mannheim. Wer sollte sonst die Reihen der zweihundert Euro teuren T-Shirts lichten?«

»Sie sind unhöflich und ungehobelt. Nicht mein Niveau.«

Er beugte sich vor und berührte meinen Oberschenkel. Ich versuchte ihn wegzuziehen, doch er hielt mich plötzlich mit seinem anderen Bein fest. Die Erregung kam wieder. Mist! Der falsche Mann.

»Nein?«, sagte er mit seiner Stimme, die jetzt rau klang. Nach Whisky und Zigaretten. Ich fragte mich, wie es wäre, ihn zu küssen. Oder geküsst zu werden. Einfach so. Ungefragt. Riss mich los.

»Ja. Ich kann auf mich selbst aufpassen. Schon ein Leben lang.«

»Ich meine meine Warnung ernst«, wiederholte er. »Stochern Sie nicht in Hornissennestern herum! Das sind bekanntlich Tierchen, die böse werden, wenn man sie reizt.«

***

Wenn Hagen sich einbildete, er könnte meinen Jagdeifer dämpfen, täuschte er sich. Trotzdem musste ich meine nächsten Schritte sorgfältig planen. Es galt, systematisch nachzudenken und, da ich Listen über alles liebte, alles säuberlich aufzuschreiben. Nicht zu Hause, denn da war ich zwar allein, sah mich aber ständig von all dem abgelenkt, was um mich herum nicht perfekt war. Am heimischen Esstisch würde ich eher eine Liste mit Aufgaben an meine Zugehfrau verfassen als eine, die Friederikes mögliche Väter aufführte und damit ihren Mörder einkreiste. Wohin also?

Baden-Baden käme in Frage. Das war für mich von jeher einer der Orte, an dem ich gut nachdenken konnte. Ich saß unter edlen Bäumen, schlenderte an Bänken vorbei, auf denen sich wohlhabende Russen ausruhten, oder trank Kaffee in dem herrlichen Café von Brenners Park-Hotel, wo mich uralter Luxus umgab und wo die dahingleitenden Kellner, der melancholische osteuropäische Klimperer am Klavier und die umsitzenden Chanel-Kostüme mich mit innerem Frieden erfüllten.

Reichte die Zeit nicht, um nach Baden-Baden zu fahren, war die zweitbeste Lösung ein entspannter Aufenthalt in einem der hiesigen Wellnesstempel. Schwimmen, duschen, Sauna. Ein Kräutertee. Der Körper fühlte sich so wohl, dass der Geist frei schweifen konnte.

Ein Blick auf die Uhr. Zu knapp für Baden-Baden. Also würde ich schwimmen gehen.

Selbstverständlich kamen weder Baggersee noch Freibad in Frage, und unter keinen Umständen betrat ich je unser ortsansässiges Albgaubad, wo Krethi und Plethi planschten, mich Kinder anprusteten und wo in der Sauna Leute saßen, die nicht auf ihre Figur achteten und nach Billigdeos rochen.

Unser Fünf-Sterne-Hotel »Albkönig« besaß hingegen eine frisch renovierte Spa-Abteilung, die ich ohnehin gerne ausprobieren wollte. So erklärte ich für die Dauer des Falles »Friederike« das »Albkönig« und seine noble Wellnesslandschaft zu meinem Hauptquartier. Und zwar so lange, bis ich wusste, wer so geschmacklos gewesen war, meine Kundin in einer Umkleidekabine zu erwürgen, bevor sie mein Honorar bezahlt hatte und bevor ich gesehen hatte, wie sie in dem Joop-Blazer in Jadegrün aussah, den ich ihr gedanklich bereits ausgesucht hatte.

Ausgestattet mit meiner Louis-Féraud-Badetasche und meinen beiden frisch aus New York importierten Shay-Todd-Bikinis (einer in Schwarz-Grau, der andere in Jadegrün!) sowie meinem Duschgel von Hugo Boss erschien ich an der Hotelrezeption und kaufte der Einfachheit halber gleich eine Jahreskarte für neunhundertfünfzig Euro. Die Scheckkarte bezahlte ohne Murren. Auch mein Mann würde nicht murren. Er würde es nämlich kaum bemerken, sondern froh sein, wenn ich ihn noch mehr Geld verdienen ließ, ohne zu nörgeln, dass wir nicht ins Theater gingen oder mit der Clique zum Segeln fuhren. Alles Dinge, die er hasste. Es mochte etwas großzügig scheinen, fast tausend Euro dafür zu bezahlen, dass man in Ruhe schwimmen gehen konnte, aber ich fühlte mich keineswegs schuldbewusst, sondern ziemlich gut dabei.

»Herzlich willkommen in unserem Hause, Frau Tobler!«, sagte der stellvertretende Hoteldirektor, der im hinteren Bereich der Rezeption gelauert hatte und sein Glück vermutlich kaum fassen konnte. »Ein Gläschen Champagner?«

Mein Gott, wenn sie doch aufhören wollten, einen mit diesem Gläschen Champagner zu verfolgen! Wenn ich das Zeug trinken wollte, könnte ich es mir selbst kaufen.

Ich folgte einem Hotelangestellten über moderne, geräuschdämpfende Teppiche und durch ruhige Flure, bis sich der Geruch nach Wohlfühlaromen verdichtete und uns feuchte Wärme umfing.

Der Pool, in Grau und Rot gehalten, war wirklich schön. Das Wasser schimmerte wie Rubin. Gewärmte Handtücher lagen überall herum, und es duftete nach Kräutern. Hier würde ich zur Ruhe und zum Nachdenken kommen.

Der Spa-Bereich – kein Wunder bei dem Preis – war nahezu leer.

Eine einzige Frau ruhte bereits auf einer der Liegen am Ufer und nippte an einem Wasser.

»Elena?«

Sie setzte sich auf. Keine Falte am Bauch, registrierte ich mit professionellem Blick.

Sie schmunzelte. »Swentja? Das ist eine Überraschung, und ich muss sagen, es hätte schlimmer kommen können. Stelle dir vor, wer von unseren lieben Freundinnen sich diese Karte noch alles leisten könnte! Herrje, erzählen wir es lieber niemandem, wie schön es hier jetzt ist.« Sie streckte sich wie eine Katze und seufzte genießerisch.

Ich scannte ihre Beine. Cellulitis? Fehlanzeige. Alles fast wie neu.

»Heute Abend haben wir eine Gala mit einem modernen Stück. Französischer Gastchoreograf. Und bald ist die Premiere mit dem ›Nussknacker‹, und ich bin fast ein wenig aufgeregt. Es sind ein paar neue Mädels aus meiner Tanzakademie dabei. Eine ziemlich gute Engländerin, die sich aber noch nichts traut, und eine Amerikanerin, noch besser, die aber einen neuen Freund hat und manchmal unkonzentriert ist. Vorsicht ist also geboten. Die Karlsruher verstehen inzwischen etwas vom Ballett.«

»Dank dir, Elena!«, sagte ich feierlich

Ich wiederhole mich, aber Elena war eine der wenigen Frauen, die ich bewunderte.

Sie musste an die sechzig sein, vielleicht schon darüber, doch ihr wacher Geist schien im Körper einer Vierzigjährigen zu stecken.

Mein Blick wanderte zu ihren Zehen. Für mich eines der entscheidenden Merkmale, ob eine Frau wirklich gepflegt war oder nicht. Sie waren hellgrün lackiert. Fast die Farbe ihrer Augen. Exquisit. Aquamaringrün war auch ihr Badeanzug mit kleinen Karos, so raffiniert geschnitten, dass sie aussah wie eine Nixe.

»Mini-Vichy-Karo von Prada?«, fragte ich und deutete auf das edle Teil.

Sie nickte. »Prada – was sonst? Er sitzt perfekt. Die Farbe ist perfekt. Wie alles an mir. Die Leute erwarten von mir eine Inszenierung. Auf der Bühne und im Leben, und dazu gehört nun mal eine gewisse Perfektion.«

»Kommst du oft her?«

»Zum Entspannen, ja. Meine Mädchen gehen übrigens auch oft schwimmen. Ich schicke sie sogar hin. In Karlsruhe ins Vierordtbad. Das ist nicht weit vom Theater, also praktisch für sie. Ich empfehle ihnen das Schwimmen als Sport, denn es entlastet die Beine. Aber ich muss ja nicht unbedingt im selben Wasser paddeln, oder? Etwas Distanz sollte schon sein. Ein teurer Eintritt ist fast eine Garantie für eine gewisse Exklusivität. Hier trifft man nicht mal die, die es sich leisten könnten. Und du, Swentja?«

»Ich wollte nachdenken!«

Sie setzte sich auf. Ich bemerkte, dass sie noch immer beneidenswert gelenkig war.

»Probleme? In eurer Ehe?« Es klang aufrichtig besorgt.

»Nein. Unsere Ehe ist so langweilig, dass sie nicht mal Probleme macht.«

Sie schmunzelte und beugte sich vor. »Ist es etwa wegen der Sache mit Friederike Schmied?«

Ich nickte. »Ich würde gerne endlich wissen, wer sie umgebracht hat. Ich fürchte, die Polizei gibt bald auf. Sie werden eben nicht nach gelösten Mordfällen, sondern nach Stunden bezahlt.«

Elena lachte. »Guter Gedanke, obwohl er wahrscheinlich nicht ganz stimmt. Horst ist ein Politiker auf dem Sprung. Das nehmen die schon ernst.«

Ich band mir die Haare zu einem Schwanz zusammen.

»Hast du eine eigene Theorie, Swentja? Ein bisschen bist du ja auch von der Sache betroffen. Es wurde schon geredet, dass du etwas damit zu tun haben könntest – schließlich hast du sie als Letzte lebend gesehen –, aber für wildere Spekulationen fehlt den Leuten dein Motiv.«

Ich zögerte einen Moment. »Ja, ich habe eine Theorie! Und die würde ich gerne weiterverfolgen.«

Der Poolservice schwebte heran und brachte mir meinen Espresso.

Elena trank den letzten Schluck ihres Mineralwassers. »Gut. Sag nichts. Ich will dich nicht aushorchen. Ich kenne deine Idee nicht, aber ich habe übrigens auch eine. Ich sage sie dir sogar, kostenlos. Sie ist nicht besonders romantisch und fällt weder in dein noch in mein Gebiet. Ich gebe nur wieder, was ich gelegentlich höre. Es gab wohl ziemlich viele Leute, die dem Schmied sein Engagement für den ›Highway to Heaven‹ nach Bad Herrenalb übel genommen haben.«

Das überraschte mich. Ein neuer Gedanke. Mit Friederike war immerhin eine Politikerfrau umgebracht worden. Mit was und wem hatte sich eigentlich ihr Mann in seiner Funktion angelegt? Der »Highway to Heaven«! Ich hatte davon in der Zeitung gelesen, aber es hatte mich nicht besonders interessiert. Eine Motorradrennstrecke an der Alb entlang, jenseits der Fahrstraße nach Bad Herrenalb, war mehr etwas für die spätpubertierenden Männer aus unserem Freundeskreis, die sich kurz nach dem Erreichen des biologischen Rentenalters noch in einen schwarzen Anzug zwängten und sich mühsam auf den Sitz einer teuren Harley schwangen.

»Das kann ich mir vorstellen«, sagte ich.

Das Albtal war so idyllisch wie eine Landschaft aus dem Märchenbuch. Doch die schmale, gewundene Landstraße, die links von ansteigendem Wald und rechts vom Fluss und von üppig blühenden Wiesen umrahmt wurde und deshalb nicht zur Schnellstraße ausgebaut werden konnte, war ein Geduldsspiel für alle, die keinen Spaß an einem entschleunigten Leben hatten. Solchen, die am liebsten ins Lenkrad beißen würden, wenn sie eine halbe Stunde hinter einem Lastwagen herzockeln mussten und gezwungen waren, sich die Natur anzusehen. Vor allem die Motorradfahrer mussten sich in ihrer Kraft bändigen und konnten nicht überholen. Nervös und beinahe aggressiv fuhren sie hinter Lieferwägen, Fahrrädern und Sonntagsfahrern mit Kindern an Bord Schlangenlinien.

»Hat alles seine zwei Seiten«, bemerkte Elena. »Das Konzept ›Highway to Heaven‹ gibt es auf der Welt nur wenige Male und sieht bekanntlich eine eigene zweispurige Rennstrecke nur für Biker vor. Alle Orte weltweit, die der Endpunkt waren, haben touristisch offenbar bisher enorm davon profitiert.«

Ich hatte davon gelesen. Im Albtal wäre eine solche Traumstrecke für Raser offenbar realisierbar. Direkt neben dem Fluss, in herrlichster Landschaft, würde sie über Loffenau und Gernsbach zielgenau auf die Schwarzwaldhochstraße führen. Ein atemberaubendes Projekt, das viel Geld kostete und viel Bewegung in unsere Region bringen würde. Und wahrscheinlich als Folgeerscheinung einige neue Patienten in die Rehakliniken für Orthopädie oben in Langensteinbach.

»Meinst du wirklich, dass da ein Motiv für ihre Ermordung liegen könnte?«

Elena fing an, sich den Körper mit einer nach Nüssen riechenden Milch einzureiben.

»Hast du ein besseres? Wohl kaum. Friederike war zwar lieb, aber doch nicht der Typ, der dunkle Geheimnisse hütete. Ich kann mich aber täuschen.« Sie seufzte und presste einen Rest aus der Tube.

Schweren Herzens entschloss ich mich, Elena einzuweihen. »Es gibt da noch ein anderes Motiv. Ich denke, Friederike … also, Elena … Friederike war auf der Suche nach ihrem eigentlichen Vater.«

»Was? Wieso denn das? Sie hatte doch einen Vater. Ich kannte ihn nicht, aber gab es da Zweifel?« Elena hielt einen Moment mit dem Eincremen inne.

»Sie war der Meinung, sie sei ein Kuckuckskind, und das hat sie belastet.«

»Jetzt noch, als Erwachsene? Da wird es aber langsam Zeit, sich abzunabeln! Ich … ich habe meinen Vater zwar gekannt, aber er war dreimal verheiratet, und ich war das vierte, nein, das fünfte Kind für ihn. Er hat mich erst wahrgenommen, als ich in der Zeitung stand. Aber da war es mir eigentlich schon egal. Ich glaube, so soll es sein. Auch wenn sich das jetzt herzlos anhört.«

»Ich kann da nicht mitreden. Jedenfalls war es Friederike offenbar ein Bedürfnis, Licht in ihre Herkunft zu bringen. Ich denke, sie hat ihren eigentlichen Vater tatsächlich gefunden, und der Herr war vielleicht alles andere als begeistert von seiner späten Vaterschaft.«

Elena zog die Stirn kraus. »Meine Güte! Welche Abgründe. War die Mutter denn so ein wilder Feger? Schwer vorstellbar, aber die stillen Tümpel gründen ja oft tief. Ich kannte ihre Mutter eigentlich kaum. Einmal hat sie sie mir nach einer Premiere vorgestellt. Da war die Mutter aber schon krank.« Elena schraubte die Tube sorgfältig zu. »Dazu kann ich also nicht viel sagen. War die Frau nicht früher Friseurin? Arbeitete in einem ulkigen kleinen Salon in der Nähe vom Theater?«

Ich nickte.

»Nicht wahr? Jetzt entsinne ich mich. Manche Kollegen waren bei ihr, denn der Salon war preiswert, und man brauchte keinen Termin. Er gehörte einer schrulligen Person. Wie hieß sie? Stolz oder so ähnlich. Und da arbeitete Friederikes Mutter, stimmt's?«

»Ja. Sie war auf festliche Frisuren spezialisiert.«

Elena massierte ihre sehnigen Beine mit den graziösen Bewegungen einer Katze.

»Jetzt, wo du es sagst, fällt es mir wieder ein. Das sind ja ganz alte Geschichten. Ihre Mutter kam auch zu den Leuten ins Haus. Hatte einen guten Ruf. Eine oder zwei Schauspielerinnen von früher gingen auch zu ihr in diesen Salon. Wahrscheinlich hatte sie auch männliche Kollegen unter ihren Kunden. Meine Güte, das ist aber alles sehr lange her. Ich habe aber niemals gehört, dass sie fremdgegangen wäre. So was spricht sich ja rum, und für solche Delikatessen habe ich ein langes Gedächtnis. Manche meiner Mädels verfluchen mich dafür.«

»Warum denn das? Sie vergöttern dich alle.«

Elena schmunzelte. »Nicht immer. Sind sie frisch verliebt, tanzen sie zuerst wie junge Göttinnen. Federleicht. Biegsam. Voll Hingabe. Keine Fauxpas. Aber wenn dann die Verliebtheit zur richtigen Liebe wird, lassen sie nach. Trainieren nicht, proben zu wenig und sind unkonzentriert. Bringen bald die Schrittfolgen durcheinander. Haben sie dann den fast unvermeidlichen Liebeskummer, geht's noch mehr bergab. In meiner Compagnie ist dann meistens für sie Schluss.«

»Der Zustand des Verliebtseins ist also die beste Voraussetzung für gute Leistungen im Ballett?«

Sie schüttelte den Kopf. »Vielleicht, aber dieser Zustand hält ja erfahrungsgemäß nicht lange an. Aber zurück zu Friederikes Mutter. Den Salon gibt es noch, nicht wahr? Vorsintflutlich. Aber bevor du in die Irre rennst … ich vertraue dir jetzt etwas ganz anderes an. Mach damit, was du willst. Obwohl es mir natürlich schon lieber wäre, wenn du es für dich behältst. Ich habe ein Gerücht gehört, der Schmied erhalte gewisse Schützenhilfe für seine Bundestagskandidatur von Tibor Lodemann. Dieser Lodemann ist der geheime König von Bad Herrenalb. Ihm gehören zwei große Hotels, ein Edelrestaurant und eine Touristenabfüllstation sowie eine Kurklinik. Ein ziemlich gerissener Mann. Und ungefähr so gefühlvoll wie ein Kernspingerät. Ich kenne seine Frau. Du müsstest sie auch gesehen haben, sie ist bei den ›Freundinnen des Balletts‹. Die hat bei ihm nicht viel zu lachen, fürchte ich.«

Elena band sich die immer noch vollen rotbraunen Haare zu einer Art Dutt. Ihr schmales Gesicht mit den hohen Wangenknochen wirkte dadurch beinahe wieder mädchenhaft.

»Ja, kann sein, dass ich sie kenne, aber ich gehe nicht regelmäßig zu den Versammlungen Und was hat das mit Friederike zu tun? Wir leben doch nicht in Italien, wo man die Frau eines Politikers tötet, um sich an ihm zu rächen oder ihn zu erpressen.«

Elena sah mich nachdenklich an.

»Ich weiß nicht, ob ich dir vertrauen kann, Swentja. Was ich dir jetzt sage, ist eine hässliche Indiskretion, und eigentlich hasse ich Indiskretionen mehr als alles andere. Ich weiß es aus einer Quelle, die ich nicht nennen möchte.«

»Schade.«

Sie seufzte und senkte die Stimme. »Swentja, ich weiß, ich genieße eine Menge Ansehen in unserer Stadt, in unserer Gegend. Doch auch ich bin nicht unantastbar und nicht mehr ganz jung. Deshalb kann ich meine Informantin nicht nennen. Sie bewegt sich in Kreisen, die mir – dir vielleicht auch – schaden könnten. Keine Namen also. Bitte. Aber sie ist zuverlässig.«

Ich widerstand der Versuchung, Zucker in meinen Espresso zu rühren.

»Ja?«

»Es sieht so aus, als hätte Friederike Schmied ein Verhältnis gehabt!«

Zunächst nahm ich fest an, ich hätte mich verhört. Alles, nur das nicht!

»Wie bitte? Friederike? Eine Affäre?«

Elena nickte ausdruckslos.

Fast empfand ich das jetzt ein wenig als ärgerlich. Mit *dieser* Unterwäsche hatte sie ein Verhältnis gehabt! Es gehörte nicht hierher, aber Friederike hat knielange Nachthemden von C&A getragen. Bis ich ihr die formlosen Dinger kurz vor ihrem Tod verbot und ihr einen Katalog von La Perla Dessous zum Lesen gab. Für Marlies Dekkers war sie noch nicht reif. Nicht jede Frau hatte Lust, fünfhundert Euro für einen BH auszugeben.

»Ja. Der Mann heißt Robert Bleibtrau. Er betreibt offenbar eine Hundepension im Albtal. Schon seit vielen Jahren. Kurz hinter Ettlingen, in Neurod. In der Nähe des Campingplatzes. Friederike hat ihn näher kennengelernt, als sie den Hund noch hatten und ihn manchmal übers Wochenende dorthin gebracht haben. Ein Tier kann etwas sehr Verbindendes sein.«

Ich hielt die Luft an. Ich ahnte, was sie sagen wollte.

»Was hat das mit Tibor Lodemann zu tun? Du meinst, es gibt einen Zusammenhang …«

»Ich sage nur, schau dir die Straßenkarte von unserem idyllischen Albtal an. Und überlege dir, wo der ›Highway to Heaven‹ entlanggeführt werden könnte. Und was dafür weichen müsste. Mehr kriegst du für heute nicht von mir.«

Elena zwinkerte mir zu und packte ihre restlichen Sachen zusammen. »Ich sollte gehen, Swentja. Die Gala und die Hauptproben für den ›Nussknacker‹ sitzen mir im Nacken, und bei dem warmen Herbstwetter muss ich aufpassen, dass mir meine Schneeflocken nicht dahinschmelzen. Ich hatte außerdem einen sehr ärgerlichen Ausfall bei den Jungs wegen Bänderriss – ausgerechnet mein erster Solist –, und ein Mädchen ist ohne Begründung nach Hause gefahren. Eine kleine Spanierin. Ich denke, sie war mit gerade achtzehn der Sache nicht ganz gewachsen. Dabei hatte ich sie als Aurora in ›Dornröschen‹ für die nächste Produktion vorgesehen. Sie war nämlich ziemlich gut. Es tut mir immer weh, wenn ich mich so täusche. Aber sie sind noch jung und so formbar.«

Respektvoll musterte ich Elena. Sie hatte das, was mir fehlte. Eine wirkliche Aufgabe. Ihre Tanzstiftung war bundesweit renommiert, und in Baden-Württemberg war sie geradezu berühmt. Ihre

Choreografien und ihre Regie genossen höchste Anerkennung. Wenn sie über ihre Arbeit sprach, verwandelte sie sich und wurde eine andere Frau. Plötzlich verglich ich sie mit mir und schnitt nicht gut ab. Was war es dagegen wert, mit verwöhnten reichen Frauen teure Kleider kaufen zu gehen?

Im Hintergrund wartete diskret die Poolaufsicht. »Darf ich Ihnen die Handtücher abnehmen?«

Elena nickte freundlich. Das Mädchen entfernte sich respektvoll.

Elena ging vor mir in die Hocke. Etwas, was ihr beneidenswert mühelos gelang. »Weißt du, Swentja, ich kannte Friederike privat eigentlich kaum, obwohl sie bei den ›Freundinnen des Balletts‹ begeistert mitmachte. Zum Schluss wurde sie sogar Schriftführerin, und da hatte ich manchmal mit ihr zu tun. Ein einziges Mal habe ich mit ihr Kaffee bei uns unten in der Theaterkantine getrunken, und da ist es alles aus ihr rausgesprudelt, was ich durch meine Verbindungsperson schon wusste. Sie hatte wohl nicht viele enge Freundinnen. Ich habe ihr versprochen, es niemandem zu sagen. Aber nun ist sie ja tot, und so ist der Vertrauensbruch nicht allzu groß. Aber ihr Mann sollte es möglichst nicht von uns beiden erfahren, oder?«

Elena stand aus ihrer Hocke so graziös und mühelos auf, wie es die Damen vom Ballett taten. Ich hörte nicht einmal ein Knacken.

»Dass die Polizei das nicht herausgefunden hat, kann ich kaum glauben, Elena.«

»Die Polizei!«, sagte Elena wegwerfend. »Was weiß die von Frauen und ihren Geheimnissen. Wir können unsere Spuren sehr gut verwischen, wenn es sein muss, nicht wahr? Swentja, halte mich auf dem Laufenden, wenn du magst.«

Ich nickte.

»Sie war ein armes Ding, Swentja. So grobschlächtig und fühlte sich ausgerechnet zum Ballett hingezogen. Ich bedauere ihren Tod. Er hätte nicht sein müssen.«

Sie lauschte diesem Satz einen Moment nach. Dann seufzte sie und wandte sich endgültig zum Gehen. »Meine berufliche Welt ist nicht gerade für Aufrichtigkeit bekannt, Swentja. Häuser, die aus

Pappmaché sind. Kulissen. Schminke. Kleider, die nur einen Abend halten. Sogar beim Ballett, wo man eigentlich so wenig täuschen kann, ist nicht alles, wie es scheint. Aber das meine ich so ehrlich wie selten etwas, und Gott soll mich strafen, wenn es nicht wahr ist: Dieses liebe Mädchen hätte nicht sterben müssen.«

***

Eine gut aussehende Frau genoss gewisse Vorteile im Leben. Vorausgesetzt, sie hatte Verstand unter ihrem hoffentlich perfekt geschnittenen Pony und dachte nicht bei jedem Mann, der ihr nachglotzte oder Komplimente machte, er wollte sie im katholischen Ritus heiraten, sich mit ihr lebenslang über Thomas Mann unterhalten und sie ansonsten keusch verehren. Deshalb wurden so viele schöne Frauen enttäuscht. Sie heirateten reiche Männer, verkannten ihre wahre Rolle an deren Seite und fielen aus allen Wolken, wenn sie feststellten, dass diese Männer nicht nur gefühlskalt waren, sondern sie auch nach zehn Jahren durch ein neueres Modell ersetzten.

Auch Horst Schmied wollte mit mir angeben, denn mit mir gesehen zu werden, hob den Status dieses mittelmäßigen Langweilers. Vor allem, weil ich kein durch die einschlägige Kneipenwelt Mittelbadens irrlichterndes Society-Groupie war, sondern eine verheiratete, wohlhabende Frau, der man leider nichts anderes nachweisen konnte. Andernfalls wäre rasch das Gerücht aufgekommen, ich selbst hätte Horst zum Witwer gemacht, um Frau Schmied zu werden und in gehobene politische Kreise vorzustoßen.

Wir trafen uns in einem Café vor dem Kino am Dickhäuterplatz, dem schön renovierten ehemaligen Kasernenareal von Ettlingen. Es war nicht gerade mein Stil, vor einem Kino auf Kies und Holzbänken wie auf dem Präsentierteller zu sitzen, doch das Kino mit dem Flair der sechziger Jahre galt als originell und war deshalb als Treffpunkt auch in meinen Kreisen erlaubt.

Nachdem mir Horst minutenlang vorgejammert hatte, es sei nicht leicht, allein zu sein, kam ich zur Sache. »Horst, die Tragödie mit Friederike beschäftigt mich immer noch.«

»Kein Wunder!«, erwiderte er schmallippig.

Ich ignorierte die Anspielung.

»Ich habe deshalb nochmals über sie und ihre Familie nachgedacht und glaube, es würde sich lohnen, in diesem Punkt genauer nachzuforschen.«

Horst sah mich vorwurfsvoll an. »Jetzt fängst du auch noch damit an. Ich habe Friederikes Mutter doch gekannt. Die Frau war vollkommen harmlos und anständig. Es gab dort keine dunklen Geheimnisse. Das hat sich Friederike alles eingebildet. Hätten wir endlich eigene Kinder bekommen, dann hätte sie darüber gar nicht mehr nachgedacht. Sie war jetzt doch bei Dr. Hellali in Behandlung. Alles in Ordnung. Bestimmt wäre sie bald schwanger geworden.«

Ob dann alles besser gewesen wäre? Ich konnte mir schwer vorstellen, wie Horst sich jetzt um ein verlassenes kleines Kind kümmerte.

»Horst, lassen wir das. Ich habe ja kein sogenanntes ›berechtigtes Interesse‹, du aber schon. Die Polizei nimmt das Mordmotiv mit der Suche und dem eventuellen Auffinden ihres Vaters offenbar nicht ernst. Es wäre vielleicht gut, beim Jugendamt in Karlsruhe, wo die Familie gewohnt hat, als Friederike ein Kind war ...«

Er sah verlegen aus. Nicht dass er sonst den Eindruck eines wilden Draufgängers machte, aber jetzt wirkte er noch verklemmter.

»Swentja, ich glaube nicht, dass ich das möchte.«

»Warum nicht? Wir würden etwas mehr über Friederike erfahren.«

»Ich will gar nicht mehr von alldem wissen. Es würde zu viel Unruhe in mein Leben bringen. Und wem würde das jetzt noch nützen? Fritzi ist tot, und Nachkommen haben wir keine.«

»Es bringt *Unruhe* in dein Leben! Wie viel Unruhe kann denn da noch entstehen? Ich meine – immerhin ist deine Frau ermordet worden. Interessiert es dich gar nicht, wer das getan hat? Willst du den Mörder nicht vor Gericht sehen?«

Die Antwort stand in seinen Augen und war ernüchternd zu lesen. Nein, es berührte ihn nicht wirklich. Nur er selbst und seine beschissene kleine Parteikarriere interessierten ihn.

Ich empfand jetzt schon Mitleid mit der Frau, die er als Nächstes heiraten würde, denn solche Typen wie er blieben nie lange solo. Und ich hatte die endgültige Gewissheit, dass ich diesen Fall allein oder zumindest ohne die Mithilfe des Ehemannes lösen musste. Da musste ein kleiner Triumph schon erlaubt sein.

Ich stand auf. Hoffte, dass ihn mein neunzig Dollar teurer Kate-Spade-Duft umwehte.

»Danke, ich zahle vorne selbst. Bemüh dich nicht. Aber möglicherweise warst du es ja doch, Horst. Hast Friederike umgebracht, weil sie aus irgendeinem Grund deiner Karriere schadete. Vielleicht, weil ihr wirklicher Vater eine Peinlichkeit war? Vielleicht hatte sie dir nämlich doch gesagt, wer es war. Vielleicht war er ... unpassend. Und *du* hast das Kästchen verschwinden lassen. Wir haben nur dein Wort dafür, dass sie nicht mit dir über seinen Inhalt gesprochen hat.«

Wenn mich jemand so angegriffen hätte, wäre ich wütend geworden. Vorsichtig ausgedrückt.

Doch Horst erhob sich nur halb, in einem schwachen Protest. Kläglich wehrte er sich: »Swentja, wie kannst du so was sagen! Ich habe doch ein fast wasserdichtes Alibi. Nur fünf Minuten war ich draußen. Höchstens zehn. Oder fünfzehn. Frag doch die anderen. Ich hätte Friederike niemals etwas antun können!«

Ich zuckte die Achseln. Als ich ging, dachte ich: Warum eigentlich nicht? Fünfzehn Minuten hätten doch gereicht.

***

Während der nächsten paar Tage musste ich mich vor allem um meinen Job kümmern. Eine Reihe von Interessentinnen wartete auf meine Verschönerungsdienste, denn inzwischen war der Schrecken von Friederikes gewaltsamem Tod verblasst, und ich war dabei, von einer Verdächtigen zu einer geheimnisumwitterten Figur zu mutieren. »Swentja Tobler? Das ist doch die, die damals ...«

Es war jetzt Mitte September, und die Saison der reichen Leute begann. Das Festspielhaus Baden-Baden, die Theater in Mannheim und Karlsruhe hatten die Spielzeit eröffnet. Manche Damen planten, nach München aufs Oktoberfest zu fahren, oder hatten

Karten für Salzburg. Ältere Ehepaare buchten Kreuzfahrten. Silvesterbälle warfen ihre Schatten voraus. Die üblichen Neujahrsempfänge würden ebenso unabänderlich kommen wie herbstliche Städtereisen oder festliche Weihnachtsessen im Elsass.

Im Grunde hätte ich den einseitigen Kampf gegen Friederikes unsichtbaren Mörder aufgeben können, doch mein Ehrgeiz war geweckt und ließ sich nicht ohne Weiteres beurlauben. Außerdem begleitete mich manchmal eine diffuse Angst. Wer aus unseren Kreisen war es gewesen? Wem begegnete ich jeden Tag in unserem hübschen Städtchen und plauderte dabei unwissentlich mit einem Mörder?

An einem Dienstagmittag gegen Ende September, an dem das Haus ohnehin meiner Perle gehörte, fuhr ich nach Bad Herrenalb, um Tibor Lodemann zu treffen.

Während ich durch das lang gestreckte Tal hinter einem Umzugslaster aus Berlin herzockelte und versuchte, mich in seine Insassen zu versetzen, die von heute an die quirlige Hauptstadt mit dem stillen Gaistal vertauschen würden, entwickelte ich Sympathie für den »Highway to Heaven«. Der kleine Fluss, der an manchen Stellen fast wie ein Gebirgsbach aussah, wäre ein romantischer Begleiter für die kühnen Kurven und Schleifen einer Bikertrasse durch das weite grüne Tal.

Unmerklich, aber stetig stieg die Straße an. Immer wieder bogen kleine Straßen zu den Dörfern links oder zu verstreuten Häusergruppen rechts ab. Kurz vor dem Ziel erinnerte mich die pittoreske, verwitterte Ruine des Klosters Frauenalb daran, dass ich meinen Mann dazu bringen musste, mit mir noch in dieser Saison, spätestens aber nächstes Jahr zu einem der dortigen Klosterkonzerte zu gehen.

Die Straße nahm noch einmal Anlauf, und dann tauchten die ersten Häuser von Bad Herrenalb auf – Supermärkte, eine Tankstelle, rechts die Siebentälertherme mit warmem Wasser und Außenbereich. Selbst vom Auto aus sah man nasse Köpfe aus dem nebelverhangenen Wasser ragen.

Bad Herrenalb selbst präsentierte sich spätsommerlich und in bemühter Heiterkeit, denn der Winter mit menschenleeren Straßen, auf denen allenfalls der Nebel spazieren ging, wartete schon im Kalender. Ich ließ die Kletterfelsen und den schönen Kurpark rechts liegen und steuerte das Stadtzentrum an.

Eine alleinstehende Kundin – sie suchte mit mir zusammen pikanterweise stets nur teuerste und sehr erotische Nachtwäsche aus – hatte mir den Kontakt zu Tibor Lodemann hergestellt. »Er empfängt dich am Dienstag um drei Uhr!«

Vielleicht ließ sich das Nützliche mit dem Notwendigen verbinden? Ich hatte ein wenig über den Mann im Internet recherchiert und konnte mir vorstellen, dass er auch beruflich interessant für mich wäre. Außer dass er im Vorstand der »Ulmer Eisenbahnfreunde« war, die regelmäßig ihre historische Lok durchs Albtal schicken, gehörte ihm noch immer eines der größten Hotels von Bad Herrenalb. Das Haus lag halb am Hang, und die Balkone waren so versetzt gebaut, dass keiner dem anderen die Sicht auf eine eventuelle Sonne wegnahm. Der Eingangsbereich – Teppichboden, dunkle Farben, Rezeption in Eiche, zu viele Säulen und Spiegel – atmete den Geist der neunziger Jahre.

Die Frau hinter dem Empfangstresen stammte allerdings eher aus den Fünfzigern und verhielt sich auch so. Streng nahm sie mich ins Visier.

»Ich habe einen Termin mit Herrn Lodemann.«

»Wie war noch gleich der Name?«

So etwas hasste ich. Ich war um drei Uhr da und stand im Terminkalender. Aus dieser Schnittmenge sollte sich der Name leicht ermitteln lassen, auch ohne dass man ihn misstrauisch abfragte wie bei einem Almosenempfänger. Deshalb schwieg ich nur blasiert.

Die Frau blätterte irritiert in ihrem Terminbuch. »Frau Tobler?«

Wieder schwieg ich. Stattdessen blickte ich arrogant über ihren Kopf hinweg. Sie nagte an ihrer Lippe. Schließlich blickte ich kurz auf meine kleine Certina-Uhr. Sie gab auf.

»Kommen Sie bitte mit!«

Tibor Lodemann, hochgewachsen, braunes, etwas zu langes gelocktes Haar, dekorative Gesichtsfalten und passender Schlips zum gestreiften Hemd, sah aus wie Professor Brinkmann aus der Schwarzwaldklinik. Seriös, aber mit Hintergedanken. Die Fernsehähnlichkeit war ihm in seinem Leben bestimmt schon mehrmals zugutegekommen.

Ich fand ihn unsympathisch und ein bisschen schmierig. Außerdem hätte ich gewettet, dass er ein potenzieller Fremdgeher war. Mit sonorer Stimme forderte er mich auf, Platz zu nehmen, und beugte sich allzu verbindlich vor.

»Frau Tobler, was führt Sie zu mir? Ich kenne natürlich Ihren Gatten von den Rotariern. Bitte grüßen Sie ihn herzlich von mir. Vielleicht ergibt sich mal wieder eine Möglichkeit zur Zusammenarbeit.«

Na super. War ich nur ein Wurmfortsatz meines Anwaltsgatten?

»Das werde ich gerne tun, Herr Lodemann. Ich bin allerdings heute in eigener Sache da. Wären Sie so freundlich, diese Flyer von mir in Ihrem Spa-Bereich auszulegen? Ich biete Stilberatung und Einkaufscoaching an. Sie haben gewiss auch Damen unter Ihren Gästen, die unsicher sind, was ihnen steht.«

»Wenn ich Sie so ansehe«, bemerkte er charmant, »dann denke ich, ganz Herrenalb könnte von Ihnen profitieren. Einen Kaffee? Oder ein Glas Champagner?«

»Danke, beides nein. Aber sehr freundlich. Ich lasse Ihnen also gerne eine kleine Auswahl meiner Angebotspalette da.«

»Nur zu. Ich werde das sofort veranlassen. Wir werden das Werbematerial in unserem Spa-Bereich präsentieren. Darf ich Ihnen vielleicht das Haus zeigen? Aber schauen Sie zuerst hier. Ich bin Präsident des Vereins der Historischen Eisenbahnen. Vielleicht geben Sie uns einmal die Ehre, mitzufahren? Im historischen Kostüm? Das würde entzückend aussehen. Zu Ihrer Haut …«

Mit nur mäßiger Begeisterung bewunderte ich ein Foto, auf dem eine Dampflok durchs Albtal fuhr. Aus dem Führerhäuschen winkte selbstgerecht Tibor Lodemann. Was ging den Kerl überhaupt meine Haut an?

»Ich darf Sie jetzt durch unser Haus führen?«

Vorbei an der verbiesterten Empfangsdame geleitete er mich durch Flure und Wandelgänge, Treppen hinauf und hinab. Dabei gebärdete er sich wie ein Fremdenführer. »Die Hälfte unserer Apartments sind inzwischen an Dauergäste fest vermietet. Wir haben einige auch in Eigentumswohnungen verwandelt. Sie wissen ja, warum.«

Ich wusste nicht, nickte aber wissend.

Der Spa-Bereich war renovierungsbedürftig und nicht ganz sauber. Die Kacheln abgestoßen. Die Pflanzen aus Plastik. Hier würde ich nicht mal eine Gummiente zum Schwimmen herschicken.

Tibor Lodemann registrierte meinen Blick besorgt. »Sie sind natürlich etwas anderes gewohnt. Ja, man müsste etwas tun. Aber die Lage ist nicht einfach für uns. Es werden bekanntlich immer weniger Kuren bewilligt, und die Konkurrenz aus dem Osten macht uns zu schaffen. Und für die, die sich nur vergnügen wollen: Baden-Baden mit der Spielbank ist nicht weit. Wer Ski fahren will, reist gleich weiter zum höher gelegenen Dobel. Schneesicherer. Für die Jungen haben wir nicht mal eine anständige Disco.« Er seufzte. »Kein wirkliches Nachtleben. Manchmal veranstaltet die Therme nächtliches Baden mit Musik, aber nicht jeder sieht im Badeanzug gut aus, oder?«

Dabei wanderte sein Blick vielsagend an mir herunter. Kalt sah ich ihm in die Augen. Er schaute zur Seite.

»Und Mönchs Posthotel, früher eine der ersten Adressen, ist seit dem tragischen Tod des Chefs verwaist. Kein Investor zu finden.«

Jetzt legte ich meinen Köder. Es wurde Zeit, denn ich hatte genug von diesem Dorfcasanova und seinem Mittelklasse-Ambiente. Ein Hotel wie dieses hier deprimierte mich. Dass es Menschen gab, die so Urlaub machen mussten! Da würde ich lieber gleich zu Hause bleiben.

»Nun gut, Herr Lodemann, aber Sie haben ja glücklicherweise die Tagestouristen aus Karlsruhe und Mannheim. Oder Bruchsal. Die Elsässer. Und uns nachmittägliche Ausflügler aus Ettlingen.«

Ich lächelte verhalten. Er starrte mich an. Fuhr sich kurz durch seine Locken. Eine Schuppe rieselte dabei auf seinen Kragen. Alles keine Empfehlung für ihn. Lockige Männer waren meiner Erfahrung nach oftmals Choleriker. »Krause Haare, krauser Sinn!« Manche Kindersprüche bergen ein Körnchen Wahrheit in sich.

»Nun«, erwiderte er und räusperte sich, »leider ist es nicht ganz so lebhaft mit den Tagestouristen, wie wir uns das wünschen würden.«

»Das wundert mich. Ein paar Minuten Fahrt nur, und man befindet sich hier in einer anderen Welt. Berge. Bäume. Das Gaistal mit seinen herrlichen Wandermöglichkeiten. Etwa zur Teufelsmühle. Obwohl …«, jetzt unterdrückte ich ein Seufzen, »heute bin ich ziemlich lange hinter einem Lastwagen hergefahren. Ich konnte nirgends überholen. Ein Umzugswagen aus Berlin übrigens. Und erst die armen Motorradfahrer. Man spürte förmlich, wie ungeduldig sie wurden.«

Jetzt hatte ich den richtigen Knopf gedrückt.

»Genau. Der neue Mitbürger wird sich gewundert haben. Kriegt gleich den richtigen Eindruck von der Provinz. Und die Motorradfahrer suchen sich nächstes Mal eine andere Stecke aus. Deshalb bin ich auch für das Projekt ›Highway to Heaven‹. Vielleicht haben Sie davon gehört? In Arizona, in Dubai und in Kanada gibt es bereits solche Angebote. Eine eigene Motorradstrecke. Vierspurig. Mit Haltepunkten und mit Schleifen, wo sie mal richtig zeigen können, was die Maschinchen draufhaben, ohne störende Pkws oder Lastwagen. Freie Fahrt für freie Biker. Sie würden in Herrenalb anhalten. Essen. Trinken. Übernachten. Ferienwohnungen mieten und kaufen. Ich mache keinen Hehl daraus, dass ich das Projekt überall forciere.«

Ich gab mich skeptisch. »Aber wenn ich an Stuttgart 21 denke, könnte ich mir vorstellen, dass es bei einem solchen Bauvorhaben erhebliche Proteste geben würde. Leute, deren Häuser vom Lärm betroffen sind. Leute, die die Natur schützen wollen. Und an die Tiere denken. Vielleicht gibt es auch Häuser, die abgerissen werden müssten.«

»Natürlich. Spinner gibt es überall. Und die drei Häuser sind doch kein Thema. Wir haben hier mehr Natur, als uns guttut. Von den Bäumen und Wiesen allein können wir nicht leben. Davon kann ich meiner Frau keine Kosmetikerin spendieren, damit sie wenigstens annähernd so aussieht wie Sie.«

Blöder Kerl. Ich lächelte dennoch erneut und überlegte, wie ich auf Friederike zu sprechen kommen könnte.

Überraschenderweise fing er selbst davon an.

»Die Gegner, diese rückständigen Aktivisten, schrecken vor nichts zurück. Und ein Teil der Öffentlichkeit lässt sich von ihnen täuschen. Doch wer vernünftig ist, lässt sich vom Gedanken des Fortschritts überzeugen. Die Frau von Horst Schmied, unserem rührigen Ettlinger Politiker, hat bei einer Sitzung der ›Töchter des Albtals‹ ausdrücklich betont, wie wichtig die verkehrspolitische Erschließung unseres Tals ist –«

»Sie meinen Friederike Schmied?«, unterbrach ich ihn.

»Ja, genau die. Da hat sie mir ganz gut gefallen. Kam engagiert rüber. Ursprünglich war sie nämlich mit diesen anderen Betschwestern gegen den Ausbau. Aber jetzt schien sie mir vernünftig geworden zu sein. ›Wir könnten natürlich auch mit der Postkutsche nach Herrenalb fahren‹, hat sie gesagt, ›aber wir sind nicht dazu verpflichtet! Und wenn wir ein Paradies für Motorradfahrer schaffen, können wir unseres vielleicht erhalten.‹ Das war gut gesagt, zumindest für eine Frau.«

Er lachte selbstgerecht und fuhr fort: »Aber ihre Courage ist Frau Schmied wohl nicht bekommen. Ich habe gehört, sie ist gleich auf diese mutige Äußerung hin ermordet worden. Das lässt einen doch ins Grübeln kommen.«

»Sie meinen doch nicht ...«

Jetzt sah er mich misstrauisch an. »Ich meine gar nichts, liebe, verehrte Frau Tobler. Finden Sie nicht, dass Sie zu nett ausschauen, um sich mit so trüben Themen zu beschäftigen? Das würde mir Ihr Mann nie verzeihen, wenn ich Ihnen hier mit solchen Problemen komme. Ich erlaube meiner Frau auch nicht, abends nach acht Uhr noch über die Schulsorgen der Kinder zu reden. Einmal muss Schluss sein. Sage ich.«

Das war derart platt, derart altmodisch und autoritär, dass mir eine Antwort zu schade war. Als was betrachtete er mich? Als einen Wertgegenstand aus dem Hause Tobler, den man pfleglich behandeln musste, wenn man ihn für eine Stunde auslieh?

Mein Aussehen hatte den Nachteil, dass mich die meisten Menschen erst mal für strohdumm hielten und es einige Zeit dauerte, bis sie merkten, dass sie sich getäuscht hatten. Im Fall der Ermittlungen in meinem ersten Mordfall konnte das von Vorteil sein. Also spielte ich meine Rolle weiter.

»Ich würde wirklich gerne wissen, wer das getan hat. Man ist als Frau heutzutage nicht mal in einem öffentlichen Geschäft sicher.« Ich zog die Schultern hoch und zitterte fröstelnd.

Tibor machte eine Reflexbewegung, als wollte er mir die Hand auf den Arm legen. »Das ist schlimm. Frauen sollten in unserem Land in Ruhe einkaufen gehen können. Ist doch ihre Lieblingsbeschäftigung, nicht wahr?« Er lachte.

Ich konnte nicht glauben, dass es in diesem Land noch solche Männer gab. Andererseits bediente ich mit meinem liebgewordenen Shoppingservice letztlich ihre Vorurteile.

Wir machten uns für sie zwar hübsch, aber nicht schlau. Weil das immer noch besser ankam und einen gut gelaunten Mann garantierte.

Tibor sprach weiter. »Ich kannte die Dame kaum. Habe sie nur mal irgendwo zusammen mit ihrem Mann gesehen. War nichts Besonderes.« Als er meinen eisigen Blick sah, korrigierte er sich rasch. »Zumindest nicht so speziell wie Sie. Wie heißt eigentlich das Parfüm, das Sie benutzen? Ich würde es gerne meiner Frau empfehlen.«

»Kate Spade!«, versetzte ich kühl. »Nur läppische neunundneunzig Dollar die Flasche! Fliegen Sie schnell mal rüber nach New York, und Sie können Ihrer Frau ein Fläschchen mitbringen. Das gibt es auch in Deutschland, aber da ist es geringfügig teurer. Ich kann Ihre Gattin gern anrufen und ihr den Namen und die Flaschengrößen durchgeben.«

Jetzt hatte er echte Angst in den Augen!

***

Szenen meiner Ehe:

»Was hast du heute gemacht?«

»Ich war in Bad Herrenalb.«

Natürlich fragte Nicolaus nicht, was ich dort zu suchen hatte, sondern nickte, als wäre Bad Herrenalb mein tägliches Pflaster. Ich könnte ihm sagen, dort hätte ich einen Liebhaber. Er würde vielleicht nur die Stirn runzeln und lediglich hoffen, dass es keiner seiner Klienten war.

»Eine langweilige Fahrerei dorthin!«, fuhr ich fort. »Laster, Motorräder und dazwischen ich!«

»Sie sollten eben diese Motorradstrecke bauen. Eine innovative Sache. Würde eine gute Klientel ins Albtal bringen. Ältere Männer, große Maschinen, dicke Konten. Ich war immer dafür. Deine Friederike Schmied übrigens nicht. Sie hat seinerzeit sogar Leserbriefe gegen das Vorhaben geschrieben.«

»Wirklich?«

»Mit solchen Dingen beschäftigst du dich natürlich nicht, Swentja, denn sie stehen nicht in der Modebeilage. Jedenfalls war es ziemlich peinlich für den Schmied. Man kann ja anderer Meinung sein als sein Ehemann, aber man muss es nicht jedem erzählen. Zumal die Schmieds drei Ferienwohnungen in Herrenalb haben. Dinger, die sich momentan nur zum Abschreiben eignen. Kann er nicht vermieten und nicht verkaufen. Und so viel Geld hat er nun auch wieder nicht, dass er ein solches Kapital brachliegen lassen kann. Wenn er sie unter Wert verkauft, macht er ordentlich Verlust und verliert an Ansehen.«

»Hm.«

»Ja, die Wohnungen dort sind schön und preiswert. Doch ich rate meinen Klienten ab. Ebenso gut könnten sie an Ostern in Weihnachtsmänner investieren. Unverkäuflich.«

»Außer man wartet, bis es wieder Winter wird. Oder bis die Biker kommen und den Ort und die Geschäfte beleben.«

»Genau!«

***

Bald war mein Mann wieder zu einer seiner rätselhaften Sitzungen verschwunden. Ich nahm es mit einem Achselzucken hin.

Längst hatte ich einen Gedanken an ein *Wir* aufgegeben. Bei uns handelt es sich um *mich* und *ihn.* Ich richtete mich nett her, und er verdiente das Geld dafür.

So zog ich mich ins Fernsehzimmer zurück und ließ mich auf der cremefarbenen Ledercouch nieder. Registrierte besorgt ein leises Knacken in den Gelenken. Gut, dass Elena das nicht hörte! Ein tadelnder Blick würde mich treffen: »Also, liebe Swentja, wenn du eine Sofa-Kartoffel wirst, kann ich dich nicht zu meiner nächsten Dinnerparty einladen. Ich erwarte Schönheit und Spannkraft von meinen Gästen. Nimm dir ein Beispiel an Karl Lagerfeld. Der hat seinen Körper noch mal neu erfunden.«

Ich schüttelte den Kopf. Ich verehrte Elena wirklich, aber man konnte es auch übertreiben. Nicht bei allen Frauen endete die Skala der Waage bei sechsundfünfzig Kilo.

Friederike war jetzt schon eine Weile tot. Die Blumen auf ihrem Grab waren verblüht, und der Friedhofsgärtner hatte sich an die Arbeit gemacht. Die Polizei hatte vermutlich längst mit Bedauern auf Normalbetrieb zurückgeschaltet, doch Friederikes Mörder lief nach wie vor frei herum. Er konnte sich mit jedem Tag sorgloser fühlen.

Auch ich war im Grunde nicht weitergekommen. Meine einst unscheinbare tote Kundin gab mir Rätsel auf, mit denen ich nicht gerechnet hatte. Wie bei diesen russischen Puppen steckten in dieser durchschnittlichen Kleinstadtehefrau immer wieder andere Persönlichkeiten, und aus keinem Mordmotiv waren unversehens zwei oder mehr geworden, ohne dass sich eines davon wirklich fassen ließ. Das verstieß gegen meinen Ordnungssinn. In meinem Kleiderschrank gab es nicht ein einziges Stück, das nicht genau da hing, wo es hingehörte. Geordnet nach meiner Farbkarte und nach Material, Farbe und Schnitt. Kaschmir zu Kaschmir und Seide zu Seide.

So musste ich auch mit Friederike verfahren. Ich brauchte ein System.

Ich nahm mir ein großes weißes Blatt und einen dicken blauen und einen roten Markierstift. Nachdenklich legte ich noch einen grünen Stift daneben. Hoffentlich gesellte sich nicht irgendwann eine dritte Linie hinzu.

In der Mitte oben auf das Blatt schrieb ich das Wort »Friederike«, und nach kurzem Überlegen malte ich ein Kreuz neben ihren Namen. Ordnung musste sein: Friederike war tot. Dann zog ich links einen roten Strich und versah ihn mit einzelnen Punkten.

Vatersuche? – Kästchen gestohlen bei Party in ihrem Haus am Freitag? Ermordet am Samstag. Warum?

Antwort: In dem Kästchen befand sich ein Dokument mit dem

Namen ihres wirklichen Vaters. Das hieß, er wusste, dass sie es wusste. Der Fund lag zum Zeitpunkt der Party bereits einige Zeit zurück. Hatte sie ihn also kontaktiert? Vielleicht mehrfach?

Er hatte sie umgebracht, weil er etwas zu verlieren hatte, und worum könnte es sich dabei handeln? Stellung? Ruf? Ehefrau?

Frage: Hat sie ihn erpresst? Aber was wollte sie? Geld?

Wenn ja – wofür?

Wollte sie sich von ihrem Mann trennen, und wenn ja – warum?

Von »warum« aus malte ich einen Pfeil nach rechts: Verhältnis mit Hundepensionsbesitzer?

Das war die Spur, die entlang der Schnellstraße ins abgeschiedene Bad Herrenalb führte. Horst Schmied – Befürworter der Bikerstraße – hat eventuell von Tibor Lodemann Bestechungsgelder bekommen (?) – Friederike war ursprünglich ohne Meinung zu dem Projekt, dann plötzlich vehement dagegen. Hatte ihre Position bei der Organisation »Töchter des Albtals« ausgenutzt und Leserbriefe geschrieben. Machte ihren Mann damit lächerlich und gefährdete Tibors Pläne. Dann plötzlich, etwa eine Woche vor ihrer Ermordung, war sie auf einmal *für* den Straßenausbau. Warum diese plötzliche Kehrtwende?

Ratlos blickte ich auf meine Zeichnung, die aus einander überschneidenden Linien und ansonsten nur aus Fragezeichen zu bestehen schien. Wollte ich auf all diese Fragen Antworten finden, drohte die Sache allmählich zur Ganztagsbeschäftigung zu werden. Ich lehnte mich zurück.

Damit hast du doch endlich deinen tieferen Sinn im Leben, Swentja Tobler! Anstatt überall nach dem weißen Bolero von Valentino zu fahnden, den du im Frühjahr in Paris an einer Frau im Restaurant gesehen hast und dem du seither quer durch Europa nachjagst, wäre hier richtig was zu tun. Du musst mit Friederikes angeblichem Freund, dem Hundepensionsbesitzer Bleibtrau, sprechen. Und du solltest versuchen, eine Liste von Friederikes möglichen Vätern zu erstellen.

Wer war an dem Abend auf ihrer Party, wer hat sich seltsam verhalten, und wer hätte das richtige Alter für eine Tochter von zweiunddreißig Jahren?

Nachdenklich betrachtete ich mein Blatt und versuchte ein Verbindungsglied zwischen den beiden Farblinien zu finden. Fehlanzeige.

Ich wusste trotz allem noch nicht genug über Friederike und ihre Welt. Ich brauchte eine Frau, die sie gekannt hatte und die klug war und gut beobachten konnte.

Ich eilte zu meiner Kundenkartei, die in Form einer altmodischen Rollkartei auf dem Schreibtisch stand. Das teure Manufactum-Teil in schwarzem Retrolook hatte seinen Platz direkt neben dem handsignierten Foto von Marilyn Monroe, das ich vor Jahren auf einem Flohmarkt in London für zwei Pfund erworben hatte. Marilyn sah mir mit ihrem ewig verführerischen Lächeln zu, als ich die Kartei flink durchblätterte.

Ich sortierte die Namen nach Gesprächigkeit, Intelligenz und Bekanntschaft mit den Schmieds. Und stieß auf einen echten Goldfisch, als ich die Adresse von Marlies Rubenhöfer herausangelte. Auf die hätte ich eigentlich schon früher kommen können.

Marlies war eine Klientin, die ich gerne mochte. Eine witzige und intelligente Person, die leider ab und zu ihren gesamten Kleiderschrank entleerte und mit einer neuen Farblinie bestückte, nur um kurz darauf festzustellen, dass ihr die neue Farbe überhaupt nicht stand.

Kürzlich war es Grau gewesen. In allen Schattierungen von Mausgrau über Steingrau zu Taupe. Marlies, die in einem geräumigen Einfamilienhaus oben in Moosbronn lebte, war schwarzhaarig, eher blass, mit schönen braunen Augen. Grau war deshalb so ziemlich die letzte Farbe auf der Welt, die ihr gut bekam. Vor Kurzem hatte ich sie getroffen, wie sie einen riesigen Sack mit grauen Klamotten zur Diakonie in der Winterstraße in Karlsruhe schleppte.

»Soll sich irgendeine drüber freuen, die in dem Zeug nicht aussieht wie eine Feldratte«, bemerkte sie lakonisch. »Ich denke jetzt an Signalrot!«

»Marlies«, gab ich zurück, »komm lieber zu mir. Die Roten landen in Kürze ebenfalls hier. Irgendwann begegnen dir in ganz Mittelbaden auf Schritt und Tritt deine eigenen Klamotten, sogar in unseren Kreisen, und das muss nicht sein. Rot steht praktisch niemandem.«

»Wenn du das sagst. Melde dich doch gelegentlich!«, hatte sie ergeben geseufzt und zwanzig graue T-Shirts auf den Tresen des Diakonieladens gepackt.

Genau das hatte ich jetzt vor. Marlies wohnte zwar in Moosbronn, stammte aber ursprünglich aus Ettlingen und kannte eine Menge Leute. Sie war aufgeschlossen und führte ein pralles gesellschaftliches Leben, denn sie hatte neben Hund und drei Kindern, die in Schulen in Baden-Baden, Karlsruhe und Pforzheim gingen, zahlreiche gesellige Hobbys wie Doppelkopf, Rommé und Canasta. Sie war also eine echte Multiplikatorin und Netzwerkerin.

Ich plante einen kleinen Abstecher zu ihr auf die Höhe. Das bedeutete kein Opfer, denn es war schön da oben in dem kleinen Dorf, das eigentlich zu Gaggenau im Murgtal gehörte. Allein schon die Fahrt über die gewundenen kleinen Straßen hatte etwas Beruhigendes, und mit jedem Höhenmeter verstärkte sich das Gefühl, dass man die Sorgen der Rheinebene unter sich zurückließ. Und da es hier ein Gestüt mit Islandpferden gab, war der Ort ein beliebtes Ausflugsziel von Städtern mit pferdenärrischen Kindern. Früher war ich oft mit Sammy hier gewesen.

Ich, nicht wir. Ob Nicolaus jemals dabei war? Ich konnte mich nicht mehr erinnern.

Oben auf der Hochebene war die Luft auch heute würzig und kühl. Felder. Koppeln. Kleine Wäldchen. Wanderwege, die durch Wiesen führten. Auf ihnen rüstige Rentnerehepaare, sie mit Rucksack, er mit Stock. Dahinter grüßte der Kirchturm, und wie Ostereier im Nest standen die Häuser in Gruppen nebeneinander. Auf den großen Weiden grasten wie immer Pferde, die gemächlich ein paar Schritte tänzelten und wieder stehen blieben, um meinem Auto nachzusehen.

In meiner Kinderzeit waren wir im Herbst zum Drachensteigen hier oben gewesen. Oft hatten wir eine Wanderung zur alten Wallfahrtskirche Maria Hilf unternommen, wo ich staunend der Legende von dem Knecht lauschte, dessen Hilferuf an Maria erhört worden war. Oder wir gingen mit den Eltern zur geheimnisumwitterten Lindenquelle.

Meine Mutter war eine stramme und furchtlose Marschiererin,

der die Berge hier vermutlich nur wie bessere Ameisenhügel vorkamen. Als Trost für die Südtirolerin bestiegen wir wenigstens ab und zu den Mahlberg, der zwar auch nur sechshundert Meter hoch war, dessen Aussichtsturm aber immerhin eine Fernsicht bis zu den Bergen des Nordschwarzwalds bot. Mamma hat immer bedauert, dass ich die Wanderlust nicht von ihr geerbt habe.

Marlies wohnte in einem schönen, modernen Einfamilienhaus am Waldrand, das allerdings ziemlich einsam lag. Von ihrem Haus führte eine Straße ins Dorf und ein kleineres Sträßchen, mehr eine Forststraße, in den Wald, es diente den Kundigen als Abkürzung nach Freiolsheim.

Den Vorgarten hatte sie mit Steinen und einem Brunnen sehr geschmackvoll gestaltet. Hätte sie ebenso viel Talent, sich anzuziehen, bräuchte sie meine Dienste nicht.

Ich klingelte, sie war sogar zu Hause und freute sich. Leider trug sie einen äußerst schlecht sitzenden Jogginganzug aus Nickistoff in allzu biederem Blau. Wahrscheinlich eine unsägliche Karstadt-Hausmarke. Der musste baldmöglichst verschwinden.

Wir küssten uns drei Mal, wie es sich in Südwestdeutschland in Sichtweite der französischen Grenze eingebürgert hat.

»Hallo, Marlies. Bist du inzwischen die ›Lady in Red‹? Hast du schon alles für deinen neuen Look eingekauft?«

»Nein«, erwiderte sie, und dann kam etwas ungemein Sympathisches. »Ich habe doch auf deinen Anruf gewartet. Mein Mann sagt, dass er mich ohne dich nicht mehr zum Einkaufen lässt. Trotz akuter Lebensgefahr.« Ich überhörte die Anspielung und lächelte säuerlich. »Komm rein. Kaffee? Machen wir gleich einen Termin aus, an dem wir eine gut gekleidete Frau aus mir machen?«

Ich setzte mich an ihren großen Familientisch, lehnte den Kaffee aber ab. Ich war stolz auf meine feinporige Haut und wollte sie mir möglichst lange erhalten. Deshalb Wasser, Tee, teure Säfte und Champagner.

Zwei Terminkalender raschelten. Bei ihr mussten Kinder und Hund betreut und versorgt werden. Ich hingegen hatte lediglich meine gesellschaftlichen Verpflichtungen zu sichten. Bei mir zu Hause gab es nicht mehr viel zu versorgen, seit Sammy nicht mehr da war. Mein Mann legte keinen Wert auf meine Kochkünste. Ihm genügte die Mikrowelle vollkommen für einen gelungenen kulinarischen Abend.

Schließlich war der Termin gefunden. Schon morgen.

Nach längerem Überlegen beschlossen wir, die Mannheimer Geschäftswelt mit unseren Kreditkarten zu entzücken. Wäre Marlies zehn Jahre jünger, würde ich mit ihr nach Heidelberg fahren und einiges aus der bunt-verrückten Kollektion NotTheSame erstehen oder irgendwas Nostalgisches in den kleinen Designerläden in den Altstadtgässchen am Neckarufer. Wäre sie hingegen zehn Jahre älter, ginge es nach Baden-Baden, und wir würden van Laack und Escada plündern und ansonsten in echt englischem vierfädigem Kaschmir baden.

So aber ging es eben nach Mannheim, und dort würde ich mit ihr in das Kleiderparadies Engelhorn & Sturm eintauchen. Geld war dabei kein großes Hindernis. Marlies, Fabrikantentochter, hatte geerbt, und ihr Mann arbeitete bei einer global agierenden Pharmafirma im Karlsruher Rheinhafen als Geschäftsführer. Wir würden die Exquisitabteilung erst wieder verlassen, wenn Marlies von Kopf bis Fuß so aussah wie die Frauen, die sie in den Zeitschriften bewunderte.

Als ich sie nach erneuten drei Küsschen verließ, fuhr ich nicht gleich wieder aus dem Tal heraus oder nahm – wie ich es manchmal tat – die schöne, wenn auch etwas längere Strecke über Freiolsheim und Schöllbronn hinunter in die Rheinebene. Stattdessen schaute ich auf der anderen Seite des Dorfes, in der Nähe des Naturfreundehauses, noch schnell auf dem Hof Rösch & Rösch bei unserem Pferd vorbei.

Ich parkte und wurde beim Aussteigen von einem schwarzen Labrador beschnuppert, der mich mit feuchten Augen verfolgte, als ich vorsichtig über den sandigen Boden zu den Stallungen schlenderte. Ausnahmsweise war ich für den Anlass nicht passend angezogen.

Anerkennend bemerkte ich, dass alles wie immer blitzsauber war. Es roch sogar nur dezent nach Pferd. Vorherrschend waren der Geruch von frischem Heu und Feuchtigkeit – die Stallungen wurden offenbar häufig mit Wasser ausgespritzt. Unsere Box, die dritte von links, war allerdings leer. Drei Schülerinnen teilten sich den Ausreitdienst für Miss Ellie, wie ich die Stute getauft hatte. Eine von ihnen war gewiss mit dem Tier unterwegs. Beruhigend, dass alles hier so gut klappte. Es hatte sich bewährt, den besten Hof als Pension für Miss Ellie zu wählen.

Peter Rösch, der das Gestüt zusammen mit seinem Zwillingsbruder bewirtschaftete, kam mir entgegen, als ich wieder zum Auto ging. Er trug Stiefel bis weit über die Knie, und sein sandfarbenes Haar fiel ihm in die Stirn. Er hatte leuchtend blaue Augen.

»Hallo, Swentja! Na, hattest du Sehnsucht nach Miss Ellie?«

Natürlich verkehrten wir nicht in denselben Kreisen, aber rund um die Pferde war es üblich, dass man sich duzte, genau wie beim Tennis oder auf einem Segeltörn. Nur beim Bridge blieb man nach meinem Eindruck lebenslang beim Sie.

Der Hof Rösch & Rösch war sehr beliebt bei unseren Freunden, denn er erfüllte höchste Standards, und er war teuer. Teuer war in unseren Kreisen immer gut.

»Ich war sowieso hier oben, und ich dachte, ich schaue einfach mal vorbei. Alles in Ordnung?«

»Sie hatte vorgestern ein bisschen Hautjucken. Die Tierärztin war da und hat ihr eine Kalziumspritze verpasst. Alles wieder gut. Rechnung folgt prompt.«

»Dass ausgerechnet eine Frau diesen Job macht!«

Peter Rösch zuckte mit den Achseln. »Die kann das! Sie ist übrigens die Schwester von diesem Bleibtrau, der in Neurod die Hundepension hat. Liegt also in der Familie. Und die zwei sind noch symbiotischer als wir, der Tom und ich.«

»Ist sie gut?«

»Ja, die kann richtig zupacken. Ein Mannweib, wenn du mir den Ausdruck verzeihst. Und sehr fixiert auf ihren Bruder. Ich weiß, wovon ich rede. Wir sind zwar Zwillinge, aber ab und zu fährt der eine von uns auf die Shetlands und studiert die Ponys da, wo sie herkommen, und der andere lässt sich an den Pyramiden die Sonne auf den Pelz brennen. Ein bisschen Abstand muss schon sein.«

»Dann ist der Bleibtrau eben ein ganz besonders anziehender Mensch.«

»Er ist ein gutmütiger Bär. Tapsig. Warmherzig. Wahrscheinlich ein Frauentyp. Aber davon verstehe ich nichts.«

Ich lächelte. Es war allgemein bekannt, dass beide Röschs schwul waren, doch sie standen auf vollkommen unterschiedliche Männertypen und waren im Übrigen sehr diskret.

»Hör mal, die Sache mit Friederike Schmied ist ziemlich unangenehm gewesen für dich, oder?«

Natürlich diskutierte ich mit Angestellten wie den Röschs nicht über persönliche Angelegenheiten oder Gefühle, doch die beiden waren immerhin selbstständige Unternehmer und hatten lange Antennen, die bis ins Tal hinabreichten. So könnte es sich lohnen, eine Ausnahme zu machen.

»Ja. Nicht gerade die Situation, in die man häufiger geraten möchte.«

»Ich war mit Tom an dem Tag auch unten in Ettlingen. Es war ja Marktfest. Ziemlich viel los im Städtchen, aber kein Wunder, bei dem idealen Wetter. Man hat alle getroffen, die man so kennt. Den Harald Hurst und den Volker und die Sina. Auch die Prominenz wie unsere Herren und Damen von der Stadtverwaltung, die Gontard und jede Menge anderer alter Bekannter. Sogar die Leute aus Karlsruhe hatten sich in Schale geworfen, um unser südliches Flair in Ettlingen zu genießen. Die Hinterwäldler waren natürlich auch da. Tibor Lodemann habe ich gesehen, den alten Gauner. Ich bin ihm aber aus dem Weg gegangen. Der Mann ist einfach nur geizig. Seine Frau wollte eine Reitbeteiligung bei uns, und er hat so lange gefeilscht, bis ich ihm gesagt habe, er sollte sich besser ein Schaukelpferd anschaffen, das sei billiger. Seither sprechen wir nicht mehr miteinander. Ach, ich weiß nicht, ob es dich interessiert …« Jetzt trat ein verstohlenes Lächeln in Peter Röschs Gesicht. »Unsere Tierärztin Petra Bleibtrau war übrigens auch unterwegs. Und gar nicht weit vom Tatort.«

»Was willst du damit sagen?«

»Nichts. Gar nichts. Mach damit, was du willst.«

Von Weitem sah ich jetzt Miss Ellie herantänzeln. Sie wurde von einem zierlichen Mädchen geführt und schien sehr zufrieden.

»Abreiben, Sabine!«, rief Peter Rösch. »Gründlich! Und dann gleich die Abschwitzdecke drüber.«

Ich wartete eine Weile, bis das Mädchen fertig war, dann besuchte ich mein Pferd im Stall. Die Stute schien sich zu freuen, stupste mich mit ihrer weichen, warmen Schnauze. Ihre großen Augen sahen mich unverwandt an. Ich fuhr ihren schön geschwungenen Hals entlang und fragte mich, was es mit Petra Bleibtrau auf sich hatte und wie glücklich sie über die Affäre ihres Bruders mit Friederike gewesen sein mochte.

Oder vielmehr wie unglücklich.

Ob Hagen die Bleibtraus auf seiner Rechung hatte? Wusste er überhaupt von Friederikes Verhältnis, und hatte er jemals mit den beiden gesprochen? Wenn nicht – von mir sollte er es möglichst nicht erfahren. Was mir noch wichtiger schien, als Friederikes Mörder zu finden, war meine Stellung in unserer kleinen überschaubaren Welt.

Noch.

***

Marlies und ich trafen uns in Ettlingen auf dem Parkplatz des Real-Marktes, bei dessen Anblick ich immer eine Art Futtermittel-Allergie bekam. Wer aß eigentlich das ganze eingeschweißte Zeug, das sie in riesigen Läden wie diesen verkauften? Ich wusste natürlich, dass nicht jeder sich leisten konnte, in Delikatessengeschäften einzukaufen, aber warum aßen die Leute dann nicht einfach nur hochwertige Nudeln? Ein wenig Trüffelbutter, etwas Mascarpone oder alten Parmesan, dazu ein bisschen Parmaschinken – das konnte doch nicht so schwer sein.

Marlies winkte mir fröhlich zu und stieg schwungvoll aus ihrem in mein Auto um. Vorfreude strahlte ihr aus allen Knopflöchern.

Ich nahm die Landstraße nach Mannheim. Das dauerte zwar etwas länger, war insgesamt aber staufreier, und man konnte sich entspannt unterhalten. Wir passierten Grötzingen und dann Weingarten mit seinem hübschen Ortskern, der Brücke, den Kirchen und seinen guten Restaurants, die sich in prächtigen Fachwerkhäusern versteckten.

Marlies wirkte aufgeregt. Dauernd wühlte sie in ihrer Tasche und betrachtete sich in einem kleinen Handspiegel.

»Marlies, alles kein Problem. Ich habe meine Farbkarte dabei. Du bist eine Mischung aus Herbst- und Wintertyp. Deshalb hattest du es bisher so schwer, etwas Passendes zu finden. Aber ich habe bereits die Designer herausgesucht, die in deinen Farben und Materialien schneidern. In Zukunft wirst du mit verbundenen Augen in deinen Kleiderschrank greifen und immer gut aussehen. Stichwort: Anlasskleidung. Es wird immer zum Anlass passen. Papstaudienz, Fürstenhochzeit oder Beerdigung – immer das Richtige.«

»Wo du gerade Beerdigung sagst …«

Und dann fing sie von sich aus mit dem heiklen Thema an, wenn allerdings auch nicht auf die taktvollste Weise. »Swentja, hoffentlich überlebe ich diesen Trip mit dir. Nicht dass ich auch noch im Leichenhemd ende.«

Ich konterte kühl: »Keine Sorge. Weiß steht nicht auf meiner Farbkarte für dich. Außer bei den Basics natürlich. Ansonsten höchstens ein warmes Wollweiß, und das führen sie bei Beerdigungsinstituten bestimmt nicht.«

Ich hatte jetzt die Querspange zur B36 genommen und umrundete Graben-Neudorf zügig mit Hilfe einer der vielen Schnellumgehungen, die den einst gemütlichen Weg von Karlsruhe nach Mannheim in eine anonyme, fast kerzengerade Rennstrecke verwandelt hatten.

Ein ICE zischte pfeilschnell an uns vorbei, und Fernweh wallte in mir auf. Ich wäre gern mal wieder in unsere Wohnung an der Côte gefahren. Allein, wenn es sein musste. Flüchtig dachte ich an Hagen und an seine unverhohlenen Angebote. Wir hatten zwar ein französisches Bett dort, aber von meinem Mann sah ich darin meistens lediglich den Rücken, wenn er sich nach dem Studium der Financial Times umdrehte. Wenn an seiner Stelle Hagen läge, wäre dieses Bett endlich mit Leben erfüllt, und die Nächte würden wieder Geheimnisse bergen … Energisch schob ich die Vorstellung beiseite.

Ich musste versuchen, Marlies zum Plaudern zu verlocken. »Die Sache mit Friederike war wirklich schockierend! Ich kann bis heute nicht glauben, dass so etwas mitten unter uns geschehen konnte. Sie war doch eine ganz normale Frau. Warum nur musste sie so grausam sterben?«

»Ja, sie war ein armes Ding«, kam es mit einem genussvollen Seufzen zurück.

»Wie meinst du das?« Ich drosselte meine Geschwindigkeit, um Marlies möglichst viel Zeit zu geben.

Sie bewies, dass sie originell denken konnte. »So wie ich nicht weiß, welche Farbe mir steht, wusste sie irgendwie nicht, welches Leben ihr stand.«

»Inwiefern denn das?«

»Sie bestand aus so vielen Wünschen und Träumen, die unerfüllt waren und es irgendwie auch blieben. Einmal wollte sie Geige spielen lernen, aber das ist im Alter zu schwer. Meine Mittlere hat es auch bald wieder aufgegeben. Dann hat sie Jazztanz angefangen, und angeblich war sie auch sehr begabt, aber dann hat sie sich den Meniskus angerissen, und es war vorbei damit. Ein Kinderbuch wollte sie schreiben, über ein Hundebaby, und ganz zum Schluss hat sie noch sinnloserweise damit begonnen, Französisch zu lernen. Aber ihr Horst ist doch keiner, der mit einem Wohnmobil durch Frankreich zuckelt. Der fliegt einmal im Jahr nach Teneriffa, um sich richtig zu erholen, und das war's. Ansonsten macht er Urlaub im Land seiner Wähler.«

Das alles entsprach genau meinem Eindruck von Friederike. Sie war fahrig gewesen. Stets bemüht, aber eben fahrig.

»Außerdem wollte sie es jedem recht machen. Jetzt ihrem Mann, früher ihrer Mutter, indem sie sich von ihr dauernd neue Frisuren machen ließ und jedem erzählte, sie werde dauernd angesprochen, wie gut sie aussehe. Ich meine, die Frau Grüber war ganz patent, aber provinziell und auch nicht mehr die Jüngste. Nein, Friederike ruhte einfach nicht in sich.«

Wir passierten Schwetzingen. Ich schwenkte auf die autobahnartig ausgebaute Schnellstraße nach Mannheim ein, vorbei am Stadtteil Rheinau, von dem man allerdings nichts sah außer einem ausgedehnten Kiefernwald. Links grüßte das riesige Kraftwerk, das kräftig Rauch in den dunkelblauen Herbsthimmel spuckte. Die Szenerie war beinahe unheimlich.

Ich bohrte noch ein bisschen nach. »Sie hat doch auch Leserbriefe geschrieben. Wegen des Ausbaus des Albtals zur Motorradrennstrecke nach Bad Herrenalb. Oder täusche ich mich da?«

»Ja, das war auch so etwas. Kein Mensch weiß, warum sie plötzlich die Meinung geändert hat. Ich vermute, es war ihr Mann, der sie dazu gedrängt hat. Er besitzt mehrere kleinere Immobilien in Bad Herrenalb, und die würden im Wert um das Doppelte steigen, wenn man diese Sache realisieren würde. Mein Mann sagt, die Erfahrungen haben gezeigt, dass dieses ›Highway to Heaven‹-Konzept dem jeweiligen Zielort einen ziemlichen Touristenboom beschert hat. Das würde die Wirtschaft im Tal ankurbeln. Anstatt Schonkostgaststätten für alte Leute würden Bars und Kneipen entstehen und auch teure Restaurants, denn viele Biker sind im mittleren Alter und haben Geld. Sagt mein Mann.«

Sagt mein Mann! Hatte mich dieses ewige Satzanhängsel immer schon so gestört? Die meisten von uns wohlhabenden Ehefrauen hatten Abitur, viele hatten sogar studiert. Doch wenn es um wichtige Dinge ging, zitierten wir ständig unsere Männer. Eigentlich Schwachsinn!

Ich fuhr jetzt am Mannheimer Stadtteil Neckarau vorbei und musste mich konzentrieren. Der Verkehr wurde dichter. Straßenbahnen kreuzten, Lastwagen rasten zu dicht an mir vorbei. Mofas mit Schülern drauf knatterten über Zebrastreifen, und ein dreister Mercedes schnitt mir den Weg ab. Obwohl Mannheim zum eher beschaulichen Baden gehört, spürte man überall in der Stadt den Einfluss der lebendigeren Kurpfälzer, die eifrig dabei waren, sich zu einem bunten Multikultisalat zu vermischen.

»Wo parken wir?«, wollte Marlies wissen.

»Am Wasserturm. Dann rollen wir die Stadt von unten auf. Im unteren Teil der Planken sind sowieso die besten Läden.«

Marlies nickte. Sie hatte nichts dagegen, Geld spielte keine Rolle.

»Marlies, was ist dran an dem Gerücht, dass Friederike … nun, sagen wir, auch einen emotionalen Grund hatte, den Ausbau zunächst abzulehnen? Stichwort ›Hund‹!«

»Ach«, bemerkte sie ironisch, drehte sich zur Rückbank um und fing geräuschvoll an, ihre Sachen zusammenzupacken. »Soll ich mein Handy überhaupt mitnehmen? Ich lass es da. Verliert man so leicht, wenn man anprobiert. Hund? Ich dachte, niemand weiß etwas von der Sache. Nicht mal die Kripoleute. Also, von mir haben sie es zumindest nicht erfahren. Bitte erzähl es nicht weiter.«

Ich hielt den Atem an. War ich doch eine Nasenlänge vor Hagen?

»Ja, da gab es wohl eine gewisse Connection in Neurod. Ganz früher hatte sie ihren Hund manchmal dort geparkt, und nachdem er gestorben war, hat sie wohl einmal mit ihrer Schulklasse einen Ausflug dorthin gemacht. Hunde ausführen, Hunde streicheln, was die heute alles so machen, damit die Kids nicht eine Stunde stillsitzen müssen. So ist sie wieder an diesen Bleibtrau geraten, und offenbar hat es diesmal klick gemacht. Die Empfehlung stammte ursprünglich sogar von mir, denn wir bringen unsere Komtess immer dorthin, wenn wir übers Wochenende wegfahren.«

»Marlies, hatte sie ein Verhältnis mit ihm? Ein richtiges Verhältnis?«

Sie zuckte mit den Achseln. »Wir haben nicht direkt darüber gesprochen, aber ich denke schon. Sie fühlte sich bestimmt oft einsam. Der Mann war viel weg, keine Kinder. Der Hund war auch nicht mehr da. So ein Hund ist tröstlich.«

»Nicht für mich«, sagte ich entschlossen. »Zecken entfernen, Flöhe rauskämmen und Analdrüsen ausdrücken? Kein Bedarf.«

»Wenn du dich erst einmal richtig verliebst«, scherzte Marlies, »dann zählt das alles nicht mehr.«

Ich wollte protestieren. Doch dann dachte ich an Hagen. Und an den schmelzenden Blick, mit dem sein Hund ihn ansah. Wenn du dich erst einmal richtig verliebst ...

»Was für ein Mensch ist dieser Bleibtrau?«, wollte ich wissen.

»Ein eher einfacher Mann. Bodenständig und ein bisschen zottelig. Aber sehr tierlieb. Vielleicht hat er sie an ihren eigenen Vater erinnert. Friederike war ja immer bemüht, sich an den anderen zu orientieren. Erst an ihren Eltern, später dann an ihrem Mann. Sie schielte ängstlich danach, jeden Konflikt zu vermeiden. In gewissem Sinne ist sie nie richtig erwachsen geworden.«

Das traf sich mit meinem Eindruck. Ich hätte Friederike ein Harlekinskostüm aufschwatzen können, um damit zum Opernball in Karlsruhe oder zur Verleihung der Radio-Regenbogen-

Awards zu gehen – einige der Events, bei dem sich die besseren Kreise aus Karlsruhe und Ettlingen regelmäßig begegneten und beäugten.

An welchen ihrer Väter mochte dieser Bleibtrau sie wohl erinnert haben?, dachte ich, aber im Moment ließ ich das Thema Friederike ruhen, denn ich wollte Marlies nicht misstrauisch machen. Schließlich bestand meine eigentliche Aufgabe darin, Frauen besser anzuziehen, und genau das hatte ich jetzt mit Marlies vor.

»Marlies, bevor wir nun Engelhorn & Sturm betreten, möchte ich dich bitten, mir zu sagen, in welchem Stil du dich siehst: ewiges College-Girl, Ethno, Country oder vorwiegend klassisch?«

»Klassisch!«, sagte Marlies mit Bestimmtheit. »Swentja, die Sachen, die ich mir heute mit dir kaufe – und ich habe die American Express dabei –, die will ich noch zur Hochzeit meiner Tochter in ein paar Jahren anziehen können, ohne dass sich das ganze Albtal das Maul darüber zerreißt, dass ich wieder aussehe wie eine vom Land.«

Der traditionsreiche, aber inzwischen total aufgepeppte Kleiderladen Engelhorn & Sturm in Mannheim war eine der besten Adressen in Südwestdeutschland und ein Paradies für Frauen mit einer gut genährten Kreditkarte. Es herrschte viel Betrieb. Schon längst stapelte sich die Herbstware in den Regalen und wurde sogar hier und da bereits kräftig von den Winterkollektionen unter Druck gesetzt. Die hellen Schauräume mit den zartlila Teppichböden, auf denen man weich auf und ab schritt und sich wie ein etwas in die Jahre gekommenes Supermodel fühlen konnte, waren bestens temperiert – unserem Kaufrausch stand nichts im Wege.

Neben den obligatorischen Must-haves in Schwarz und Weiß hatte ich mich mit mir selbst auf Beige, Mauve, moosige Grüntöne, Cognacschattierungen, puderige Basics und ein mattes Weinrot als Farben für Marlies geeinigt. Letzteres war gewagt, aber sie würde dramatisch gut darin aussehen. Weinrot war eine sehr problemlose Farbe. Außer Rothaarigen stand sie beinahe jeder, und sie zauberte eine wunderbare Haut.

Wir begannen mit der Ausstattung für den Alltag im rustikalen Moosbronn. Für einen Hauch Country stattete ich Marlies mit einer hautengen, phantastisch sitzenden Jeans und einem kurzen moosgrünen Zöpfchenpullover aus, beides von Stefanel. Für Kaminabende und kühlere Herbstnachmittage am Waldrand eigneten sich ein Wollkleid von Hilfiger und ein wundervolles Salz-und-Pfeffer-Couplet mit Rock und Jacke von Malene Birger. Damit könnte sie glatt mit der Queen zur Moorhuhnjagd gehen. Ebenfalls für die Hundespaziergänge war eine mauvefarbene Strickjacke von Iris von Arnim gedacht. Die Jeans waren so edel, dass sie dazu nahezu alles tragen konnte.

Für offiziellere Anlässe erstanden wir ein schwarzes Businesskostüm von Steffen Schraut, das mit einem tailliert geschnittenen Blazer in Weinrot sowie einem Bleistiftrock mit aufgenähtem Gürtel kombiniert werden konnte. Die Applikationen waren schwarz. Weinrot und Schwarz, eine fast zu edle Kombination, doch wunderbar zu Marlies blassem Teint. Sie würde ein schwarzes Shirt darunter tragen. Und bitte keinen Schmuck. Ihre billigen Bijou-Brigitte-Kettchen konnte sie allesamt ihren Töchtern vererben.

Dann noch zwei Kaschmirpullis in Mauve und Camel von Oui sowie eine klassische Hose von Windsor für alle Anlässe von der Vernissage bis zum Kirchgang. Die Accessoires stammten von Roeckl und Hermès, die unvermeidlichen T-Shirts in Schwarz, Weiß und Mauve sowie in Pudertönen von Joop. Zwei Seidenblusen in Altrosa beziehungsweise Rosmarinfarben von Rochas, sie passten wunderbar zu der Veloursledeerhose von Jean Claude Virtois. Max Mara, ein Designer, den ich sehr mag, steuerte eine entzückende Jacke mit Schößchen aus Schurwolle und Kaschmir in einem verjüngenden Perlton sowie den dazugehörigen Pencil-Rock bei. »Die beiden Stücke besitze ich auch!«, teilte ich Marlies mit und zerstreute damit jegliche Bedenken bei ihr.

Ein doppelreihiger Tweedmantel im Smokingstil von John Richmond würde sie lebenslang – von der Taufe ihres ersten Enkelkindes bis zur Beerdigung ihrer Tante – phantastisch aussehen lassen. Einem cremefarbenen Blazer von Chloé konnte ich nicht widerstehen, mit den Jeans zusammen sah das megaedel aus.

Die Verkäuferin war ganz meiner Meinung. Natürlich. Ich sah die Dollarzeichen in ihren Augen. In dem Laden hier würden sie uns wahrscheinlich ein Denkmal setzen. Jedenfalls verwöhnten sie uns im obersten Stockwerk zwischendurch mit Champagner und kleinen Häppchen, die sie eilig aus der Bar im zweiten Stock organisiert hatten.

»Die Frau von Helmut Kohl kauft auch hier!«, raunte mir die Verkäuferin glücklich zu. »Und die Spielerfrauen vom Fußballverein Hoffenheim beehren uns regelmäßig.«

Bevor die American-Express-Karte explodierte, fügte ich Marlies' Garderobe in einer Boutique in der Roeckl-Passage noch eine schwarze Alltagshose von Airfield sowie eine kakaofarbene Jeans von Esprit und ein paar kurze Strickjacken sowie zwei, drei lange, trendige Blusen von H&M bei. Dort kaufte ich ihr auch Leggings, einen Wollrock, Stulpen und T-Shirts in Weinrot und Cognac.

Vollkommen erschöpft sanken wir schließlich auf die Stühle eines Cafés auf den Planken. Bis auf die Sachen von Esprit und H&M würde alles nach Hause geliefert werden. Marlies streichelte eine Handtasche von Falcchi aus seidenweichem Material, das aussah wie Leder und auch so viel kostete, jedoch aus Kunststoff war. Ich war gegen das Teil gewesen, denn so viel Geld gab ich nur für Echtes aus, aber die Tasche hatte ihr so gut gefallen, also hatte ich sie ihr erlaubt.

»Mir kommt es vor, als hätten wir ganz viele verschiedene Dinge in ganz vielen verschiedenen Farben und Materialien gekauft. Ich dachte, eine Stilberaterin geht ganz streng nach einer Linie vor.« Marlies' Hände zuckten nach ihren Tüten, als könnte sie es nicht erwarten, alles noch einmal anzuschauen.

Ich lächelte. »Marlies, vertraust du mir?«

»Ja, aber ...«

»Die Zeiten, als man wie Lady Diana in den Sachen von ein und demselben Designer geboren wurde, geheiratet hat und gestorben ist, sind vorbei. Materialmix und Designermix sind angesagt. Und doch wird jedes einzelne Stück deiner heute gekauften Kollektion zusammenpassen. Wenn du den kleinen Wollrock von H&M mit der Jacke von Max Mara kombinierst und darunter ein schlichtes T-Shirt trägst, wirst du ebenso klasse aussehen wie mit der Velourhose und der Strickjacke von Esprit. Es wird alles aussehen wie für dich gemacht.«

»Danke.«

»Und du wirst damit auffallen. Auf Partys, wo jeder jeden und seinen Kleiderschrank kennt und die meisten langweilig angezogen sind. Wie beispielsweise der am Vorabend von Friederikes Tod.«

Meine Klientin war jetzt zwar müde, aber auch glücklich und entspannt. Sie fühlte sich begehrenswert und freute sich darauf, all das schöne Zeug zu Hause auszupacken und ihrer Familie zu zeigen. Wartete gespannt auf den Gesichtsausdruck ihres Mannes, obwohl sie sich da vermutlich nicht zu viel versprechen durfte. »Ist das etwa neu?«, pflegte mein Mann zu fragen, wenn ich ihm irgendwie verändert vorkam. »Schick!« Mehr kam nicht.

Aber Marlies hoffte noch. Mit anderen Worten: Marlies war gesprächsbereit gekauft!

»Erzähl mir doch ein wenig davon«, forderte ich sie auf.

Sie seufzte. »Es war eine Party wie immer bei Schmieds eben. Du kennst ihn ja. Er hatte krampfhaft Leute eingeladen, die was zu sagen haben und die ihn voranbringen könnten. Hat mich gewundert, dass du nicht da warst.«

Ich lächelte kühl. »Ich hatte etwas anderes vor, Marlies.«

»Geschäftsleute. Banker. Touristikbranche. Viele Politiker und entsprechend langweilige Gespräche. Stuttgart 21, die Krise in der Regierung, der Ausgang der Landtagswahlen und was damit zusammenhing. Mickerige Schnittchen. Sekt aus dem Elsass. Dieser Horst Schmied hat keinen Stil. Sagt auch Elena, und die muss es wissen. Den Sekt hat sie jedenfalls nicht angerührt. Die hat da sowieso nicht hingepasst, aber es waren eben viele von den ›Freundinnen des Balletts‹ und den ›Liebhabern des Theaters‹ unter den Gästen. Und ohne diese Gönner geht es nicht heutzutage, wo sie überall sparen wollen und es am Ende dann doch vor allem bei der Kultur tun.«

Ich schmunzelte. Marlies war nicht dumm.

»Was hat dieser Schmied mit dem Theater zu tun?, habe ich mich gefragt. Aber dann dachte ich, wahrscheinlich hat Friederike Elena eingeladen. Die beiden haben ja ab und zu zusammengesteckt.«

Ich verehrte Elena und hatte deshalb sogar die Biografie gelesen, die ein BNN-Reporter letztes Jahr über sie in einem angesehenen Regionalverlag herausgebracht hatte. Ihre Reisen, ihre Stiftung. Ihre Erfolge, ihre Karriere. Doch ausnahmsweise interessierte ich mich jetzt nicht für Elena und wollte die wertvolle Gesprächszeit nicht vergeuden.

»Bleiben wir mal bei den Männern unter den Gästen. Waren sie eher ältere Semester? Und hat sich einer merkwürdig benommen? Hattest du den Eindruck einer angespannten Atmosphäre?«

Marlies dachte nach. Dann zog ein verschmitztes Lächeln über ihr Gesicht, und ich musste feststellen, dass ich doch offenbar erst am Anfang meiner Detektivkarriere steckte.

»Swentja, das fragst du doch nicht einfach so, oder? Da steckt doch was dahinter. Meinst du etwa, Friederikes Mörder war an diesem Abend anwesend?«

Die Menschen Mannheims, nicht nur die Söhne, sondern vor allem die Töchter, eilten an uns vorüber. Bepackt. Manche mit einem Eis in der Hand. Straßenbahnen klingelten warnend. Schüler lungerten mit Tüten von Burger King an den Haltestellen herum.

Mannheim war seltsam zweigeteilt. Auf der Einkaufsstraße Planken, vor allem im unteren Teil, gingen richtig schicke Damen shoppen, wohingegen auf der Breiten Straße, die am Wasserturm auf die Planken traf und dann bis zum Neckar lief, eine Atmosphäre wie in Istanbul herrschte. Billigläden und türkische Geschäfte, Schnellimbisse und Spielhallen. Fast nie verirrte sich einer von den Leuten, die in den Läden dort einkauften, zu jenen hier, für die ein Pulli durchaus auch mal dreihundert Euro kosten durfte.

»Friederikes Mörder? Ich vermute es, Marlies. Es wäre zumindest eine Möglichkeit. Schließlich hat ihr Mörder sie gezielt ausgesucht. Das heißt, er hat sie gekannt. Vielleicht hat er etwas über sie gewusst. Oder sie über ihn. Er verkehrt möglicherweise sogar in unseren Kreisen. Mehr kann ich dir jetzt nicht sagen.«

Sie blickte mich erschrocken an. Ein Mord, von dem man in der Zeitung las, rief ein fernes Gruseln hervor. Der Mord an einer Freundin war tragisch. Doch das Schlimmste war ein Mörder, der sich unerkannt unter deine Freunde mischte. Das machte Angst.

»Okay. Lass mich nachdenken ... Ich war natürlich abgelenkt, denn unsere Jüngste war an dem Abend dabei, und du weißt ja, wie das ist. Die Kleine saß oben im Fernsehzimmer und hat mit dem Hund zusammen Fernsehen geschaut. Ab und zu habe ich nach ihr gesehen. Janine ist ziemlich naseweis.«

»Deine Tochter saß oben im ersten Stock? Das ist das Erste, was ich höre.«

»Ja. Hat sich bisher auch niemand dafür interessiert. Unsere Sabrina war bei einer Klassenkameradin eingeladen, und wir wollten Janine nicht allein zu Hause lassen. Dafür ist sie noch zu jung. Also haben wir sie und den Hund mitgeschleppt.«

Ich nickte. Verständlich.

»Zuerst hat sie unten allen guten Tag gesagt, na ja, wie sich das so gehört, und dann ist sie mit dem Hund nach oben verfrachtet worden. Er betrug sich zwar einigermaßen brav, aber ein gutes Gefühl hatte ich nicht, dass die beiden da unbeaufsichtigt waren. Nicht jeder hat gerne einen Hund im Haus und schon gar nicht im Schlaftrakt.«

Ich nickte freundlich. Hagens Hund fiel mir schon wieder ein. Dieser andächtige Blick! Ich verdrängte ihn und sein Herrchen erneut.

»Aber die meisten Gäste haben sich gefreut und mit ihr und dem Hund Späßchen gemacht. Janine sagt, sogar die Gontard hat dem Hund Leckerlis gegeben. Gleich, als wir reinkamen, hat sie eins davon rausgeholt. Bunte Knöchelchen. Ich hatte noch Angst, er kotzt irgendwohin, wenn er zu viel davon kriegt. Das hätte ich gar nicht von Elena erwartet. Sie ist sonst immer so distanziert, aber wahrscheinlich nur, weil jeder sie immer um Freikarten fürs Ballett anmachen will. Jetzt wollen sie natürlich wieder in den ›Nussknacker‹, aber ich habe gehört, er ist ausverkauft bis Februar. Aber so ein Hund weckt eben in jedem Beschützergefühle, vor allem bei kinderlosen Frauen, wenn du verstehst, was ich damit meine. Natürlich funktioniert das auch bei Katzen.«

Marlies holte Luft. Wie alle Tierhalter konnte sie endlos über ihre Lieblinge reden.

»Die Leute sind extra nach oben gegangen, um mit deiner Tochter und dem Hund zu spielen? Und das auf einer Party der Schmieds? Toll!«

»Na, so nun auch wieder nicht. Die meisten sind nicht eigens hochgegangen. Die Toiletten für die Herren waren nämlich oben, und deshalb mussten die Männer sowieso rauf. Wir Damen durften uns unten frisch machen, wie man so sagt. Damit wir nicht so weit laufen müssen.« Sie kicherte. »Rücksichtnahme auf die unter uns, die dauernd aufs Klo müssen.«

»War das nicht ein wenig ungewöhnlich? Bei einer Privatparty unterschiedliche Toiletten für Damen und Herren …«

»Na ja, es war nicht so, dass ›Männlein‹ und ›Weiblein‹ draufstand wie in einer Kneipe. Es handelte sich natürlich nur um eine heiter vorgebrachte Empfehlung, die zwar keiner kontrolliert hat, die aber stillschweigend eingehalten wurde. Es war schließlich keine Sitzparty, sondern eine Rumlaufparty, und es kamen und gingen zwischendurch immer wieder Leute. Manche waren auch im Garten oder rauchten vor dem Haus.«

Ich nickte. Eine typische Party in unseren Kreisen. Sehen und gehen nenne ich das. Hingehen und schauen, ob sich's lohnt. Wenn nicht, gleich wieder gehen.

»Wir Frauen erneuern ja im Klo auch gleich noch unser Make-up oder frisieren uns neu, und dann müssen die Männer zu lange warten. Also sollten die, die nicht gleich drankamen, nach oben gehen, und das sind nun mal nur die Männer gewesen. Die Schmieds haben unter dem Dach, im dritten Stock, übrigens ihr Privatbad und noch mal ein Klo. Drei Toiletten für zwei Leutchen. Bisschen übertrieben, oder?«

Dazu äußerte ich mich jetzt nicht. Samantha hatte mit vierzehn auch ihr eigenes Bad bekommen. Ich mochte meine Dusche einfach nicht mehr mit einer anderen Person teilen, nicht einmal mit meiner eigenen Tochter. Diese betonte Nähe, wie sie manche Frauen mit ihren Töchtern pflegten, war mir fremd und hieß für mich klammern! Wir waren eins gewesen, als sie noch in meinem Bauch strampelte. Aber vom Moment ihrer Geburt an hatte sie sich in ihre eigene Richtung entwickelt. Ich konnte das akzeptieren, denn ich brauchte keinen Klon von mir.

»Hat deine Tochter beobachtet, welche Männer sich wie verhalten haben? Hat sie sich da irgendwie geäußert?«

Jetzt sah mich die sonst so gutmütige Marlies verärgert an.

»Swentja, meine Tochter schaut nicht fremden Männern hinterher, die auf die Toilette gehen!«

Ich wartete eine Weile. Schweigen war immer gut. Ich gab ihr Zeit zum Nachdenken. Dabei genoss ich die sommerliche Fußgängerzonenatmosphäre, die sich vor mir entfaltete. Es tat gut, hier so anonym zu sitzen. Es war September, doch die jungen Mädchen konnten es nicht abwarten und trugen jetzt schon modische Wildlederstiefel bis zum Knie.

Eine Frau mit einer Kelly-Bag aus Straußenleder lief vorbei. So, wie die Frau aussah, war das Ding sogar echt. Limitierte Auflage. Ich vermutete, dass sie mehr als zehntausend Euro gekostet hatte.

»Marlies, ich vertraue dir jetzt etwas an, aber bitte erzähle es nicht weiter, okay? Während die Party bei Schmieds lief, ist vermutlich von einem der männlichen Gäste etwas gestohlen worden. Aus Friederikes Bürozimmer. Etwas, was für die Aufklärung des Mordes an ihr wichtig ist. Sehr wichtig. Und genauso wichtig wäre es, wenn deine Janine sich erinnern könnte, welcher von den Männern sich länger, als es der normale Toilettengang erfordert, im ersten Stock aufgehalten hat. Dass deine Tochter da oben saß, ist ein unerwarteter Glücksfall, von dem ich bislang keine Ahnung hatte.«

»Na, ich weiß nicht, ob ich mein Kind so etwas fragen soll. Du sagst, es ist wirklich wichtig? Und warum soll dieser Mann etwas aus Friederikes Zimmer gestohlen haben? Und wieso kann es keine Frau gewesen sein?«

»Weil nur ein Mann ein Motiv hat. Und ich denke schon, dass es wichtig ist. Genaue Hintergründe kann ich dir noch nicht verraten. Es wäre … ein Vertrauensbruch, und den mag ich nicht mal an einer Toten begehen.«

Marlies überlegte. »Ich will meine Tochter keiner Gefahr aussetzen. Ganz dumm bin ich nicht, Swentja. Mit anderen Worten: Könnte es sein, dass mein Kind einen Mörder gesehen hat? Sag mir die Wahrheit!«

Was sollte ich ihr darauf antworten?

»Swentja!«

»Ja, Marlies, es ist möglich, aber ich bin mir nicht sicher. Alles ist im Moment noch sehr verwirrend.«

»Also. Fahren wir zu mir und reden mit meiner Kleinen!«, sagte Marlies. »Es ist ziemlich verrückt, was du sagst, aber ich kann den Gedanken nicht ertragen, dass in unserem beschaulichen Ettlingen ein Typ herumläuft, der Frauen in Umkleidekabinen erwürgt.«

***

Janine war ein eher schweigsames und ernstes Kind. Man hätte sie auch muffig nennen können, aber ernst hörte sich besser an. Sie war recht hübsch, hatte aber einen unangenehmen Zug um den Mund.

Während sie uns jetzt zuhörte, zog sie ein Gesicht wie ein Fragezeichen. Dann sagte sie: »Keine Ahnung!«

Da ich wusste, dass »Keine Ahnung« heutzutage bei der Jugend so was wie »Moment. Ich denke nach!« bedeutete, wartete ich erst mal ab.

»Also, ich saß mit Komtess in diesem Zimmer. Sie hatten mir Cola hingestellt und Chips.«

»Was mir nicht recht war«, fügte Marlies an. »Cola am Abend!«

»Weißt du noch, was du angeschaut hast?«, fragte ich.

»Ja. Eine DVD. Total blöd. Angeblich was für Kinder. Irgendein Märchenfilm.«

Arme Friederike, dachte ich. Keine Ahnung von Kindern.

Kids über zehn schauten in diesem Land keine Märchenfilme mehr an, aber für mich war es vielleicht vorteilhaft, dass der Film kein Hit gewesen war. Vermutlich war der Kleinen langweilig gewesen.

»Hast du die Tür zum Flur offen stehen lassen?«

»Klar. Wegen dem Hund. Der wollte nicht in dem fremden Zimmer bleiben. Hat dauernd an der Tür gekratzt. Ich habe ihn dann manchmal ins Treppenhaus gelassen.«

»Das war aber nicht vorgesehen, Janine«, schaltete sich ihre Mutter ein. »Weißt du nicht, wie man sich benimmt, wenn man in einem fremden Haus zu Gast ist?«

»Dann bleib ich nächstes Mal eben zu Hause!«

Marlies seufzte.

»Du hast mitbekommen, dass da oben die Herrentoilette war?«, fragte ich behutsam. Eigentlich entsprach dieses Thema nicht so ganz meinem Niveau.

»Ja, es hat manchmal gerauscht. War das echt nur das Klo für Männer? Wusste ich nicht. Komisch. Bei uns zu Hause gehen alle auf dieselben Klos.«

Marlies räusperte sich.

»Waren viele Herren oben? Auf der Toilette?«

Janine krauste die Stirn und kramte in ihrem noch jungen Gedächtnis. Nach einer Weile murrte sie: »Keine Ahnung. Nein, nicht viele. Vielleicht fünf oder sechs. Also echt, was sind das für Fragen? Das ist ja auch schon so lange her.«

»Erzähl doch einfach weiter.«

»Also, ich saß da und hab diesen langweiligen Film angesehen. Hab dann versucht, die DVD abzustellen, um normales Fernsehen reinzukriegen. Da kam der eine Mann und hat mir geholfen. Der ist vorher schon da oben herumgelaufen.«

»Wer war das?«

»Ein Pfarrer, glaub ich mal. Er hatte jedenfalls so einen Kragen wie unser Pfarrer.«

Ich hielt den Atem an. Es würde leicht sein, herauszufinden, welcher Geistliche bei Schmieds eingeladen gewesen war.

»Und wer von den Männern war noch oben im Bad? Wen hast du noch gesehen?«

»Ich kenne die doch nicht alle mit Namen. Einer war oben, und der hat wohl auch einen Hund, denn Komtess hat lange an seinem Bein herumgeschnuppert. Ein ziemlich großer Mann mit komischen weißen Haaren. So hinter dem Ohr, und da hat er eine Welle gehabt. Bin ich eine wichtige Zeugin? Die Frau Schmied, wo wir eingeladen waren, die ist doch umgebracht worden. Erstochen, sagt Max. Alles war voll Blut.«

»Sie ist nicht erstochen worden, Schatz. Sie ist … beinahe eingeschlafen.«

Innere Notiz. Mann mit komischen Haaren. Das würde sich auch irgendwie herausfinden lassen.

»Ermordet ist nicht eingeschlafen, Mama. Ich bin kein Baby mehr. Und dann war da einer, der hat mir was geschenkt. Irgendein blödes Blatt zum Ausmalen. So wie es Kinder in Restaurants kriegen. Oder in Hotels.«

»Hast du das Blatt noch?«

»Weiß nicht. Vielleicht. Ich schmeiß nicht gern was weg.«

Marlies verdrehte die Augen.

Janine stand auf, wühlte in ihrem Kinderschreibtisch herum. Vielleicht hatte sie eine bestimmte Ordnung, vielleicht auch nicht, jedenfalls fand sie das Blatt. Es handelte sich um eine angedeutete Schwarzwaldlandschaft mit leeren Stellen, die sie natürlich nicht ausgemalt hatte. Das wäre als Jung-Teenager unter ihrer Würde gewesen. Dafür hatte sie einer Kuh einen Bart verpasst und »Shit« drübergekritzelt.

»Kurhaushotel« stand in wellenförmiger Schrift oben auf dem Blatt. Es stammte also von Tibor Lodemann. Aha. Natürlich war er auch auf der Party gewesen. Als Freund und Unterstützer von Horst Schmieds wagemutigem Bauvorhaben einer Motorradrennstrecke mitten durchs Paradies mochte er ein geschätzter Gast gewesen sein.

»Blöd, was?«

Ich schwieg dazu. Vielleicht kamen noch mehr interessante Herren aus Janines Wundertüte, doch die schwieg nun mürrisch.

Behutsam fragte ich: »Kannst du dich noch an andere Männer erinnern, die da oben bei dir herumliefen und das Bad benutzten?«

»Nein.«

»War also kein anderer Herr … auf der Toilette?«

»Nein. Kein Herr. Nur noch der Charlie und der Volker«, kam es mit fehlender Logik.

»Charlie?«

»So nennt sie den Ortsvereinsvorsitzenden von Horsts Partei. Er ist halt für sie wie ein Onkel«, erläuterte Marlies ein wenig entschuldigend. »Karl Seiboldt. Der Vorsitzende der Karl-Seiboldt-Stiftung. Sie hat mit ihrer Flötengruppe da manchmal Auftritte gehabt.«

Eine Kunststiftung, die behinderte Künstler förderte und bei uns sehr gute Presse bekam. Karl Seiboldt war selbst Vater einer behinderten Tochter.

»Und Volker?«

»Volker von Mühlbach. Wir sind mit der Familie gut bekannt.«

Ich nickte. Die von Mühlbachs kannte ich natürlich auch. Sie gehörten zu unseren Kreisen. Eine gute Familie. Besaßen eine schöne Villa am Ortsausgang von Ettlingen Richtung Rheinstetten. Herr von Mühlbach war der Sage nach ein ganz weit entfernter Angehöriger des Hauses Baden.

Seine Frau, Sportlerin, Jägerin und Reiterin, hatte vor einiger Zeit Rat bei mir gesucht, als es um die Hochzeit einer entfernten Verwandten ihres Mannes ging, die eine Etage höher auf der Adelsleiter stand als sie. Wir waren zu meiner Schneiderin Stefanie Loos nach Berlin geflogen, bei der ich fast alle meine Kostüme kaufte. So entging man der Gefahr, dass man in der badischen Provinz dem gleichen Kostüm gegenübersaß.

Die Loos hatte ihr aus feinem Walkstoff ein wunderbares Kostüm mit einer kurzen Schößchenjacke in der Damentarnfarbe Altrosa auf den Leib geschneidert, der Rock knielang mit leichter Glocke. Dazu empfahl ich ihr eine cremefarbene Batistbluse und eine echte Perlenkette im Ton der Bluse. Perlen waren derzeit ein wenig out, aber Schmuck in der Farbe der Bluse sah immer megaedel aus. Der korallenrote Pillboxhut, den sie kaufte, vertrug sich mit Schuhen und Handtasche in der gleichen Farbe. Ansonsten kein Schmuck außer kleinen Perlenohrsteckern, dem goldenen Ehering und dem badischen Wappen am Revers. Die Frau hatte Eindruck gemacht.

»Sonst keine Männer mehr?«

»Nee!«

»Und diese Leute, diese Männer vielmehr, haben dir alle Hallo gesagt?«

»Ja, die haben mal reingeschaut, den Hund gestreichelt und mit mir reden wollen.«

»Wollen?«

»Na ja, was soll ich denn mit so alten Leuten reden? Aber sie sind immer ganz versessen darauf, sich mit uns zu unterhalten.«

Gut zu wissen. Ich habe sowieso noch nie viel von der Anbiederei an die Jugend gehalten. Man sollte sie einfach in ihrer Welt in Ruhe lassen.

»Du hast aber nicht zufällig gesehen, ob diese Männer außer in deines noch in andere Zimmer auf dem Stockwerk geschaut haben?«

»Doch. Haben sie. Die sind alle ein bisschen da oben herumgelaufen. Ich glaube, die waren neugierig. Die Frau Schmied, die hat doch irgendwie auch gemalt und so. Und da oben, da hingen Bilder von ihr. Mir haben sie nicht gefallen. Da war ja gar nichts richtig drauf zu erkennen. Frau Raumütz sagt, Kunst kommt von können.«

»Ihre Kunstlehrerin. Eine Traditionalistin!«, flüsterte Marlies.

»Du hast nicht zufällig bemerkt, dass einer von den Herren, als er wieder runterging …«, wie sollte ich das jetzt formulieren, »etwas in der Hand hatte, was er vorher nicht in der Hand hatte? Oder etwas in eine Tasche gesteckt hat?«

Janine sah mich forschend an. Dann schüttelte sie den Kopf. »Nein. Habe ich nicht. Hat einer was gestohlen? Ey, ich dachte, das sind alles feine Leute.«

»Sind es auch. Und so kann man das nicht sagen: stehlen! Nur versehentlich mitgenommen, Schätzchen!«, mahnte Marlies und schoss einen vorwurfsvollen Blick in meine Richtung. »Ich denke, du hast uns sehr geholfen. Vielen Dank!«

»Immer. Krieg ich 'ne Cola? Oder fettes Zeugenhonorar?«

»Geh halt in den Keller und hol dir eine …«

»Und Geld?«

»Janine! Schäm dich.«

***

Szenen meiner Ehe:

»Wie geht's? Du warst in …«

»Mannheim! Ganz recht. Mit Marlies.«

»Der Frau vom Rubenhöfer?« Auch Marlies entging nicht dem Schicksal, nur die Frau vom … zu sein.

»Nein, nur mit der Marlies!«

Er stutzte und kapierte nichts.

»Sie hat ordentlich eingekauft. Eigentlich müsste ich von dem Laden saftige Prozente verlangen.«

»Steuerlich schwer einzuschätzen«, gab er abwesend und humorlos zur Antwort. Dann fiel ihm auf, dass eine Person schon seit geraumer Zeit am Abendbrottisch fehlte.

»Wie geht es eigentlich unserer Tochter?«

»Gut, vermutlich. Sie ruft nämlich nur selten an.«

»So ist das eben mit den jungen Leuten«, erklärte mein Mann, der nicht die Spur einer Ahnung von jungen Leuten hatte.

Ich beschloss, ihn wenigstens als Informanten auszunützen. »Kennst du einen Mann, der mit Horst befreundet ist oder beruflich zu tun hat, der sehr groß ist, einen Hund besitzt und sein weißes Haar hinter die Ohren gekämmt trägt?«

»Swentja, nach so einer Beschreibung kann man doch niemanden erkennen! Tut mir leid.«

Männer! Was für Anhaltspunkte brauchte er denn noch? Wahrscheinlich erkannte er seine Kunden nur an den Bewegungen des Bankkontos.

Ich würde mich wohl erneut auf den Weg zu Beate in den Kinderbuchladen machen müssen, obwohl ich es eigentlich hasse, bei Frauen einzukaufen, die ich nicht leiden kann.

***

»Na?«, meinte Beate süffisant, »man könnte meinen, du erfreust dich noch späten Mutterglücks, so oft, wie du meinen Laden in letzter Zeit beehrst. Für eine Großmutter bist du nun doch noch nicht alt genug. Das heißt, du schon, aber deine Tochter nicht. Zumindest nach dem, was heutzutage so üblich ist. Aber Schwangerschaften kommen gerne zur Unzeit.«

»Du musst es ja wissen!«

»Weiß ich auch. Ich kenne alles. Kinder sind ein Glück, aber manche Frauen kommen auch ganz gut ohne sie zurecht. Und selbst die, die welche haben, sind manchmal ganz froh, wenn sie nicht übergangslos von der Mama zur Oma gemacht werden.«

In diesem Punkt mochte sie recht haben. Ich und Oma! Was für ein Gedanke, und vor allem: Was würde ich als Großmutter anziehen? Zur Taufe oder wenn ich die Kleinen mal hüten musste oder wenn ich auf die Gegenoma traf? Das wäre zweifellos eine neue modische Herausforderung.

Ich kaufte ein Buch in Hundegestalt für sehr kleine Kinder, in dem auf einfachste Weise die rührende Geschichte eines Welpen, der seine Mama verloren hatte, erzählt wurde. Weiß der Himmel, wem ich dieses Machwerk nun wieder schenken sollte.

»Beate, ich habe letzthin einen Bekannten von Schmieds getroffen und mich eine Weile mit ihm unterhalten. Aber sein Name wollte mir einfach nicht mehr einfallen. Das war total peinlich. Hoffentlich passiert mir das nicht noch mal. Er war groß, hatte weißes, etwas längeres Haar, ich meine, er hatte einen Hund bei sich, oder sprach er von einem Hund ...?«

»Hört sich nach Professor Hellali an. Der ist mit Horst Schmied recht gut bekannt. Früher hatte er schwarzes Haar. Das sah schon toll aus, aber Weiß steht ihm auch sehr gut. Diese Araber –«

»Hellali?«, unterbrach ich sie.

»Ja. Der Chefarzt an der Gynäkologie in Baden-Baden. Superruf. Viele sind extra zu ihm hingefahren. Zum Entbinden. Oder auch, wenn sie Probleme hatten. Ein sehr fähiger Mann, obwohl Araber ja –«

»Hellali?«, fiel ich ihr wieder ins Wort. »Ja, ich erinnere mich jetzt.«

Das stimmte sogar, denn ich hatte bei diesen unsäglichen gynäkologischen Gesprächen, die sich manchmal in reinen Frauenrunden ergaben, den Namen schon öfter gehört. Meine eigene Frauenärztin war jung, frisch und unkompliziert und wohnte in Leopoldshafen, einer Kleinstadt am Rhein, also in sicherer Entfernung. Zwar war ich normalerweise nur für das Beste zu haben, aber irgendwie war sie mir lieber als ein noch so berühmter älterer Mann, der den Unterleib jeder zweiten Frau in unseren Kreisen aus eigener Anschauung kannte.

»Ein Iraner?«

»Glaube nicht. Warte mal – ein Ägypter, aber er sieht ganz normal aus. Beinahe wie ein richtiger Deutscher. Hat selbst sieben Kinder. Natürlich ist er ein Moslem. Ganz früher war er mal in Karlsruhe an der Frauenklinik in der Virchowstraße. Seine Patientinnen sind ihm treu geblieben und später extra für ihn nach Baden-Baden gefahren. Jetzt ist er schon ziemlich alt. Muss über fünfundsechzig sein.«

»Ging Friederike auch zu ihm?«

»Nein, das glaube ich nicht. Hat sie zumindest nie erwähnt. Die Männer kennen sich vom Tennis, glaube ich. Ich müsste jetzt weitermachen, Swentja. Auspacken. Ich habe neue Ware bekommen. Ich stehe ja sozusagen auf der anderen Seite der Theke. Der Seite, die du nicht kennst und die eine Menge Arbeit macht.«

»Nein. Glücklicherweise kenne ich diese Seite nicht, Beate. Aber da kann man nichts machen. Werde doch Buddhistin. Vielleicht wirst du als Kundin wiedergeboren.«

Nachdenklich ging ich nach draußen. Es war nicht mehr so heiß, aber doch noch angenehm mild. In unserer Region kann es bis weit in den Oktober hinein schön sein. Im Grunde fingen jetzt gegen Ende September die besten Tage des Jahres an. Bald würde der Beaujolais nouveau in den Restaurants auftauchen, und ich konnte wieder meiner Leidenschaft für frische Meeresfrüchte frönen.

Im Eiscafé Pierod, neben der Kirche, bestellte ich einen Espresso. Holte mein Blatt hervor und schrieb neben dem roten Strich auf, was sich bei meinem anstrengenden Einkaufsrausch in Mannheim ergeben hatte.

Das Kästchen war vermutlich am Abend der Schmied'schen Party aus Friederikes Zimmer verschwunden. Sie hatte sein Fehlen nicht bemerkt, da sie nach der Feier wahrscheinlich todmüde ins Bett gesunken war und am nächsten Morgen früh aufstehen musste, um sich mit mir zu treffen. Und selbst wenn sie es gemerkt hätte ... Das hätte ihren Tod wohl kaum mehr verhindert.

Das Zimmer, in dem sie ihren Schatz aufbewahrt hatte, lag direkt neben dem Fernsehzimmer, wo sich während der Party ein kleines Mädchen und ein Hund aufgehalten hatten. Ebenfalls im ersten Stock war die inoffizielle Toilette für die Herren, und offenbar hatte sich jeder Gast an die heiter vorgebrachte Empfehlung gehalten.

An diesem Abend war das Kästchen gestohlen worden, und zwar von einem der Männer. Die Leute vom Personal schieden wohl aus. Welches Interesse hätten sie an einer Schatulle mit Dokumenten haben sollen, die die Familiengeschichte der Gastgeberin betrafen?

Der biologische Vater von Friederike musste ein bestimmtes

Alter haben. Er bewegte sich vermutlich in gehobenen Kreisen oder bekleidete eine Position, die angreifbar war. Was das Alter betraf – ich rechnete rasch nach. Friederike war zweiunddreißig gewesen. Ging man von einem Zeugungsalter zwischen achtzehn und fünfzig aus, so könnte der Vater heute fünfzig sein, aber durchaus auch bereits über achtzig. Da Friederikes Mutter in guten Häusern die Ballfrisuren der Damen gemacht hatte, käme also sowohl ein frühreifer Sohn als auch ein sexuell nicht ausgelasteter Hausherr als Friederikes Erzeuger in Frage.

Zurück zur Szenerie an jenem Freitagabend. Janine hatte den Flur und die Treppe im Blick gehabt. Natürlich konnte sie jemanden übersehen haben, doch schien mir die Kleine recht clever und, da sie auf eine Belohung hoffte, auch recht entschlossen, sich korrekt zu erinnern.

Janine hatte folgende Herren beobachtet: Professor Hellali, Tibor Lodemann, Volker von Mühlbach, Karl Seiboldt und einen Priester, dessen Identität ich noch ermitteln musste.

Hellali sollte nach allem, was ich über ihn gehört hatte, mindestens sechzig sein. Tibor Lodemann war etwa der gleiche Jahrgang, vielleicht etwas jünger. Herr von Mühlbach war nach meinem Eindruck erst Anfang fünfzig. Karl Seiboldt kannte ich von verschiedenen Wohltätigkeitsveranstaltungen, er mochte etwa Ende fünfzig sein. Das Alter des Priesters kannte ich so wenig wie seinen Namen.

Von dem noch unbekannten Kirchenmann abgesehen wusste ich, dass alle Männer sich auch vor dreißig Jahren bereits im Raum Ettlingen und Karlsruhe aufgehalten hatten. Wenn ich mich nicht ganz täuschte, könnte einer dieser Männer durchaus Friederikes wirklicher Vater sein. Und es sah mir verdammt danach aus, als ob jeder dieser Herren etwas zu verlieren hatte.

Meine Augen wanderten zu meiner blauen Linie. Auch dort gab es Fragezeichen.

Eines davon betraf Horsts Engagement für die höchst fragwürdige Motorradstraße und einen Hundepensionsbesitzer, der seine Existenz verlieren würde, wenn diese Rennstrecke gebaut wurde. Dazwischen stand dessen Geliebte aus besseren Kreisen, die ihn urplötzlich und scheinbar grundlos verraten hatte …

Bevor ich mich den potenziellen Vätern widmete, würde ich noch einmal die gute Luft in unserem idyllischen Albtal genießen und mir den Mann, mit dem Friederike ein Verhältnis gehabt hatte, genauer ansehen.

Dass ich leidenschaftlich gerne fremde Hunde ausführen wollte, würde mir kaum ein Mensch abnehmen. Aber ich könnte mich scheinbar mit dem Gedanken tragen, mir einen solchen vierbeinigen Hausgenossen anzuschaffen, und vorsorglich schon jetzt nach einer geeigneten Pension Ausschau halten.

Und wäre der morgige Tag dafür nicht wunderbar geeignet?

3

Friederike, das unbekannte Wesen

Ich war an sich nicht besonders ängstlich, aber als ich auf das nahe der Straße gelegene Haus zuging, das wie ein heruntergekommenes Bauernhaus aussah, empfing mich derart wütendes Gebell, dass ich wie von einer unsichtbaren Wand zurückprallte.

Tiefe Stimmen verhießen größere Hunde, kleinere kläfften aufgebracht dazwischen. Dadurch entstand ein Chor, der sich anhörte, als lebten hinter dem undurchsichtigen Zaun mindestens fünfzig Hunde aller Rassen.

Es war immer noch so mild, dass die Kalbslederjacke von Aigner zu warm gewesen wäre. Daher trug ich meine kurz geschnittene Veloursledeijacke von Madeleine. Katalogware! Ich lehnte Versandhäuser zwar ab, doch für diesen Besuch bei Robert Bleibtrau schien mir etwas Understatement angebracht. Möglicherweise hatte er Friederike nicht nur wegen ihrer erotischen Ausstrahlung den Hof gemacht. Horst und sie waren schließlich nicht unvermögend gewesen.

Ich raffte die Jacke an der Brust zusammen, packte den handgenähten italienischen Beutel samt Pfefferspray etwas fester und setzte ein hochmütiges Gesicht auf. Trotz immer noch anschwellenden Gebells erklomm ich die drei letzten Stufen zur Eingangstür und klingelte, worauf die Stimmen der Hunde geradezu überschnappten.

Hinter der altmodisch bleiverglasten Tür erschien eine große, massige Gestalt und murmelte: »Ruhig, Herkules, ganz brav!«

Weder diese Worte noch der Name des angesprochenen Tieres trugen zu meiner Entspannung bei.

Die Tür wurde vorsichtig geöffnet, und zwei beeindruckende Wesen tauchten vor mir auf. Herkules war zwar groß, aber ein offenbar harmloser, uralter Bernhardiner, der resigniert schnaufte, als er mich sah. Vielleicht erinnerte er sich an die Zeiten, als er solche wie mich unter Lawinen hervorgezerrt hatte.

Robert Bleibtrau war ebenfalls groß und zottig. Sein Körper

glich einem großen, wandelnden Viereck. Jeans. Ein kariertes Hemd von undefinierbarer Marke. Kein Wunder, dass er und Friederike einander gefallen hatten, denn Stil besaßen sie beide nicht. Die neue teure Unterwäsche, in der sie ermordet worden war, wäre an ihn glatt verschwendet gewesen.

»Hallo?« Warme Stimme. Nicht unsympathisch. Mir wäre er allerdings nicht über die Waschküche hinaus in die Wohnung gekommen. Sein weiches braunes Haar, das ihm etwas fransig über den Kragen hing, gehörte geschnitten und die Schuhe geputzt. Er war vielleicht vierzig und besaß ein freundliches und offenes Gesicht.

»Mein Name ist Swentja ...«

»Haben Sie einen Hund? Wollen Sie einen Hund?«

»Nein, aber vielleicht ... eines Tages ...«

»Dachte ich mir. Eines Tages! Sie sind die Freundin von Friederike, nicht wahr?«

Damit konnte ich mir also jegliche komplizierte Ausrede oder gar das Vortäuschen von Hundeliebe sparen. Ich dachte wieder flüchtig an Hagen. Wenn wir je ... dann musste der Hund draußen bleiben. Ich verbot mir den Gedanken sofort wieder. Hagen war kein Mann für eine kurze Affäre. Er würde sich wohl nicht diskret zurückziehen, wenn ich die Sache taktvoll und sachlich beendete, sondern würde selbst bestimmen wollen, wann Schluss war. Und das konnte ich nicht zulassen.

»Woher wissen Sie denn das?«

»Kommen Sie rein!«

Zögernd trat ich näher. Blieb abwartend an der Türschwelle stehen.

Ich war allein und hatte niemandem gesagt, dass ich hierherging. Hagen sollte meine Ermittlungsschritte erst bestaunen, wenn ich den Fall gelöst hatte. Dann käme mein großer Auftritt.

Nun wurde mir klar, dass ich damit einen Anfängerfehler gemacht hatte. Ich wusste nicht, ob dieser Mann vielleicht ein Mörder war. Ich persönlich hielt zwar die Spur zu Friederikes unbekanntem Vater für vielversprechender, aber ein möglicherweise abservierter Liebhaber spielte zumindest in Fernsehkrimis immer ganz vorn an der Verdächtigenfront mit.

Er könnte mich ebenfalls erwürgen. Wenn er mich an seine Hunde verfütterte, würde kein Mensch je eine Spur von mir finden. Es wäre schade um die Jeans von Gardeur, die ich heute erst zum zweiten Mal trug. Obwohl keine echte Nobelmarke, saßen sie gut und hatten ein schönes Aquamarinblau, das zum Hellbraun der Jacke passte. Niemand würde mich schreien hören, denn direkte Nachbarn hatte dieser Bär keine. Mein Auto hatte ich an einer Stelle geparkt, die von der Straße kaum einsehbar war. Er würde es bei Nacht und Nebel entfernen, vielleicht nach Polen verkaufen. Mitleid mit meinem schicken Wagen erfasste mich.

»Ja, nun kommen Sie schon. Ich beiße nicht, und die Hunde übrigens auch nicht. Außerdem kommen gleich zwei Kinder, um meine Dauergäste auszuführen, und dann haben wir keine Ruhe mehr.«

Er ging voraus. Sein breiter Rücken strahlte eine freundliche Gelassenheit aus.

Ich gab mir einen Ruck und folgte ihm. Er würde mich kaum umbringen, kurz bevor zwei Kinder erwartet wurden.

Großes, altmodisch eingerichtetes Wohnzimmer. Vielleicht noch von den Eltern geerbt. Scheußlich.

Auf den Sofas lagen karierte Decken, und auf den Decken lagen Hunde. In allen Farben, Größen und Formen. Einige musterten mich nur träge, andere wedelten mit dem Schwanz, zwei sprangen vom Sofa, umrundeten mich, fanden mich sichtlich uninteressant und kehrten mit einem schlappen Sprung auf ihre Schlafplätze zurück.

Bleibtrau sah es mit warmem Wohlgefallen. Ich begann zu verstehen, was die von ihrer funktionalen Ehe enttäuschte Friederike bei ihm gesucht haben mochte.

»Einige sind draußen im Auslauf. Sie dürfen aber rein, wenn sie wollen. Die Hunde leben bei uns mit im Haus.«

»Uns?«

Er war doch wohl nicht auch noch verheiratet? Ein verheirateter Mann! Das alles hätte ich der schlichten Friederike überhaupt nicht zugetraut. Allmählich keimte in mir der Verdacht, dass wir sie nicht wirklich gekannt hatten.

»Meine Schwester lebt mit mir zusammen. Sie ist Tierärztin in

Pforzheim. Fährt sommers wie winters rüber über den Berg. Hat auch hier noch ein paar Patienten. Wiehernde Patienten. Nur heute nicht. Sie hat einen freien Tag und wollte wandern gehen. Zum Metzlinschwander Hof. Sie wird bald zurück sein.«

Eine schöne Tour. Mit den Rotarierfrauen hatten wir sie schon zweimal gemacht. Vom Kloster Frauenalb ging es zwei Kilometer hinauf zu dem stattlichen Gehöft, dem einzigen Relikt einer größeren mittelalterlichen Dorfsiedlung, wo Pferde und Rinder gehalten wurden.

Ich nickte möglichst beiläufig. Ein Mann, der noch mit seiner Schwester zusammenlebte, die jeden Moment nach Hause kommen konnte, schien mir nun doch keine akute Gefahr. Ich trat ein paar Schritte näher.

»Woher wissen Sie, dass ich Swentja Tobler bin?«

»Friederike hat mir ein Foto von Ihnen gezeigt. Und da Sie nicht gerade aussehen wie die Bäuerin von nebenan, habe ich mir das Gesicht eingeprägt. Setzen Sie sich doch. Hexle, rück mal ein wenig zur Seite.« Der so angesprochene Rauhaardackel bewegte sich keinen Zentimeter.

Vorsichtig ließ ich mich neben dem Vieh nieder und versuchte, nicht an die Hundehaare zu denken, die vermutlich hinterher an meinem Po kleben würden. Und von dort gelangten sie unweigerlich auf die königsblauen Polster meines cremefarbenen BMW.

»Tee? Wasser?«

Um Himmels willen. Hier würde ich nichts essen und nichts trinken, und wenn es die einzige Oase in der Wüste Gobi wäre! Ich war sehr empfindlich, was das Geschirr anging, von dem ich aß und trank. Billiggläser gingen gar nicht. Geschirr hatte bei mir etwa den Stellenwert von Unterwäsche: Es musste schlicht, aber edel sein. Von meinem ersten selbst verdienten Geld als Gelegenheitsfotomodell hatte ich mir seinerzeit ein historisches Rosenthal-Geschirr gekauft.

»Danke. Ich möchte Sie auch nicht lange aufhalten. Ich bin sehr betroffen über Friederikes Tod, und da Sie gelegentlich mit ihr wegen des Hundes …«

Er schüttelte den Kopf so schwerfällig wie ein Bär. »Ich denke, Sie wissen es längst. Friederike und ich, wir waren mal zusammen.

Soll ich es immer noch verschweigen? Jetzt, wo sie tot ist? Als sie noch lebte, haben wir Verstecken gespielt wie ungezogene Kinder. Obwohl es ihrem Mann, diesem wandelnden Automaten, bestimmt ganz egal war, mit wem sie im Bett lag.«

Ich runzelte die Stirn. Dieser sonst vermutlich eher ruhige Mann war wütend. Seit ich in Sachen Friederikes Tod unterwegs war, war er der Erste, der wirklich richtig wütend war. Wütend genug, um sie umzubringen, weil sich die Dinge nicht entwickelt hatten, wie er es sich vorgestellt hatte?

»Und wenn es ihm nicht egal war?«

»Ach was, Hauptsache, sie kompromittierte ihn nicht und er konnte in Ruhe seine Karriere verfolgen. Nur kein Skandal. Das ist überhaupt in diesem Land wieder das Wichtigste. Die Siebziger und Achtziger, Mitbestimmung, mündige Bürger, Naturschutz und solche unproduktiven Dinge sind längst vergessen. Nach außen gut aussehen und sauber dastehen, das zählt. Und am besten machen, was die da oben sagen. Wie im 19. Jahrhundert. Die da oben heißen jetzt zwar nicht mehr von und zu, sondern sind halt Leute mit Kohle und Pöstchen. Und der Gott, den sie anbeten, heißt Profit.«

Ich ignorierte das, denn ich persönlich konnte nur hoffen, dass mein Mann auch weiter viel Profit machte.

»Wie haben Sie Friederike kennengelernt?«

»Wie ich fast alle Leute kennenlerne. Durch den Hund. Ich nehme herrenlose Hunde aus spanischen Tötungsstationen auf, bis sie wieder vermittelt werden können, aber um mir das leisten zu können, betreibe ich noch eine Hundepension. Sie hatte aus ihrer Zeit vor der Ehe noch einen kleinen Pudel. Natürlich mochte ihr Mann Whisky nicht ...«

»Er trinkt keinen Whisky?«

»So hieß der Hund!«

»Ach so.«

Dieses Volk entwickelte bei wenigen Dingen so viel Phantasie wie bei den Namen, die es seinen Haustieren gab. Die Kinder hießen alle Lena-Marie und Kevin-Jan, aber bei den Viechern ließ man den geheimsten Wünschen freien Lauf. Hätte ich selbst einen Hund, würde ich ihn Kaviar nennen. Ich liebte Kaviar, obwohl er inzwischen fast schon gewöhnlich war. Kaviar, ein Ei, Crème fraîche, ein russischer Blini, Zitrone und ein Glas Champagner. Mehr brauchte ich nicht für ein einfaches Mittagessen. In Paris gab es auf den ansonsten total bourgeois gewordenen Champs-Élysées ein reines Kaviarrestaurant. Es wurde von einem schlauen Armenier geführt. Er kannte mich mit Namen und begrüßte mich mit vier Küsschen. Auf diese Lebensleistung war ich stolz.

»Er mochte den Hund nicht, der ihm da und dort im Wege war. Für solche Anlässe – Wochenendtrips nach Berlin oder lange Ballnächte – brachte sie ihn zu mir. Beim Abholen haben wir uns immer ein wenig unterhalten. Nach Whiskys Tod hat sie mich ab und zu besucht. Wir sind spazieren gegangen, mit irgendeinem meiner Schützlinge, der Auslauf brauchte. Sie war sehr gutmütig.«

Typisch Friederike, dachte ich.

»Na ja, so kam es schließlich dazu. Ich hatte das nicht geplant. Sie war eigentlich auch nicht mein Typ, aber irgendwie wirkte sie immer so traurig und verloren. Ich habe sie auch getröstet, als ihre Mutter starb. Das hat sie sehr getroffen, denn sie hing sehr an ihr. Sie hat ihre Mutter oft besucht und ihr alles aus ihrem Leben mit diesem Polit-Angeber erzählt. Welche Einladung und wo und wann. Welcher Empfang, welche Theaterpremiere. Die Mama sollte stolz sein, dass sie es in die besseren Kreise geschafft hatte.«

»Das hat sie auch.«

»Ich habe sie manchmal damit aufgezogen.« Er schüttelte schuldbewusst den Kopf. »›Du bist doch kein kleines Mädchen mehr‹, habe ich gesagt. ›Mach doch, was du willst, und schiel nicht dauernd nach deiner Mutter!‹ Aber sie war ja Lehrerin, die Friederike. Wusste immer was dagegen zu sagen. ›Jedes Kind will seiner Mutter gefallen‹, hat sie gesagt. ›Das ist die Erste im Dasein, die dich lobt oder schimpft, und das prägt für den Rest des Lebens. Und Mama wollte immer, dass ich etwas Besonderes bin.‹«

Ich dachte an meine eigene Tochter. Wollte ich, dass sie etwas Besonderes war? Eigentlich nicht. Ich wollte, dass *ich* etwas Besonderes war. Samantha sollte mich vielleicht nicht unbedingt blamieren, aber ansonsten ihr Leben gestalten, wie sie wollte.

Der Riese zuckte die Schultern. »Also, ich kannte das so nicht. Meine Mutter hat uns geliebt, egal wie wir aussahen. Als sie alt wurde und nicht mehr allein wohnen konnte, haben wir sie aufgenommen. Sie kam aus Höfen, bei Wildbad droben. Saß immer dahinten im Eck, im Herrgottswinkel, ganz zufrieden, und löste Kreuzworträtsel. Für sie waren wir die wunderbarsten Kinder der Welt.«

»Wie lange ging Ihr … Verhältnis?«

»Was für ein Wort!«, erwiderte er nachdenklich. »Nicht lange. Drei, vier Monate. Ich habe Schluss gemacht, schon vor einiger Zeit, nachdem sie diesen bösen Leserbrief geschrieben hatte. Wir hatten einen Riesenkrach deswegen. Sie wusste genau – wenn diese idiotische Motorradstraße hier an der Alb entlang gebaut wird, müssen wir raus, die Petra und ich, denn das Haus steht direkt auf der geplanten Strecke. Insgesamt müssten auf der ganzen Strecke drei Gebäude weichen, eins davon unseres. Der Campingplatz würde nur ein paar Quadratmeter verlieren.«

Ich musste ihm recht geben. Häuser abzureißen und Wiesen zu opfern, damit ein paar durchgeknallte Harley-Fahrer ungestört Kurven in den Schwarzwald ziehen können, war Schwachsinn. Ich beschloss, Nicolaus darauf anzusprechen. Erstaunt stellte ich fest, dass ich zum ersten Mal in unserer Ehe das Bedürfnis verspürte, mich in eine öffentliche Angelegenheit einzumischen.

Bleibtrau fuhr verbittert fort: »Das Haus ist nur gemietet. Der Vermieter wohnt auf Mallorca. Er wird dem Abriss zustimmen, wenn das Geld stimmt. Und wir werden mit den vielen Hunden nie wieder solch ein Haus finden. Vielleicht hätte ich mich bei der Polizei melden sollen, aber warum? Ich habe sie nicht umgebracht. Um Gottes willen!«

»Wie war Friederikes Einstellung zum Ausbau der Straße?«

»Zuerst war sie vehement dagegen. Friederike war zwar eigentlich kein sehr politischer Mensch, aber sie hat durch mich die Problematik vielleicht klarer gesehen. Die Alb müsste für diese Motorradautobahn an manchen Stellen begradigt oder in ein betoniertes Flussbett gelegt werden. Man sieht in Baden-Baden an der gezähmten Oos, was das bedeutet. Russenpipi sagt meine

Schwester jetzt dazu. Sie ist eine radikale Naturschützerin. Ist auch immer nach Stuttgart zum Demonstrieren gegen den Bahnhofsbau gefahren.«

So eine, dachte ich. Demonstrieren würde ich persönlich nur, wenn Dior an die Chinesen verkauft werden sollte.

»Und der Verlust an Wiesen und Biotopen wäre unverantwortlich. Friederike wollte mit ihrem Mann sprechen und ihm die Anliegen der Naturschützer erklären. Seine Partei macht sich im Landtag ja stark für den Ausbau. Und dann vollzieht sie urplötzlich diese Kehrtwende und erzählt überall, man könne den Fortschritt nicht aufhalten. Ich konnte es einfach nicht verstehen.«

»Ich schon«, erklang eine dunkle, aber schneidende Stimme im Hintergrund. Die Frau, die im Türrahmen erschien, wäre selbst für mich als Stilberaterin eine zu große Herausforderung gewesen. Groß, dürr, Hakennase, ausgeleierte Schlabberjeans und ein Sweatshirt, das durch Hunderte von Wäschen nichts von seiner Hässlichkeit verloren hatte. Wahrscheinlich aus einem der Durchschnittsklamottenläden irgendwo auf der Kaiserstraße, wo die einkauften, die es nicht besser wussten. »Schnitt, Material, Verarbeitung«, predigte ich meinen Kundinnen, »darauf müsst ihr achten. Und auf Exklusivität. Geht mit abgewendetem Kopf an Geschäften vorbei, in denen eure Nachbarin einkauft. Denn egal wie sie aussieht – für euch ist es garantiert der falsche Laden.«

»Das ist meine Schwester Petra. Petra Bleibtrau!«

Petra machte sich nicht die Mühe einer üblichen mitteleuropäischen Begrüßung. Sie wirkte zerzaust und verschwitzt. Ungepflegt. Der würde ich nicht mal meinen Goldfisch als Patienten anvertrauen.

»Es war das Geld«, fuhr sie fort. »Das Geld hat gewonnen, wie immer. Ihr Mann besitzt doch mehrere Eigentumswohnungen in Herrenalb. Und die steigen ganz hübsch im Wert, wenn der Ort zum Event wird, wie man so sagt. Wenn er Raser aus der ganzen Welt anzieht. Immobilien verdoppeln sich, sagen manche, die sich auskennen. Dann wäre sie eine wohlhabende Frau gewesen.«

Der Bär fuhr herum. »So war sie nicht, Petra. Sie war nicht geldgierig.«

»Nein? Warum dann diese plötzliche Wende? Warum hat sie versucht, die ›Töchter des Albtals‹ mitsamt ihren feinen reichen Männern von dieser idiotischen Straße zu überzeugen? Du hast dich von ihr blenden lassen.«

Eine verknöcherte Naturfanatikerin. Eine unschöne Person. Einsam. Und dann der abtrünnige Bruder. Aber keine Menschenkennerin. Friederike war keine Frau gewesen, die blendete. Eher hatte sie den Glanz von anderen reflektiert. Aber wenn mich nicht alles täuschte, lag da echter Hass in der Stimme von Petra Bleibtrau.

Genügend Hass, um zu töten?

Als ich ging, warf ich noch einen Blick auf die Geschwister.

Der Mann sah aus wie ein Bär. Doch Bären sind Raubtiere, sie können gefährlich werden. Und Bärinnen auch!

***

Der Schock kam am frühen Abend.

Bevor er mich ereilte, hatte ich an diesem angebrochenen Nachmittag versucht, in unserer hübschen süddeutschen Kleinstadt ein bisschen unnötiges Geld auszugeben. Der Besuch bei den verbitterten Bleibtraus musste mich sehr deprimiert haben, denn selbst in dem teuren Raumausstatterladen in der Kronenstraße fand ich nichts. Müßig strich ich über Leonardo-Glas oder Bassetti-Decken. Um etwas Edles zu finden, das mein Leben sofort verschönern würde, hätte ich in einen der eleganten Läden nach Karlsruhe in die Waldstraße fahren müssen, doch auch dazu hatte ich keine Lust. Nervös suchte ich weiter.

Ich wollte einfach nur irgendwas kaufen, um die Erinnerung an den schmuddeligen Bleibtrau-Haushalt zu löschen und mir Friederike und Robert nicht mehr länger im Bett vorstellen zu müssen. Kaufen als Ersatzbefriedigung, würde ein Psychologe sagen. Und was wäre die Therapie? Die Einladung annehmen, die ich in Hagens Augen gesehen hatte? Wütend und grußlos verließ ich den Laden.

Im Delicarium, einem sogenannten Traitteur mit ausgefallenen Lebensmitteln an der Ecke, bevor die Straße in unser feines Wohnviertel am Berg abbog, gelang es mir dann doch noch, in überflüssigem Luxus zu schwelgen: gegrillte Artischocken, mein geliebter toskanischer Brotsalat, zwei Sorten italienische Salami (sorry, Papa, schwedische Lebensmittel kriegt man in Karlsruhe und Umgebung kaum!), Parmaschinken, eine Melone, Flaschentomaten und im Weinhaus Brand zwei Flaschen Prosecco. Ich ließ mir Zeit, denn ich hatte einen Mann der »Schatz-es-dauert-heute-Abend-etwas-länger«-Kategorie.

An der Kasse gönnte ich mir noch eine wirklich schicke Alessi-Spülbürste für sechsundvierzig Euro, und während ich alles bezahlte, empfand ich Mitleid mit den Frauen, deren Spülbürste nur neunundneunzig Cent kosten durfte.

Der Schock erwartete mich, als ich nach Hause kam. Mein persönlicher Anrufbeantworter blinkte hektisch, was bedeutete, dass er mehrere Gespräche aufgezeichnet hatte.

Ich zog erst meinen leichten Velourslederblazer aus, schenkte mir ein Glas Wasser ein, ging zur Tiefkühltruhe, entnahm ihr eine Kugel Limetteneis, warf sie in das Glas, streute ein zerriebenes Minzeblatt drüber und setzte mich in aller Ruhe auf die Terrasse. Erst mal abwarten. Er hatte die vergangenen Stunden geblinkt, also würde er es noch ein paar Minuten länger aushalten.

Ich schaute in unseren gärtnergepflegten Garten. Harmonie pur. Die Vögel zwitscherten, im Teich gluckste es. Wolken zogen schweigend heran, bildeten Gruppen, schwammen lässig auseinander. In der Ferne glitzerten die Lichter von Karlsruhe, und hinter der Rheinebene zeichneten sich zart die Pfälzer Berge ab. Es war perfekt. So wie auch die Häuser und Gärten unserer Nachbarn perfekt waren.

Wie würde *ich* empfinden, wenn wir wegen einer Motorradrennstrecke hier ausziehen müssten?

Seufzend stand ich auf und drückte endlich den Wiedergabeknopf am Anrufbeantworter. Als ob ich es geahnt hätte! Erster Anruf – eine Art Seufzen, und undeutlich sagte jemand: »Sie ist nicht da.« Die Stimme kam mir bekannt vor, aber ich erkannte sie dennoch nicht. Eine Rufnummer wurde nicht angezeigt. Beim zweiten Mal wurde nur der Hörer aufgeknallt. Beim dritten Mal schrie eine Frauenstimme ins Telefon: »Das haben wir jetzt davon! Herzlichen Glückwunsch, Swentja. Ruf sofort zurück!«

Oje. Die überschnappende Stimme gehörte der normalerweise ausgeglichenen Marlies.

Es musste also etwas Ernsthaftes geschehen sein. Eine finstere Vorahnung beschlich mich, und ich konnte nur hoffen, es war nicht das Allerschlimmste passiert.

Der Wattkopftunnel lohnte sich an diesem Tag zumindest für mich, denn ich raste, diesmal ziemlich riskant, erneut hinauf in unser idyllisches Albtal. Wieder nach Marxzell und die sanft ansteigenden Kurven bis nach Moosbronn. Es dämmerte. Vereinzelt flammten schon Lichter in den verstreuten Häusern auf.

Marlies empfing mich wutschnaubend an der Tür und überschüttete mich mit Nebensätzen.

»Das haben wir jetzt davon, dass wir das Kind so verwirrt haben! Sie hat schlecht geschlafen und war heute Morgen ganz durcheinander. Nicht einmal in die Schule gehen wollte sie, und ich musste sie dann allein lassen, was mir gar nicht recht war, aber ich hatte ein Meeting, und dann am Mittag fühlte sie sich besser, und sie ist ein wenig nach Karlsruhe in die Stadt gefahren. Zum Einkaufscenter Ettlinger Tor, wo die jungen Dinger halt gerne hingehen. Um vier Uhr kam sie zurück, das arme Kind, läuft vom Bus zu unserem Haus, und zwar da am Waldrand, als da vorne um die Ecke ein Auto abbog, es kam aus dem Wald, sie meint, es war eine Art Sportwagen, schwarz oder blau, aber sicher ist sie sich nicht, und erwischt sie an der Seite. Sie stürzt, der Fahrer haut einfach ab und lässt mein Kind da liegen. Sie hätte verbluten können! Sie könnte tot sein! Und diese Straße ist so einsam. Es war ein Glück, dass sie sich nach Hause schleppen konnte. Und das alles nur, weil sie so durcheinander und mit ihren Gedanken so weit weg war.«

»Janine? Hast du die Polizei verständigt?«

»Natürlich. Sie sind schon da. Sie sprechen gerade mit ihr. Ein Fall von Fahrerflucht. Da ist der Kripobeamte. Da kommt er. Sprich du mit ihm. Du bist schuld! Dieses Verhör, das du mit ihr angestellt hast, hat sie verwirrt. Nicht mal ihren Geschwistern wollte sie sich anvertrauen. Sie hat nur geweint.«

Hoffentlich hat sie daraus was gelernt, die kleine Schlange, dachte ich in einem ersten Impuls. Dann sah ich, wer mir entgegenkam.

Mein Pech. Hagen Hayden erschien mit ernstem Gesicht im Treppenflur. Er bedachte mich mit einem kurzen, unfreundlichen Blick.

»Ich würde gerne später mit Ihnen sprechen, Frau Tobler. Wenn Sie bitte warten würden. Ich muss kurz zum Wagen und wegen des Tatfahrzeugs etwas abchecken.«

Als er zurückkehrte, war er nicht besser gelaunt.

»Frau Rubenhöfer, leider kann Ihre Tochter das Auto nicht genauer beschreiben, und sie hat auch die Nummer nicht erkennen können. Und da hier in der Straße nur zwei Häuser liegen und dort unglücklicherweise niemand zu Hause war, haben wir auch keine Zeugen. Das Auto ist abgebogen und über die kleine Nebenstraße im Wald nach Freiolsheim gefahren. Pech!«

»Wirklich nur Pech?«, fragte ich, doch Hagen Hayden war nicht in der Stimmung, sich auf Diskussionen mit mir einzulassen. Er bedachte mich nur mit einem unfreundlichen Blick und verschwand mit Marlies im Inneren des Hauses, wo offenbar der Rest der Familie wartete. Als er wieder herauskam, bellte er mich nur kurz an, ich hätte ihn bitte nachher in seinem Büro bei der Kripo aufzusuchen. Meinen Protest schnitt er mit einer Handbewegung ab.

Draußen begann sich ein schöner mittelbadischer Herbstabend zu entfalten. Eigentlich ein Abend für eine Erdbeerbowle mit provenzalischen Bio-Erdbeeren und grünen Pfefferkörnern aus New Mexico. Ich bezog meine von einer Privatadresse in Albuquerque. Sollten Sie mal probieren: Schmeckt traumhaft und hat mit der biederen Bowle früherer Zeiten nichts mehr zu tun.

Eine sehr kühle Verabschiedung von Marlies, und statt Bowle wartete also das Polizeirevier!

Nachdem ich mich vorsichtig auf einen unschönen Behördenstuhl gesetzt hatte, war er mit einem Ordner in der Hand verschwunden. Bevor er die Tür fest hinter sich zuzog, hörte ich noch leises Stimmengewirr.

Als er wiederkehrte, hatte sich seine Miene keineswegs aufgehellt. »Der Spaß ist zu Ende, Frau Tobler. Die Mutter ist der Meinung, Sie hätten das Leben eines Kindes gefährdet, indem Sie es über den Mord an Friederike Schmied befragt haben. Die Kleine sei danach total verwirrt gewesen und hätte abwesend gewirkt. Und so ist sie eben auch nach Hause gelaufen.«

Ich verdrehte die Augen. Janine war keine, die sich so schnell verwirren ließ. Aber Männer, vor allem unverheiratete, verstanden nichts von Kindern und schon gar nichts von jungen Mädchen.

Hagen musterte mich kalt. »Nachdem sie sich beruhigt hat, gibt sie nun selbst an, dass sie nicht aufgepasst hat, sondern, ohne nach rechts und links zu schauen, über die Straße gelaufen ist. Sie meint auch, der Autofahrer habe sie wohl nicht mehr fallen sehen, bevor er auf die Straße in den Wald abgebogen sei. Deshalb werden wir wahrscheinlich nicht wegen Fahrerflucht ermitteln können.«

»Schrecklich!«, murmelte ich.

Hagen beugte sich vor und kam mir ganz nahe. Sein Ohrring funkelte. Hätte er Bartstoppeln gehabt, so hätten sie mich beinahe berührt. Ich atmete schneller, drehte das Gesicht zur Seite.

»Ja, meine Schöne. Bei Kindern hört der Spaß auf, Frau Tobler. Wenn meine Vorgesetzten von unseren kleinen Gedankenspielen erfahren, muss ich mit einem fetten Disziplinarverfahren rechnen. Natürlich ist das Ganze Unsinn, und das Kind hat nichts mit dem Fall zu tun. Aber die Mutter sorgt sich, das Mädchen würde überall nur noch Mörder sehen. Tatsächlich ist Janine vollkommen durcheinander und wirkt sehr verängstigt. Und die Stimme einer besorgten Mutter gilt viel in unserem Land.« Er richtete sich wieder auf.

»Es geht um eine Idee. Nein, mehr. Um eine Spur. Möchten Sie nicht wissen, welche? Ich dachte, ich bringe Janine dazu, sich zu erinnern, und zwar an –«

»Nun, das mit dem Erinnern ist Ihnen wunderbar gelungen«, erwiderte er trocken. »Sie wird sich lebenslang daran erinnern, dass sie fast überfahren wurde. Nein, ich will nicht wissen, was Sie vermuten und wie es dazu kam. Der Tod von Friederike Schmied wird aufgeklärt werden, und wissen Sie, wann?«

Auf solche Fragen wusste man erfahrungsgemäß nie eine Antwort. Deshalb schüttelte ich nur den Kopf.

»Wenn der Dealer oder der alkoholabhängige Wohnsitzlose, der sie umgebracht hat, wieder Geld braucht und erneut zuschlägt. Dann macht er einen Fehler. Wie schon so oft gesehen. Hinterlässt in seiner Gier verräterische Spuren. In dem Modeladen hat er Glück gehabt. Ein Hintereingang, der nicht beobachtet wurde, eine Frau, die nicht schrie, weil sie zu überrascht war ...«

»Geld, das er einfach so liegen ließ!«

»Er fühlte sich gestört, war nervös. Eine Boutique war nicht sein Lauf, wie man im Badischen sagt. Gerade haben wir in Baden-Baden ein Drogennest ausgehoben. In der Weststadt. Hinterhof eines Getränkemarktes. Nicht weit von der Stadtklinik. Ein Toter. *Das* sind realistische Szenarien, mein liebe Frau Tobler.«

»Sie fragen nicht die richtigen Leute, Herr Hayden. Und Sie stellen nicht die richtigen Fragen. Sie sehen von Friederike nur die Oberfläche.«

»Grundsätzlich behelligen wir nicht jeden harmlosen Bürger, der mit einem Mord nichts zu tun hat, außer dass er das Opfer kannte. Was glauben Sie, wie viel Ärger wir sonst hätten. Ich bin jedenfalls froh, dass Sie nicht bei uns arbeiten. Wir würden eine Schar von verstörten Zeugen hinterlassen.«

»Herr Hayden, ich glaube nicht an diesen Drogendealer oder einen anderen Zufallsmörder. Wir haben es nicht mit jemandem zu tun, der einfach nur wahllos nach einer beliebigen Person suchte, die einen gefüllten Geldbeutel bei sich hat. Wie hätte solch ein Mensch wissen sollen, dass sich im unteren Teil der Boutique ein Umkleidebereich befindet, der vom Hof aus zugänglich ist, und wie, dass Friederike dort ganz allein war?«

Ja, wie eigentlich? Ich machte mir einen inneren Vermerk. Das galt für jeden Mörder. Die Frage hatte sich von Anfang an gestellt, doch sie war niemals wirklich beantwortet worden. Irgendwo in meiner Erinnerung tauchte eine mögliche Antwort auf, eine, die ich mir schon einmal selbst gegeben hatte, doch ich hatte sie vergessen. Ich runzelte die Stirn, entspannte sie aber sofort wieder. Meine Kosmetikerin Estelle arbeitete aus diesem Grund nur mit

Einzugsermächtigung – damit die Kundinnen nach der Behandlung nicht sehen, was es gekostet hat, und dann die gerade mühsam geglättete Stirn in neue Falten ziehen.

»Eben all das ist sogar sehr wahrscheinlich. Diese Leute treiben sich gerne in Hinterhöfen herum. Wir haben Kontakt zu den Kollegen in Kehl – ein Dreh- und Angelpunkt der süddeutschen Drogenszene. Die haben ebenfalls in der dortigen Innenstadt gerade erst einen Hinterhof ausgehoben, der geradezu ein Marktplatz für Crack und Tabletten war. Alles frisch aus Frankreich.«

Ich sagte nichts dazu. Drogen waren eine fremde Welt für mich. Meine Drogen hießen anders, und es gab sie überall zu kaufen. Noch eine rustikale Handtasche von Fossil und noch ein Marc-Cain-Kostümchen? Ein schwarzer Kemper-Wintermantel im Herrenschnitt, der wunderbar zu meinen kniehohen Schaftstiefeln aussah?

Hagen fuhr fort: »Der Typ hat da herumgelungert. Vielleicht nicht zum ersten Mal. Er hat beobachtet, dass es dort eine unverschlossene Tür gibt. Blöd sind diese Leute nicht, und der momentane Entzug schärft die Sinne, bevor die Verzweiflung einsetzt. Hat gesehen, es ist eine Nobelboutique. Es war Samstagmorgen. Stadtfest. Es herrschte viel Trubel auf den Straßen. Er hat einfach alles auf eine Karte gesetzt und gehofft, er kann sich eine unbeaufsichtigte Handtasche schnappen. Dann hat er bemerkt, dass da eine Frau ganz allein in dem dunklen kleinen Bereich ist. Er will an ihren Schmuck oder an ihre Uhr, sie wehrt sich, er dreht durch.«

»Sie trug gar keinen Schmuck. Wie jede meiner Kundinnen weiß, gestatte ich keinen Schmuck bei meinen Einkaufstouren. Ich glaube nicht an diesen Mann. Er wäre doch irgendwie aufgefallen. Unsere Stadt ist sehr … bürgerlich. Friederike hätte geschrien, wenn sich solch ein Typ ihr genähert hätte.«

Hagen zuckte die Achseln.

»Nein, Herr Hayden. Die Person, die wir suchen, muss Friederike bekannt gewesen sein. Gut bekannt. Vielleicht hat man sogar kurz miteinander geplaudert, so lange, bis der Mörder sicher sein konnte, dass sie allein da unten war. Ich konnte von alldem oben nichts mitbekommen. Wir haben gesehen, dass die Treppe, die nach unten führt, eine leichte Kurve macht. Man kann den Raum von oben nicht einsehen.«

»Wenn Ihre absonderliche Theorie stimmen würde, hätten wir eine Mörder*in*, denn nur eine Frau konnte Frau Schmied da unten unauffällig in ein längeres Gespräch verwickeln. Männer sind normalerweise froh, wenn gleich die erste Jeans passt und sie es hinter sich haben.«

»Nicht unbedingt. Es gibt durchaus auch Herren, die sich für gute Kleidung interessieren. Und ein Mann wäre dort unten nicht unbedingt als Exot aufgefallen. Frau Trost hat ja dort auch einen kleinen Bereich für Herren, gleich rechts neben der Hintertür. Ein paar Sachen von Boss und Armani, ein, zwei Hemden von Hilfiger, eine kleine Auswahl an Barbour-Jacken …«

»Sie brauchen mir den Tatort nicht nochmals zu beschreiben.«

»Ich bin überzeugt davon, dass der Mörder mit Friederikes Lebenswandel in letzter Zeit zu tun hat. Oder auch mit ihrer Vergangenheit. Ihr Weiterleben war eine akute Gefahr für ihn, eine tägliche Bedrohung. Erinnern Sie sich an Lady Diana? Wissen Sie, dass man in England offen vermutet, sie sei schwanger gewesen und es hätte verhindert werden müssen, dass William und Harry einen arabischen Halbbruder bekommen? So war es bestimmt auch bei Friederike. Sie sollte einfach nicht mehr weiterleben, denn sie war im Begriff, jemandem peinlich zu werden.«

Hagen schüttelte den Kopf. Stand auf, trat hinter mich und legte beide Hände auf meine Schultern. Beinahe sanft drehte er mich um, glitt mit seinen Händen an meinem Arm entlang. Dann setzte er sich neben mich auf die Tischkante.

»Frau Tobler, Sie sind ein verspieltes Kätzchen, keine erwachsene Frau. Ich fürchte, Sie lesen aus verständlicher Langeweile zu viele bunte Blätter aus der Adelswelt. Goldenes Blatt oder wie die Dinger heißen. Wie meine Oma. Die ist auch der festen Überzeugung, dass Professor Brinkmann noch in der Schwarzwaldklinik praktiziert.«

Ich stand auf. »Ich lese keine Blätter aus der Adelswelt. Ich lese nur Vogue und Madame.«

Er stand ebenfalls auf, deutete eine Verbeugung an, grinste und reichte mir meine Tasche. »Nicht meine Welt.«

»Das glaube ich Ihnen unbesehen. Für mich ist das Fachliteratur.«

Noch als ich den Gang hinunterlief, hörte ich sein Lachen.

***

Vielleicht war es ganz gut, dass Elena Gontard meine Suche nach Friederikes Mörder mit einer Bitte vorübergehend unterbrach.

Elena war zwar bekannt für ihre Strenge und ihren Ehrgeiz, was ihre Compagnie betraf, aber auch dafür, dass sie sich um ihre Mädchen kümmerte, wenn sie sie brauchten. Vor allem, wenn es solche Mädchen waren, von denen sie sich etwas versprach, das heißt, wenn sie gut waren.

Als sie mich anrief, ging es um eine Tänzerin namens Lavinia Harrod.

»Nein, Chérie«, sagte sie mit ihrer unnachahmlich kratzigen Stimme, »nicht Harrods. Komm nicht auf falsche Gedanken. Du wirst durch sie nicht günstiger an echt englische Kaschmirpullover kommen. Das Kind heißt Harrod. Ohne s. Sie stammt vielmehr aus North Carolina – oder ist es South Carolina? – und hat in der ganzen Region beim besten Willen kein Zimmer für sich und Achmed gefunden.«

»Sie sucht ein Zimmer zusammen mit ihrem Freund?«

»Mitnichten. Achmed ist ihr Haustier. Keine Sorge. Es ist eine Art Fisch, allerdings im weitesten Sinne. Sitzt tagaus, tagein in einem Glasding. Lavinia ist sehr süß und sehr freundlich, wie die Amerikaner nun mal sind. Ihr habt doch dieses Zimmer im Erdgeschoss, das ihr nicht benutzt. Könntest du sie zur Überbrückung nicht ein, zwei Wochen, vielleicht einen Monat aufnehmen?«

Ich zögerte. Elenas Bitte war einerseits eine Ehre und verhieß begehrte Freikarten. Andererseits war ich eigentlich alles andere als gastfreundlich und hatte mein Haus ganz gerne für mich allein. Meinen Mann konnte man eigentlich als Bewohner nicht rechnen, und seit meine Tochter ihre Tennisschuhe nicht mehr in die Ecke pfefferte und ihre Duschhandtücher in kleine feuchte Häufchen verwandelte, die den Weg von ihrem Zimmer zum Bad und zurück pflasterten, entsprach das Sauberkeitsniveau im Haus in etwa meinen Vorstellungen. Ich hatte immer gedacht, dass Töchter ihren Müttern in derart wesentlichen Belangen ähnlich seien. Aber Samantha war eben ein Unikat.

Friederike war das genaue Gegenteil gewesen. Sie hatte kein Unikat sein wollen, sondern offenbar verzweifelt nach irgendeiner Ähnlichkeit mit ihrem echten Vater gesucht. Und zwar nicht mit dem kantigen Schreiner, der sie erzogen hatte. Sie hatte mehr gewollt und mehr erwartet.

Sie war nicht schön gewesen, aber wenn sie erst wüsste, wer ihr Vater war, so hätte sie versuchen können, ihm zu entsprechen und ihm zu gefallen. Sich nach seinem Bilde zu formen! Traurig.

»Ich halte viel von der Kleinen«, fügte Elena trocken an. »Sie ist ein Talent.«

Das gab den Ausschlag. Wenn Elena sagte, sie war ein Talent, dann war sie richtig gut. Außerdem würde es meiner Essensdisziplin guttun, alltäglich einen dieser biegsamen Körper zu sehen, der kein Gramm Fett zu viel an sich hatte. Ich hatte kürzlich auf meiner Waage dreihundert Gramm registriert, die dort nichts zu suchen hatten. Dreihundert Gramm! Fast ein Pfund – das macht den Unterschied von XS zu S aus, meine Damen.

»Also gut. Wenn es nur vorübergehend ist. Und nur für dich, Elena.«

»Wir kommen morgen. Um drei!«

Lavinia war wirklich entzückend. Groß, schlank, aber nicht dürr, mit straff zurückgebundenen braunen Haaren und großen braunen Augen wie ein Reh. Sie war sehr freundlich, aber noch ein klein wenig schüchtern. Ihre Augen klebten verehrungsvoll an Elena, der Frau, die sie ausgesucht, bewertet, engagiert hatte und die sich jetzt um sie kümmerte.

»Und wo ist nun dieser Achmed? Ist er das?«

Ich wies auf ein quadratisches, mit einem schwarzen Tuch abgedecktes Gefäß, das Lavinia vorsichtig in den Händen hielt. Lavinia zog das Tuch zur Seite, und ich blickte durch das Glas des

Terrariums direkt in die Augen einer Vogelspinne, die träge in einem Zweig hing. Schrecklich. Ich hatte sogar vor normalen Hausspinnen Angst. Sie lebten bei mir ziemlich sicher, denn ich konnte sie nicht mal ansehen und deshalb auch nicht totschlagen.

»Elena«, sagte ich feierlich und wandte den Blick ab. »Du hast mich reingelegt. Das ist eindeutig kein Fisch!«

»Stimmt!«, antwortete sie schlicht. »Ich habe gesagt, es ist eine *Art* Fisch, aber du hast recht. Ich habe dich ein wenig beschwindelt. Wir werden zu einer anderen Familie gehen!«

»Elena, du wirst bleiben. Aber dafür bist du mir was schuldig.«

»Sag, was du willst.«

»Karten für den ›Nussknacker‹?«

»Wir haben erst im November Premiere. Die Karten sind alle ausverkauft. Überregional. Fast bis Weihnachten. Nein, sogar bis Weihnachten und darüber hinaus. *No way*, Swentja. Nicht mal über die ›Freundinnen des Balletts‹ geht mehr was.«

»Hm. Was machen wir jetzt? Achmed braucht ein stabiles Zuhause, und ich will diese Freikarten, denn sie werden mir den Neid meiner Freundinnen sichern.«

Elena lachte. Gab sich charmant geschlagen. Natürlich hatte sie noch irgendwo Freikarten. Sie hortete sie immer wie ein Schwarzmarkthändler und wartete auf das beste Angebot.

»Es sei!« Sie machte eine hoheitliche Handbewegung und lächelte.

Das war es, was mir an Elena so gut gefiel. Sie dachte um die Ecke. Hatte Ironie und Verstand, Lebenserfahrung und einen unverstellten Blick auf die Realität. Ich überlegte, ob ich sie in meine immer komplizierter werdende Mördersuche einweihen sollte, zögerte aber. Elena hatte anderes zu tun, als mir dabei zu helfen, den Tod einer Frau aufzuklären, die ihr nichts bedeutet hatte. Sie würde mich fragen: »Warum tust du das eigentlich, Swentja?«

Ja, warum eigentlich? Niemand hatte mich gebeten, mich einzumischen. Ging es mir wirklich um Friederike, die mir nicht einmal nahegestanden hatte, oder tat ich es, um Hagen zu einem erotischen Machtspielchen herauszufordern? Wollte ich endlich wieder etwas spüren und diese innere Leere füllen?

Andererseits kannte sich Elena in unserem kleinen Mikrokosmos bestens aus. Vielleicht hätte sie einen der Männer, die als Friederikes Vater in Frage kamen, genauer beschreiben können? Nein! Ich würde sie vorerst in Ruhe lassen.

Doch ich wusste noch nicht, dass sich meine Zurückhaltung meinen engsten Freunden gegenüber noch als tödlich erweisen sollte. Gerade Elena hätte mir die größte Hilfe sein können, wenn ich ihr nur gut genug zugehört hätte!

***

Szenen meiner Ehe:

Tatsächlich hatte mein Mann, obwohl er körperlich und auch geistig meist abwesend war, bemerkt, dass eine weitere Person in unserem Hause wohnte.

»Swentja«, fragte er anlässlich eines gemeinsamen Frühstücks, »wer ist dieses Mädchen?«

»Eine Balletttänzerin. Elena hat sie zu uns gebracht. Sie brauchte dringend ein Zimmer und konnte so schnell nichts finden.«

»Na gut. Aber bitte nicht für immer. Wir sind keine Pension. Steuerrechtlich gesehen. Wenn die Tochter zurückkommt, sollte sie weg sein. Und keine Männergeschichten in meinem Haus, bitte.«

»Sie ist im Ballett! Da hat sie keine Zeit für Männergeschichten.«

»Balletttänzerinnen sind keine Nonnen. Was man so hört, haben auch sie Affären. Immer gehabt. Früher haben Männer Blumen auf die Bühne geworfen, Champagner spendiert und durften dafür einen Blick hinter die Kulissen werfen, um es mal so auszudrücken.«

Ein seltenes, typisch männliches Grinsen überzog das Gesicht meines Gatten. Ich fragte mich, ob er selbst solche Erinnerungen ans Theater hatte. Andere Erinnerungen ans Theater konnten es schwerlich sein, denn die wenigen Male, bei denen es mir gelungen war, ihn in unsere Loge zu locken, war er in einen gesunden Tiefschlaf gesunken.

Noch erstaunlicher war, dass er mich über den Rand seiner

Zeitung hinweg länger ansah, als es notwendig war, um nach dem Salz zu fragen.

»Wie geht es dir sonst so, Swentja?«

»Danke. Man lebt und kauft.«

»Neuigkeiten, was den Tod von Horsts Frau betrifft?«

»Nicht direkt. Wie waren eigentlich die finanziellen Verhältnisse im Hause Schmied?«

Mein Mann zuckte die Achseln. Stand auf. Audienz fast beendet.

»Nichts Besonderes. Sie arbeitete halbtags als Grundschullehrerin. Kannst dir denken, dass da nicht viel rumkommt. Er verdient als Abgeordneter in Stuttgart ganz ordentlich, aber natürlich kein Vermögen. Sie hatten keine Kinder, da sagt das Finanzamt: Bitte sehr – danke sehr!«

»Du hast mir erzählt, er hat Wohnungen in Bad Herrenalb?«

»Ja, einige. Kleinere Objekte. Waren seinerzeit günstig zu haben, und jetzt kriegt man sie nicht mehr los. Ich hatte ihm geraten, die Wohnungen auf Friederike zu überschreiben. Er wollte sich für den Ausbau der Straße starkmachen, und das wäre ein Interessenkonflikt gewesen. Kommt heutzutage nicht gut bei Politikern.«

Nicolaus wandte sich zum Gehen. Griff nach seiner Aktentasche.

»Und, warte einen Moment, hat er das getan?«

Mein Mann lächelte. »Meine Klienten tun meistens, was ich ihnen rate, meine Liebe. Deshalb sind sie so erfolgreich, und deshalb geht es uns beiden so gut.«

»Die Wohnungen gehörten also Friederike. Und vom ›Highway to Heaven‹ hätte sie profitiert.«

»Wenn sie diesen Zusammenhang überhaupt hergestellt hat. Frauen kapieren so etwas oft nicht. Du bist da anders. Du könntest durchaus rechnen, tust es aber nicht.«

Heute musste mein Glückstag sein. Mein Mann entpuppte sich als Frauenversteher.

»Na, erlaube mal. Friederike war schließlich nicht dumm.«

»Nein, dumm war sie nicht, aber naiv, und ich hatte den Eindruck, sie machte sich nicht viel aus Geld.«

»Aber plötzlich lag ihr doch etwas daran«, murmelte ich. »Warum wohl?«

»Vielleicht brauchte sie Bares«, warf mir mein Mann im Gehen zu. »Wollte ein neues Leben anfangen. Abhauen. Wer weiß, was in einem Frauenhirn vor sich geht.«

***

Ich war schon lange nicht mehr in einer Grundschule gewesen und ich musste erkennen, dass mir nichts gefehlt hatte. Das Geschrei und Gekichere, das Herumgerenne von kleinen Beinchen und das Toben, gefolgt von unweigerlichem Heulen, würden mich auf Dauer nervös machen.

Die Gänge der modernen Flachbauschule waren sauber gestrichen, was vermutlich in den Ferien geschehen war, denn sie rochen noch nach Farbe und waren mit den üblichen selbst gemalten Bildchen und Strohfiguren geschmückt. Mit eingefrorenem Lächeln, von den herumstehenden Lehrerinnen misstrauisch beäugt, bahnte ich mir einen Weg zum Sekretariat, das mittels eines auf Kinderaugenhöhe angebrachten Pfeiles leicht zu finden war.

Den Termin mit Friederikes Chefin an ihrer ehemaligen Schule in Rastatt hatte ich bereits im Vorfeld vereinbart. Ich kannte Regina Setzler vom Zonta-Club, einer ziemlich elitären Parallelorganisation zu den Spielwiesen unserer Männer, namentlich den Rotariern und den Lions. Wir, Damen der Gesellschaft durch Herkunft, Heirat oder – leider seltener – eigene Karriere, trafen uns regelmäßig im Raum Karlsruhe oder Baden-Baden. Auch Frauen aus Rastatt waren dabei, obwohl es nicht allzu viele weibliche Führungskräfte in der kleinen Stadt an der Murg gab.

Rastatt selbst bestand aus ein paar schönen Häusern und Straßen im Grüngürtel und kleinen historischen Innenstadtstraßen rund um ein erstaunlich prachtvolles Schloss, das an Bruchsal und Ludwigsburg erinnerte. Ansonsten bewegte sich der Ort auf einem ziemlich schmalen Grat zwischen nett hergerichteter Kleinstadt und etwas ratlos vor sich hin dümpelndem Kaff. Boutiquen, die ich betreten hätte, gab es nicht, dafür aber sehr viele türkische Läden voll mit Lebensmitteln aller Art sowie mit

Tand und Flitter. Ich muss gestehen, dass ich in einem davon einst einen nachgemachten Engel aus Beton gekauft habe, der nachdenklich auf einer abgebrochenen griechischen Säule saß und nun meinen Teich bewachte. Er war sehr preiswert gewesen, was man ihm nicht ansah, denn er wurde von unseren verwöhnten Gästen stets bewundert. Wahrscheinlich dachten sie, er käme direkt aus Rom.

Ich duzte Friederikes ehemalige Vorgesetzte Regina Setzler seit Langem. Den Namen Regina hatten ihre Eltern gut gewählt, denn sie sah vielleicht nicht königlich, aber doch imposant aus. Eine echte deutsche Schuldirektorin.

Groß, blond, ordentlich und so korrekt frisiert wie solide und langweilig gekleidet saß sie jetzt vor mir, hinter ihrer Hornbrille ein verbindliches Lächeln.

Sie war mit einem Hautarzt verheiratet, einem grauenhaften Wichtigtuer, der sich sehr gerne selbst reden hörte. Deshalb hatte er sich mit dem untrüglichen Instinkt mancher Männer eine Plattform geschaffen, von der aus er dozieren konnte: Er fungierte als Vorsitzender der »Liebhaber des Staatstheaters«, der Obergruppierung zu den »Freundinnen des Balletts«, und arbeitete bei den alljährlichen Sitzungen humorlos und penibel eine unendliche Liste unerheblicher Punkte ab. Wir harrten alle nur deshalb ergeben aus, weil im Anschluss an die Jahresversammlung stets ein opulentes Büfett aufgefahren wurde, das von dem etwas unheimlich aussehenden sizilianischen Bäcker gegenüber dem Theater angerichtet wurde und das selbst unsere verwöhnten Gaumen zufriedenstellte.

Ich war – allerdings passives – Mitglied in dieser Vereinigung, und viele meiner Kundinnen waren es ebenfalls. Ettlinger und Karlsruher aller Schichten liebten ihren Zoo, ihr Theater, ihre Badische Landesbibliothek sowie ihre Museen. Für diese Dinge waren sie sogar bereit, ihre bürgerlich-langweiligen Häuser und Wohnungen zu verlassen, um zu kämpfen. Als alte Handschriften der Badischen Landesbibliothek veräußert werden sollten, habe ich tatsächlich Damen in Nerzmänteln Flugblätter auf der Straße verteilen sehen. Ebenso verteidigten die Ettlinger ihre Schlossfestspiele, obwohl diese jedes Jahr wieder gegen die Launen des Wetters und das drohende Defizit ankämpfen mussten.

So gehörten die »Liebhaber des Theaters« eben auch zu der kleinen feinen Welt, in der wir einander immer wieder begegneten, uns gegenseitig einluden und unsere Kinder miteinander bekannt machten, wobei manchmal Ehen entstanden und manchmal nicht. Vielleicht blühten auch heimliche Affären unter dem Mäntelchen der Kultur.

Regina residierte in einem mit Ordnern und Büchern vollgestopften Nebenraum zum Lehrerzimmer, durch das sie mich souverän hindurchgeleitet hatte.

Um die Lehrerinnen mit ihrem schmalen Gehalt und ihrem vermutlich praktischen Bonita-Stil aus ausgeleierten Cordhosen und hässlichen Bündchenpullovern nicht zu düpieren, hatte ich mich für meinen Auftritt hier für ein ganz schlichtes dunkelgrauklassisches Van-Laack-Kostüm entschieden. Über der Schulter trug ich eine wenig auffällige Tasche mit Henkelketten von Furla, die nur dreihundert Euro gekostet hatte. Meinen schwarzen Hut von Dondup, der mir sehr gut stand, hatte ich vorsorglich als zu exotisch im Auto gelassen.

Regina Setzler beäugte mich über den Rand ihrer Hornbrille hinweg. Sie stach aus der Masse ihrer Mitarbeiter ein wenig heraus: der perfekte Escada-Typ. Teuer gestylt, aber etwas langweilig. Das Hermès-Tuch mit den Pferdemotiven, das sie bieder um den Hals trug, gefiel mir nicht an ihr.

Ich nahm Platz, und sie kam gleich zur Sache.

»Es ist wirklich ganz furchtbar mit der Friederike. Ich war total geschockt. Eine Kollegin meiner Schule! Für dich muss es auch schlimm gewesen sein, oder? Ich meine, du warst ja beinahe verdächtig. Manche sagen … egal. Du gehst mit ihr einkaufen, lässt sie kurz allein und findest sie tot. Grauenhaft.«

Ich nickte ernst.

Regina fuhr ein wenig zu salbungsvoll fort, und man gewann den Eindruck, sie hätte den Satz schon oft geübt: »Man liest von solchen Verbrechen oder sieht verstümmelte Leichen im Fernsehen, und da scheinen sie ganz normal, aber wenn so etwas im eigenen Kreis geschieht, hat es etwas Unwirkliches. Das ist doch eine verkehrte Welt.«

Leider war es wirklich so. Angesichts Tausender von Toten irgendwo auf der Welt war ich erschüttert, und doch konnte ich zu den Nachrichten genüsslich eine Tranche Räucherlachs mit meiner berühmten Joghurt-Senf-Honig-Dill-Marinade essen. Doch der einzige Mord in meiner unmittelbaren Umgebung, der Tod von Friederike, ihr jammervoll hässlicher Anblick, ließ mich seit Wochen nicht los. Sieh, der Schrecken liegt so nah, dachte ich.

»Ja, die Einkaufstour mit Friederike hatte ich mir auch anders vorgestellt. Ich kannte sie allerdings nicht sehr gut. Sie war ja etliches jünger als ich. Erzähl mir doch ein wenig von ihr.«

»Was soll ich dir von Friederike erzählen? Im Grunde war sie eine harmlose kleine Frau. Vielleicht war sie sogar ein bisschen naiv. Bei uns hatte sie nur eine Teilzeitstelle in der Grundschule. Vor den Ferien unterrichtete sie eine dritte und eine vierte Klasse in Deutsch. In der vierten Klasse war sie sogar Klassenlehrerin, weil die Vollzeitkraft im Mutterschutz ist.«

»Wie war sie als Lehrerin?«

Die Kripo war mit Sicherheit bei Regina Setzler gewesen, denn sie antwortete rasch und routiniert.

»Sie war beliebt, obwohl sie mitunter überraschend streng sein konnte. Oder, sagen wir, konsequent. Sie war diszipliniert und achtete auf ordentliches Betragen, auch wenn das heutzutage manchmal unpopulär sein mag. – Soweit ich weiß, bemühte sie sich sehr um Gerechtigkeit. Aber von dem Vorfall habe ich diesem Kriminalbeamten schon erzählt.«

»Welchem Vorfall?«

»Der Morddrohung gegen Frau Schmied. Durch diese unsägliche Mutter. Das Kind ist inzwischen in einem Internat untergebracht. Eine freie christliche Einrichtung irgendwo im Hessischen. Der Junge soll unbedingt Abitur machen, koste es, was es wolle.«

Regina schüttelte den Kopf. Ich schrieb in Gedanken mit. Eine Morddrohung gegen Friederike. Ich würde mein Blatt erweitern müssen.

Mit etwas falschem Unterton fuhr Regina fort: »Aber man hat dich ja mitten in Ettlingen mit diesem interessanten Kripomenschen zusammen gesehen. Er wird dir davon erzählt haben. Und du warst bestimmt froh, dass du nicht mehr ganz allein verdächtig warst, hm?«

Ich schwieg dazu.

Regina zwinkerte mir vertraulich zu, was weder zu ihr und schon gar nicht zu ihrem piefigen Hermès-Tüchlein passte.

»Nicht? Nun, die dürfen privat nichts von ihren Fällen erzählen. Das wäre Verletzung des Dienstgeheimnisses. Und ihr wart doch privat zusammen, oder?«

Meine Güte. In diesem geruhsamen Kleinstädtchen wurde man wirklich ständig beobachtet. Und natürlich hatte Hagen mir nichts von dieser Morddrohung erzählt.

Um mehr zu erfahren, musste ich jetzt schnell und geschickt reagieren. Wie sagte jemand in Shakespeares »Hamlet«: »Ein Lügenköder fängt den Wahrheitskarpfen.« Ich hatte das irgendwann in einer langweiligen Aufführung gehört und nie mehr vergessen. Ein drastisches Bild.

»Nun«, sagte ich kühl, »was ist schon privat, Regina? Alles Definitionssache. Ja, wir haben selbstredend auch über diese Dinge, die du da andeutest, gesprochen. Aber natürlich nicht ausführlich. Deshalb bin ich – mehr oder weniger auf seinen Rat – bei dir. Die Polizei bezieht heutzutage die Bevölkerung mehr in die Ermittlungen ein als früher. Ich möchte da nicht deutlicher werden.« Der Wahrheitskarpfen biss zumindest zaghaft an.

»Wie du meinst, Swentja. Aber diese Mutter war schon mehr als nur ein bisschen verrückt. Der Kleine tut mir leid. Da reden wir immer von den angeblich so rückständigen Eltern in islamischen Familien, aber der Jens hat es mit seinen Leuten auch nicht besser getroffen. Es gibt hier und da religiöse Fanatiker. Mehr kann ich dazu nicht sagen, denn heutzutage muss man sehr aufpassen, was man äußert. Du bist sofort in einer Schublade und kommst nicht mehr raus.«

Verständnisvolles Lächeln meinerseits.

Ich speicherte aber sofort: Das Kind hieß also Jens. Die Namen sollten sich herausfinden lassen. Es gab bestimmt auch heute noch Kinder, die für eine frische Dose Cola und eine Tüte Chips nachdachten, welcher Jens gemeint sein könnte.

»Hatte sich Friederike vor ihrem Tod anders benommen als

sonst? Ist dir irgendetwas aufgefallen? Ich habe mir in diesem Punkt natürlich selbst auch schon Gedanken gemacht.«

Regina dachte nach. Ich rechnete mit einem Nein als Antwort.

»Ja. Ich fand schon, dass sie sich in der letzten Zeit verändert hatte. Sie war besser drauf als früher. Wirkte frischer und jugendlicher und hatte neue Hobbys. Sie interessierte sich auf einmal für den Schulchor. Und machte all das, was wir alle machen, wenn wir ein bisschen älter werden und nach einem Sinn im Leben suchen. Du weißt schon: Fitnessstudio, Französischkurs, Keyboardunterricht, Yoga für die Gelenkigkeit, Literaturabende – das volle Programm. Hätte nur noch Bridge gefehlt. Im Grunde war sie für diese ganzen Damenhobbys ein bisschen zu jung. Sie fragte mich sogar nach der Möglichkeit einer Beförderung. Doch da konnte ich ihr nicht viel Hoffnung machen. Im Moment ist bei den Teilzeitkräften kaum Spielraum.«

»Sie wirkte auf dich also nicht deprimiert? Verängstigt?«

»Gar nicht. Eher in einer Art nervöser Aufbruchsstimmung. Manche Frauen verändern sich so, wenn sie in die Wechseljahre kommen, obwohl sie dafür bestimmt noch zu jung war. Ich kann davon mit meinem vorwiegend aus Damen bestehenden Kollegium ein Lied singen. Jede Woche ein kleinerer Nervenzusammenbruch.«

Seufzte. Stand auf. Sah in den Schulhof hinab.

»Mein Mann sagte, sie wollte sogar für den Vorstand der ›Liebhaber des Staatstheaters‹ kandidieren. Das hätte sie sich früher nicht getraut. Und sie wurde Schriftführerin bei den ›Ballettfreundinnen‹. Gut, wenn ich jetzt darüber spreche, Swentja, denke ich, vielleicht hatte sie mit dem Gedanken, eigene Kinder zu bekommen, abgeschlossen und sich deshalb eine neue Welt zusammengebastelt. Eine, die ein wenig Sinn versprach. Auf Dauer ist es, glaube ich, genauso lästig, die Frau eines aufstrebenden Politikers zu sein wie die eines Arztes.«

»Oder eines Steueranwalts. Wir scheinen alle im selben Boot zu sitzen. Wir sind eigentlich intelligent genug, um allein zurechtzukommen, aber wir haben keine Lust dazu, denn unsere Männer verdienen mit der gleichen Intelligenz das Dreifache.«

»Wie du das sagst! Siehst du dich nicht als emanzipierte Frau?«

»Nein. Und selbst wenn, unsere sekretärinnengepflegten Männer tun es nicht. Aber zurück zu Friederike: Hatte diese Entwicklung eigentlich vor oder nach dem Tod ihrer Mutter begonnen?«

Regina dachte nach.

»Danach. Definitiv danach. Und wo du das ansprichst – ich dachte eigentlich, dass der Tod ihrer Mutter sie mehr mitnehmen würde. Die beiden waren so eng und waren sich in vielem so ähnlich. Aber sie hat nur gesagt: ›Ich habe sie sehr geliebt und werde sie immer lieben für das, was sie für mich getan hat, aber ich kann ihren Tod jetzt akzeptieren.‹ Das fand ich tapfer. Sie war ja ein ziemliches Mamakind. Vielleicht auch, weil sie keine eigenen Kinder hatte. Weißt du, Swentja, ich denke, dass für manche Menschen der Tod der Mutter auch etwas wie eine Befreiung sein kann. Es bedeutet, ihr endlich nichts mehr beweisen zu müssen.«

Das konnte ich nicht nachvollziehen. Meine Mutter war eine herzliche Frau gewesen, die in der italienischen Auffassung lebte, dass ich die tollste Tochter aller Zeiten war. Insgeheim teilte ich ihre Meinung bis heute.

Auf den Gängen läutete es vielstimmig. »Ich muss gehen. Wenn die Direktorin mal anfängt zu schludern und zu spät in die Klasse zu kommen, dann machen es bald alle genauso. Als Dompteuse eines Haufens von Schülern und manchmal kaum sonderlich viel reiferen Lehrern dürftest du eigentlich nie faul, nie abwesend, nie müde sein. Ich wundere mich wirklich, wie ich es geschafft habe, meine Kinder zu kriegen und trotzdem den Überblick zu behalten.«

Ich folgte ihr auf den Gang. Kinder tobten an mir vorbei. Ein Junge blieb ruckartig stehen, machte einen Diener, gab mir die Hand und sagte: »Guten Tag!«

Ich war regelrecht geschockt. Wo gab's denn so was noch?

»Friederikes Klasse«, lächelte Regina beiläufig. »Siehst du? Sie hat sie zur Höflichkeit erzogen. Toll, nicht wahr? Die haben jetzt eine Freistunde, und ich muss mir kaum Gedanken um sie machen. Wo andere den Klassenraum auseinandernehmen, malen sie und spielen ganz brav für sich. Ein Glücksfall. Sie haben nämlich noch keinen festen neuen Lehrer«, sie seufzte, »und da fällt immer mal eine Stunde aus! Zum Leidwesen unserer überehrgeizigen modernen Eltern.«

»Ach, nein. Eine Freistunde! Das Wort erinnert mich an meine Kindheit. Wie schön. Hättest du was dagegen, wenn ich ein bisschen was mit den Kindern mache? Ich könnte mit ihnen spielen. Galgenmännchen. Kennt man das noch? Oder ein Quiz. In mir steckt nämlich auch eine verhinderte Pädagogin. Und wann habe ich schon mal die Gelegenheit, mit kleinen Kindern zu spielen? Enkel sind nicht in Sicht. Und außerdem bin ich ja nun schon da …«

Regina sah mich misstrauisch an. »Du? Darauf wär ich nie gekommen. Also gut. Aber nur diese eine Stunde. So was kann ich eigentlich nicht machen. Versicherungsrechtlich. Keinesfalls darfst du mit den Kindern das Gebäude verlassen oder ihnen erlauben, auf dem Gang herumzulaufen.«

»Ich werde sie in Schutzhaft nehmen. Danke, Regina. Siehst du – gerade in den einfachen Dingen liegt so viel Freude.«

Regina schüttelte den Kopf und musterte mich verwirrt und misstrauisch.

»Du hast dich auch verändert, Swentja. Erst sieht man dich mit einem ziemlich verwegenen Typen wie diesem Kripokommissar Kaffee trinken, der mit Sicherheit nicht in dein übliches Beuteschema passt, dann willst du mit kleinen Kindern anstatt mit teuren Sachen spielen …«

»Alles ist im Fluss, Regina!«

»Also gut. Klassenzimmer 124. Da am Ende des Flurs.«

Eine Stunde später waren meine Nerven zerfetzt. Ich hatte beim Spielen insgesamt drei Mal am Galgen an der Tafel gebaumelt, da ich die entsprechenden Buchstaben falsch geraten hatte und nicht auf Wörter wie »Vollhonk« (was heutzutage so etwas wie »Idiot« bedeutet) gekommen war, und mein Van-Laack-Kostüm trug die Spuren eines Schwamms voll Kreidewasser, mit dem die Kinder mich beworfen hatten, als ich mich umdrehte.

Doch ich hatte bekommen, was ich wollte: den vollen Namen von Jens (Gramlich) und sogar seine Adresse (»In unserer Hausreihe, direkt am Spielplatz! Murgstraße!«).

Des Weiteren wusste ich, dass Friederike beliebt gewesen war, gut und lustig singen konnte, oft mit den Kindern getanzt hatte, »auch mal ganz doll verrückt«. Diese Kinder hier waren jetzt in der vierten Klasse, doch es waren drei Wiederholer unter ihnen, die Friederike von der letztjährigen Vierten noch kannten.

Sie hatte die für manche Eltern lebenswichtige Entscheidung zwischen »Real oder Gymi« offenbar nicht leichtfertig getroffen, sondern sich Mühe bei der Bewertung gegeben. Die drei zurückgestellten Kinder hatten sie als »gerecht« bezeichnet. Vorsichtig auf Jens angesprochen, wurden diese drei Kinder verschlossen. Er sei »komisch« gewesen und seine Mama »nicht so richtig nett«.

Nach einer Stunde verabschiedete ich mich ohne Wehmut. Die Begeisterung, mit der sich manche Damen aus unseren Kreisen ins Ehrenamt stürzten und mit kleinen Kindern lernten, Theaterstücke probten oder gar den Haushalt überforderter Alleinerziehender managten, vermochte ich nicht zu teilen. Auf der Suche nach einem tieferen Sinn in meinem Leben wollte ich möglichst mit gut angezogenen Erwachsenen zu tun haben.

Das Urteil der Kinder, Frau Gramlich sei »nicht so richtig nett«, musste ich leider bestätigen, als ich ihr kurz darauf in persona gegenüberstand. Sie war ein Frauentyp, mit dem mich nichts, aber auch gar nichts verband.

Eckig, mittelgroß, ungeschminkt. Um den Kopf herum kleine braune Locken, die hinter die Ohren gequetscht waren, harte dunkle Augen wie polierte Knöpfe und ein Mund, der nichts als strenge und frustrierte Humorlosigkeit verhieß.

»Ja, was wollen Sie?«

Der Shakespeare'sche Lügenköder musste wieder ran.

»Mein Name ist Tobler. Ich bin eine Art … Autorin. Arbeite in gewissem Sinne mit dem Schulamt zusammen. Wir beleuchten die Problematik der Schulempfehlung in der vierten Klasse, und Sie«, ich warf einen Blick auf eine imaginäre Liste vor mir, »stehen auch hier drauf. Sie haben eine Tochter, die jetzt in der fünften Klasse im Gymnasium ist. Würden Sie mir bitte von Ihren Erfahrungen berichten?«

Trick! Normalerweise wäre sie misstrauisch geworden. Da ich

aber von einer Tochter sprach, war ihr Hirn zunächst vollkommen damit ausgelastet, mir in diesem wichtigen Punkt zu widersprechen.

»Da liegen Sie vollkommen falsch!«, giftete sie erwartungsgemäß. »Ich habe einen Sohn!«

Dieses »Haben« hörte sich bei ihr an wie ein Bankkonto, ein Besitz!

Ich blickte ernst auf meine Liste. »Moment ... Gramlich ... Gramlich ... richtig, ein Sohn. Der Jens?«

»Ja, genau.«

»Dann darf ich mich entschuldigen. Wir sind eigentlich vor allem an Mädchen interessiert, denn im Rahmen der Pisastudie ...«

»Ich kann Ihnen einiges erzählen, auch wenn mein Jens kein Mädchen ist. Das ist wieder typisch für diese deutsche Beamtenbürokratie.«

»Hm. Also gut. Ausnahmsweise. Darf ich zwecks Niederschrift Ihrer Erfahrungen kurz eintreten?«

Sie war durch das Vorgeplänkel jetzt davon überzeugt, es mit einer echten Beamtin zu tun zu haben. Schön blöd. Sie hätte nur meine Schuhe beachten sollen. Welches dieser Behördenmäuschen konnte sich Paul-Green-Schuhe für hundertfünfzig Euro leisten?

Ich durfte also eintreten.

Was Hagen Hayden allerdings mit mir anstellen würde, wenn er von dem Manöver hier Wind bekäme, mochte ich mir gar nicht erst ausmalen. Bisher war alles, was ich getan hatte, harmlos gewesen, aber jetzt log ich erstmals richtig und maßte mir sogar Ämter an. Ich tröstete mich damit, dass das Amt, welches ich mir anmaßte, gar nicht existierte.

»Also, dazu könnte ich Ihnen was erzählen«, fing sie wieder an und machte sich nicht die Mühe, mich weiter in einen Raum hineinzubitten. Wir blieben im Flur stehen. Über der Eingangstür hing ein riesiges schwarzes Kreuz mit einem ebenfalls schwarzen Jesus. Ein Spiegel fehlte. Stattdessen ein schlicht gerahmtes Foto des aktuellen Papstes, der sanft auf uns herunterlächelte. Ihre Augen musterten mich aggressiv und lauernd. Frau Gramlich war tatsächlich eine höchst unangenehme Person.

Ihre Jeans war unglaublich mies geschnitten und stammte wahrscheinlich aus einem Versandhandel, der in Bangladesch nähen ließ. Die würde ich nicht einmal zum Aufräumen des Kellers anziehen. Ich konnte Frauen kaum ertragen, die T-Shirts trugen, die aussahen, als wären sie bei einem Waschmitteltest »Nach fünftausend Wäschen immer noch wie neu« frühzeitig ausgeschieden.

Frau Gramlich blieb also im Vorraum stehen und postierte sich so neben Benedikt, dass es aussah, als nickte er ihr wohlwollend zu.

»Diese Schulbürokratie ist wie ein Trichter, wo oben individuell begabte Kinder hineingeworfen werden und unten kommen nur noch die heraus, die in ein gewisses System passen. Ein System, in dem die Bibel keine Rolle mehr spielt, in der man sie verlacht und ihre Gesetze absichtlich missachtet.«

Oje.

»Mein Jens ist ein anständiger und ruhiger Junge. Er glaubt an Gott und an bestimmte christliche Maßstäbe. Damit passt er natürlich nicht in eine Klassengemeinschaft von Kindern, für die von zu Hause aus nichts mehr tabu ist. Die Kinder werden aufgefordert, den Lehrern gegenüber ihre Meinung zu sagen und sogenannte moderne Gedichte zu lesen, und der Religionsunterricht gerät zur Farce. Sie reden dort nicht über Gott, unseren Gott, sondern über den Islam, über Juden und über Politik. Und das Schlimmste ist – über ...«

»Sex?«

»Ja. Auch. Das ist gegen alles, was wir glauben.«

»Wir?«

»Der Jens und ich. Wir leben getrennt von Jens' Vater. Der kennt auch keine christlichen Werte mehr, sondern lebt in Sünde. Es kann doch nicht falsch sein, was jahrhundertelang unsere Zivilisation ausgemacht hat. Keuschheit und Schamgefühl.«

»Und Frau Schmied?«

»Frau Schmied hat nicht erkannt, welches Potenzial in Jens steckte. Wie auch? Sie hat ja nur alberne Spiele mit den Schülern gemacht. Sie haben gesungen, sollten in einem sogenannten Stuhlkreis allerlei persönliche Dinge ausplaudern, in letzter Zeit haben sie sogar getanzt, auch die Jungs, und sich verkleidet. Dabei hat sie die Kinder angeblich beobachtet und sich einen Eindruck über ihre Reife verschafft.«

Die Augen der Frau funkelten vor Abneigung. Doch es kam noch schlimmer.

»Sie hat irgendeinen türkischen kleinen Jungen fürs Gymnasium empfohlen, weil er ... Moment, wie hieß das noch ... ein intelligentes Körpergefühl hat. Ein Mohammedaner. Nicht lange, und wir haben Imame in der Schule, die unseren religiösen Unterricht gestalten.«

Frau Gramlichs Augen blitzten böse. »Dabei hatte ich anfangs einen ganz guten Eindruck von ihr. Dass auch die einer wertelosen und billigen Welt verfällt, konnte ja keiner wissen ...«

»Sie hatten also offenen Streit mit ihr?«

»Natürlich. Ich habe ihr gesagt, dass mein Jens ein berufener Gymnasiast ist. In einer Realschule ist der doch total unterfordert. Da passt er nicht hin. Er ist viel zu sensibel und fühlt viel zu tief für die Realschule.«

Oje. Diese Sorte Mutter! Sie hatte einen Altar gebaut, auf dem saß ihr Jensi, und dort würde er zeitlebens einen Stammplatz haben, selbst wenn er kleine Katzen quälte und im Aldi Schnaps klaute.

Ich konnte diese Megamütter schon während meiner eigenen Erziehungszeit nicht ausstehen. Samantha war wunderbar, aber kein Wunderkind. Sie war einfach nur meine Tochter.

»Ich habe ihr deutlich gesagt, dass sie meinen Wunsch nicht ungestraft missachten kann. Ich vertrete ein christliches Menschenbild und erwarte das von unseren Pädagogen auch. Jens ist ein anständiger Junge. Und da, wo er jetzt ist, da wird er es auch bleiben.«

»Nun ist Frau Schmied ja bedauerlicherweise tot ...«

»Ich persönlich bedauere das gar nicht«, erklärte Sigrun Gramlich entschieden. »Ich denke, Gott sieht alles und fällt seine ganz persönlichen Urteile. Dann sucht er sich Diener, die seine Aufgaben ausführen. Sie hat den Herrn gelästert. ›Der Ali ist Gott genauso nah und lieb wie Ihr Jens‹, hat sie zu mir gesagt.«

»Fällt Gott auch Todesurteile?«

»Irgendjemand hat das Urteil vollstreckt. In seinem Auftrag.«

»Trotzdem ...«, murmelte ich, eigentlich schon im Gehen, denn diese Frau mit ihrem Fanatismus war mir unheimlich, »man bringt nicht einfach so Leute um. Aus solch einem Grund, meine ich.«

Jetzt stieß sie sich von der Wand, an der sie halb gelehnt hatte, ab und kam auf mich zu. Ganz nah. Zu nah.

Fixierte mich mit ihren jadeschwarzen kalten Augen. »Es gibt keinen besseren Grund als den der Gottesverachtung, oder?«

Als ich von Rastatt nach Ettlingen fuhr, fror ich, obwohl es so warm draußen war.

Und ich fürchtete, ich musste für meine Ermittlungen über Friederikes Tod noch eine dritte Linie ziehen.

***

Wahrscheinlich war das die Schwedin in mir, aber Wasser in jeder Form beruhigte mich und brachte meine Gedanken in eine Art Ordnung. Am besten wäre natürlich das Meer gewesen, aber im Badischen musste ich mich mit dem Rhein begnügen.

Auf der Rückfahrt von Rastatt fuhr ich zunächst auf die Bundesstraße 36, die nicht mehr durch die am Rhein aufgereihten Dörfer zuckelt, sondern schnell und anonym an einer Lärmschutzwand entlangführt. Die freundlichen Dörfer wie Muggensturm und Durmersheim sind nur noch Namen auf Straßenschildern.

Ich nahm die Ausfahrt Rheinstetten, durchquerte die weit auseinandergezogene Kleinstadt, eigentlich mehr ein zu groß gewordenes Dorf, bis zum Ortsteil Neuburgweier und parkte direkt am Rhein. Dort gab es ein einfaches kleines Restaurant, in dem draußen einfache kleine Gerichte serviert wurden.

Mit meinem Kostüm war ich dafür zwar nicht ganz passend gekleidet, aber wenn ich die Jacke auszog und die Blusenärmel hochkrempelte, würde es gehen.

Ich schaltete auf meine volkstümliche Seite um und bestellte bei einem jungen Mädchen ein Radler, an dem ich in kleinen Schlucken nippte. Um mich herum saßen Gruppen von Ausflüglern.

Die meisten waren aktiv aussehende Rentner. Neugierige Blicke streiften mich.

Diese grässliche Person mit ihrem Gotteswahn, diese bösen Augen. Mich fröstelte. Ich hätte jetzt gerne mit jemandem geredet. Am besten wäre Hagen Hayden gewesen, trotz allem. Er kannte eine Seite von Friederike, und ich kannte eine andere. Wenn er mich ernst nehmen würde, könnten wir gemeinsam der wahren Friederike vielleicht auf die Spur kommen.

Ich atmete die sich leicht abkühlende Herbstluft ein und versuchte mich zu beruhigen.

Ich hatte mir noch nie die Zeit genommen, es bewusst wahrzunehmen, doch dies hier war ein wunderschöner Platz. Kein Nobelrestaurant, aber das Gefühl von Sommerfrische und einfachem Glück. Gerade tuckerte die kleine Fähre über den Rhein, die Wanderer, Radfahrer und Motorräder nach Neuburg in die direkt gegenüberliegende Pfalz transportierte. Große Schiffe auf dem Weg von Basel nach Amsterdam brachten so etwas wie die freie Luft der Meere mit sich und frischten damit den Alltag der zahlreichen älteren Leutchen auf, die am Ufer ihre Campingstühle aufgebaut hatten und bei Kaffee und Kuchen auf den gleichmäßig dahinziehenden Strom blickten. Viele hatten kleine Hunde dabei, die unter den Stühlchen im Schatten lagen und nur gelegentlich lustlos einen Schwan ankläfften.

Es war jetzt schon fast Ende September. Die Ausflügler hier waren Lebenskünstler und genossen jeden letzten Zipfel des Sommers. Und es kostete nicht einmal etwas.

Weiter links öffnete sich ein romantischer Altrheinarm. Auf dem leicht grünlich schimmernden Wasser schaukelte ein leerer Holzkahn und rasselte träge mit seiner Kette. An der Kreuzung des alten und des neuen Rheins stand eine Bank, die glücklicherweise frei war. Dies schien mir der ideale Platz, um nachzudenken.

Ich bat die jugendliche Kellnerin, ob ich mein Glas die paar Meter mitnehmen durfte, was mit badischer Großzügigkeit gewährt wurde, und setzte mich auf die Bank. Gras kitzelte mich. Eine Libelle schoss punktgenau an mir vorüber. Es roch nach Moder und nach altem, feuchtem Holz.

Mein Blick wanderte den Rhein hinunter, dahin, wo schon Frankreich begann. Deutsche und Franzosen hatten sich im Zweiten Weltkrieg hier nicht direkt gegenübergestanden, denn die Elsässer waren zum Wehrdienst in der Hitler-Armee gepresst worden, und die Pfälzer drüben waren evakuiert. Dennoch kannte ich noch aus meiner Kindheit die Vorbehalte der einen gegen die anderen und umgekehrt.

Ich stellte das Radlerbier neben mich und holte einen Zettel aus meiner Furla-Tasche. Ich wollte versuchen, meine Gedanken zu ordnen.

Was war jetzt eigentlich mit den Frauen, die mir unerwartet das schon sichere Bild eines männlichen Mörders durchkreuzten?

Diese Sigrun Gramlich war gewiss mehr als nur eine unangenehme Person oder eine x-beliebige religiöse Fanatikerin, sondern sie war verrückt, vielleicht sogar gefährlich. Als fast ebenso unangenehm hatte ich Petra Bleibtrau, Roberts Schwester, empfunden. Sie war der Typ der einsamen alten Jungfer, sie klammerte an ihrem Bruder sowie an ihrem schmuddeligen Zuhause. Sie könnte Friederike gehasst haben. Gehasst und beneidet. Vielleicht hatte sie Angst gehabt, Friederike würde doch eines Tages ihren Mann verlassen und mit Robert eine Familie gründen, in der sie selbst keine Rolle mehr spielen würde.

Ich sah am anderen Ufer ein Mädchen mit einem sehr kleinen Hund. Es saß auf dem Rad, und der Hund lief nebenher. Eine muntere, mutige kleine Pfälzerin. Die Spazierwege am gegenüberliegenden Rheinufer waren einsamer als hier auf der badischen Seite. Ich hätte meine Tochter in diesem Alter nur ungern allein an diesem Fluss entlangfahren lassen. Unscharf sah ich Schnüre aus ihren Ohren heraushängen. Sie hörte also nebenher Musik.

Seit Janines Unfall wusste man ja, dass allerhand geschehen konnte, wenn sich so junge Dinger nicht richtig konzentrierten. Marlies gab mir deshalb die Schuld.

Janine? Janine! War sie wirklich so verwirrt gewesen? War es nicht merkwürdig, dass ihr ausgerechnet jetzt so etwas zugestoßen war, nachdem ich sie gefragt hatte, wen und was sie da oben im ersten Stock gesehen hatte?

Die Kleine war bekanntlich höchst interessiert an Geld und allem, was man dafür kaufen konnte, und sie war raffiniert.

Nahmen wir mal an …

Langsam stand ich auf, ging ein paar Schritte aufs Wasser zu, kickte einen Stein über den Rand. Er fiel mit einem satten Laut ins Wasser. Nahmen wir mal an, Janine hatte uns nicht alles erzählt, was sich an jenem Abend im ersten Stock abgespielt hatte. Nahmen wir mal an, ihr war die Brisanz ihres Wissens durchaus bewusst. Und nahmen wir mal weiterhin an, dass sie versucht hatte, aus der Sache ein wenig Extrakapital für sich herauszuschlagen.

Sie sei ja »so durcheinander« gewesen. Sie konnte deshalb am Tag nach dem Gespräch mit mir nicht in die Schule gehen und blieb allein zu Hause. Nachmittags allerdings war dasselbe Kind durchaus in der Lage, mit der Straßenbahn in die Stadt zu fahren und sich dort mit jemandem zu treffen. Auf dem Rückweg war das Unglück geschehen.

Alles bloß ein Zufall? Und wenn Janine versucht hatte, Erpresserin zu spielen? Morgens hatte sie bei dem Mann, den sie gesehen hatte, angerufen, und nachmittags hatte sie ihn getroffen. Hatte Geld dafür gefordert, dass sie nichts erzählte.

Der so Bedrohte wusste, was wir alle wissen, die wir Krimis lesen und durch jahrzehntelanges Fernsehen geschult sind: Man wird einen Erpresser nicht mehr los. Außer man bringt ihn um! Bei einem Kind mochte auch ein deutlicher Warnschuss reichen.

Ja, dachte ich und sah die kleine Pfälzerin auf der anderen Rheinseite in einen Feldweg einbiegen, der vom Ufer weg ins Dorf Neuburg führte. Janine war buchstäblich zu Tode erschrocken, denn sie war brutal gewarnt worden. Hatte sie das Auto und seinen Fahrer wirklich nicht erkannt? War es wirklich ein »Porsche oder so ähnlich« gewesen, oder hatte sie uns bewusst in die Irre geführt?

Ich musste noch einmal mit dem Kind reden.

»Wie geht es Janine, Marlies?«

Meine Bekannte, die ihre Stefanel-Jeans trug, dazu braune Slipper und ein olivfarbenes T-Shirt, sah um Welten besser aus als früher. Sie hätte mir eigentlich dankbar sein sollen, anstatt mich so böse anzuschauen.

»Wieso?«

»Ich habe ein Geschenk für sie. Etwas, was ihr gefallen wird. Weil wir sie doch so verwirrt haben, mit unserer dummen Fragerei!«

»Hm, ich weiß nicht …« Ich ließ sie nicht mehr zu Wort kommen.

»Ach, dahinten ist sie ja. In eurem prachtvollen Garten. Wie alles hier oben wächst und noch so grün ist! Da sieht man, was die paar Meter Höhenunterschied schon ausmachen! Aber du hast natürlich auch besonderes Geschick. Den grünen Daumen, hm?«

»Swentja! Ich möchte nicht, dass du mir das Kind wieder aufschreckst!«

»Keineswegs. Ich bin gleich wieder weg. Nur eine Minute. Das arme, liebe Ding.«

Bevor Marlies mich zurückhalten konnte, war ich durchs Wohnzimmer direkt in den Garten marschiert. Eine im Grunde peinliche Szene. Ein Leben lang hatte ich darauf geachtet, dass ein Besuch von mir für den jeweiligen Gastgeber eine rare Kostbarkeit war. Eine Swentja Tobler drängte sich nicht auf, kam selten, kam zu spät, blieb nicht sehr lange und sprach nicht mit jedem.

Friederikes Tod kostete mich allmählich zu viel. Sogar meinen wertvollen Ruf als begehrter Trumpf bei jeder Party.

»Ja, ich nehme einen Espresso! Danke«, rief ich Marlies noch zu. Die Zubereitung würde lange genug dauern, damit ich der Kleinen die entscheidende Frage stellen konnte.

Marlies folgte mir ein Stück, zischte so laut es ging: »Swentja, fang aber nicht wieder mit diesem M… mit dieser Sache an. Ich bin froh, dass sie sich etwas beruhigt hat. Du hättest sehen sollen, wie sie gezittert hat!«

»Aber Marlies! Ich bin doch selbst Mutter.«

Ich ging über den warmen, weichen Sommerrasen auf Janine zu, die in einem Liegestuhl lag und in den Himmel starrte. Neben ihr lag ein aufgeschlagenes Bravo-Heft. Sie hatte einen Artikel über Shakira gelesen.

»Janine, es bleibt uns nicht viel Zeit, bis deine Mutter kommt …«

Sie setzte sich auf. Sah mich an. Flüsterte böse: »Du sollst nicht mehr mit mir darüber sprechen.«

»Ich *muss* mit dir darüber sprechen, denn du hast dich in Gefahr begeben. Für das Spiel, das du spielen willst, kennst du die Regeln noch nicht. Also sag – hast du etwas oder jemanden gesehen, von dem du uns nichts gesagt hast? Oder hat einer der Männer etwas eingesteckt? Hast du ihn dabei beobachtet? Es ist wichtig. Dieser Mann ist gefährlich, Janine. Sehr gefährlich.«

»Lass mich in Ruhe!«

»Zucker?«, schrie Marlies von drinnen. »Swentja, Zucker? Und Milch?«

»Ja, bitte!«, schrie ich zurück. Das sollte sie noch ein paar Sekunden beschäftigen.

»Hast du versucht, jemanden zu erpressen, Janine? Und hat derjenige versucht, dich mit dem Auto anzufahren?«

»Ich rede kein Wort mehr mit dir. Niemals!«, wisperte das Kind verstockt.

»Hast du den Mann gesehen, der aus Friederikes Zimmer kam? Und wenn nicht – schwöre es. Beim Leben deiner Mama! Oder dem von Komtess.«

Das war harter Tobak, aber was sollte ich machen? Kleine Mädchen lieben ihre Hunde über alles.

Sie brauchte nicht lange zu überlegen. Dann kam: »Ich schwöre: Nein!«

Doch ich sah in ihren Augen etwas Seltsames, das mir Angst machte.

***

Nach dem Besuch bei Marlies hielt ich irgendwo im ehemaligen Industriegebiet von Ettlingen links von der Straße an und blieb im Auto sitzen. Legte Musik von Händel auf, den ich liebte. Es ist Musik für Königinnen. Königinnen wie mich.

Die Sonne begann sich langsam unter die Dachkanten der herrlich renovierten alten Fabrikgebäude – frühere Spinnereien, in denen heute Medienfirmen untergebracht waren – zurückzuziehen. Ich fühlte mich unsicher.

War ich wirklich so gut, oder stolperte ich vollkommen unbeabsichtigt über Leute, die ein Motiv hatten, Friederike die Luft abzuschnüren? Wenn es so weiterging, müsste ich für meine Überlegungen ein zweites Blatt anfangen.

Diese Gramlich war eine ausgesprochen durchgeknallte Person gewesen, und in ihren Augen hatte ich den blanken Hass gelesen, aber sie war natürlich nicht auf der Party der Schmieds gewesen, und sie hätte auch kein Interesse daran gehabt, das Kästchen zu stehlen. Dieses verdammte Kästchen. Das und der Anschlag auf Janine, von dem ich nun überzeugt war, machten mir den gesamten Fall kaputt.

Nichts passte zusammen. Der Liebhaber mit der Hundepension war mir verdächtig erschienen, doch auch er war am Vorabend von Friederikes Tod nicht im Hause Schmied gewesen. Seine Schwester, eifersüchtig und verbiestert, hätte ebenfalls Hassgefühle gegen die verheiratete Freundin ihres Bruders haben können, doch auch da galt: Kein Gast auf Friederikes Party.

Und wenn ich mich auf einem Irrweg befand? Möglicherweise hatte Horst Schmied das Kästchen selbst verschwinden lassen, weil ihm die Herkunft seiner Ehefrau peinlich war? Möglicherweise verfolgte ich das falsche Motiv. Vielleicht hatte Janine deshalb so merkwürdig unsicher gewirkt. Weil der Hausherr selbst die Gelegenheit genutzt hatte! Er konnte später behaupten, einer der Gäste müsse das Kästchen gestohlen haben. Horst? Sein Alibi sah zwar beinahe lückenlos aus, doch vielleicht war er am Samstagmorgen trotzdem länger draußen gewesen, als er angab. Getränke holen. Zur Toilette gehen. Draußen mal am Handy telefonieren. Seine Parteifreunde waren Männer. Die besaßen bekanntlich ein schwach ausgeprägtes Zeitgefühl. Sie könnten sich verschätzt haben, und von dem Haus der Schmieds bis zur Boutique in der Innenstadt waren es schließlich nur wenige hundert Meter.

Noch einmal ganz logisch, Swentja.

Welches waren denn die Hauptmotive, aus denen heraus Leute im Fernsehen und in Krimis andere Leute umbrachten?

Geld war und blieb der stärkste Beweggrund. Das traf auf Robert Bleibtrau zu, der um seine Hundepension fürchtete. Erst hatte er die arme, törichte Friederike auf seine Seite gezogen, und sie hatte sich mit ihrem Einfluss gegen den Bau des »Highway to Heaven« starkgemacht. Plötzlich zeigte sie sich vom Gegenteil überzeugt. Dafür musste es stärkere Gründe gegeben haben als die Beziehung zu Robert. Und diese neue Einstellung hatte sie auch öffentlich gemacht, was seine Position in dem Kampf um den Erhalt des Grundstücks schwächte. Die »Töchter des Albtals« waren eine Vereinigung von Frauen, die mit Entscheidungsträgern oder Geldleuten verheiratet waren, und sie konnten die öffentliche Meinung durch Anhörungen, Vorträge und Zeitungsartikel durchaus prägen.

Auf den Macho Tibor Lodemann traf das Motiv der Bereicherung eigentlich ebenfalls zu. Sein Hotel sah nicht gerade aus, als bräuchte man Monate vorher zu reservieren, es wirkte eher wie ein heruntergekommener alter Schuppen, in den man eine Menge Geld hineinstecken müsste. Sein Beweggrund, eine prominente und einflussreiche Gegnerin der ersehnten Aufwertung des Örtchens Herrenalb aus dem Weg zu räumen, war allerdings hinfällig geworden, nachdem Friederike ihr Fähnchen in einen anderen Wind gehängt hatte. Möglicherweise hatte er von ihrer Affäre gewusst, sie damit erpresst, und sie war deshalb widerwillig auf seine Linie umgeschwenkt?

Selbst Horst Schmied, der mäßig betrübte Witwer, hatte ein hübsches, kleines Geldmotiv. Er erbte die Eigentumswohnungen seiner Frau, deren Mitbesitzer er allerdings auch vorher schon gewesen war. Doch nun brauchte er mit niemandem mehr zu teilen.

Ich machte mir eine Notiz. Nochmals mit Tibor Lodemann sprechen!

Rache war ebenfalls ein Mordgrund. Frau Gramlich könnte dafür wiederum die geeignete Person sein.

Für Eifersucht als Motiv hatte ich ebenfalls vertraute Kandidaten: Roberts Schwester, die den Bruder für sich haben wollte und es dieser fremden Frau nicht verzeihen konnte, dass sie ihnen noch dazu ihr Zuhause und das ihrer Tiere nehmen wollte.

Ich seufzte.

Das alles galt aber nun nicht mehr, wenn Janine tatsächlich eine kleine Erpressung versucht hatte. Sie hatte ja folgerichtig nur jenen Mann erpressen können, den sie an jenem Abend in Friederikes Zimmer gesehen hatte, und keinen dieser anderen Verdächtigen, die sie vermutlich noch nie getroffen hatte.

Und Friederike hatte ihren Mörder widerspruchslos in ihre Umkleidekabine treten lassen. Es musste sich um jemanden gehandelt haben, den sie gut kannte.

Halt.

Sie hatte ja angenommen, ihr eigener Vater nähere sich ihr. Vielleicht hoffte sie, er wäre zur Einsicht gekommen und wollte sich nun doch endlich zu ihr bekennen. Vielleicht hatte sie ihm sogar von dem Einkaufsbummel mit mir erzählt. Hatte ihn auf dem Handy angerufen. »Komm doch auch vorbei. Schau mal, wie gut ich aussehen kann. Gefalle ich dir?« Natürlich! Deshalb war auch das wertlose Handy gestohlen worden. Weil seine Nummer darauf war. Ich stellte mir die Szene vor. Er schlich sich herein. Lachend. Was für eine Überraschung. Schau mal, wir überraschen die Swentja. Komm, ich such dir was Tolles aus. Ich weiß doch, was meinem kleinen Mädchen steht.

Und dann kam er näher. Vielleicht dachte sie, er würde sie küssen.

Verlorene Tochter, komm, ich will dich umarmen. Doch dann war es eine Umarmung ohne Ende geworden. Die Hände hatten fester und fester zugedrückt.

Friederike und Janine hatten den Mörder gekannt und ihm offenbar vertraut. Er hatte also nichts Furchterregendes an sich. Er war kein Fremder. Man traute ihm nichts Böses zu. *Er stammte aus unseren Kreisen!*

Und damit schieden sowohl Petra Bleibtrau als auch Sigrun Gramlich aus.

Mir schwirrte der Kopf.

Ich würde keine Chance bekommen, nochmals mit Janine zu sprechen. Ihre Mutter schirmte sie vor mir ab. Und die kleine Schlange würde die Erpressung natürlich niemals zugeben, nachdem sie nun verhätschelt und bedauert wurde. Außerdem fürchtete sie vermutlich um ihr Leben, wenn sie uns alles gestand. Ihr war klar geworden, dass er sie immer und überall erwischen konnte. Ende einer Kindheit.

Ich dehnte und streckte mich in meinem Auto. Stieg kurz aus. Um mich herum lagen die renovierten und schönen alten Fabrikgebäude der einstigen Spinnerei, die zu schicken Büros umfunktioniert worden waren. Große, gepflegte Grünflächen zwischen den Gebäudekomplexen wirkten fast amerikanisch. Unweit davon plätscherte die Alb, der Berg war nahe an das Idyll herangerückt. Junge Leute verließen lachend die Büros, manche musterten mich neugierig. In diesen Räumen waren EDV-Firmen und ein Callcenter untergebracht. Alle Angestellten teilten sich ein Café und eine Kantine. Auf den Parkplätzen standen kleine freche Autos, Fahrräder und Motorräder.

Wahrscheinlich war vierzig hier das Höchstalter, wenn man einen Job haben wollte. Das heißt, ich wäre zu alt. Plötzlich wurde mir klar, dass ich noch niemals im Leben ein Vorstellungsgespräch gehabt hatte. Außer bei meinem Mann im Ehebett.

Als ich wieder hinter das Steuer rutschte, hatte ich einen Entschluss gefasst: Ich würde weiterhin meiner ursprünglichen Spur folgen. Alles sprach dafür: Einer der Männer, die Janine oben im ersten Stock gesehen hatte, war Friederikes Vater.

Er hatte das Kästchen gestohlen, es untersucht und darin den Beweis für seine Vaterschaft gefunden. Ihm war klar geworden, dass er die unliebsame Tochter mit ihrer unerwünschten Liebe nicht mehr loswerden würde. Am anderen Tag hatte er Friederike umgebracht.

Seit dem Tod ihrer Mutter vor jetzt drei Monaten hatte Friederike das Kästchen besessen. Dadurch hatte sie endlich erfahren, wonach sie seit Langem gesucht hatte: den wahren Namen des Mannes, der sie gezeugt hatte. Da sie Horst aber erst kurz vor ihrer Ermordung von der Existenz des ominösen Kästchen erzählt hatte, musste sie mit ihrem Wissen in den Wochen davor allein gewesen sein.

Vermutlich hatte sie den Mann kontaktiert, und es war zu Gesprächen zwischen abweisendem Vater und der nach Liebe hungernden Tochter gekommen. Vielleicht hatte er sie beschworen, ihn nicht zu verraten? Sie aber mit ihrer ehrlichen Naivität hatte darauf bestanden, dass er sich endlich zu ihr bekannte.

Und sie wollte ihm zeigen, dass sie etwas konnte und etwas

darstellte. Er sollte sich nicht schämen. Sie hatte deshalb ihr Liebesverhältnis mit Robert Bleibtrau abgebrochen und einen Streit mit ihm riskiert, indem sie für das umstrittene Motorradprojekt kämpfte, das ihre Wohnungen aufwerten und Geld in ihre eigene Kasse spülen würde.

Oder hatte sie urplötzlich für den Straßenausbau plädiert, um Tibor Lodemann, ihrem richtigen Vater, aus seiner finanziellen Patsche zu helfen? Lodemann war das einzige Bindeglied zwischen allen bedrohlichen Elementen in Friederikes Leben. Er wäre ein Nutznießer der neuen Touristenattraktion, für die sich Friederike überraschenderweise einsetzte, und er war alt genug, um ihr Vater zu sein. Auf der Party der Schmieds war er eingeladen gewesen, und er hatte sich abends oben im ersten Stock aufgehalten.

Damit hatte Tibor Lodemann alle Voraussetzungen für einen Verdächtigen im Mord an Friederike. Hatte Tibor Lodemann für den Samstagmorgen eigentlich ein Alibi?

Auch wenn ich es nicht gerne tat – ich musste dringend mit Hagen Hayden sprechen. Einer der Männer, die Janine oben im ersten Stock gesehen hatte, war Friederikes Mörder.

Fast erleichtert, dass ich innerlich etwas ruhiger geworden war, fuhr ich wieder los.

Und merkte nicht, dass ich einen fatalen Gedankenfehler machte.

***

Hagen reagierte sarkastisch an der Grenze zur Unfreundlichkeit. Damit sich nicht wieder halb Ettlingen über uns Gedanken machen musste, hatte ich ihn im Hauptquartier der Ettlinger Kripo aufgesucht, in der Herrenalber Straße gegenüber der Kirche.

Auf seinem Schreibtisch standen das Foto einer jungen Frau und daneben das seines Hundes. Sein Blick begegnete kühl meiner unausgesprochenen Frage.

Ich war sehr schlicht gekleidet. Eine Bleistifthose von Basler und ein kurzärmeliges Top aus herrlich weichem Leder von Maje, das ich günstig über das Internetportal Net-a-porter erstanden hatte. Ich hätte es regulär kaufen können, aber es gab auch in unseren Kreisen so etwas wie einen Schnäppchen-Jagdinstinkt. Insgesamt eine edle, seriöse Ton-in-Ton-Kombination, die ich durch eine hellcognacfarbene Klapptasche von H&M sowie meine Lieblingssonnenbrille in Graubraun der Edelmarke Hogan kombiniert hatte. Angeblich schützte auch Angelina Jolie ihre Augen mit Hogan vor der Sonne. Die Brille hatte ich über meine Stirn nach oben geschoben.

Ich trug keinen Schmuck und war zurückhaltend im Nude-Look geschminkt. Nichts sollte von meiner Aussage ablenken.

Hagen musterte mich irritiert. »Frau Tobler, Sie sind zweifellos eine sehr angenehme Erscheinung. Unter anderen Umständen würde ich Sie vielleicht fragen, ob Sie mit mir ...« Er machte eine Pause. Ich sah ihn an und hoffte, er konnte in meinen Augen keine Erwartung lesen. »... etwas trinken gehen würden. Abends. Dort, wo Erwachsene hingehen.« Ich wollte protestieren, aber er schnitt mir das Wort mit einer sanften, aber bestimmten Geste ab.

»Doch die Umstände sind, wie sie sind, und auch die angenehmste Erscheinung wird lästig, wenn sie immer die gleichen vollkommen abstrusen Ansichten vorträgt. Warum können Sie nicht zugeben, dass Sie keine Ahnung haben, wer Ihre Freundin getötet hat, und die Mördersuche denen überlassen, die Sie von Ihren zweifellos üppigen Steuern dafür bezahlen? Ich hoffe jedenfalls, dass Sie welche bezahlen. Beim Beruf Ihres Gatten habe ich daran allerdings meine Zweifel.«

»Herr Hayden, schauen Sie kein Fernsehen, oder lesen Sie keine einschlägigen Krimis? Zum Schluss ist es immer der Polizist, der zugeben muss, dass er fälschlicherweise nicht auf die Stimme der Hobbyermittler mit gesundem Verstand und Menschenkenntnis gehört hat.«

»Ich bezweifle, dass Sie zu diesem Personenkreis gehören. Sie irren in diesem Fall herum, als wäre alles ein Spiel. Ein neues Hobby. Ein Zeitvertreib. Und dabei immer passend gekleidet!«

»Und Sie haben nach wie vor keine Ahnung von Friederike. Wie sie wirklich war. Übrigens – wer ist die Frau auf dem Foto da?«

Hagen stand auf und trat ans Fenster. Sah hinaus.

»Fünf Minuten gebe ich Ihnen. Und wenn das Wort Kästchen in Ihrer Rede vorkommt, stehe ich auf und gehe.«

»Bitte sehr. Es ist *Ihr* Büro. Aber das … nennen wir es Objekt, ist das Motiv für diesen Mord. Friederike war auf der Suche nach ihrem biologischen Vater. Im Laufe der Jahre hatte sich der Eindruck bei ihr verdichtet, Rainer Grüber sei es nicht, zumal sich bei mir die Verdachtsmomente häufen, dass er seine Stieftochter sexuell belästigt haben könnte.«

Hagen drehte sich um. Der Ausdruck in seinem schmalen Gesicht wurde aufmerksam. »Wie das?«

»Mehrere Zeugen haben …«

»Sprechen Sie mir bitte nicht von *Zeugen*!«

»Also gut. Mehrere *Leute* haben bestätigt, dass er auffallend liebevoll mit seinem Kind umging, sie Prinzessin nannte und die Kleine offenbar vergötterte.«

»Ist das nicht normal bei Eltern?«

»Bei den Vätern, die ich kenne, nicht. In unseren Kreisen haben die Männer oft nicht genug Zeit, ihre Kinder besser kennenzulernen als ihr Auto, ihren Hund und ihren Tennispartner.«

»Traurig genug. Gut, dass ich nicht in Ihren Kreisen lebe. Die Frau ist übrigens meine Verlobte.«

Ich schluckte. Haltung, Swentja! Nicht enttäuscht aussehen. Vielleicht macht es die Sache sogar leichter. Er hat jemanden, du hast jemanden. Eine Affäre, mehr nicht. Vielleicht.

Möglichst sachlich fuhr ich fort: »Nach dem Tod der Mutter erbte sie das Objekt mit Informationen über die Familie. Behielt mehrere Wochen für sich, was sie darin vorfand. In dieser Zeit kontaktierte sie wahrscheinlich den Betreffenden. Dafür spricht auch die Andeutung, die sie einer Bekannten gegenüber machte und die eindeutig ist, nämlich: ›Ich hätte nicht gedacht, dass ausgerechnet er mein Vater ist!‹ Dieser Hinweis auf seinen Namen wurde in eben jenem K… Ding in ihrem Zimmer aufbewahrt. An dem Abend, an dem das Ding verschwand, fand die bewusste Party bei Schmieds statt. Es wurde den Herren empfohlen, im ersten Stock auf die Gästetoilette zu gehen, was sie wohl auch alle taten. Dabei hatten sie ausreichend Gelegenheit, das unverschlossene Zimmer zu betreten und den … bewussten Gegenstand an sich nehmen.«

Hagen schüttelte den Kopf. »Zwei Toiletten! Euch ist nichts zu dekadent, was? Ich bin noch in einer Wohnung in der Karlsruher Südstadt aufgewachsen, die ein Klo draußen auf dem Treppenabsatz hatte.«

»Um Gottes willen!«

»Weiter!«, befahl er. »Ihre Zeit ist bald um.«

»Janine hat sich im Fernsehzimmer aufgehalten und das Kommen und Gehen auf dem Flur ziemlich scharf beobachtet. Als ich sie auf den Abend angesprochen habe, hat sie zwar schon die Wahrheit gesagt, aber vermutlich nicht alles preisgegeben. Sie hat mehr gesehen als das, und da sie ein geldgieriges kleines Luder ist – ich kritisiere das nicht, ich stelle es lediglich fest –, hat sie wohl eine kleine Erpressung versucht. Die Strafe hat sie schon erhalten.«

»Janine ist ein Kind«, gab er zurück. »Ein Kind. Außerdem gibt es für Ihre Geschichte keinerlei Anhaltspunkte!«

»Wie gut kennen Sie Kinder?«

»Noch nicht besonders gut.«

Ich wartete einen Moment und verdaute das Funkeln in seinen Augen, das wohl der Zukunft mit seiner Verlobten galt.

»Sehen Sie. Kinder sind gerissene Monster und noch nicht von allzu vielen moralischen Hindernissen gebremst. Ich denke, Janine dachte, sie weiß aus dem Fernsehen, wie man so eine Situation ausnutzt. Sie hat auf ein bisschen Extrataschengeld gehofft. Der Mörder hat das Auto gemietet oder geliehen – vielleicht ist es sogar sein eigenes und es steht in irgendeinem Schuppen – und hat sie damit fast überfahren. Der kleine Sportwagen diente vielleicht als Zweitwagen. Das Kind konnte so schnell nicht auf die Nummer an einem Auto achten. Sie ist ein Mädchen und weiß ja nicht einmal, was es für ein Wagen war.«

»Hey, wir sind im 21. Jahrhundert. Es gibt auch Mädels, die Autos mögen und erkennen. Ich glaube nicht daran. Dieses ominöse Kästchen! Friederike kann es selbst weggeworfen haben. Es war wahrscheinlich alt. Sie hat vermutlich den Inhalt durchgesehen, und er war nicht interessant. Sie hat das Kästchen vernichtet und den Inhalt in ihre Unterlagen abgeheftet. Alte Fotos. Solche Dinge. Ich werde den Witwer bitten, ihre Alben und Unterlagen daraufhin nochmals zu prüfen, wenn es Sie beruhigt. Und ich habe es Ihnen schon einmal gesagt: Es gibt in ihrer Geburtsurkunde keinen Hinweis für Unstimmigkeiten bei der Vaterschaft.«

Ich schüttelte den Kopf. »Machen Sie eine Genanalyse!«

Hagen lachte, ohne dass es fröhlich klang. »Dafür würde ich bei dieser Beweislage niemals eine Genehmigung bekommen. Vergessen Sie das Kästchen und gehen Sie sich ein nettes Kleid kaufen. Oder zwei. Oder noch besser – *kein* Kleid.« Er grinste anzüglich.

»Danke für den Rat, Herr Hayden. Friederikes Mann hat das Kästchen noch gesehen, als er am Freitagnachmittag aus Berlin zurückkam. Abends hatten sie ihre Party. Am anderen Morgen war er angeblich ohne Unterbrechung zu Hause. Sie glauben ihm das ja offenbar, aber ich würde da genauer hinsehen. Er war schließlich mehrfach draußen. Gastgeberpflichten.«

Hagen verdrehte die Augen. »Weiter, damit wir endlich fertig werden!«, seufzte er.

»Gut. Er hatte Parteifreunde zu Besuch, die alle um einen runden Tisch saßen und einander im Blick hatten. Keiner von denen sei nach oben gegangen. Da keine Damen anwesend waren, konnte auch die untere Toilette, die bei der Party zu einer Art Schminkzimmer umfunktioniert war, benutzt werden. Doch da die Schatulle nicht auf der polizeilichen Liste der Gegenstände in Friederikes Zimmer auftauchte, muss sie also am Freitagabend entwendet worden sein. Vor der Party war sie noch da, denn Friederike hat sie ihrem Mann gezeigt und angekündigt, sie wolle mit ihm am Wochenende über den Inhalt sprechen.«

Hagen lächelte. »Von mir aus. Wenn es Sie glücklich macht, Frau Tobler, dann kreisen Sie weiter um Ihr Kästchen. Ich müsste Ihnen das zwar eigentlich nicht sagen, aber wir sind jetzt sehr konkret einem Beschaffungskriminellen aus der Drogenszene in Mannheim auf der Spur, der in Ettlingen und Weingarten gesichtet wurde. Möchten Sie ein Foto des feinen Herrn sehen? Ich hoffe, Sie stehen auf Piercings und Ganzkörpertattoos?«

»Kein Bedarf. Kann ich gehen?«, fragte ich und stand auf, als er nachlässig nickte. »Lieber Herr Hayden. Wenn Sie Ihre Karriere weiter so vorantreiben, werden Sie außer im Urlaub kaum jemals über Ettlingen hinauskommen. Zwei Faktoren behindern Ihre Entwicklung: ein ausnehmend schlechter Kleidergeschmack und Ihre fehlende Fähigkeit, ein Mordmotiv zu sehen, selbst wenn es Ihnen auf dem Serviertablett präsentiert wird.«

Hagen lachte. »Ich habe Ihnen das schon einmal gesagt: Das sind Geschichtchen wie aus englischen Damenkrimis. Ich fürchte, Sie sind trotz Ihres coolen Auftretens ein wenig romantisch und naiv, meine Verehrte.«

»Ich hätte auch noch andere Motive zu bieten, wenn Ihnen dieses nicht gefällt, aber ich denke, daran haben Sie auch kein Interesse. Also – wir hören voneinander.«

»In Sachen Friederike? Lieber nicht«, sagte Hagen Hayden. »Noch mehr Motive? Genauso schlüssig wie geheimnisvolle Schatullen und verschwundene Väter? Oder war es umgekehrt?«

»Ja. Andere Motive«, genoss ich meinen kleinen Triumph, bevor ich die Tür schloss, »und sie liegen rechts und links von der Straße nach Herrenalb! Doch Sie werden sie nie finden, da Sie die Welt nicht mit Friederikes Augen sehen können.«

Kurz dachte ich an eine sehr verwirrt wirkende und sehr zerzauste Petra Bleibtrau und ihren einsamen Spaziergang. Genau zur selben Zeit war Janine angefahren worden.

»Wir sehen uns ohne Mordfall wieder?« Milde lächelnd, wie man Opa und Oma nach einem lästigen Kaffeebesuch an die Tür bringt, geleitete mich Hagen auf den Gang. Seine Hand lag warm zwischen meinen Schulterblättern. Ein uniformierter Polizist kreuzte unseren Weg und warf ihm jenen anerkennenden Blick zu, mit dem Männer gewisse Siege quittierten.

»Sie werden nichts mehr von mir hören, Herr Hayden. Außer im Erfolgsfall.«

»Was haben Sie als Nächstes vor? Nur, damit ich möglichst viel von Ihnen lernen kann, meine Liebe.«

»Ich werde Friederikes Vater finden!«

***

Erfreulich in meinem Leben war derzeit allein die Anwesenheit der süßen Schneeflocke. *Snowflake*. So nannte auch ich jetzt unsere Amerikanerin, seit sie mir erzählt hatte, dass sie ab Oktober in der Karlsruher Neuinszenierung von Tschaikowskys »Nussknacker« unter Elenas künstlerischer Oberleitung eine solche darstellen würde.

»Worum geht's denn bei der Tanzerei?«, fragte mein Mann gönnerhaft.

Lavinia sah ihn an, als habe er einen Scherz gemacht. In etwas mangelhaftem Deutsch brachte sie hervor: »Es geht um ein Mädchen, das durch einen Nussknacker gezeigt wird wie von eine Schlacht zu träumen.«

»Ein Nussknacker?«, fragte Nicolaus. »Schwierig. Kann ganz schwer als Büroeinrichtung abgesetzt werden.«

Lavinia und ich sahen einander an. Ich lächelte, und sie lächelte zurück.

Ein schönes Mädchen. Intensive dunkle Augen und ein brennender Ehrgeiz. Ich hatte bemerkt, dass sie sogar spätabends noch in ihrem Zimmer Tanzfiguren übte.

Ob sie allerdings eine Schneeflocke sein würde, die ein wenig aus der Reihe tanzte und damit etwas mehr beachtet wurde als der Rest der weißen Pracht, würde sich erst im Laufe der Proben herausstellen, sagte sie. Nur heraus aus dem *Corps de Ballet* wollte sie. Eine Solorolle.

Snowflake war ansonsten wie alle Amerikaner, die ich bisher kennengelernt hatte: Supernett. Höflich. Unkompliziert. Gesunde Zähne, gesundes dichtes Haar und ein Teint so klar wie der Colorado Creek. Zudem war sie unglaublich gelenkig, schlank sowieso und dabei so energisch wie ein Stück Draht. Ich sah sie meistens an Äpfeln herumknabbern oder Joghurts löffeln. »Wir müssen nicht zu dick werden, aber Elena achtet auch darauf, dass wir nicht sind zu mager! Glaubst du, dass wir im Schneeflockenwalzer wie German Knödels aussehen sollen?«

»Sag ›dürfen‹ und nicht ›müssen‹, denn *must not* ist im Deutschen ›nicht dürfen‹«, erklärte ich ihr. Sofort schrieb sie sich das auf. Die Kleine war ehrgeizig und aufgeweckt. Ich wünschte mir, meine eigene Tochter, die mit einem dicken Buch tagelang auf dem

Sofa liegen und selbstvergessen Kekse dazu futtern konnte, hätte etwas von ihr.

Snowflake war wild entschlossen, schnell Deutsch zu lernen und ansonsten Karriere im Ballett des Karlsruher Theaters zu machen. Und von da aus sollte es weitergehen. Stuttgart. Vielleicht Wien. Paris. Soli wollte sie tanzen.

Elena war ihr natürlich ein Vorbild, wenn auch eins, vor dem sie gehörigen Respekt hatte.

Elena selbst sah das wesentlich anders: »O Gott. Spricht sie wirklich so über mich? Dabei bin ich eigentlich viel zu gutmütig und habe viel zu viel Verständnis für sie allesamt, denn die armen Dinger haben sich für einen der härtesten Berufe der Welt entschieden. Sag es ihr aber nicht weiter. Die Mädels sollen ruhig ein wenig Angst vor mir haben. Sonst hängen sie abends in den Kneipen herum und schwänzen ihre Schwimmstunden und ihre von den segensreichen ›Freundinnen des Balletts‹ spendierten Massagen.«

»Ich glaube, deine Tänzer buhlen alle darum, von dir als besonders gut wahrgenommen zu werden.«

»Auch das ist eine alte Methode: Teile und herrsche«, erwiderte Elena lässig. »Verstehen sie sich zu gut und sind sie vor meinen Augen alle gleich, fällt der Konkurrenzgedanke weg, und der ist bei uns leider das Salz in der Suppe. Wir sind nur als Gruppe gut, das stimmt, aber wenn der Einzelne nicht versucht, genial zu sein, kommt nichts Erstklassiges dabei heraus.«

Es war elf Uhr vormittags, und Elena und ich saßen in der Theaterkantine des Karlsruher Staatstheaters, die zumindest bei mir jegliche Kreativität im Keim ersticken würde. Grauer dunkler Beton, und der Raum war überdies noch vollkommen phantasielos mit am Boden festgeschraubten Tischen eingerichtet. Der Tresen, an dem man sich seinen Kaffee oder sein Essen sowie belegte Brötchen oder Joghurt in Becherchen holen konnte, war ebenfalls keine reine Augenweide. Jede mittelgroße Firma müsste angesichts einer derart trostlosen Kantine fürchten, Mitarbeiter zu verlieren.

Die Schneeflocke hatte irgendein Band, das sie Tape nannte und mit dem sie ihre Knöchel stützte, zu Hause vergessen, und ohne dieses Tape gab es für sie keine Probe. Die Verletzungsgefahr war zu groß. Da ich sowieso etwas in Karlsruhe zu erledigen hatte, war ich zum Theater gegangen, hatte die strenge Pforte passiert und mich im Vorraum mit einer geschäftig wirkenden Elena getroffen.

»Wenn du schon hier bist und der Kleinen ihr Zeug hinterherträgst, lade ich dich zu einem Kaffee ein. Diese jungen Dinger. Vergessen sowieso immer die Hälfte im Probenraum. Ich trainiere ja nur selten selbst, aber manchmal habe ich eine Einzelstunde und gehe hinterher in die Säle. Ich könnte einen Flohmarkt mit den Sachen veranstalten, die sie liegen lassen. Von Socken über Haarbänder, bis hin zu T-Shirts, natürlich ihre geliebten Wasserflaschen, Creme, ihre Tamponschachteln – alles.«

Sie seufzte und schnippte zwei Tabletten mit Süßstoff in ihren Kaffee.

Ich verneinte, als sie mir davon anbot. »Schwarz, Elena. Aber deinen Keks würde ich nehmen. Danke!«

Sie rührte in ihrem Kaffee. Ich sah mich um. Zwei Männer mit Schals taten sehr wichtig, murmelten und zeichneten runde Kreise auf ein Blatt. Eine ältere Frau mit gefärbtem schwarzem Haar las die Bildzeitung und schüttelte die ganze Zeit den Kopf über die Schlechtigkeit der Welt. Ein junger, gut aussehender Typ, der aussah wie ein Türke, trug eine Uniform mit der Aufschrift »Brandschutz«. Er trank Tee in kleinen konzentrierten Schlucken.

Ich wandte mich Elena zu. »Aber alles in allem nehmen die Mädchen die Sache hier schon sehr ernst, habe ich den Eindruck. Kann es sein, dass sie insgesamt sehr reif sind für ihr Alter? Die Schneeflocke – verzeih, so nenne ich sie nun auch – hatte gestern Besuch von einer anderen Flocke. Einer kleinen Japanerin, gerade mal neunzehn. So ein eisernes Pflichtbewusstsein würde ich mir von meiner Tochter wünschen!«

»Ja, wer es bis hierher geschafft hat, musste schon einige Hürden überwinden. Du sprichst von Pflicht. Und von Talent. Es ist aber auch viel Glück dabei. Die richtigen Gönner zur richtigen Zeit. Fit sein an dem Tag des Vortanzens. Nicht die Periode vor sich haben und schlapp sein. Ein bisschen Masochismus gehört dazu. Man muss es lieben, sich zu quälen, jedes Mal wieder für diese eine einzige Vorstellung und für diesen einen einzigen Applaus. Und das dann Abend für Abend. Das ist hart.«

In Elenas Augen stand dieses besondere Leuchten, wie immer, wenn sie von ihrer Arbeit sprach.

Plötzlich beneidete ich sie. Es war eine Sache, mit Frauen einkaufen zu gehen, die nicht wussten, dass man niemals weiße Schuhe anzog, außer man trug ein Etuikleid von Chanel und lebte zu den Zeiten von Audrey Hepburn. Andernfalls sah man darin aus wie aus einer Nervenheilanstalt entsprungen.

Und es war etwas ganz anderes, etwas Bedeutsames zu tun, wofür man von aller Welt respektiert wurde. So wie Elena. Ein neues Gefühl kam in mir auf: Plötzlich erschien es mir wichtig, respektiert zu werden.

»Komm mit, wir geben ihr das Tape persönlich!«, forderte sie mich auf.

Ich nahm ihr Angebot gerne an und folgte ihr durch jene Gänge, die dem Normalsterblichen verwehrt sind. Manchmal veranstalteten die »Liebhaber des Staatstheaters« eine Führung durchs Theater, an der ich auch schon teilgenommen hatte. Dabei wurde man jedoch wie eine Herde Schafe über die Bühne, durch die Kulissen, Treppen hinauf- und Leitern hinabgetrieben und hatte kaum Zeit, sich umzusehen.

So viel Exotik oder Phantasie auf der Bühne herrschen mochte, hinter den Kulissen sah es so nüchtern aus wie in einer Bausparkasse. Graue Wände, Stahltüren, plötzliche Seitenarme der langen Gänge, die in stille Winkel führten, aus denen gedämpfte Musik erklang. Dort blies eine Trompete, da sang jemand immer die gleichen Töne. Bürotüren öffneten sich, Leute kamen mit Papieren heraus, gingen in gegenüberliegende Büros, suchten die Toiletten auf – kurz, es herrschte wenig Glamour und viel Alltag.

Fotos an den Wänden sollten wohl die Kahlheit der nüchternen Gänge auflockern. Meistens handelte es sich um ernst blickende Schwarz-Weiß-Gesichter mit Hornbrillen, die aussahen wie Nachrichtensprecher. Frühere Intendanten, Schauspieler, Musikdirektoren, Bühnenbildner. Aber auch ganz normale Leute wie »Jubiläum: Dreißig Jahre Bühnenarbeiter und Garderobieren«

oder »Der Oberbürgermeister dankt den Feuerwehrleuten, den Rotkreuzhelfern, dem Theaterarzt«.

Ich ließ den Blick über die Fotos schweifen und war enttäuscht. Alles sehr wenig spektakulär. Jetzt verstand ich, warum im Radio immer vom Kulturbetrieb die Rede war. Es war tatsächlich eine Art Betrieb, und gefertigt wurde Kunst. Oder besser – allabendlich wurden bunte Träume hergestellt und pünktlich geliefert.

Wir passierten Kleiderstangen mit dunklen Anzügen und altmodischen Taftkleidern mit Schulterpolstern. Ich berührte eines davon. Es war steif und vermutlich unbequem.

»Die sind für den ›Kirschgarten‹ von Anton Tschechow!«, erläuterte Elena. »Bin gespannt auf die Inszenierung. Premiere ist ebenfalls Mitte November.«

Schließlich waren wir in einem Seitenflügel des Irrgartens und damit in Elenas eigenem Reich gelandet.

An der Wand hingen Poster mit gezeichneten Ballettfiguren und den französischen Bezeichnungen. Ein Schwarzes Brett verkündete die Tourneetermine für die kommende Saison und den Zugabfahrtsplan des Karlsruher Hauptbahnhofs. Der Probenplan für den »Nussknacker« wies viele brasilianische Namen auf. In eine Liste konnte sich eintragen, wer neue Ballettschuhe brauchte. Ein Zettel bot ein Zimmer in einer Zweier-WG an. Ein Schwarm Asiatinnen kicherte sich an uns vorbei.

In einem fast leeren, geräumigen Ballettsaal mit verspiegelter Wand und der aus dem Fernsehen sattsam bekannten Stange hielten sich ein paar junge Leute fest, lachten, streckten die Beine spielerisch in Positionen, von denen ich nicht mal wusste, dass sie anatomisch möglich waren. Nicht missverstehen: Ich war nicht unsportlich. Konnte ich mir nicht leisten, denn es gehörte zu meiner Lebensphilosophie, gut auszusehen und schlank zu sein. Die großen Designer schneiderten schließlich meist nur bis Größe vierzig. Doch brachte ich mein Bein nicht in die Waagrechte und konnte in Ruhe dabei noch einen Apfel essen und mich mit meiner Nachbarin unterhalten, so als säße ich in einem Fernsehsessel.

Ich betrachtete die Tänzer. Die Männer hatten sehnige und drahtige Körper, und die Mädchen waren alle schlank. Sie sahen zart und doch energisch aus. Ihre Gesichter verhießen eine gewisse Intensität. Viele hatten einen osteuropäischen Schnitt.

Meine Schneeflocke kam angerannt und nahm mit tausend Dank ihre Bänder entgegen. Dann drehte sie eine Art Pirouette, imitierte eine höfische Verneigung und verschwand in einem zweiten, kleineren Saal.

Elena nahm mich am Ellbogen und führte mich zur Tür. »Sie proben immer in Gruppen. Da hast du gleich mehrere Schneeflocken.«

Ein Mann in Trainingshosen saß auf einem Stuhl, und eine Sechsergruppe Mädchen hatte sich gerade aufgestellt. »Denkt daran«, rief er mit deutlich hörbarem englischem Akzent, »die *Arabesque* ist kein Schritt, sondern ein Übergang. Das muss fließen.«

Die Mädchen begannen zu tanzen. Nein: zu wirbeln. Im Hintergrund saß eine ältere Dame und spielte Klavier. Wenn sie sich neigten und drehten, nickte sie zufrieden.

»Stopp. Die *Couronne* nur andeuten, bitte. Nochmals das Ganze.«

Elena schloss leise die Tür. Ich war nachdenklich geworden. »Elena, wie lange können sie das machen? Wann sind sie nicht mehr zierlich und biegsam genug?«

»Ehrlich?«

»Ja.«

»Bis Ende zwanzig. Dann ist spätestens Schluss. In Skandinavien behalten sie die Mädchen bis Anfang, Mitte dreißig. Das ist bei uns nicht drin. Sie werden dann zu matronenhaft. Und das geht nicht. Das Publikum will Träume sehen. Elfen. Und keine Wesen aus Fleisch und Blut mit Po und Busen.«

»Und was machen sie dann?«

Elena seufzte. »Gymnastikstudiotrainerinnen. Ballettlehrerinnen, wenn sie gut waren und die Knochen noch nicht kaputt sind. Ehefrauen, wenn sie schlau waren. Durchschnitt eben.«

»Mal ehrlich. Hat unsere Schneeflocke wirklich eine Chance?«

»Ganz ehrlich? Nein. Sie hat doch seit Neuestem einen Freund. Er ist nicht mal vom Theater. Ein Maler. Franzose, das heißt, er isst und kocht gerne. Den Rest kannst du dir denken. Sie nimmt jetzt die Pille. Sie wird – fraulich. Noch ein, zwei Jahre in der

Gruppe. Dann ist Schluss. Aber sie hat sich entschieden. Und das ist, was zählt.«

»Weiß sie es schon?«

Elena runzelte die Stirn. »Nein. Sie hofft noch. Und ich werde es ihr nicht sagen. Träume von etwas Großem zerstört man nicht einfach so.«

Ja, dachte ich, als ich allein und auf eine schwer beschreibbare Weise deprimiert durch die grauen Flure zurückging. Sie hofft noch. Und solange sie noch alles gibt, kann man sie im Karlsruher Staatstheater noch brauchen.

Wieder vorüber an den Büros, an den Fotos. Ich schaute in einen Raum, in dem Hüte, nichts als Hüte waren. Schwarze Hüte. Ich dachte an eine Beerdigung. Ein Mann säuberte sie mit einem Lappen. Staub wirbelte um ihn.

Ja, Elena hatte recht. Man musste sich entscheiden. Ich hatte mich auch entschieden, und zwar für ein Leben im Luxus. Sorgenfrei, aber auch frei von jeder Leidenschaft, es sei denn, man bezeichnete die Suche nach einer möglichst preisgünstigen Linda-Farrow-Vintage-Sonnenbrille im Netz als erfüllend und ihren Fund als rauschhaften Zustand. Wer es bis jetzt nicht wusste: Die Sonnenbrillen der Engländerin Farrow werden auch von Lady Gaga geschätzt und sind zurzeit mehr als angesagt.

Als ich nach draußen kam und mich die frühherbstliche Wärme einer gnädigen badischen Sonne wärmte, war ich froh, wieder in meiner Welt zu sein. Zumindest hatte ich Friederike für kurze Zeit verdrängen können. Oder? Ich runzelte die Stirn.

Irgendwie hatte ich im Theater trotzdem an sie gedacht, aber in welchem Zusammenhang? Es musste gewesen sein, als ich die Hüte sah. Schwarze Hüte wie bei einer Beerdigung. Friederikes Beerdigung. Eine traurige und eine peinliche Angelegenheit. Traurig für sie und peinlich für mich. Ich hatte ganz hinten gestanden und war bald gegangen. Jeder hatte so getan, als verstehe er mich, doch es wurde bestimmt lustvoll getuschelt, kaum dass ich verschwunden war. Ein grausiger Gedanke: Vielleicht war ja auch ihr Vater, ihr Mörder, unter den zahlreichen Trauernden gewesen. In harmloser Funktion. Als Freund der Familie. Hatte er ungerührt in das Grab seiner Tochter geschaut, oder hatte er Tränen in den

Augen gehabt? Niemandem wäre es aufgefallen. Ein Trauernder. Wie passend.

Ich konnte die Besuche bei Friederikes möglichen Vätern nun nicht mehr aufschieben. Damit sich die Beschwerdeanrufe von potenten Steuerkunden bei meinem Mann nicht häuften, musste ich mir einen guten Schlachtplan für mein Auftauchen zurechtlegen.

»Ja, mach nur einen Plan, sei nur ein großes Licht, und mach noch nen zweiten Plan, gehn tun sie beide nicht!«, hatte Bertolt Brecht gedichtet – bitte denken Sie nicht, dass ich diesen linken Dichter schätzen würde, aber den Spruch fand ich gelungen –, und wenn man daraus überhaupt eine Lehre zog, dann die, dass ein guter Plan ein einfacher Plan war.

Bevor ich mir darüber Gedanken machen konnte, geschah etwas Unerwartetes.

Eine weibliche Person, die ich nicht kannte und die sich auch nicht korrekt vorstellte, rief mich am frühen Nachmittag zu Hause an und bat um ein Gespräch. »Wegen der Frau in der Boutique!«

Ich hörte an der Stimme und der einfachen Ausdrucksweise sofort, dass sie keine von uns war. Eher eine Ausländerin, Russin vielleicht, aber bestimmt keine von der schicken Sorte – meist sehr attraktive Frauen –, wie sie in unseren Kreisen gelegentlich als Gattinnen von Autohausbesitzern oder Industriellen auftauchten.

»Ich wollte Sie sprechen. Sie sind doch die Frau mit dem Mord, oder?«

Nun, so könnte man es auch nennen. Ich war die Frau mit dem Mord! So weit hatte ich es immerhin gebracht.

»Ich fürchte, ich verstehe nicht«, entgegnete ich kühl. »Was möchten Sie?«

»Ich will nicht zur Polizei. Ich habe etwas beobachtet. Aber ich will nicht zur Polizei. Mein Sohn … wir hatten schon mal Ärger. Besser, man steht nicht auf der Liste.«

Da hatte sie vielleicht sogar recht.

»Nun, wenn Sie herkommen möchten. Ich habe aber nicht viel Zeit.«

»Zu Ihnen. Kommen?«

»Ja.«

»Das geht nicht.«

Aha. Bis hierhin, und wie weiter?

»Soll ich zu Ihnen kommen? Sollen wir uns treffen? Hören Sie, könnten Sie bitte zur Sache kommen.«

»Ich wohne aber in Pfaffenrot«, kam es zögernd. »Muss man mit dem Bus fahren.«

»Ich habe ein Auto. Das wäre kein Problem.«

»Natürlich«, sagte sie verlegen.

Es war wirklich kein Problem. Einer der Vorteile von Ettlingen war, dass man andere Welten in kürzester Zeit erreichen konnte: einfach rechts und links die Berge hoch.

Die rechte Seite unseres Albtales war vielleicht ein wenig schicker durch die Gestüte und die Restaurants. Pfaffenrot hingegen bot rustikales Heimatgefühl. Die zu Marxzell gehörende Gemeinde war ein hübsches kleines Dorf, das man über eine kurze steile Straße erreichte, die von der Albtalstrecke aus nach oben führte. Es wunderte mich, dass die unbekannte Frau dort lebte. Pfaffenrot war nett, aber man musste eigentlich dort geboren sein, um sich dort zu Hause zu fühlen. Es gab keinen direkten Stadtbahnanschluss. Wenn man einmal im Jahr auf die Höhe fuhr, mochte es originell sein, auf Dauer war es aber wenig praktisch.

Mit unseren Damenkreisen waren wir ein- oder zweimal bei den rustikalen Veranstaltungen gewesen, die sie dort ab und zu im Dorfmuseum geben. Wir trugen dann die schicke Landhausmode der angesagten Firma Sportalm, legten wenig Make-up auf und tranken Bier. Das heißt, wir bestellten es und nippten daran. Trinken sollten es jene Leute, denen ihre Figur egal war! Eigentlich nippten wir ständig nur. Am Essen. Am Trinken. Am Sex. Vielleicht am ganzen Leben.

»Ich wohne in einem Haus. Gleich am Eingang vom Ort. Oben in einer Wohnung. Wir …« Ihre Stimme erstarb. Ihr war es peinlich und mir auch.

»Soll ich zu Ihnen kommen? Es müsste aber gleich sein.«

»Gerne. Möchten Sie Kaffee?«

Um Gottes willen. Ich sah das Geschirr vor mir. »Nein, sehr freundlich.«

Pfaffenrot lag in freundlichem herbstlichem Dunst. Wie die Dörfer auf der anderen Talseite auch, bot der Ort schöne Aussichten in die umgebenden Wiesen und Weiden. Die Straßen waren fast menschenleer. Es wirkte sehr sauber und idyllisch, überall Fachwerk und gepflegte Dorfhäuschen. Schöne Vorgärten, in denen der Herbst sich farbenfroh austobte.

Ich fand das Haus sofort. Es war ein eher ärmliches Anwesen, an dem man über die Jahre immer wieder herumgebaut hatte. Das graue Gebäude stand fast frei an einem abschüssigen Hang. Durch die grüne Wiese, die nach unten abfiel, und die Bäume, die auf der linken Seite die einzigen Nachbarn des Hauses waren, wirkte die Szenerie fast wie im Allgäu. Das Haus hatte alte Holzfenster und eine billige Tür. Das Dach sah ebenso renovierungsbedürftig aus wie das gesamte Gebäude. Ein ausgeschlachtetes Motorrad stand vor dem Haus. Eine Katze und ein Hund saßen friedlich nebeneinander in dem schlichten, nicht gärtnergepflegten Vorgarten und beobachteten mich, als ich vorsichtig ausstieg, mich umsah und dann auf die Tür zuging. Es roch irgendwie undefinierbar nach Fleisch oder Wurst.

Frau Herrmann selbst stellte sich als kleine, abgearbeitete Person heraus. Schlechte, fleckige Haut. Ihre fettigen schmutzig blonden Haare hatte sie zu einem dünnen Pferdeschwanz gebunden. Ihre blauen Augen sahen desillusioniert in die Welt, um den Mund lag ein bitterer Zug. Investierte man zehntausend Euro in sie, könnte sie ganz nett aussehen.

»Mein Mann hat das Haus damals von einer alten Frau für wenig Geld gekauft. Er ist jetzt aber ausgezogen. Und ich habe meine Cousine aus Polen aufgenommen. Zusammen können wir es gerade so bezahlen.«

Sie führte mich in ein Wohnzimmer, das für jemanden wie mich, den diese Art von Hässlichkeit zutiefst deprimierte, im Grunde fast unbetretbar war. »Nehmen Sie Platz.«

Anscheinend musste ich mich im Mordfall Friederike ständig in grauenhaften Sitzgruppen niederlassen: Auch hier stand so ein

Exemplar in dem unsäglichen braungrauen Muster der siebziger Jahre, davor ein niedriger Couchtisch aus Eichenimitat mit eingelassenen graubraunen Kacheln. Ansonsten gab es noch einen Fernsehschrank und ein Regal, in dem alte Zeitschriften und Schachteln lagerten. Gelblich braune Vorhänge ließen kaum Licht in den hässlichen Raum.

»Ich sage Ihnen etwas über den Mord, wenn Sie mir etwas dafür geben.«

»Meine liebe Frau Herrmann …« Ich ließ mich ganz vorne auf der Kante des Sofas nieder. »Dass Frau Schmied ermordet worden ist, tut mir zwar sehr leid, aber die Aufklärung ihres Todes ist mir kein Geld wert. Ich kann Ihnen nichts dafür geben. Das würde ja nach Bestechung aussehen.«

»Kein Geld!«, sagte sie energisch. »Sprechen Sie nur mit dem Polizisten. Dem großen, schlanken. Dem mit Ring im Ohr. Wegen Daniel. Wegen meinem Sohn.«

»Aha. Ihr Sohn hat wohl Ärger gehabt, und Sie wollen ihn jetzt herauspauken.« Scharf musterte ich die Frau. Die Flecken auf ihrem Gesicht verstärkten sich.

»Nein. Ich will, dass er zur Polizei geht. Er soll Polizist werden, aber sie sind streng. Mit der Aufnahme. Sprechen Sie mit dem großen Kriminaler. Vielleicht kann er ihm helfen, wenn ich Ihnen helfe. Kann ihn empfehlen. Er ist ein guter Junge. Eigentlich. Und sehr viel Sport. Ist in Fußballverein. Hier oben. In Pfaffenrot.«

»Warum tun Sie das nicht selbst?«

Sie schüttelte den Kopf. »Geht nicht. Geht nicht. Ich gehe nicht zur Polizei. Niemals.«

Ich seufzte. »Also gut. Ich werde es versuchen. Und jetzt sagen Sie mir doch bitte, was Sie gesehen haben.«

»Ich arbeite in dem Blumenladen. Stundenweise. Nur Stunden. Leute wollen uns alle immer nur für Stunden anstellen. Niemals für immer. Kein Bedarf. Warum?«

Woher sollte ich das wissen? Ich hatte noch nie eine feste Stelle gehabt, außer der als gut bezahlte Ehefrau. Eine Tätigkeit, die ich allerdings auch nur stundenweise ausübte. Mein Mann hatte nicht mehr Bedarf für mich.

»Was machen Sie dort?« Ratlos sah ich die Frau an. Was mochte so eine Frau wie diese im Blumenladen tun? Putzen vermutlich. Ich würde sie nicht als Putzfrau haben wollen. Zu ungepflegt. Vorsichtig sah ich mich um. Es war sauber hier. Und doch wieder nicht. Diese alten Möbel hatten für mich etwas zutiefst Unhygienisches.

»Ich helfe beim Umtopfen und putze und gieße. Und an dem Tag habe ich die Bäume hinten in dem Hof gegossen. Da, wo die Leute durchlaufen.«

»Ja, der kleine Platz. Die Polizei hat aber doch alle Mitarbeiter gefragt, ob sie etwas Ungewöhnliches beobachtet haben.«

»Ich habe es erst nicht gemerkt. Und jetzt? Ich will nicht auf die Liste. Eine Frau ist in den Hintereingang von diesem teuren Laden da gegangen. Ungefähr um halb zwölf. Es gehen ab und zu Leute da rein. Nicht viele. Ich achte da nicht drauf. Aber mit dieser Frau ... da hat was nicht gestimmt mit ihr.«

»Was denn?«

»Ich glaube, sie war irgendwie verkleidet. Sie hatte ein Kleid an, aber es hat überhaupt nicht gepasst. Ich verstehe etwas davon.« Jetzt schlich sich ein Ausdruck von Stolz in ihr Gesicht. »Ich war Schneiderin. Damals bei uns zu Hause in Russland. Das Kleid sah irgendwie komisch aus. Es war zu groß. Es war irgendwie ... nicht echt. Schlecht genäht. Und die Person darin war wie ausgestopft. Am Busen und am Po. Und die Haare waren auch nicht echt. Ich habe noch gedacht: Eine komische Frau. Wie in Filmen, wo Männer Frauen spielen. Da haben sie solche Sachen an.«

»Haben Sie das Gesicht der Frau gesehen?«

»Nur kurz. War bisschen zu stark angemalt. Rote Lippen und so. Deutsche Frauen machen das nicht.«

»Haben Sie die Person wieder hinausgehen sehen?«

»Nein. Ich war fertig mit gießen. Ich musste wieder rein. Die Chefin mag das nicht. Mag das gar nicht. Ich gieße und gehe wieder rein. Es war doch das Fest. Fest vom Markt. Da ist sehr, sehr viel los bei dem Laden.«

Ich dachte nach. Neben mir auf dem Sofa saß ein Bär aus rosa Plüsch. Er sah mich aus seinen starren weißen Augen unverwandt an.

»Frau Herrmann, was meinen Sie? Was steckte hinter dieser Frau?«

Sie lächelte schlau. »Ich glaube, es war gar keine Frau. Ich glaube, es war ein Mann, der sich angezogen hat wie eine Frau. Das Kleid. Es hat einfach nicht gestimmt. So schlecht genäht, das würde keine Frau anziehen. Und die Schminke auch nicht. Und außerdem: Wer hat bei dem warmen Wetter ein Tuch um den Kopf?«

***

Ich erntete von Hagen Hayden kein Lob für meinen Ausflug in die schlichte Welt der Frau Herrmann in Pfaffenrot. Im Gegenteil.

Er, gut sitzende Jeans und schwarzes Hemd, fixierte mich unfreundlich, nachdem ich ihn gebeten hatte, zwei außerordentlich gewöhnlich aussehende Kollegen und eine blonde Frau in Uniform wegzuschicken.

»Bevor Sie meine Dienstgeschäfte hier ganz übernehmen, sagen Sie kurz Bescheid, Frau Tobler. Ich komme mir allmählich vor wie die Figur in einem schlechten Kriminalroman. Sie wissen schon. Die reiche, oberschlaue Tussi aus bestem Hause ist gar nicht so oberflächlich, wie sie aussieht, kann eigentlich alles besser und führt den braven alten Polizisten vor, der halsstarrig an seinen Ermittlungsmethoden klebt. Lesen Sie bitte weiterhin an Ihrem Kamin, trinken Sie dazu englischen Tee und lassen Sie uns in Ruhe.«

»Sie sind kein braver alter Polizist, sondern ein ziemlich unhöflicher Macho. Und den Ausdruck Tussi verbitte ich mir. Reich und oberschlau nicht, denn das trifft grundsätzlich auf mich zu, auch wenn ich es anders ausdrücken würde. Können Sie nicht freundlicher zu mir sein?«

»Würde ich gern. Sie lassen mich ja nicht«, sagte Hagen kurz. »Also?«

»Was diese Frau sagt, ist doch interessant. Sie bittet übrigens darum, dass man ihren Sohn zum Polizeidienst zulässt.«

Er tippte sich an die Stirn. »Noch was, ja? Erstens bin ich für so etwas nicht zuständig, zweitens gehen wir auf keinen derartigen Kuhhandel ein, und drittens ist das sowieso alles Quatsch.«

Er stand geschmeidig auf. Schlenderte zu seinem Aktenschrank.

»Hier sind die Ausdrucke aller Zeugenprotokolle, die von den Leuten, die sich in den um den kleinen Hof herumliegenden Örtlichkeiten befanden, aufgenommen und geprüft sowie dann von unserer Schreibkraft eingegeben wurden. Frau Rosi Herrmann, dreiundfünfzig Jahre, wohnhaft in der Feldstraße 2 in Pfaffenrot, hat zu Protokoll gegeben, sie habe an jenem Vormittag nichts Außergewöhnliches in dem Hof bemerkt. Viele Leute seien durch den Hof gegangen, da ja bekanntlich Marktfest war. Mehr hat sie nicht ausgesagt.«

»Weil sie ihre Beobachtung eben nur mir mitteilen wollte.«

»Und warum jetzt? Und ausgerechnet Ihnen?«

»Sie erhoffte sich etwas von mir. Na ja, Protektion eben. Sie hat inzwischen wahrscheinlich gehört, dass ich mich für den Fall interessiere. Von ihrer Chefin, und die ist wiederum mit der Chefin des Kinderbuchladens bekannt. Ettlingen ist eine Kleinstadt.«

»Haben Sie noch mehr derart überraschende Erkenntnisse?«

»Herr Hayden, der Mörder war ein Mann. Er hat sich – wahrscheinlich notdürftig – als Frau verkleidet.«

Hagen schmunzelte.

»Bitte geben Sie meiner Theorie eine Chance.«

»Oh, Sie haben alle Chancen bei mir, meine Liebe. Also weiter. Mann als Frau verkleidet. Und dann?«

»Er hat in der gut besuchten Boutique unauffällig beobachten können, wie Friederike in den unteren Teil des Ladens ging. Hat am Leuchten der Ampel gesehen, dass sie die einzige Umkleidekabine besetzt hatte und vermutlich dort unten allein war. Er ist aus dem Laden herausgegangen, die wenigen Meter um das Gebäude herum in den Hinterhof. Über den Hintereingang konnte er leicht in das Treppenhaus und damit in den unteren Stock gelangen. Nun hatte er in dem kleinen Raum immer noch Zeit zu sondieren, ob sie wirklich ganz allein war. Friederike war in der Kabine mit Umkleiden beschäftigt. Er hat sie überrascht, umgebracht und ist wieder über den Hinterhof geflüchtet. Das hat nur wenige Minuten gedauert. Niemand hat auf ihn geachtet. Irgendwo, vielleicht in den öffentlichen Toilettenanlagen im Hof, hat er sich dann umgezogen und die Schminke entfernt. So konnte der Mörder ganz unauffällig in den Laden zurückschlendern, sich unter die Kunden mischen und abwarten, was passierte. Als wir sie fanden, wusste er, sein Werk war vollendet, und er ist in der Menge verschwunden. Tollkühn, aber genial.«

»Wieso ist eine so schlecht verkleidete Person dann nicht noch mehr Leuten aufgefallen? Er oder sie musste ja im Innern des Ladens warten, bis Friederike nach unten ging. Und er musste die Treppe danach lange genug beobachten, um sicherzugehen, dass sie dort unten wirklich allein war. Das ist sehr unwahrscheinlich, meine liebe Frau Tobler. Warum können Sie nicht einmal im Leben einsehen, dass Sie *nicht* zum Ziel kommen?«

Ich dachte kurz an meine Theorie mit dem Handy und dass Friederike ihren Mörder selbst in ihre Kabine bestellt hatte, doch ich traute mich nicht, ihm das auch noch zuzumuten.

»Es war extrem viel los«, antwortete ich stattdessen. »Die Chefin hat Brezeln verteilt. Luftballons. Es gab T-Shirts mit Ettlingen-Motiven darauf zu gewinnen. Auf einem waren unser historischer Lauerturm und die Stadtmauer abgebildet. Ich sehe es geradezu vor mir. Man musste ein Rad drehen, um diese Scheußlichkeit zu gewinnen, aber die einfachen Leute mögen ja so etwas. Wenn der Mörder nicht gerade wie ein Clown aussah, konnte er sich an dem Tag in der Menge verbergen. Aber dieser Mord war ein großes Risiko. Deshalb suche ich nach einem kühlen und berechnenden Menschen. Und nach einem, dem die Zeit davonlief.«

»Sie suchen bitte nach gar nichts, Frau Tobler. Außer vielleicht nach Abwechslung in Ihrem öden Luxusweibchendasein da oben auf dem Berg. Einem Zeitvertreib, während Ihr Mann seine … Dienstreisen macht.«

Die Pause, die er machte, gefiel mir nicht. »Was wollen Sie damit sagen?«

»Nichts. Also, warum ist eine solche Person niemandem aufgefallen?«

Ich rief mir in Erinnerung, was Frau Herrmann gesagt hatte.

»Ich versteh etwas davon«, hatte sie gesagt. »Ich war Schneiderin ...«

»Herr Hayden, Frau Herrmann kannte sich aus. Sah auf einen Blick, dass das Kleid nicht saß und dass es wie ausgestopft wirkte. Andere hätten das gar nicht bemerkt. Mir wäre es vielleicht aufgefallen, aber ich war ja sozusagen beruflich beschäftigt.«

Hagen kam auf mich zu. Zu meiner Überraschung legte er mir seinen sehnigen Arm um die Schultern und zog mich ganz kurz an sich. Da er größer war als ich, fühlte ich mich plötzlich wie ein Kind. Ich hörte sein Herz schlagen. Er roch gut. Zu gut. Er ließ mich kurz los, drehte mich zu sich und hob mein Kinn mit einer Hand. Ich versuchte mich zu wehren, doch er hielt mich mit seinem Arm fest. Ich fühlte seine Muskeln.

»Liebe Frau Tobler, Swentja, die Polizei ist unter anderem dazu da, damit sich die Bürger dieses Landes sicher und damit glücklich fühlen. Wenn Sie sich also glücklich mit dieser Variante fühlen, so soll es mir recht sein. Ich sehe Sie gerne glücklich, denn schließlich habe ich Sie trotz allem irgendwie, sagen wir ... gern. Wir haben übrigens einen Traumapsychologen bei der Polizei. In Karlsruhe. Immerhin war die Tote Ihre Freundin, und Sie haben sie gefunden. Kein Wunder, dass Sie jetzt krampfhaft versuchen, eine Erklärung zu finden. Das ist ganz – oder, sagen wir, fast – normal.«

Ich schlug seine Hand weg und riss mich los. »Bitte verhalten Sie sich korrekt, ja? Und danke für Ihr Verständnis, Herr Hayden. Wir werden sehen, wer am Ende ein Trauma hat!«

Sein Lachen schien mich bis auf die Straße zu verfolgen. Mit diesem Mann konnte man keine fünf Sätze sprechen, ohne sich zu streiten. Anders als mit Nicolaus. Wir stritten uns eigentlich nie. Worüber auch? Jeder hatte seinen Fernseher, sein Konto, sein Bett und sein Leben.

Warum wollte Hagen die Zusammenhänge nicht sehen?

Friederikes geheimer Vater war an jenem Abend bei der Party der Schmieds gewesen. Ich wusste von Horst, dass sie ständig davon gesprochen hatte, sie würde mit mir einkaufen gehen, und dass sie auch den Laden erwähnt hatte, wo wir anfangen würden. Ich erinnerte mich in etwa an ihre Worte am Samstagmorgen:

»Also, wenn du bei mir Wunder wirkst, hast du bestimmt bald viel neue Kundschaft, Swentja. Aber meinst du nicht, meine Verwandlung in einen schönen Schwan wird zu teuer? Viele haben mir gestern Abend gesagt, dass Frau Trost keinerlei Prozente gibt, selbst wenn man ihren halben Laden leer kauft. Aber wenn wir da unten in ihrer Exklusivabteilung etwas finden, könnten wir schon verhandeln, meinten einige, die Erfahrung damit haben.« Ich ging davon aus, dass alle gewusst hatten, dass wir an jenem Morgen in die Boutique Valence gehen würden.

Der Mörder hatte nur wie eine Spinne im Netz warten müssen, wie sich die Dinge an jenem Vormittag entwickelten. Wäre Friederike nicht allein im Kellergeschoss gewesen, hätte er eben woanders zuschlagen müssen. Wieder dachte ich an das Handy, wieder verdrängte ich es, und wieder beging ich einen furchtbaren Fehler.

Friederikes Mörder war wie ein schwarzer Schatten die ganze Zeit in ihrer Nähe gewesen. In ihrem Haus. Bei ihrer Party. In ihrem Zimmer, wo er in ihre Privatsphäre eingedrungen war und ihre Schatulle gestohlen hatte. Schließlich hatte er sie beseitigt, weil sie für ihn zu einer tickenden Zeitbombe geworden war. Warum? Darauf galt es, die Antwort zu finden. Mit ihr würde ich auch wissen, welcher biedere Ettlinger Bürger seine eigene Tochter erwürgt hatte.

4

Friederikes Väter

Frau Hellali erwartete mich mit orientalischer, leicht reservierter Liebenswürdigkeit in ihrer Jahrhundertwende-Villa an der berühmten Flaniermeile Lichtentaler Allee in Baden-Baden. Heute kam es mir vor, als wäre sie die zweitgrößte Straße Russlands. Ich war nämlich ein wenig zu früh dran, spazierte ziellos und leicht nervös auf den gepflegten Wegen und hörte dabei auf Schritt und Tritt russische Stimmen.

Das Haus der Hellalis befand sich in bester Lage, unweit des weltberühmten Brenners Park-Hotel und neben dem gepflegten Bertholdbad, in dem sich echte Damen und brave Kinder stets die Waage hielten, wie ich bei früheren Besuchen mit meiner Tochter und Baden-Badener Freundinnen bemerkt hatte. Ganz in der Nähe lockte die Gönneranlage mit ihren herrlichen Rosen, die jetzt Ende September noch einmal all ihre Pracht zeigten. Von den nahe gelegenen Tennisplätzen vernahm man das satte Plopp der Bälle. Die allzu gezähmte flache Oos rieselte nach einem langen, trockenen Sommer heute still unter ihren anmutigen kleinen Brückchen hindurch und am Garten der Hellalis vorbei.

Endlich war es drei. Ich klingelte und wurde eingelassen. Irgendwo bellte heiser ein Hund.

Die Villa der Hellalis war ein wahres Jugendstilwunder. Ein großzügiger Treppenaufgang schwang sich nach oben. Der Eingang zum unteren Wohnbereich bestand aus einer riesigen alten Flügeltür mit bleiverglasten Fenstern und sehr hoch angebrachten Türgriffen, was Alter und Tradition des Hauses verriet.

Mich empfingen riesige hohe, stuckverzierte Räume mit herrlichen Fenstern, die durch einen Wintergarten den Blick ins südlich üppige Grün hinter dem Haus freigaben. Ich schritt über wertvolle orientalische Teppiche, die jeden Schritt dämpften.

Tee und Wasser standen auf einem Intarsientischchen bereit. Buntes Gebäck, aber auch Trauben, Feigen, Nüsse und Erdbeeren warteten in Schalen.

Das Morgenland ließ grüßen. Ich tat meine Bewunderung kund, ging angelegentlich zu der Wasserpfeife, die neben dem Kamin stand – »Ein altes Stück vom Großvater meines Mannes aus Kairo!« –, streifte mit dem Blick ein paar Gemälde, die einen Basar zeigten, und schlenderte wie zufällig am Kamin vorbei, auf dessen Sims die üblichen Familienfotos in reich verzierten silbernen Rahmen standen. Der würdige Hausherr unverkennbar, an der Seite seiner Frau, umgeben von mehreren gut aussehenden Söhnen. Und wenn hier noch ein weiteres Foto aufgetaucht wäre? Das einer unscheinbaren Deutschen, entstanden aus einer hastigen Liaison mit einer Patientin? Die Schande konnte man sich gut vorstellen.

Moammar Hellali war dem Foto nach ein energisch aussehender, eher klein gewachsener Mann mit scharfen Zügen, etwas längerem fast weißem Haar und einem eher strengen Blick. Neben ihm saß ein großer Hund, Typ Dogge. Hellali sah nicht besonders arabisch aus. Er hätte auch Franzose sein können.

Hastig suchte ich nach einer eventuellen Familienähnlichkeit mit Friederike, konnte aber keine finden. Friederike war ein Mensch ohne deutliche Konturen gewesen.

Laila Hellali, eine kleine, mollige Frau mit wie festgefroren ondulierten dunkelbraunen Locken, kontrollierten Zügen und einem scharfen Blick, beobachtete mich auf Schritt und Tritt.

»Meine Kinder. Wir haben drei Töchter und vier Söhne. Inzwischen schon zweieinhalb Enkel. Das dritte kommt im November. Die Kinder sind unser ganzer Stolz.«

»Da sind Ihre Töchter und Schwiegertöchter ja gut aufgehoben. Wenn der Papa Frauenarzt ist, kann bei der Geburt nichts schiefgehen.«

»Sie gehen nicht zu ihm in die Praxis. Es wäre nicht anständig«, beschied mich Laila Hellali eher frostig.

Nach einer kleinen Pause fügte sie hinzu: »Ich war auch nie Patientin meines Mannes. Als wir noch in Ettlingen wohnten, weil er am Diakonissenkrankenhaus in Karlsruhe Oberarzt war, ging ich für meine Entbindungen ins Marienkrankenhaus.«

»Haben Sie sich in Karlsruhe und Ettlingen wohlgefühlt?«

»Natürlich. Warum fragen Sie?«

Ich musste nun schnell zur Sache kommen, denn mein scheinbares eigentliches Anliegen war das Sammeln von Designerkleidung für einen Flohmarkt, dessen Erlös den Armen der katholischen Pfarrgemeinde St. Agnes zukommen sollte. Es war gelogen, aber wenigstens war es eine anständige Lüge. Trotzdem musste ich versuchen, noch irgendetwas aus ihr herauszubekommen.

»Ja Umziehen ist anstrengend. Und wenn man den Ort wechselt, dann muss man sich die Dinge des täglichen Bedarfs wieder neu zusammensuchen: einen zuverlässigen Maler, den Kinderarzt, Zahnarzt, Steuerberater, die Friseurin und den Metzger mit der besten Lyoner ...«

»Wir essen kein Schweinefleisch«, beschied mich Laila Hellali kühl.

»Verzeihung. Wie dumm von mir. Dann eben die Friseurin.« Ich versuchte ein Schmunzeln.

Laila musterte mich irritiert. »Wir hatten ein Gemeindemitglied, das als Friseur arbeitete. Er besaß einen Salon in Karlsruhe. Dort sind wir hingegangen.«

»Ach, wunderbar, wenn man jemanden hat, der gut schneidet. Und auch solche Spezialdinge wie Hochzeitsfrisuren beherrscht. Ich weiß noch, was es für ein Theater war, bis ich eine gute Friseurin fand, die die Abiturfrisur für meine Tochter richtig hingekriegt hat. Und das hat alles Ihr Bekannter gemacht? Beneidenswert. Oder hatten Sie für besondere Anlässe eine eigene Friseurin?«

»Worauf wollen Sie eigentlich hinaus, Frau Tobler? Sollten wir nicht langsam zur Kleiderauswahl übergehen?«, fragte Laila Hellali nun merklich frostiger.

Ich erinnerte mich, was eine Freundin von mir einmal gesagt hatte: Niemand ist dir im Gespräch so überlegen wie ein gebildeter Araber. Offenbar galt das auch für eine gebildete Araberin.

Ich gab auf. Nur über Empfehlungen aus unseren Kreisen war ich zu den Hellalis vorgedrungen, und ich würde mich mehr als verdächtig machen, wenn ich weiterfragte.

Wir gingen nun kurz zum Tee über, und danach brachte mir Laila Hellali einige ziemlich bunte Blusen und ein paar eher altmodische längere Röcke aus guten Stoffen. Ich äußerte mich positiv zu den Sachen, auch wenn ich sie abscheulich fand. Sie würden bei meinem erfundenen Flohmarkt wie Blei liegen bleiben. Gut, dass es gar keinen gab. Ich packte zusammen.

Kurz bevor ich mich zum Gehen wandte, erschien der Herr des Hauses. Das Ehepaar wechselte einen kurzen Blick, dann wandte er sich mir zu.

Jetzt erinnerte ich mich, dass ich ihn schon ab und zu von Weitem gesehen hatte. Im Festspielhaus in Baden-Baden. Oder einmal beim Schlossfeuerwerk in Karlsruhe, bei dem die Familien der ersten Gesellschaft traditionell eine Art Picknick auf dem Rasen veranstalteten. Kein Mann, mit dem man warm wurde. Gepflegt, glatt, professionell. Mit dem weißen Haar kam er mir fast so unwirklich vor wie eine Operettenfigur.

»Ach, Frau Tobler? Ich glaube, ich kenne Ihren Mann. Wir haben mal bei einem Benefizmatch in Kuppenheim zusammen Tennis gespielt.«

»Ja, das ist ... interessant. Wenn Sie wieder mal in Ettlingen sind, müssen Sie bei uns vorbeischauen. Sie sind doch noch recht oft in der alten Heimat, nicht wahr?«

Mein Charme war hier verschwendet, der Einsatz meiner Grübchen vergeudete Zeit. Das spürte ich dank lebenslanger Erfahrung. Wahrscheinlich war ein Frauenarzt sowieso schwer zu knacken. Ich nahm stattdessen Zuflucht zu einem Lachen, das nicht gut klang, weil es nicht mein eigenes war.

Laila und Moammar Hellali wechselten einen fragenden Blick.

»Ja, schon. Meine Frau hat noch Freundinnen dort. Bekannte. Und ich noch den einen oder anderen Tennispartner. Wir bummeln gerne und recht oft in Ettlingen. Es ist gemütlicher als in Baden-Baden.«

»Und Sie treffen weniger aktuelle Patientinnen«, wagte ich mich vor. »Ihre Zeit als Arzt in Karlsruhe ist ja schon eine Weile her. Die Kinder von damals müssten schon erwachsen sein. Ist bestimmt auch ein schönes Gefühl. Zumindest haben Sie eine Arbeit, die Bestand hat.«

»Auch das. Wir wünschen Ihnen nun eine gute Heimfahrt. Und grüßen Sie bitte Ihren Gatten.«

Langsam nickte ich. »Ich muss jetzt leider tatsächlich los. Vielen Dank, Frau Hellali, für die schönen Sachen. Herr Dr. Hellali, wir veranstalten nämlich einen Benefizflohmarkt. Für Bedürftige. Hoffentlich …«

Ich musste jetzt aufs Ganze gehen, sonst war der unangenehme Besuch umsonst gewesen. »Um ehrlich zu sein – manchmal möchte ich mit Kleidern gar nichts mehr zu tun haben. Unsere gemeinsame Freundin Friederike … sie ist bekanntlich umgebracht worden, als sie mit mir einkaufen war. Es war furchtbar für mich.«

»Ja. Wir sind auch total schockiert«, antwortete Hellali abweisend und ohne viel Gefühl. Jetzt kam er mir vor wie ein lauerndes Raubtier. Seine Augen waren von einem Schleier an Vorsicht überzogen. Und er hörte sich keineswegs schockiert an. Mein Lachen passte nicht zu mir, und seine Worte passten nicht zu ihm.

»Haben Sie sie eigentlich näher gekannt?«, fragte ich ihn direkt.

»Nein. Leider nicht sehr gut, ich kannte lediglich Herrn Schmied von den Rotariern. Aber meiner Frau war sie von den ›Freundinnen des Balletts‹ und von den ehrenamtlichen Mitarbeiterinnen des Karlsruher Pfennigbasars vertraut, nicht wahr?« Seltsamerweise erwähnte er nicht, dass sie beide am Vorabend ihres Todes Friederikes Gäste gewesen waren.

Laila nickte unmerklich. Kühle Luft wehte durch den Raum, obwohl es draußen warm war.

Hier kam ich nicht weiter, und *so* kam ich nicht weiter. Wie ein dummes Gänschen stand ich im Zimmer. Ich erkannte mich selbst nicht mehr. Ein Leben lang hatte ich eine klare Linie verfolgt: Immer elegant. Immer respektiert. Immer mit dem Gefühl, etwas Besseres zu sein. Hochmütig und stolz. Manchmal vielleicht ungerecht. Aber immer fest im Glauben an mich selbst.

Ich trat die Flucht nach vorne an. Aber in die erste Linie, bis an die Grenze der Wahrheit, wagte ich mich denn doch nicht.

»Es gibt Hinweise darauf, dass Friederike …«

»Ja?« Frau Hellali fixierte mich mit ihrem Blick wie eiskalter Marmor.

Ich brachte es nicht fertig zu sagen, dass ich den Verdacht nicht ausschließen konnte, ihr Mann könnte nicht nur der Vater dieser Phalanx gelungener dunkelhaariger und schöner Kinder auf dem Kaminsims sein, sondern auch der tollpatschig wirkenden Friederike. Wie konnte ich ihn warnen, ohne seiner Frau etwas zu verraten?

»Dass Friederike Schmied möglicherweise Familienmitglieder hatte, von denen sie bisher nichts wusste. Und die sie gerne kennenlernen wollte. Ich möchte da nicht gerne noch deutlicher werden. Jedenfalls wäre es gut, wenn sich diese Familienmitglieder melden würden.«

Die Hellalis sahen mich an, als hätte ich den Verstand verloren.

»Liebe Frau Tobler. Ich bin Frauenarzt und keine Behörde, die Verwandte anderer Leute sucht. Aber ich denke, wir haben alles besprochen. Viel Freude mit Ihrem Flohmarkt. Das machen Sie gewiss ganz wunderbar.«

Moammar Hellali brachte mich zur Tür. Der Griff um meinen Arm war stahlhart, und sein Lächeln zum Abschied war eine eiskalte Maske.

Die A5 war zu. Ein Unfall vor Rastatt. Erst ungeduldig, dann ergeben wartete ich im Stau. So hatte ich zu viel Zeit zum Nachdenken, und minütlich stieg meine Wut an wie eine Flut, die ich nicht kontrollieren konnte.

Ich war es gewohnt, ein bewundertes Kleinod an der Seite meines Mannes zu sein. Mit den Jahren hatte ich auch gelernt, allein zu funkeln. Zumindest aber war ich respektiertes Mitglied in einer Clique von wohlhabend verheirateten Frauen. Ja, gut, manche verdienten sich auch ein wenig eigenes Geld als Lehrerinnen, Innendekorateurinnen oder Sekretärinnen ihrer Männer. Doch die wenigsten von uns erlebten jemals jenen schneidigen Wind, der normalen Frauen ins Gesicht blies. Nicht nur Armut oder Hunger oder Sorgen um Kinder. Sondern auch das kalte Gefühl, wenn man einfach so abgewiesen wurde. Zu alt. Zu unschön. Zu ungebildet. Oder einfach nicht ernst zu nehmen.

Wir konnten es uns leisten, diese Situationen ganz einfach zu umgehen. Leute, die uns nicht mochten, die uns unsympathisch waren, die schlossen wir einfach aus unserem Kreis aus. Sie wurden nicht mehr zu unseren Dinnerpartys, unseren Lunches und Brunches eingeladen. Durften an dem Charity-Zirkus, den wir veranstalteten, nicht mehr teilhaben. Es war ja so einfach.

Seit ich beschlossen hatte, Licht in das trübe Dunkel um Friederikes Tod zu bringen, stieß ich jedoch plötzlich auf Leute, die kühl und unzugänglich waren und mir deutlich zeigten, dass ich schön brav auf meinem Platz in der Gesellschaft bleiben sollte.

Nämlich auf einem Sockel. Zum Anschauen. Zum Behängen mit schicken Kleidern und zum Bestreichen mit teurer Creme und Make-up. Zum Frisieren, Einkaufen, für dahinplätschernde Unterhaltungen. Mehr war offenbar nicht an mir dran. Mehr wollte man nicht von mir. Man nahm mich nicht ernst.

Und ich hatte gedacht, ich hätte mein Leben total im Griff. Einen Scheiß hatte ich. Ich lebte in einem engen Puppenhaus, gegen das jenes von Ibsens »Nora« geradezu ein Freilichttheater war.

Friederike Schmied war direkt vor meiner Nase umgebracht worden, und ich war mir inzwischen vollkommen sicher, dass es einer der feinen Herren getan hatte, die ich zu gesellschaftlichen Anlässen traf. Er würde bei einer schicken Vernissage sein Champagnerglas an meines tippen, mir tief in die Augen sehen und dabei denken, was für ein naives kleines Dummchen ich doch war.

Schlimmer noch – er würde über mich lachen. Unter ihrer Nase habe ich ihre Kundin umgebracht, und jetzt proste ich ihr zu!

Und dieser Gedanke machte mich plötzlich sehr wütend.

Szenen meiner Ehe:

»Elena wird uns übrigens Karten für den ›Nussknacker‹ besorgen. Aus Dankbarkeit, dass wir die Schneeflocke aufgenommen haben. Ich hoffe, du kommst mit.«

»So! Ich weiß noch nicht. Ballett ist nicht meine Welt. Keine Männersache. Schwule Kerle in Strumpfhosen und Mädchen wie Hundehütten. An jeder Ecke ein Knochen.« Während mein Mann derart kultivierte Bewertungen abgab, las er den Focus online.

Ich sah ihm über die Schulter. »Interessanter Artikel?«

»Ein Porträt über die von Mühlbachs. Dritter Teil einer Serie über mittelständische deutsche Firmen, die seit Generationen in Familienhand sind«, gab er zur Antwort. Dann fragte er: »›Nussknacker‹? Da tanzt sie mit, die Kleine?«

»Ja. Sie stört dich doch nicht, die Schneeflocke?«

»Nein. Wenn Elena sie empfiehlt, ist sie in Ordnung. Das ist eine Frau, die weiß, was sich gehört. Ich wollte nicht unbedingt unter ihr arbeiten, aber was sie macht, hat Sinn und Verstand.«

Ich seufzte. »Ja. Deshalb kriegt sie auch das Bundesverdienstkreuz. Aus eigener Kraft. Das werde ich mit meiner Kaufassistenz wohl kaum erreichen.«

»Kaufassistenz nennst du dein Powershopping also jetzt? Das ist gut, meine Liebe. Das ist richtig gut! Hört sich in der Steuererklärung prima an.« Er lachte in sich hinein.

Ich beobachtete ihn wie einen Fremden. Wie unsensibel er war. Natürlich konnte ich mit meinem Mann nicht über meine kürzlich erwachten Gefühle der Nutzlosigkeit sprechen. Er würde mich nicht verstehen. Wahrscheinlich hatte er mich deshalb sogar geheiratet. Weil ich schön und nutzlos war.

»Jeder tut eben, was er kann. Früher konnte sie super tanzen, dann war das vorbei, und sie hat begriffen, dass es am besten ist, wenn sie jetzt andere für sich tanzen lässt. Sie hat den Überblick über den Laden, den sie führt. Das gefällt mir.«

Ein Lob aus dem Mund meines Mannes. Ich musste ihm recht geben. Auch Elena würde mich nicht verstehen. So gern ich sie mochte, aber ihre Mission ließ ihr wenig Zeit. Bisher hatte ich immer angenommen, sie bewundere mich. Möge mich. Doch vielleicht fand sie mich nur so niedlich wie ein spielendes Kind.

»Was steht drin über die von Mühlbachs?«

»Dass sie in der dritten Generation teure französische Uhren importieren und darin im oberen Marktsegment erfolgreich sind. Wusste ich aber auch so schon. Kenne nämlich ihren Kontostand ganz gut.« Mein Mann lachte genießerisch.

Ich wusste, dass es ihm diebisches Vergnügen bereitete, durch unsere idyllische Kleinstadt zu gehen und von fast jedem der Honoratioren die Bankgeschäfte zu durchschauen. Vor allem beim Schlendern über den Weihnachtsmarkt, der sich allwinterlich vor dem barock anmutenden Rathaus entfaltete, pflegte er meine Hand zu nehmen: »Schau mal, da drüben, der mit dem Boss-Mantel und der Bratwurst. Hat sich eben mit Senf bekleckert. Weißt du, was dieses Omen bedeutet? Er verdient nächstes Jahr viel Geld. Und ich auch. Das heißt, du darfst mal wieder nach Herzenslust shoppen gehen.«

Ich sah meinen Mann an. Er war Ende vierzig. Obwohl er aus dem feinen Märchenviertel in Karlsruhe stammte, wo man sich wahrscheinlich eine Hausfriseurin hatte leisten können, kam er höchstwahrscheinlich als Friederikes Vater nicht in Frage. Er wäre noch ein Junge gewesen. Aber von Mühlbach dürfte um die sechzig sein. Er hatte spät geheiratet. Seine Frau war wesentlich jünger.

Ich würde dem feinen Nobelmann einen Besuch abstatten, und diesmal würde ich dafür sorgen, dass man mich ernst nahm.

Volker von Mühlbach sah aus, wie man sich einen Adeligen gemeinhin vorstellte. Sandfarbenes Haar, gerade so viel zu lang, dass es ihm einen sensiblen Anstrich gab, ein fast fraulich schönes Gesicht. Blaue Augen, buschige Augenbrauen, feine Nase, hohe Wangenknochen. Nicht allzu groß.

Ich hatte beschlossen, den albernen Vorwand der Kleidersammlung fallen zu lassen. In Zukunft würde ich bei Friederikes Vätern auftauchen, knallhart fragen und damit vielleicht einen Mörder nervös machen. Mehr nicht. Alles andere wäre zu gefährlich.

Kühl und sachlich würde ich Hagen von meinen Eindrücken berichten und ihn handeln lassen.

Oh, ich kam mir sehr schlau vor. Und wusste nichts.

Auf meine Bitte um ein kurzes Gespräch hatte von Mühlbach entgegenkommend reagiert. Er werde mich um elf Uhr morgens in seinem Büro empfangen.

Ich fand es am Rheinhafen in Karlsruhe in einem für die raue Umgebung erstaunlich schicken kleinen Bürogebäude mit viel Glas und Grün und einem modernen Kunstwerk vor dem Eingang.

Den Firmennamen »Chromos« entzifferte ich auf einer kleinen schwarzen Marmorplatte, in der die Worte ganz klein in Gold und mit Schreibschrift eingraviert waren. Da die Platte an einer weißen Marmorsäule klebte, erinnerte sie mich ein wenig an einen Grabstein. Laster dröhnten vorbei auf ihrem Weg zum Hafen oder zur Autobahn. In der schicken Empfangshalle waren alle Geräusche von draußen gedämpft. Eine Sekretärin, die in Blau und Schwarz gekleidet war, führte mich über einen hochflorigen blauen Teppichboden mit dem schwarzen Chromos-Symbol zu einem gläsernen Aufzug, der in den zweiten und obersten Stock des Gebäudes schwebte.

Sie musste bereits angerufen haben, denn der Chef in Gestalt von Volker von Mühlbach trat mir aus seinem Büro auf den Flur entgegen. Er wies auf eine Besprechungsecke in einem Seitenarm des Flures.

»Wenn Sie verzeihen, Herr von Mühlbach«, sagte ich, »aber es ist ein persönliches Anliegen.«

In die Miene der Mitarbeiterin, die mich nach oben gebracht hatte, schlich sich Misstrauen. Sie musterte mich, und es schien fast so, als bemerkte sie jetzt erst, dass ich eine attraktive Frau war. Fragender Blick zu ihrem Chef.

»Es ist gut, Frau Kress!« sagte er. »Ich gehe mit Frau Tobler in mein Büro.«

Großes Büro. Mehrere Schreibtische. Wieder zwei identisch gekleidete Damen. Eine jung und ziemlich attraktiv. Der Typ, den man gerne bei Besprechungen mit Geschäftspartnern mit dem Kaffee rumschickt. Beider Blicke waren stechend.

»Kaffee?«

»Nein, danke!«

»Im Moment keine Gespräche, Frau Domann!«

Frau Domann sagte nichts, was in ihrem Falle einer Missbilligung gleichkam.

Volker von Mühlbach rückte mir einen Stuhl in der Besprechungsecke zurecht und meinte: »Wenn ich Sie anschaue, denke ich, dass sich jeder Cent lohnt, den unsere Damen dafür ausgeben, mit Ihnen einkaufen zu gehen.«

Ein ausgefeiltes Kompliment, eines Adeligen würdig. Dennoch musste ich ihn nun leider auf die Ebene des gemeinen Volkes hinunterziehen.

»Vielen Dank, Herr von Mühlbach. Dennoch, wie Sie ja wissen, ist einer meiner Kundinnen der Einkauf mit mir leider gar nicht gut bekommen.«

»O ja. Natürlich habe ich davon gehört. Die arme Frau Schmied. Das ist sehr bedauerlich. Wir haben uns erlaubt, einen Kranz zu schicken. Sie war keine Kundin von uns, aber sie war doch die Gattin eines lieben Freundes. Erst am Vorabend hatte man uns dorthin geladen. Da gehört sich so etwas. Tragisch. Und so ungerecht.«

»Tatsächlich. Herr von Mühlbach, ich habe meine Zweifel, ob die Kriminalpolizei bei der Aufklärung dieses Verbrechens die richtigen Wege geht. Deshalb habe ich begonnen, auf eigene Faust nach dem Motiv für diese Tat zu suchen. Da muss man vielleicht etwas feiner vorgehen, als es die etwas bodenständige Ettlinger Polizei tut. Nach all meinen Recherchen vermute ich, dass es sich um jemanden handelt, der Friederikes Mutter näher gekannt hat. Sehr viel näher.«

Volker von Mühlbach entstammte einem alten Adelsgeschlecht und hatte mit der Muttermilch eingesogen, in jeder Situation Haltung zu bewahren. So wie die Queen: *Never complain, never explain*. Deshalb blieb er beherrscht und kühl.

»Die Mutter von Frau Schmied! Ja, wie hieß die Dame denn?«

»Grüber. Marianne Grüber.«

»Da muss ich bedauern. Ich zumindest habe diesen Namen niemals gehört. In welchem Zusammenhang soll diese Dame oder dieser Name mit dem bedauerlichen Tod unserer Mitbürgerin stehen?«

»Es gab Probleme in der Ehe ihrer Mutter, und ich denke, dass Friederike Informationen über ihren leiblichen Vater gefunden hatte. Und dass dieser Herr nicht gerade begeistert über die Entdeckung seiner Vaterschaft war.«

Volker von Mühlbachs Gesichtsausdruck war noch immer glatt und unbewegt, und doch sah ich, dass sich etwas verändert hatte. War es ein Zucken im Augenwinkel? Oder atmete er einen winzigen, verräterischen Atemzug zu schnell? Vielleicht bildete ich mir das aber auch nur ein.

»Es ehrt mich, dass Sie zu mir kommen und mir davon erzählen, meine verehrte Frau Tobler. Solch vollkommene Schönheit wie die Ihre ist diesen Räumen immer willkommen. Aber leider darf ich mich nicht mit der Freude der späten Vaterschaft für Friederike Schmied schmücken. Mit anderen Worten: Ich habe keine Ahnung, was Sie von mir wollen.«

Der Blick auf die Uhr der Nobelmarke, die seine Firma vertrat, war eindeutig. Er wollte mich jetzt schnellstmöglich loswerden.

Wir sprachen noch über Belangloses, wie beispielsweise die Krise der Rennbahngesellschaft Iffezheim, von der wir alle hofften, dass sie überstanden sei (»auf das Frühjahrsmeeting nächstes Jahr wollten wir nicht verzichten, wir treffen so viel Verwandtschaft, beispielsweise den Chef des Hauses Baden, Prinz Bernhard und seine Gattin«), und über das Projekt des »Highway to Heaven«, das ihm nicht gefiel (»unsere Familie denkt traditionell auch immer an den Wildbestand!«), bevor ich aufstand und mich zum Gehen anschickte.

Eins war mir jedoch klar geworden.

Volker von Mühlbach hatte die Wahrheit gesprochen. Er war nicht Friederikes Vater.

Begründen konnte ich dies nicht, denn es war nur ein Gefühl. Und mit dem gleichen Gefühl war ich mir sicher: Der Mann wusste etwas. Oder ahnte etwas.

An der Tür drehte ich mich rasch noch einmal um. Er sah mir nach, und ich schwöre: Da lag etwas wie Amüsement in seinen Zügen.

Warum?

***

Manche Dinge erledigten sich von selbst.

Als ich nach Hause zurückkehrte, blinkte der Anrufbeantworter, und Frau Angelika Lodemann bat um Rückruf.

Tibor Lodemanns Frau.

»Ich möchte wirklich nichts gegen unser idyllisches Bad Herrenalb sagen«, sagte sie etwas atemlos und beinahe ängstlich, als ich sie nach zweimaligem Versuch endlich selbst erreichte, »aber wenn diese Sache mit Elena stattfindet, möchte ich möglichst nicht aussehen wie ein Landei.« Letzteres flüsterte sie fast.

»In welchem Zusammenhang …?«

»Es gibt schon einige Modeläden bei uns«, jetzt flüsterte sie tatsächlich, so als werde ihr Telefon von den Direktricen ebendieser Läden überwacht, »und ich gehe da auch einkaufen, muss ich ja in unserer Stellung im Ort, aber sie sind halt doch mehr für die sehr reifen Damen. Liebe Frau Tobler, mein Mann hat mir ziemlich ausführlich beschrieben, wie geschmackvoll Sie gekleidet sind, aber das wusste ich ja sowieso schon, und ich möchte einfach zu Elenas großem Event so aussehen, dass sie stolz auf mich ist.«

»Elena?«

»Die Verleihung des Bundesverdienstkreuzes.«

»Was hätten Sie denn mit Elena zu tun?«, erkundigte ich mich kühl. Ich konnte es nicht leiden, dass jeder versuchte, sich mit Elena zu schmücken.

Erstaunt horchte ich in mich hinein. Eifersucht war ein bisher unbekanntes Gefühl für mich. Seit Friederikes Tod entdeckte ich neue Seiten an mir.

Jetzt räusperte sich Tibors Frau und bekannte zögernd, als sei es ihr peinlich: »Ich hatte als Kind Ballettunterricht. Nicht hier. In Pforzheim, wo ich herkomme. Und ich habe mich mal beworben. Fürs Kinderförderballett. Bei ihr. Ich war erst dreizehn. In Stuttgart damals noch. Sie hat …«, jetzt wurde es ihr richtig peinlich, »abgelehnt. Schon nach den ersten Minuten, die ich auf der Bühne stand. Wenn es überhaupt Minuten waren. Aber sie war sehr freundlich. Hat gesagt: ›»Stopp. Hör mir zu. Was willst du? Leben oder tanzen?‹«

Ich lächelte. Typisch Elena.

»›Kann man nicht beides?‹, habe ich sie gefragt. ›Nein‹, hat sie mir freundlich erwidert. ›Das geht nicht. Entweder oder.‹ – ›Dann will ich leben‹, war meine Antwort gewesen. Und dann war sie wirklich so nett. ›Geh nach Hause und heirate irgendwann. Du wirst eine Familie haben. Und eines Tages sehen wir uns bei einem Empfang oder einer Premiere, und du wirst wundervoll, glücklich und zufrieden aussehen.‹ Und so ist es gekommen. Ich habe gelebt. Ziemlich intensiv. Ein Kind bekommen und später erst geheiratet, einen geschiedenen Mann, aber er ist ein guter Vater für meine Tochter, auch wenn sie nicht immer einfach ist ... wir sind sehr ... nun, ja. Ich habe es richtig gemacht.«

Frau Lodemann machte eine Pause. Dann kam mit wilder Entschlossenheit: »Und das will ich ihr jetzt danken. Indem ich zu ihrer Ehrung komme und toll aussehe.«

Respekt. Elena hatte erkannt, dass Angelika Lodemann nicht das Zeug zum Star hatte. Was also sah sie in mir? Eine eitle, hübsche Puppe, mit der man über jene spotten konnte, die von der Natur weniger bevorzugt waren. Einen gesellschaftlichen Sparringspartner. Eine Freundin würde ich niemals für sie sein.

»Ich habe sie seither mehrfach getroffen. Ich bin ja auch bei den ›Freundinnen des Balletts‹. Und, es ist albern, ich weiß, aber ich bemühe mich immer, gut auszusehen. Sie erwartet das einfach von mir. Ich kann nicht tanzen wie ein Star, aber ich kann doch auf mich halten, oder?«

»Gut. Wohin möchten Sie fahren? Mannheim? Baden-Baden? Pforzheim? Da kenne ich mich allerdings nicht so gut aus, und es gibt wenige Designerläden. Karlsruhe?«

»Vielleicht Karlsruhe. Ich bräuchte einen Mantel und ein Kleid.«

Der Frau konnte geholfen werden.

Angelika kam am anderen Tag und holte mich zu Hause ab. Ich hatte sie bereits gelegentlich im Theater getroffen, aber nur flüchtig im Vorübergehen gegrüßt. Sie sah eigentlich recht nett aus. Klein, schlanke Taille, etwas zu kräftige Schenkel und ein gutmütiges, stupsnasiges Gesicht unter hellbraunem Lockengewirr, durch das ein paar Strähnchen frühes Grau schimmerten. Sie mochte etwa fünfzig sein.

Und sie hatte die richtige Lebensentscheidung getroffen, denn fürs Ballett wäre sie mit ihrem Körperbau in etwa so geeignet gewesen wie ich für die Heilsarmee.

Sie holte mich also ab, mit einem hellblauen Audi, wir fuhren schnurstracks in die Innenstadt von Karlsruhe, parkten im teuersten Parkhaus und legten los.

Zügig durchstreiften wir das Modekaufhaus Breuninger auf der Kaiserstraße, wobei ich mich nicht mit den unteren Stockwerken aufhielt, sondern gleich zielgenau die Exquisit-Etage aufsuchte.

Gelegentlich hatte ich Kundinnen, die nicht so viel Geld wie ich für hochwertige Stücke ausgeben wollten. Denen empfahl ich, in der zweiten Januarwoche bei miesem Wetter in die Exquisit-Abteilung ihres Lieblingsmodehauses zu gehen. Sie sollten genau fünfhundert Euro mitnehmen und nur Markenware kaufen, die bis zu siebzig Prozent reduziert war. Die Lager mussten leer werden, und in der zweiten Januarwoche war das Weihnachtsgeld bereits ausgegeben. Da ließ manche Abteilungsleiterin noch mal mit sich reden. Vor allem, wenn man ihr die fünfhundert Euro zeigte.

Jetzt war September, und Angelika wollte nur eine einzige Ausstattung kaufen. Wir erstanden für sie ein knapp knielanges Mohair-Jacquard-Kleid von Jil Sander in Mokkabraun mit eingewebten feinen Farbstreifen in Rot und Türkis (ein wunderbares Kleid, es würde sogar mir gefallen) und einen eleganten kamelfarbenen Mantel mit XL-Kragen von Monsoon sowie eine wirklich wunderbare Tasche mit nicht allzu aufdringlichem Tigermuster von Longchamp.

Sie wünschte sich noch für den Herbst ein Seidenkleid – ich empfahl ihr Liebig, eine junge Designerfirma aus Berlin, deren Kollektion nur aus Seidenkleidern in allen Variationen besteht.

»Ich gratuliere Ihnen«, sagte ich. »Mode ist eine Stellungnahme, und Sie haben gerade eine solche gemacht. Sie wollen ein Seidenkleid, weil Sie sich darin rein und jung vorkommen – also soll es so sein!«

Sie sah mich mit einem merkwürdig traurigen Gesichtsausdruck an. Wieder eine Scheißehe, dachte ich unfein. Wahrscheinlich betrügt er sie. Was kann man von einem Mann, der begeistert im Führerhäuschen einer historischen Dampflok steht, schon erwarten?

Bei einem Glas Champagner landeten wir in dem kleinen Cafébereich, den das Haus für erschöpfte Kundinnen bereithielt. Wir redeten über die Kinder – sie hatte auch eine Tochter »aus erster

Ehe« – und über ihren Job – sie half ihrem Mann bei der Verwaltung seiner Liegenschaften – und über ihre Hobbys – sie lernte Bridge – und über die Leute, die wir gemeinsam kannten.

Es kostete mich, wie immer, nicht viel Mühe, das Gespräch auf Friederike zu bringen.

»Ich kannte sie nur flüchtig. Von den ›Freundinnen des Balletts‹, aber da sind ja so viele von uns drin. Sie auch, Frau Tobler, nicht wahr? Sehen Sie. Mein Mann hat sich oft über Friederike Schmied geärgert, weil sie mit dieser komischen Organisation ›Töchter des Albtals‹ für Wirbel sorgte. Naturschutz. Vogelwelt.« Sie verzog gelangweilt das Gesicht. »Wir haben hier im Nordschwarzwald für meinen Geschmack zu viel Natur und ausreichend Vögel. Herrenalb besteht fast nur aus Bäumen und Bergen. Aber dann hatte sich Frau Schmied offenbar wieder normalisiert, meint mein Mann.«

»Meint er.«

»Ja. Und nur deshalb haben wir auch die Einladung zu dem kleinen Empfang angenommen, den ihr Mann für Freunde und Wegbegleiter gegeben hatte. Das Büfett war gut. Eine Firma aus Karlsruhe-Neureut, nicht wahr? Ich habe mir die Adresse geben lassen, obwohl wir die meisten Einladungen von unserer eigenen Hotelküche machen lassen. Müssen wir ja, wenn wir Bad Herrenalb unterstützen wollen. Die arme Frau.«

»Wie wirkte sie an jenem Abend?«

»Sie war sehr aufgeregt. Ich vermute, es war Nervosität, weil sie nicht daran gewöhnt war, größere Gesellschaften zu geben. Ich glaube, Friederike hatte nicht viel Selbstwertgefühl. Ich hatte bis dahin gar nicht gewusst, dass sie so hübsch malte, und ich kann gar nicht verstehen, warum sie ihre Bilder nicht öffentlich zeigen wollte und sie oben in ihrem Haus geradezu versteckt hat. Dann lernte sie jetzt Französisch, und außerdem arbeitete sie noch stundenweise als Lehrerin. Sie war ja wohl auch recht beliebt.«

»Tatsächlich.«

»Ja. Sie ist schließlich mit einem Abgeordneten verheiratet, und da sollte sie sich rechtzeitig an vielerlei Verpflichtungen gewöhnen. Ich muss auch bei uns im Ort um jede alte Katze in der Anlage buhlen. Gut, sie hatten noch keine Kinder, aber das hätte ja noch kommen können.«

»Wie alt ist Ihre Tochter?«

»Achtzehn.« Sie strahlte stolz. »Ein hübsches Mädchen. Sie war keine besonders gute Schülerin, aber umgänglich und fleißig. Sie soll einmal in die Hotelbranche, ich will, dass sie das Familienerbe weiterführt. Ein Neffe meines Mannes hatte sich auch mal für die Hotels interessiert, aber ich habe damals gesagt: Tibor, ich bin wirklich gutmütig und lasse über alles mit mir reden, aber was Maritta zusteht, das wird ihr keiner nehmen! Keiner!«

Ich erschrak fast. Plötzlich sah Angelika Lodemann nicht mehr fröhlich aus. In ihre Augen war ein neues, hartes Glitzern getreten. Ganz kurz schoss es mir durch den Sinn, wie sie wohl auf das Auftauchen einer leiblichen und erwachsenen Tochter ihres Mannes reagiert hätte. Einer, die nicht nur eine studierte Lehrerin, sondern auch mit einem Politiker verheiratet war. Vielleicht wäre dieses neue Kind ihrer Ansicht nach eine Bedrohung für ihr eigenes Mädchen gewesen. Dabei wirkte Angelika Lodemann so harmlos. Unvorstellbar …

Ich fröstelte plötzlich und wagte den Gedanken nicht zu Ende zu denken. Es passte nicht. Sie war eine Frau.

Schon sprach sie weiter: »Der arme Horst. Muss jetzt von vorne anfangen. Jedenfalls hatte sie einen ausgewachsenen Minderwertigkeitskomplex. Das sagt auch mein Mann.«

»Aha.«

»Es ist kein Wunder. Ihre Eltern waren ja recht einfache Leute. Die, die von unten kommen, haben immer Probleme mit der dünnen Luft weiter oben.«

»Sagt das Ihr Mann?«

»Ja. Er hat übrigens ihre Mutter ganz gut gekannt. Die hat seiner Schwester damals die tolle Abschlussballfrisur gemacht. Ein schönes Foto haben wir noch davon.«

Zack.

»Das ist interessant.«

»Nicht wahr? ›Das war eine sehr nette, sanfte Frau‹, hat er gesagt. Sie hätte ihm damals gut gefallen. Das war natürlich lange vor meiner Zeit, und als Friseuse war sie ja eigentlich nur ein besserer Dienstbote. Jedenfalls war sie sowieso mit einem ziemlichen Taugenichts verheiratet. In der Familie hat es die Friederike Schmied wohl nicht ganz einfach gehabt. Und so ist sie geworden, wie sie war. Kein Typ, der auffallen wollte oder nach außen lebte und sich selbst in den Mittelpunkt stellte. Eine wie wir eben.«

»Aha!«

Einen potenziellen Vater hätten wir also schon. Und auch noch dazu den aussichtsreichsten Kandidaten. Tibor Lodemann!

***

Szenen meiner Ehe:

»Mit welchem katholischen Priester sind die Schmieds eigentlich befreundet?«

Mein Mann war beim Packen. Termin in Köln.

Er hielt verblüfft inne, seinen Laptop in der Hand.

»Warum willst du denn das wissen, Swentja? In letzter Zeit entwickelst du eigenartige Interessen, finde ich.«

»Kennst du ihn?«

»Priester? Wahrscheinlich der Johannes Martin, der früher Pfarrer in Malsch war. Jetzt ist er pensioniert und kümmert sich um gestrauchelte Jugendliche. Die haben so ein Haus oben bei der Schwanner Warte. Der Horst Schmied hat manchmal mit dem Popen zusammen öffentlichkeitswirksame Projekte gemacht. Geld gesammelt. Einen Garten angelegt. Solche Dinge. Ja, wenn ihm die Frau nicht umgebracht worden wäre, hätte unser Horst vielleicht noch Karriere gemacht. Obwohl – wenn er erst eine Neue hat, wird die Sache vergessen werden. Diesmal sollte er aber das Passende aussuchen.«

»Na toll. Wie schön, dass man uns durch ein aktuelleres Modell so leicht ersetzen kann. Wie lange bleibst du fort?«

»Am Freitagabend, spätestens Samstag um die Weißwurstzeit, bin ich zurück.«

»Das heißt?«

»Vor zwölf. Du weiß doch, dass sie das Mittagsläuten nicht hören dürfen. Sonst noch was?«

»Noch eine letzte Frage: Was weißt du über Karl Seiboldt?«

Mein Mann lachte dieses spezielle Lachen, das Männer unter sich manchmal gebrauchen. So eine Mischung aus dreckig und genießerisch.

»Da hast du aber zweimal ins Wespennest von Klatsch und Tratsch in unserer Kleinstadtidylle gestochen. Der Heilige, der keiner ist beziehungsweise keiner war, und der Seiboldt, der Ritter der Behinderten. Der Supervater und Superwohltäter. Aber auch der Intimfeind von Horst Schmied in seiner eigenen Partei.«

»Der Heilige, der keiner ist?«

»Karl Woityla hat bekanntlich auch geboxt, bevor er sich weihen ließ. Und unser Johannes Martin war eben auch kein unschuldiges Lämmchen, bevor er spät im Leben den Priesterrock anzog. Hat seinen wilden Hafer gesät, wie man im Englischen so schön sagt. Aber für manche macht ihn das bisschen Sünde glaubhafter. Bis zu drei Kinder zahlt die Kirche ja.«

Lachte wieder. »Ich weiß, warum ich ausgetreten bin aus dem Verein! Steuertechnisch gesehen ist das Ganze ein Verlustgeschäft. Ich zahle im Diesseits und weiß gar nicht, ob es eine Rückerstattung im Jenseits gibt!«

Ich schwieg. Und beschloss, mir ganz genau anzusehen, wann Johannes Martin Priester geworden war. Vielleicht vor ziemlich genau zweiunddreißig Jahren?

»Und unser Seiboldt soll als junger Kerl ebenfalls recht aktiv gewesen sein. Zumindest erzählt das der Weißkopf gern. Der alte Haudegen von unserem Rotarier-Stammtisch ist besser als die Tageszeitung.«

»Weißkopf?«

»Der ehemalige Pilot! Die Familien wohnen schon immer direkt nebeneinander, der kennt unseren rührigen Freund ganz gut. Er sagt immer: Der musste nicht weit fliegen, um hereinzufliegen. Swentja, ich muss wirklich los. Vielleicht ist der ICE ausnahmsweise mal pünktlich.«

Als mein Mann davongeeilt war, um seine steuerlichen Machenschaften in Köln weiterzubetreiben, ließ ich die Espressomaschine zischen und überlegte, wo ich erst kürzlich den Namen Weißkopf gehört hatte. Vergeblich. Ich wanderte unruhig im Haus auf und ab und stellte mich vor den Spiegel, wo ich das dritte graue Haar des Monats entdeckte. Raoul in Achern würde wohl bald einen längeren Besuch von mir bekommen. Haare? Haare!

Bei Lieselotte Stolze hatte ich den Namen gehört. Sie hatte beiläufig erzählt, dass Marianne Grüber damals im Hause Weißkopf als Friseuse verkehrt hatte.

Der lebenslustige Nachbarsjüngling könnte sie auf diese Weise kennengelernt haben.

Lieselotte Stolze! Sie schuldete mir sowieso noch die Kladde mit jenen Haushalten, in denen Marianne Grüber früher gearbeitet hatte. Ich musste sie unbedingt daran erinnern. Das hatte ich glatt vergessen, ich hätte es schon längst machen sollen. Allmählich begann ich, den Überblick zu verlieren. Aber ich arbeitete hier schließlich ohne einen Stab von »Harry, hol den Wagen!«-Adjutanten.

Es klingelte lange, bevor die Stolze in ihrem Salon abnahm.

»Das Büchlein?«, sagte sie kurz angebunden. »Ich bin gerade in einer Behandlung. Ich habe es nicht gefunden. Tut mir leid.«

Kurzes Zögern. Ich hatte den Verdacht, dass sie log.

Doch dann wartete sie mit einer Überraschung auf. Ihre Stimme klang zögernd und ein wenig lauernd.

»Aber vielleicht habe ich etwas anderes für Sie. Rufen Sie mich morgen an.«

»Was anderes? Kann ich nicht gleich kommen?«

»Ja. Etwas anderes. Nein, kommen Sie nicht. Ich habe jetzt keine Zeit. Morgen. Ich muss erst ihn fragen.«

Ich dachte an Janine und an das, was dem Kind zugestoßen war. Wollte Frau Stolze noch warnen, doch sie hatte aufgelegt. Vielleicht war es besser so, denn vor wem sollte ich sie warnen?

Sie wollte mit *ihm* sprechen. Mit wem?

***

Wie fragte man einen Priester, ob er ein uneheliches Kind gezeugt hatte? Antwort: besser gar nicht. Ich wollte es trotzdem wissen.

Zunächst einmal besorgte ich mir aus dem Internet einige Informationen über Johannes Martin. Nach seiner aktiven Zeit als Pfarrer in Ettlingen-Bruchhausen, später in Langensteinbach und zum Schluss in Malsch, einer Ortschaft kurz vor Rastatt, hatte er sich nach Straubenhardt-Schwann zurückgezogen, ein größeres Dorf zwischen Waldbronn und Pforzheim. Waren die Hochebenen von Pfaffenrot und Moosbronn für Ettlingen oder Karlsruhe sozusagen wie Vorgärten, so besaß Straubenhardt bereits den Charakter einer Zuflucht für einen Kurzurlaub. Nicht für mich natürlich. Aber für Rentner oder vielleicht für Dichter, die sich zurückziehen wollten, mochte so ein netter Ausflugsort mitten im Nirgendwo reizvoll sein.

Ich zog New York oder London als Ziele für Kurzurlaube vor. Dies waren Orte, an die ich kurz vor Weihnachten zu reisen pflegte, um Weihnachtsgeschenke zu kaufen, die man nicht überall in Deutschland fand. Erfahrungsgemäß hinkten selbst die hippesten Läden bei uns eine Saison hinter London her.

Dennoch mochte ich das gewellte, weithin überschaubare Hügelland mit den Feldern und den kleinen Wäldern, die die Landschaft fast auf englische Weise unterbrachen. Vor allem im Sommer und mit offenem Verdeck fuhr ich gerne zum Joggen irgendwo an einen Waldrand. In solchen Momenten konnte ich die Motorradfahrer verstehen. Durch die Natur rasen, dabei riechen, hören, sehen und fühlen. Vielleicht war diese verrückte Idee mit dem »Highway to Heaven« doch gar nicht so dumm. Ich würde mir eine kleine schicke Suzuki gönnen und zum Kaffee nach Bad Herrenalb sausen. Und Robert Bleibtraus heruntergekommenes Hundeasyl würde es dann nicht mehr geben.

Die Schwanner Warte war eigentlich ein Aussichtsturm aus Holz. Der Hügel, auf dem der Turm stand, lag abseits vom Dorf sanft ansteigend am Waldrand und galt als Paradies für Segel- und Drachenflieger. In dem gutbürgerlichen Restaurant Adlerhof aßen ältere Leute gemütlich Schonkost und genossen den Blick ins weite Land. Die rustikaleren Cafés und Wirtschaften am Waldrand hingegen dienten als zünftigere Einkehr für Zweiradfahrer.

Etwas versteckt gelegen und nur durch eine kleine Seitenstraße von der steilen Landstraße nach Dobel her erreichbar, fand ich das Hinweisschild zum Forellenhof »Pater Martin«.

Einige Autos parkten davor, und Leute kamen mit Plastiktüten aus dem Gelände, in denen sich, der Form nach zu urteilen, schlachtfrische Forellen befanden.

Ich passierte den Eingang mit dem hölzernen Schild, das einen lachenden Mönch zeigte, wie er eine Forelle in der Hand hielt, und ging auf knirschenden Wiesenwegen an mehreren Teichen vorbei, in denen sich vermutlich Forellen in verschiedenen Entwicklungsstufen befanden. Aus einer kleinen Bude qualmte es und roch nach Geräuchertem. Lange Bänke waren im Rasen aufgestellt. Leute verspeisten Fische aus Plastikfolien. Nicht meine Art zu essen – ich zog schicke rohe Sushis in angesagten Japan-Bars vor –, aber ich musste zugeben, dass es ziemlich köstlich roch. Mein Magen knurrte, doch ich musste meiner Tochter, wenn sie zurückkam und hoffentlich vom englischen Weißbrot nicht komplett aufgedunsen war, ein Vorbild sein. Und da brauchte sie mir nicht noch mal mit Elena als Entschuldigung kommen. Elena war bestimmt niemals wirklich mollig gewesen, wie sie behauptet hatte. Sie war gar nicht der Typ dafür, und davon verstand ich etwas. Manche Frauen aus unseren Kreisen waren einfach nur neidisch und verbreiteten solche Geschichten.

Mürrisch ging ich weiter.

Im hinteren Teil des großen Grundstücks war ein Verkaufsstand aufgebaut. Jugendliche halfen überall. Sie fütterten, fischten, schleppten Eimer herum, bedienten oder trugen Tabletts in ein größeres Haus am Ende des Geländes.

Ich war, auch im Restaurant, keine allzu begeisterte Forellenesserin, denn es schien nahezu unmöglich, eine Forelle zu verspeisen, ohne mit diesen winzigen Grätchen in Kontakt zu kommen, die man dann mitsamt einem Forellenfleischbrei irgendwo diskret und sauber aus dem Mund befördern und auf die Seite des Tellers legen musste. Das gelang niemandem, und deshalb sah ein Forellenteller anschließend für meinen Geschmack unappetitlich aus.

Ich fragte mich zu Pater Martin durch. Die Jungs wiesen mir maulfaul den Weg. Ich hatte nicht bei allen den Eindruck, dass es zu ihren ursprünglichen Lebenszielen gehört hatte, irgendwo draußen auf dem Land mit Fischen auf Du und Du zu sein.

Pater Johannes Martin war ein schmaler, kleiner Mann, dessen schütteres Haar noch die ursprüngliche hellbraune Farbe aufwies. Sein Gesicht schien so wandelbar, als wäre es aus Gummi. In einer Menschenmenge hätte man ihn überhaupt nicht wahrgenommen.

Diesen Gedanken versuchte ich festzuhalten. Friederikes Mörder war vielleicht vor oder nach seiner Tat in Ettlingen unterwegs gewesen. Ein unauffälliger Mensch. So wie dieser Mann hier.

»Nehmen Sie Platz, Frau Tobler. Sie sind eine Bekannte von Frau Schmied, sagten Sie am Telefon? Gibt es irgendetwas, was ich für die Bedauerliche noch tun kann? Oder für den Witwer? Kann ich noch weiteren Trost spenden? Manchmal bemerkt man erst mit Verspätung, welchen Verlust man erlitten hat. Aber auch dann ist Gott noch da, um zuzuhören.«

Ich runzelte die Stirn.

»Gott ist nämlich immer da!«, sagte er streng. »Er geht nicht weg!«

»Danke. Sie waren am Vortag des Mordes bei Schmieds eingeladen?«

»Aber ja.« Er rollte die Augen zur Decke, seufzte und faltete seine blassen Hände. Wie alt mochte er sein? Vielleicht Anfang sechzig, höchstens. »Die Wege des Herrn sind unerforschlich. Wenn man damals gewusst hätte, dass der irdische Weg der Friederike Schmied so bald zu Ende sein würde.«

»Einer hat es gewusst, und das war nicht unbedingt Gott.«

Ein Junge klopfte an, brachte etwas wie eine Rechnung. Johannes Martin zeichnete sie ab. Der Junge verschwand, nicht ohne mir einen unverhohlen lüsternen Blick zuzuwerfen.

Ich dachte: Du armer Tropf. Du wirst wahrscheinlich im späteren Leben gerade mal ein Monatsgehalt verdienen, das dem Wert der Klamotten entspricht, die ich heute trage. Aber guck ruhig, man darf ja träumen.

Kalt wandte mir Johannes Martin seinen ausdruckslosen Blick zu. »Wie meinen Sie das?«

Er sah selbst aus wie einer seiner Fische, dachte ich.

»Ihr Mörder. Ich glaube übrigens, dass der Mörder ihr eigener leiblicher Vater war.«

Das war eine Bombe. Aber nach Wochen des Herumschleichens und Antastens war ich auf Attacke eingestellt. Ich wollte endlich mal einen richtigen Stein ins Wasser werfen und sehen, wie er Kreise zog.

Johannes Martins Hand zuckte, als wollte er angesichts solcher frevelhaften Worte das Kreuz schlagen. »Wie können Sie so etwas Furchtbares sagen?«

»Friederike hatte nicht allzu lange vor ihrem Tod Informationen über ihre Familie erhalten, die sie zuvor nicht besaß. Sie kannte nun den Namen ihres eigentlichen Vaters.«

»Was wollen Sie damit sagen? Was geht mich das an?«

Ich sagte nichts.

»Moment mal, mein Kind.« Johannes Martin ballte die Faust, sodass die Knöchel weiß hervortraten. »Sie wollen doch nicht etwa …«

Ich kann es nicht leiden, von Männern, die nicht mindestens eine Generation älter sind als ich oder zu meiner Familie gehören, mit ›Kind‹ angesprochen zu werden.

»Sie wissen wohl nicht, mit wem Sie sprechen!«, sagte er wütend. »Ich habe mein Leben dem Herrn gewidmet.«

»Das sehe ich. Aber auch Priester sind … Menschen. Oder waren es mal.«

»Ich kannte diese Frau doch kaum. Und ich weiß nicht einmal, wer ihre Mutter ist oder war.«

»Marianne Grüber. Sie war Friseurin. Mobile Friseurin.«

»Das sagt mir nichts. Hören Sie, ich habe zu tun. Und ich finde Ihr Auftauchen hier reichlich merkwürdig. Dreist. Weiß die Kriminalpolizei eigentlich, dass Sie hier sind? Ich werde anrufen.«

»Tun Sie das. Vielleicht gelingt dann der Beweis, dass Sie Friederike und ihre Mutter doch besser gekannt haben.« Jetzt fühlte ich mich nicht mehr ganz so gut.

Es war tatsächlich kühn, was ich hier behauptete. Außer der Tatsache, dass der Mann auf der Toilette im ersten Stock gewesen war, gab es nicht den geringsten Beweis, dass er etwas mit Friederike zu tun hatte. Doch er hatte etwas an sich, was mich reizte, ihn weiter in die Enge zu treiben.

»Friederike hat eine Andeutung gemacht. Zu verschiedenen Leuten. Es sei eine Überraschung und eine Enttäuschung. Und sie sei nicht gerade stolz auf diesen Vater.«

»Mir fehlen die Worte«, sagte er mit plötzlich hochrotem Kopf. »Ich rufe die Polizei. Wie weit geht die Verunglimpfung der Kirche in diesem Land?«

»Sie waren schließlich nicht immer Priester«, erklärte ich. »Als Priester wird man nicht geboren, aber als Mann.«

Ein junger Kerl streckte den Kopf in den Raum. »Alles okay, Pater?«

»Ja, Ron, danke. Ich komme gleich zu der Gruppe.« Er wandte sich wieder mir zu. »Wir haben gleich eine Führung. Eine Schulklasse aus Gernsbach. Wollen sich über Forellenzucht informieren. Nein, ich war nicht immer Priester. Aber ich bin nicht der Vater von Friederike. Ich habe ihre Mutter nicht gekannt. Niemals von ihr gehört.«

Es fiel mir schwer, fest zu bleiben. Irgendwo hatte man ja doch Respekt vor der Entscheidung eines Mannes, sein Leben ohne Frau und ohne Sex zu verbringen. Obwohl mein eigener Mann auch nicht so sehr viel anders lebte, wenn ich es mir recht überlegte.

Ich musste mich zwingen, weiterzusprechen. Ein Blick auf meine neue Rolex mit den rosafarbenen Blüten auf dem Ziffernblatt gab mir Kraft. Sie war wunderschön. Sie symbolisierte, was mein Leben ausmachte. Luxus und vollkommene Schönheit.

»Es gibt aber einen Hinweis. Eine Andeutung von jemandem, der Sie kennt. Sie hätten *wild oats* gesät, wie man so sagt.«

Johannes Martin drehte sich um. Stand jetzt bedrohlich nahe vor mir. Dann griff er langsam in seine Jackentasche. Mein Blick folgte jeder seiner Bewegungen. Empfand ich Angst? Eigentlich nicht. Ich war eher neugierig.

Er holte ein flaches Lederetui heraus, klappte es mit einer wütend raschen Handbewegung auf und hielt mir ein Foto hin. Es zeigte einen kleinen Jungen. Der Junge war braun. Ziemlich braun. Ein Mischling.

»Sie war eine Krankenschwester aus Namibia. Keine Nonne. Einfach nur eine Frau. Und das ist Samuel, mein Sohn. Ich sehe ihn einmal im Jahr, und manchmal wäre es besser, ich würde ihn niemals sehen. Glauben Sie mir: Das ist das einzige Kind, das ich habe. Und jetzt verschwinden Sie, oder Ron nimmt sich Ihrer an.«

Ich tat, was er mir empfohlen hatte. Ich glaubte ihm und verschwand.

***

Waldbronn, oberhalb von Ettlingen, ein Kurort mit Park, Thermalbad, netten Restaurants und Cafés sowie bester Luft, lag auf meinem Weg zurück aus Schwann.

Allmählich wurde ich der Mördersuche ein wenig überdrüssig. Nicht nur das. Ein Leben lang hatte ich mich im Wesentlichen um mich selbst gekümmert: um mein Aussehen, mein Wohlbefinden, meinen Luxus und meine Vergnügungen. Ernsthafte Probleme hatte ich versucht auszuklammern, fest davon überzeugt, dass sie Falten machen und sich in Form von Augenringen niederschlagen.

Ich hatte stattdessen angenehme Erlebnisse gesammelt wie Perlen. Und aus diesen hatte ich mir eine Kette gebastelt, die ich mit Genugtuung trug. Diese Kette schmückte mich, aber sie verdeckte auch etwas.

Was wäre ich ohne diese Kette und ohne meine teure Uhr?

Auf einmal sprach ich mit diesen Menschen, die Friederike irgendwie gekannt hatten. Ich drang in ihr Leben ein und entdeckte hässliche kleine Dinge, die ich gar nicht wissen wollte.

Mein Instinkt sagte mir, dass der Besuch bei Seiboldts ebenfalls kein Sonntagsspaziergang werden würde. Besser, ich brachte ihn bald hinter mich.

Wenn Janine wirklich alle Männer gesehen hatte, die sich an jenem Abend im ersten Stock herumgedrückt hatten, wäre damit der letzte mögliche Dieb der Dokumente auf der Liste abgehakt.

Die Familie Seiboldt befand sich gerade im Garten beim Kaffee. Sie bestand aus Herrn Seiboldt, seiner Frau und der Tochter, die im Rollstuhl danebensaß. Sie mochte etwa fünfunddreißig Jahre alt sein. Ihr Kopf war zu groß für den Körper, ihr Gesichtsausdruck der eines allzu weisen Kleinkindes. Vor sich hatte sie eine Schachtel mit Papierschnipseln, und in der Hand hielt sie eine Schere. Es war offensichtlich, dass sie all diese Papiere in mühsamer Kleinarbeit zerschnitten hatte. Vermutlich wurden sie danach weggeworfen, aber gnädigerweise wusste sie das nicht. Sie würde neue Papiere zerschneiden. Sinnlos.

Plötzlich war ich froh, dass ich ein unordentliches, aber gesundes Kind hatte, das irgendetwas von mir in die Zukunft tragen würde.

Frau Seiboldt war eine schmale, fast hagere Frau mit angespannten Zügen und kurzem rotem Haar. Sie war wahrscheinlich früher sehr attraktiv gewesen. Jetzt wirkte sie verhärmt.

Die Seiboldts hatten bestimmt einmal ein schönes Paar abgegeben, denn ihr Mann, Herr Seiboldt, den man aus der Presse zur Genüge kannte, legte sichtlich Wert auf Kleidung und Figur, war groß und schlank und trug sein leicht zurückweichendes graublondes Haar flott geschnitten. Sein Händedruck war kraftvoll, sein Blick offen und gerade. Er war mir nicht direkt unsympathisch. Umso mehr schockierten mich seine ersten Worte.

»Liebe Frau Tobler, Sie scheinen es darauf angelegt zu haben, Ihre herausragende Stellung als die anerkannte Gesellschaftsdame von Ettlingen zu ruinieren.«

»Wie meinen Sie das?«

»Männer gelten zwar als schweigsam, aber so schweigsam, wie Sie denken, sind wir auch wieder nicht. Ich habe zwei Anrufe bekommen, dass Sie nach einer offenbar willkürlichen Methode Männer aufsuchen und sie zu ihrem Verhältnis zu Friederike Schmied beziehungsweise deren Mutter befragen.«

Ich starrte ihn an. Haltung bewahren, Swentja! Mit einem blasierten Lächeln wartete ich ab.

Seiboldt redete sich in Rage. »Was soll das? Ich war nicht immer und in allem einer Meinung mit Kollege Schmied. Aber ich hatte nichts mit seiner Frau zu tun und erst recht nichts mit deren Mutter.«

»Sie haben sie aber gekannt«, stellte ich fest und ertrug die bösen Blicke von beiden. Ich war wieder einmal froh, dass meine italienische Großmutter mir nicht nur das stählerne Gefühl für weibliche Würde, sondern auch ein paar Hinweise für Krisensituationen mitgegeben hatte: keinen Schritt zurückweichen. Schweigen, starren und lächeln. Vorwürfe ruhig nochmals wiederholen und auf Anschuldigungen gar nicht eingehen. Also los, Oma!

»Sie haben sie gekannt. Dafür gibt es einen Zeugen.«

Seiboldt machte eine abfällige Handbewegung und betrachtete mich mit deutlicher Abneigung. Daran musste ich mich offenbar gewöhnen.

Bisher hatte es für mich nur drei Sorten Männer gegeben: Solche, die zu alt für mich waren, solche, die zu jung waren, oder Männer, die scharf auf mich waren oder mich bewunderten. Die der letzten Kategorie hatte ich eifrig gesammelt, hatte die Blicke gezählt, die sie mir zuwarfen. Sie waren meine Trophäen. Meinem Mann schien es recht zu sein. Manche meiner Verehrer waren willfährige und potente Kunden von ihm geworden.

»Na und? Als junger Mann, ja. Sie war Friseurin im Nachbarhaus. Hat den Mädels dort die Haare gemacht. Aber ansonsten hatte ich nichts mit ihr zu tun. Gar nichts. Es gab keinerlei Schnittmenge zwischen dieser Frau und mir.«

»Das stimmt nicht ganz, Karl«, mischte sich seine Frau mit einer gewissen Gelassenheit ein und reichte ihrer Tochter eine weitere bunte Zeitungsbeilage zum Zerschneiden, was diese mit einem grellen Strahlen quittierte. »Wir hatten mit Professor Hellali alle denselben Frauenarzt!«

»Professor Hellali?«, bohrte ich nach.

»Ja, er war zeitweilig der Frauenarzt von Marianne Grüber, als sie noch jünger war, er war Friederikes Frauenarzt, und er war auch unserer.«

»Na und?«, stieß ihr Mann hervor.

Und dann erlebte ich geradezu ein Naturschauspiel. Karl Seiboldt flippte aus.

»Was wollen Sie eigentlich hier? Mit Ihren Fragen? Bleiben Sie doch bei Ihrer albernen Klamottenkauferei, Sie An- und Ausziehpuppe!«

»Karl!«

Er stellte sich hinter den Stuhl, auf dem seine fröhlich jauchzende Tochter saß und die Schere senkrecht in die Luft hielt. Man hatte den Eindruck, sie war direkt froh, dass endlich etwas los war. Wahrscheinlich war sie normalerweise von einer freundlichen Stille umgeben. Karl Seiboldt rüttelte an dem Stuhl.

»Frau Tobler – wenn ich eine Tochter hätte, gehabt hätte ... eine Tochter wie Friederike Schmied. Normal. Gesund. Glauben Sie, die hätte ich dann umgebracht?«

***

Ich hatte eine Atempause nötig. Nach dem furchtbaren Tag mit einem Priester, der sein Kind fast so unabwendbar verloren hatte, als wäre es bei der Geburt gestorben, und einem Ehepaar, das mit der Geburt ihrer Tochter selbst fast gestorben war, musste ich bei der Suche nach Friederikes Mörder vorübergehend eine Pause einlegen.

Vielleicht hatte ich mit ihm gesprochen. Vielleicht auch nicht. Möglicherweise war er mir mit Tibor Lodemann ganz nahe gewesen.

Ich fühlte mich müde. Eigentlich hätte ich noch einmal mit ihm sprechen müssen. Genau wie mit Robert Bleibtrau, Friederikes letzter Liebe, der so enttäuscht von ihr gewesen war. Er wusste vielleicht von allen am meisten über sie.

Etwas, was als leichtfertiges erotisches Spiel mit einem kecken Polizisten begonnen hatte, hatte jede Leichtigkeit verloren.

So nahm ich das atemlos vorgebrachte Angebot unserer Schneeflocke an, eine ihr zustehende Freikarte zu nutzen, und fuhr an einem herrlichen Herbstabend mit ihr nach Karlsruhe ins Theater, um sie im »Nussknacker« zu sehen und damit das strahlende Ergebnis der anstrengenden Proben, die ich beobachtet hatte.

Nachdenklich fuhr ich an den jungen, schnurgerade gesetzten Pappeln vorüber, die die gepflegte Einfahrt von Ettlingen Richtung Karlsruhe säumten. Das war Friederikes letzter Weg gewesen. Passierte die Autobahnzufahrt, die Tankstellen. Dann den

Stadtteil Rüppurr, ein wohlgeordnetes schönes Viertel mit Villen und denkmalgeschützten Siedlungshäuschen, die noch den soliden Geist des Jugendstils atmeten. Rechts erschien ein Hinweisschild zum Diakonissenkrankenhaus, in dem Hellali gearbeitet hatte, als Marianne Grüber Mutter geworden war. Doch sie hatte das Kind nicht bei ihm geboren.

Die beliebte Friseurin war in Karlsruhe, in Ettlingen sowie in den Bergdörfern tätig gewesen. Ins Albtal hatten regelmäßig auch die Wege ihrer Tochter geführt. Und in Ettlingen war sie ermordet worden.

Ich spürte es ganz deutlich: Hier in diesem Dreieck lag die Lösung.

Wir parkten in der Tiefgarage, meine Schneeflocke wirbelte davon zu letzten Vorbereitungen, Dehnübungen, Aufwärmen und Umziehen.

Ich hatte noch viel Zeit, bis die Vorstellung anfing. Lustlos ging ich in das große Einkaufscenter am Ettlinger Tor und trank einen Espresso. Ohne Freude wanderte ich durch die Läden, fand nichts und kaufte nichts und kehrte zu früh ins Theater zurück. Die Garderobiere ließ mich ein.

Ich schlenderte durch die kahlen Vorräume, die sich nur langsam füllten. Der mobile Buchhändler baute seinen Stand mit Büchern auf. Er scherzte mit den Garderobieren, den Rotkreuzsanitäterinnen, dem Hausmeister und dem Feuerwehrmann.

Nachdenklich ging ich nach oben ins Große Haus. Die steinernen grauen Hallen und Treppenaufgänge des Theaters waren Geschmackssache. Die etwas düstere Architektur der siebziger Jahre lenkte zumindest nicht von der Kunst ab.

Ich nahm meinen Platz ein und musste viele Male aufstehen, um andere Zuschauer durchzulassen.

Als ich mein Handy abstellte, sah ich, dass ich eine SMS bekommen hatte: »Können wir uns treffen? Morgen Abend um sieben in Frauenalb? Bin mit meiner Innung dort im Restaurant ›König von Preußen‹. Treffen wir uns kurz in der Ruine? Gruß Lieselotte Stolze«.

Ich seufzte, drückte »Ja« und stellte das Handy ab.

Und hatte fast zwei Stunden Zeit, um einmal mehr Elenas Werk zu bewundern, das in einc geheimnisvolle Welt entführte und nicht eine einzige Sekunde langweilig wurde.

Das Bühnenbild war farbenprächtig und so romantisch, dass auch nostalgische Gemüter zufriedengestellt wurden. Die Verbindung von Charles Dickens' »Weihnachtsgeschichte« mit dem »Nussknacker« schien ganz wunderbar gelungen. Die klassischen Bravourstücke der beiden *Pas de deux* waren zauberhaft und phantasievoll. Die lebensgroßen Puppen, die in der Phantasie arme Kinder beschenkten, beeindruckten auch uns Erwachsene, und die tanzenden Schneeflocken – entzückend meine eigene Flocke – waren bei ihrem Kristallwalzer so anmutig wie Feen. Das Publikum applaudierte begeistert bei dem hübschen chinesischen Tanz, der von einer zierlichen Asiatin dargeboten wurde, und letztlich verzauberte Tschaikowskys Musik uns alle. Flüchtig dachte ich an Hagen. Es wäre schön, ihn in solchen Momenten an meiner Seite zu haben. Seine Kommentare zu hören. Mit ihm zu lachen, zu streiten.

Ich nahm eine zufrieden summende Schneeflocke mit nach Hause. Sie schien außerordentlich guter Laune zu sein. »Du hast wunderbar getanzt!«, lobte ich sie. Sehnsucht nach meiner eigenen Tochter ergriff mich mit einer plötzlichen Heftigkeit, die mich selbst erstaunte.

»Aber ich bin nur eine von vielen im *Corps de Ballet*, doch ich kann mehr«, sagte sie gleichzeitig verträumt und entschlossen. »Und ich *darf* mehr. Ich darf in einer modernen Inszenierung, keine ganz große Sache, ein kleines Solo tanzen. Ab übernächster Woche. Eigentlich war Harriet dafür vorgesehen …«

»Harriet? Deine Freundin, die Engländerin. Sie ist auch ganz entzückend.«

»Nicht mehr!« Meine Schneeflocke kicherte. »Die hat einmal zu oft mit dem Bühnenmaler getanzt. Sie ist schwanger.« Das g klang wie ein k, doch es war erstaunlich, wie gut ihr Deutsch schon war.

»Oje. Sie ist noch so jung. Und so ein … süßes Mädchen. Was bedeutet das nun?«

»*Well, not much.* Ihre Karriere ist vorbei! *Over. Period*«, sagte die Schneeflocke und summte fröhlich in eine noch immer halbwegs laue Herbstnacht hinein. *Bitch!*

***

Ich schlief ganz schlecht in dieser Nacht.

Da konnte mir auch mein neues champagnerfarbenes Sleepshirt von David Nieper nicht helfen. Ich saß im Bett, sah aus wie eine Praline, die keiner auswickelte, und konnte nicht schlafen. Verdammt. Früher hatte mir stets so etwas Einfaches wie eine nette kleine, schnell gekaufte Sweatjacke von Dolce & Gabbana, in der ich dann erst einmal einen zünftigen Spaziergang machte, geholfen, mich besser zu fühlen. Auch eine simple Handtasche von Mandarina Duck für nur zweihundert Euro, die es sogar in eher volksnahen Läden wie Karstadt gab, hatte mich über eine schlimme Krise hinwegtrösten können. Friederikes Tod jedoch hatte mich emotional aus der Bahn geworfen. Zum ersten Mal blickte ich hinter die glatte Oberfläche meiner Welt und erschrak darüber, was ich dort sah.

Ich grübelte. Als neue Schlüsselfigur hatte sich für mich Moammar Hellali herauskristallisiert. Sein Verhalten in Baden-Baden war merkwürdig gewesen, und er schien die Klammer zwischen allen Personen zu sein. Er war derjenige, der sowohl Mutter als auch Tochter Grüber, letztere dann Schmied, seit langer Zeit betreute. Betreut hatte, wohlgemerkt. Denn Marianne Grüber war tot und Friederike auch. Ein höchst ungesunder Frauenarzt.

Es sah nunmehr ganz danach aus, als hätte sich Marianne Grüber ihm anvertraut. Vielleicht hatte sie das Kind nicht bei ihm entbunden, aber in der Zeit davor und danach mit ihm gesprochen. Vielleicht hatte sie ihm auch den Namen des wahren Vaters anvertraut?

War er selbst es? Hatte er sich von Mariannes mädchenhaftem Charme angezogen gefühlt? Solche Dinge geschahen, ich hatte davon gehört. Möglicherweise deckte er den Mann auch nur.

Möglicherweise stammte der Vater aus seinen Kreisen, aus *unseren* Kreisen, und war der Gatte einer reichen Patientin. In seinem Wunsch, in der deutschen Upperclass akzeptiert zu werden, hatte er vielleicht sogar die Schatulle im ersten Stock in dessen Auftrag gestohlen. Dann war Friederikes Vater vielleicht gar nicht auf der Party eingeladen gewesen. In diesem Fall hatte ich kaum Chancen, seine Identität jemals herauszufinden.

Irgendwann schlief ich dann doch ein. Und wachte am Morgen mit Herzrasen und Kopfweh auf.

So konnte es nicht weitergehen. Ich musste diese Sache zum Abschluss bringen oder aufgeben. Vor allem aber musste ich mit jemandem reden.

Mein Mann schied aus. Erstens war er nicht da. Zweitens würde er sich nicht dafür interessieren. Friederike war für ihn schon mehr oder weniger abgehakt. Er hatte sie schon früher nie beachtet. Nicht schön genug. Nicht bedeutend genug. Und nicht reich genug, um nach einer dieser noblen späten Scheidungen, wie es sie in unseren Kreisen häufig gab, Klientin von ihm zu werden.

Und drittens war er mit den Herren, um die es ging, beruflich zu nah verknüpft. Er würde mir nicht den Hauch einer Information zukommen lassen.

Mit schwerem Herzen rief ich Hagen Hayden an.

Diesmal war er freundlich. Fast ein wenig *zu* freundlich. Ich hatte den Eindruck, er spreche mit mir wie mit einer Kranken.

»Was gibt's denn Neues, meine liebe Frau Tobler? Neue Täter? Geheimnisvolle Verdächtige, die Toiletten benutzen und Kästen und Kästchen verschwinden lassen? Oder sind frische Väter aufgetaucht?«

»Herr Hayden, ich werde Ihre Vorgesetzten über Ihr Verhalten informieren.«

Er lachte. »Machen Sie das! In Karlsruhe haben wir bekanntlich eine Beamtin, die auf solche Fälle wie den Ihren spezialisiert ist. Es gibt nämlich eine ganze Reihe von Personen, die sich bei *jedem* Verbrechen melden und angebliche Spuren und Verdächtige melden. Sie ist sehr freundlich, diese Beamtin.«

Ich ging darauf nicht ein. Kühl sagte ich nur: »Gut. Sie müssen das mit sich ausmachen. Ich teile Ihnen hiermit mit, dass ich mich heute Abend um sieben in Frauenalb mit Lieselotte Stolze treffe –

das ist die Friseurin, in deren Salon Friederikes Mutter gearbeitet hat. Ich werde danach endgültige Gewissheit haben, wer als Mörder in Frage kommt. Hellali, Professor Hellali, sollte auf Ihrer Verdächtigenliste ganz oben stehen.«

»Ja. Und Angela Merkel auch.«

Ich versuchte ein mitleidiges Lächeln. »Vielleicht hat die bewusste Beamtin auch für Sie Zeit, Herr Hayden. Sie werden ebenfalls eine Psychologin brauchen, wenn ich mit dem Fall fertig bin.«

»Ich brauche jetzt schon eine!«, erwiderte er.

»Kommen Sie also um sieben Uhr? Hören Sie sich an, was sie mir sagen will. Es muss etwas mit dem Terminbuch zu tun haben, in dem die Haushalte, in denen Frau Grüber gearbeitet hat, verzeichnet sind.«

»Tut mir leid. Wir haben wirkliche Gesetzesbrecher zu jagen und keine Phantome. Übrigens, wenn Ihnen das so wichtig ist: Ich gehe, auch ohne dass Sie den Fall lösen, mal anständig mit Ihnen essen. Ich kann mich durchaus mal einen Abend mit Ihnen zusammen sehen lassen. Und wer weiß, wie der Abend endet …«

»Wird Ihre Verlobte Sie nicht erwarten? Wir hatten einen Deal, Herr Hayden. Und ohne den geht nichts.«

»In diesem Fall muss ich Sie natürlich unterstützen bis zum bitteren Ende.«

***

»Die Frage ist mir etwas peinlich«, sagte ich zu Robert Bleibtrau.

Wir saßen auf einer wackeligen, grob gezimmerten Holzbank vor einem Imbisswagen, aus dem heraus Essen auf Papptellern an in einer Schlange anstehende Menschen serviert wurde. Nicht in hundert Wintern hätte ich vermutet, dass ich zur Nahrungsaufnahme jemals einen solchen Ort aufsuchen würde. Bleibtrau hingegen schien es hier zu gefallen. Er hatte sofort zugestimmt, sich mit mir zu treffen, und diesen Ort unweit seines Hundeheims vorgeschlagen.

Jetzt saß er da und starrte mich an. Vorsichtshalber hatte ich mich sehr korrekt gekleidet: blau-weiß gestreifte Hemdbluse von

H&M zu meiner True-Religion-Jeans, darüber eine einfache dunkelblaue Strickjacke von Topshop, die ich mir an Ostern aus London mitgebracht hatte. Die Handtasche war von Fossil, mit dem berühmten riesigen Schlüssel als Markenzeichen und einer rustikalen Schließe. Außer meinem Ehering trug ich keinen Schmuck.

An uns ratterte unweit die Straßenbahn Richtung Bad Herrenalb vorüber. »Nicht gerade ein lauschiges Plätzchen«, bemerkte ich.

»Der Platz ist Kult. Die Currywurst ist einmalig«, sagte er und starrte weiter. Ich nickte ratlos und stocherte in den Pommes frites herum. Bleibtrau aß seine Currywurst auf und entfernte einen Spritzer Ketchup aus seinem Bart.

»Fragen Sie. So schlimm wird es nicht sein.« Er zerknüllte seine Serviette.

»Doch, irgendwie schon. Es ist eigentlich nichts, was man üblicherweise einen Mann fragt. Bitte verstehen Sie das nicht falsch. Ich glaube nur, dass es wichtig ist. Hat Friederike jemals mit Ihnen über gynäkologische Dinge gesprochen? Dinge, die sie normalerweise nur mit ihrem Frauenarzt besprechen würde? Intime Dinge?« Ich räusperte mich. Was für eine Situation!

Ein Schwarm Biker surrte wie wütende Hornissen an uns vorüber in Richtung Moosbronn. Von dort würden sie ins parallel gelegene Murgtal sausen und vielleicht in Freudenstadt das erste Mal absteigen. Die von Autos ungebremste Fahrt durch die sieben Täler von Herrenalb, zwischen Fluss und Wald entlang, könnte wirklich ein Traum für sie sein. Und ein Alptraum für die Wanderer, die dieses Geräusch permanent hören müssten. Was ging es mich an? Ich war keine Wanderin. Nie gewesen.

»Donnerwetter. Das ist wirklich eine peinliche Frage«, erwiderte Robert Bleibtrau. »Wenn sie nicht tot wäre, so würde ich Ihnen darauf gewiss keine Antwort geben. Ich bin kein Frauenheld, und Sie werden gewiss Männer mit mehr einschlägigen Erfahrungen als mich treffen, aber im Gegensatz zu meinen anderen Freundinnen«, hier wurde er ein wenig rot, »legte sie keinen besonderen Wert auf Verhütung. Unnötig, meinte sie. Leider. Erblich. Ihre Mutter habe sich sehnlichst noch weitere Kinder gewünscht, aber es habe nie geklappt. Im Grunde sei es ein Wunder, dass sie überhaupt existiere. Sie fürchtete ähnliche Probleme zu haben. So etwas könne erblich sein. Die Gefahr, dass sie schwanger werde, sei offenbar sehr gering, und sie sei gewillt, es dabei zu belassen.«

»Hat sie jemals erwähnt, wer ihr Frauenarzt war?«

»Ich glaube, es war eine ältere Ärztin. Irgendwo in Rheinstetten. Wir haben über so etwas nicht besonders intensiv gesprochen, wie Sie sich vielleicht denken können. Außerdem ging unsere ... Beziehung nicht so lange, dass wir derartige Pläne für die Zukunft gemacht hätten.«

»Also war ihr Frauenarzt nicht ein gewisser Professor Hellali? Kommt Ihnen der Name bekannt vor?«

»Ja, den Namen kenne ich. Ist ja auch auffallend. Ich glaube, sie war zum Schluss unserer Beziehung einmal dort. Ich kann mich aber täuschen. Jedenfalls hat sie sich in diesem Punkt plötzlich verändert. Das war auch kurz vor Ende unserer ... wie soll man es nennen ... ›Affäre‹ klingt so billig.«

Mir war es offen gestanden ziemlich egal, wie er zu seinem Techtelmechtel sagte. Ich fühlte eine Spannung in mir aufsteigen, die ich noch nicht gekannt hatte. »Also, zum Schluss hat sie plötzlich Wert auf Verhütung gelegt. Die Pille wollte sie nicht nehmen, da sie ja noch ein Kind von ihrem Mann haben könnte, aber sie drängte mich dazu, bestimmte Maßnahmen zu ergreifen. Es hat mich gewundert, aber unsere Beziehung war ja dann sowieso vorbei. Sie hatte sich aber nicht nur in diesem Punkt verändert.«

»Haben Sie eine Ahnung, warum?«

Er zuckte die Achseln. Schob den Plastikteller zur Seite. Griff nach seinem Glas mit hellem Radler. An das untere Ende der Bank setzten sich zwei junge Männer und zündeten sich Zigaretten an. Sie trugen eng sitzende Fahrradkluft und tranken ihr Radler mit großen, gierigen Zügen.

»Nein. Mit Frauen habe ich wohl sowieso keine gute Hand. Kaum ist man länger mit ihnen zusammen, entwickeln sie seltsame Eigenheiten. Friederike war eigentlich sehr schüchtern und ängstlich. Wenn ich nicht die Initiative ergriffen hätte, wäre bestimmt niemals etwas zwischen uns passiert. Aber dann war es sowieso aus.«

»Bleiben Sie am besten bei Ihrer Schwester«, schlug ich ironisch vor.

Er nahm meinen Hinweis ganz ernst. »Ja, vielleicht sollte ich das wirklich tun. Zumindest kenne ich ihre Macken von Kindheit an. Petra war sowieso der Meinung, dass Friederike und ich nicht zueinanderpassten. Und sie hat meistens recht.«

Ein Kerl wie ein Bär, aber der Waldschrat und Hundeflüsterer war im Grunde ein Waschlappen, dachte ich. Eine optische Täuschung. Wenigstens war sich Nicolaus treu geblieben. Als ich ihn geheiratet hatte, wusste ich, auf was ich mich einließ. Mit Hagen würde es auch nicht anders sein. Mit jedem Kuss würde sich der schneidige Prinz zurückverwandeln in den Frosch, der er wahrscheinlich war. Und trotzdem hatte ich Lust, es auszuprobieren.

Ich wandte mich wieder Bleibtrau zu. »Friederike hatte in letzter Zeit wohl gewisse neue Informationen, ihren Vater betreffend. Genauer gesagt, sie hegte lebenslang die Vermutung, der Mann, der mit ihrer Mutter verheiratet war, wäre nicht ihr Erzeuger. Hat sie jemals mit Ihnen über die Suche nach ihrem wirklichen Vater gesprochen?«

»Nein, davon wusste ich nichts. Bisschen spät im Leben, oder? Ich spürte nur, dass sie ihren Papa wohl nicht besonders mochte. Er war ja schon länger tot. Auf der Schwarzwaldhochstraße ist er mit dem Motorrad von der Straße abgekommen, gegen einen Baum geprallt, und das war's. Ich habe mit solchen Leuten wenig Mitleid, aber vielleicht ist das nicht besonders christlich. Sie hat aber eigentlich nie ausführlicher von ihm erzählt.«

Ich schwieg. Die jungen Männer hatten ihr Bier hinuntergestürzt und schlenderten zu ihren Fahrrädern zurück. Ich beobachtete mit Entsetzen, wie sich jetzt eine dicke Frau in einem großgeblümten Billigshirt neben uns am Tisch niederließ und zwei Currywürste vor sich aufbaute. Dass man so leben konnte!

»Kurz bevor wir uns getrennt haben, hat sie ihn einmal erwähnt. Sie hat gesagt: ›Es ist gut, dass wir Schluss machen. So eine Affäre ist nicht richtig, auch wenn du selbst nicht verheiratet bist. Es bringt Unglück. Meine Eltern waren in diesem Punkt nicht gerade ein Vorbild für mich.‹ Ich habe gesagt: ›Wieso? Ich dachte, du hängst an deiner Mutter.‹ Sie hat genickt. ›Das tue ich auch. Ich liebe und bewundere sie‹, war ihre Antwort gewesen. ›Aber was fand sie ausgerechnet an diesem Mann?‹«

»Hm«, sagte ich nachdenklich. »Liebe für Marianne Grüber? Verständlich. Aber Bewunderung?«

»Ja. Doch diese Gefühle waren tief und echt, das habe ich gemerkt, auch wenn die Frau rückwirkend gesehen ja irgendwie schuld war an Friederikes Gefühlswirrwarr kurz vor ihrem Tod. Oder nicht? Wie sie von ihrem Vater sprach, fand ich jedenfalls nicht besonders schön. Er hatte ihr ja nichts getan, oder?«

Oder?, dachte ich. Genau dieses Oder ist die Frage. Eine der vielen Fragen. Robert schien die Currywurstverspeiserin nicht zu sehen und hing seinen Gedanken nach.

»Was fand sie ausgerechnet an diesem Mann?«, wiederholte ich. »Damit hat sie zu diesem Zeitpunkt wohl schon ihren richtigen Vater gemeint! Was heißt das? War er unsympathisch? Nichts Besonderes? Alt?«

Während der Rückfahrt saß Friederike in Gedanken neben mir. Wie eigentlich immer. Sie und das Rätsel, das sie umgab, beherrschten inzwischen mein ganzes Denken. Das musste bald aufhören, sonst wurde ich wirklich ein Fall für die Seelenbetreuerin bei der Karlsruher Kripo. Ich sah es schon vor mir, wie sie in einem naturbelassenen Walkdings von Waschbär vor mir saß, ihre schlecht, weil mit Henna selbst gefärbten Haare raufte und fragte: »Wann hat das angefangen mit diesem Wahn, Frau Schmieds Mörder finden zu müssen? Wann haben Sie das letzte Mal mit Ihrem Mann geschlafen? Haben Sie erotische Phantasien, andere Männer betreffend?«

Ich rief mir die Friederike, die ich gekannt hatte, ins Gedächtnis. Die Frau, die nicht wusste, wie man sich anzieht oder sich schminkt. Sie war doch eigentlich eine ziemlich langweilige Person gewesen. Viel zu beflissen und zu bemüht, um eine Herausforderung darzustellen.

Nun hatte sie offenbar endlich ihren richtigen Vater gefunden, und dann entsprach er anscheinend nicht ihren Wünschen. Oder er hatte nicht reagiert, wie sie es sich vorgestellt hatte. Und dann war diese schüchterne Person aufdringlich geworden. Hatte ihm vielleicht sogar gedroht.

Das alles passte nicht zu Friederike. Sich einem Mann, auch wenn es angeblich ihr Vater war, aufzudrängen. Friederike war ein liebes Mamakind gewesen. Eine mit vielen Freundinnen, die sich auch mal ausnutzen ließ. Möglicherweise auch von diesem Bleibtrau, der wenig Gelegenheit hatte, außerhalb seines Hundehotels auf Frauensuche zu gehen, und dem sie einfach so in den Schoß gefallen war.

Und angesichts dieser Widersprüche war ich nun endgültig hilflos.

***

Sie hatte den Verstand, und sie hatte die Erfahrung. Was sie nicht hatte, war Zeit. Gegenüber dem Karlsruher Staatstheater gibt es eine kleine italienische Bäckerei mit Cafébetrieb. Die Leute vom Theater lieben dieses Café. Sie sitzen an winzig kleinen, nahe beieinanderstehenden Tischen und trinken rabenschwarze Espressi.

Auch heute wieder war es eng, und die italienische Wirtsfamilie rumorte geräuschvoll im Laden herum. Und doch war es hier in der kreativen Enge allemal gemütlicher als in der Betonkantine gegenüber.

»Ich habe nicht sehr viel Zeit«, sagte Elena und versuchte ihre langen, schlanken Beine irgendwie unter dem Stuhl zu verknoten. »Wir haben heute den ›Abend der jungen Talente‹. Auch wenn ich nur im Hintergrund dabei bin – ich lege Wert darauf, dass sie mich spüren, aber nicht sehen –, so will ich es mir doch nicht nehmen lassen. Noch nicht. Manchmal findet man unter den tanzenden Kieselsteinchen ein Juwel.«

»Das verstehe ich, Elena, aber ich muss wenigstens kurz mit dir sprechen. Ich … weiß sonst niemanden.«

Sie sah mich aufmerksam an. Elena Gontard war keine Frau für Gefühlsduselei. »Ich hoffe, du bist nicht beleidigt, aber du enttäuschst mich.«

»Warum?«

»Du siehst nicht so gut aus wie sonst. Eine Frau wie du sollte erst dann Ringe unter den Augen haben, wenn sie keinen mehr am Finger trägt.«

»Elena, ich brauche eine vernünftige Person, die mir sagt, dass ich komplett verrückt bin.«

»Jetzt überraschst du mich noch mehr! Wie eine bekennende Masochistin bist du mir bisher ebenfalls nicht vorgekommen. Eher wie eine höchst selbstsüchtige Anhängerin des Philosophen Epikur. Nicht dass ich das unbedingt gut finde, aber du bist immerhin authentisch. Möchtest du dich nicht auf den Posten bei den ›Freundinnen des Balletts‹ bewerben, den Friederike nun nicht mehr ausfüllen wird?«

Um Himmels willen. Ich winkte der älteren Dame hinter der Theke und bestellte noch einen Espresso, obwohl mein Herz jetzt schon pochte.

»Du hast nicht viel Zeit, Elena, deshalb mache ich es kurz. Ich habe dir erzählt, dass Friederike auf der Suche nach ihrem biologischen Vater war.«

Elena zog fragend die hohe Stirn kraus. Offenbar hatte sie es vergessen.

Das nahm ich ihr nicht übel. Elena hatte weiß Gott andere Sorgen als die Herkunft einer Frau, mit der sie nichts zu tun gehabt hatte, außer dass sie ihresgleichen als Förderinnen des Balletts bei Laune halten musste.

»Es schien alles so klar. Vater gesucht, Vater gefunden. Mordmotiv. Aber jetzt wird die Sache irgendwie immer komplizierter. Nur eine kurze Frage, weil ich auf deine Menschenkenntnis vertraue. Was hältst du von dieser Friseurin? Kennt sie sich gut aus im Theater?«

»Friseurin? Verzeih bitte, Swentja ...«

»Die Frau, die den kleinen Salon in der Gartenstraße betreibt. Du erinnerst dich. Manche von euch gehen dahin. Dort hat doch auch Friederikes Mutter gearbeitet.«

»Stolze? Meinst du die alte Stolze?«

»Ja, genau. Wir haben schon mal drüber gesprochen.«

Elena lachte. »Wie kommst du jetzt wieder auf die? Stimmt. Über die hatten wir schon mal gesprochen. Unbedeutend. Das alte Mädchen liest zu viele Adelsheftchen und hat sich früher eingebildet, zu etwas Höherem geboren zu sein. Hat viel in den Vorstellungen gesessen, und bei Operetten, das habe ich von Kollegen gehört, hat sie laut mitgesummt und mit ihren Füßchen den Takt geschlagen. Ich denke, sie ist ein nettes Frauchen, aber ein bisschen eigenartig. Wollte immer mehr darstellen, als sie war. Hätte sie diese Energie mehr auf ihren Salon gelenkt, dann hätte sie aus dem Laden was machen können. Bei der guten Lage!«

»Du meinst also, wenn sie sagt, sie hat eine Information, dann will sie sich im Wesentlichen wichtigmachen.«

Elena sah mich ernsthaft an. »Ich vermute, sie verwechselt ihre Heftchen manchmal mit der Wirklichkeit. Aber ich will kein so hartes Urteil fällen. Du kannst noch andere Leute fragen, was sie von ihr halten.«

»So viel Zeit bleibt mir nicht mehr. Ach, Elena, wäre ich doch niemals mit Friederike einkaufen gegangen.«

»Das kann ich mir vorstellen. Ich persönlich glaube inzwischen sowieso an ein Zufallsverbrechen. Die sind am schwersten aufzuklären, und deshalb haben sie ihn auch noch nicht. Es gibt Verrückte, die in Umkleidekabinen sitzen und Frauen beobachten. Ich habe von einer Boutique in Baden-Baden gehört, wo einer wochenlang auf diese Tour glücklich geworden ist. Er hat immer so getan, als hätte er eine kranke Frau zu Hause und müsste Kleider für sie aussuchen. Der Typ hatte sogar eine Digitalkamera dabei. *Excuse-moi*, aber ich muss jetzt gehen.«

»Elena?«

»Ja!«

»Danke!«

»Bitte.«

Jetzt kam sie noch einmal einen Schritt auf mich zu. »Aber ich meine es ernst. Swentja. Verstrick dich da nicht zu tief hinein. Ich sage jetzt etwas, was ich später vielleicht bereue: Wenn du mit diesem feschen Polizisten ins Bett willst, dann mach es doch einfach. Dazu brauchst du doch keine Mördersuche, hm?«

Der Tratsch war also zu ihr gedrungen, und sie hatte mich durchschaut.

Hilflos sah ich ihr nach. »Verdammt!«, murmelte ich. »Verdammt!«

***

Um sechs Uhr abends fuhr ich nach Frauenalb. Bog von der Straße ab, überquerte die kleine Brücke mit der Nepomukstatue, parkte vor dem Restaurant und stieg aus. Die Luft war frisch, die Sonne hatte nicht mehr viel Kraft.

Für mich war diese Ruine ein geradezu mystischer Ort. Ihre Fragmente, die kahlen hohen Mauern mit den toten, leeren Fensterhöhlen, hätten auch in Irland oder Schottland stehen können.

Ein Teil der Ruine war mit Steinboden gepflastert, im unteren Teil der Anlage aber wuchsen Gras und flaches Gebüsch zwischen den hager emporschießenden Mauern. Der Wald rückte nahe heran an die einstige große Klosteranlage, wodurch sie etwas Finsteres bekam.

Sagen rankten sich um den Ort. Immer wieder war die Rede von einem unterirdischen Gang zum Männerkloster nach Bad Herrenalb und von ungezählten toten Babys, die in diesem Gang verscharrt worden seien. Unheimlich war auch die Geschichte, dass große Teile des im frühen 12. Jahrhundert gegründeten Klosters 1508 durch die Unvorsichtigkeit einer Laienschwester abgebrannt waren. Wie mochte diese junge Frau sich gefühlt haben, wie grausam hatte man sie wohl bestraft?

Die Sonne kroch jetzt hinter die Berge und tauchte das kleine Ensemble aus Restaurant, Kloster und den Nebengebäuden in ein letztes tröstliches Licht. Es wurde schon kühl. Irgendwo in der Ferne bellte ein Hund. Später sollte ich mich an jeden einzelnen Laut erinnern.

Das Restaurant »König von Preußen« war wie immer gut besucht. Autos parkten halsbrecherisch am Berg. Von drinnen hörte man das Klappern von Besteck, Gläserklirren und Lachen. Zwei junge Männer standen vor dem Haus und rauchten. Es herrschte fast Ferienatmosphäre.

Wenige Schritte weiter, in der Nähe der Ruine, war es still. Wenn sich die Gäste im Restaurant die Überbleibsel des Klosters angesehen hatten – und das taten die meisten –, dann hatten sie es vor dem Essen getan. Jetzt waren die mächtigen Mauern sich selbst überlassen.

Ich hatte keine Ahnung, welches Auto die kleine Frau Stolze besaß, hoffte jedoch, dass sie schon da war und die Sache bald erledigt wäre. Heute Abend wollte ich endlich mal wieder über Skype mit meinem Töchterchen plaudern.

Ich betrat die verfallene Halle der Ruine. Vom Wald her duftete es schon herbstlich. Hinter den letzten Strahlen der Herbstsonne lauerte die Kühle der kommenden Monate. Ich zog meine Kaschmirstrickjacke enger um mich.

»Frau Stolze?«, rief ich in den einstigen Klosterhof hinein. Die Worte hallten. Im Hochsommer gab es hier häufig Konzerte. Akustik und Szenerie waren grandios.

Keine Antwort. Ich drehte mich um und ging zum Lokal zurück.

»Die Friseurinnung, bitte?«

»Hinten an dem runden Tisch!«

Die Bedienung hastete mit einem Tablett voller kugelbäuchiger Rotweingläser an mir vorüber und deutete nur mit dem Kopf in die entsprechende Richtung.

Doch eigentlich war der Hinweis unnötig, denn die Damen der Friseurinnung hätte man auch so erkannt. Sie waren nämlich alle auf eine Weise frisiert, für die ich Raoul in Achern vor Gericht zerren würde. Zu gekonnt, zu gestylt, zu blond und zu gesträhnt.

Ich liebte es, wenn meine Haare so natürlich aussahen, als wäre ich irgendwann vor zwei Jahren das letzte Mal beim Friseur gewesen. Die Farbe sollte einem schwedischen Kornfeld gleichen, wenn der Wind darüber streicht.

»Entschuldigen Sie bitte.«

Zwanzig Mal Kajalstift drehten sich zu mir um. »Ja?«

»Ist Frau Stolze schon da? Ich wollte ihr nur etwas geben.«

»Frau Stolze ist kurz nach draußen«, sagte eine Jüngere.

Eine etwas ältere Coiffeurin mit eisengrauem Haar, das sich wie ein Helm um ihren Kopf schmiegte, sagte mit leisem Erstaunen: »Kinder, eigentlich ist sie schon ziemlich lange weg.«

***

Machen wir es kurz. Die kleine, wahrscheinlich harmlose Liese-lotte Stolze lag in einem Gestrüpp nahe einem halb verfallenen Treppenaufgang, der, wäre er noch intakt gewesen, nur auf weiteres bröckeliges Mauerwerk geführt hätte.

Sie lag da, und ihre allzu korrekte Frisur war unschön zerzaust. Aber die kleine Friseurmeisterin konnte sich nicht mehr ärgern, denn sie war tot.

5

Friederikes Vater

Hagen Hayden saß mir mit versteinertem Gesichtsausdruck gegenüber. Ich war hin- und hergerissen zwischen einem unschönen Triumphgefühl und echtem Kummer um die kleine Frau, an deren Tod ich mich schuldig fühlte.

Meine streitlustige italienische Verwandtschaft hatte mir beigebracht, anzugreifen, bevor es der Gegner tut. »Wären Sie mitgekommen nach Frauenalb, wäre es nicht passiert!«

»Und würden Sie sich raushalten aus Sachen, die Sie nichts angehen, wäre es auch nicht passiert.«

Steilvorlage.

»Seltsame Rechtsauffassung. Die arme Frau wurde von einem Mann umgebracht, der bereits mindestens einmal gemordet hatte. Das heißt, er ist und war ein Mörder. Dazu habe nicht *ich* ihn gemacht, Herr Hayden.«

Wir sahen uns feindselig an.

Und trotz allem war sie wieder da. Diese fast unerträgliche erotische Spannung zwischen uns. Sie ließ mich dem Blick seiner grauen Augen ausweichen. Er sollte nicht sehen, was ich empfand. Ich wäre gerne mit ihm ins Bett gegangen. Hier. Jetzt. Wie konnte so etwas passieren? Wäre es nicht so komisch, würde ich sagen, ich verspürte eine Erregung wie sonst nur beim Einkaufen.

Hätte ich nach Jahren der Trockenheit wieder ein erfülltes Sexleben, würden einige Boutiquen in Karlsruhe, Ettlingen und Umgebung enorme Umsatzeinbußen zu verzeichnen haben.

Hagen beugte sich vor und nahm meine Hände mit unerwarteter Sanftheit in seine. Sie waren warm und groß.

»Es ist nicht schön für Sie, zum zweiten Mal eine Tote zu finden. Ich fürchte, Sie müssen sich bald etwas Neues suchen. Einen neuen Job, meine ich natürlich. Zeit, umzudenken, Swentja!«

Ich schluckte. Daran hatte ich noch nicht gedacht. Plötzlich fiel mir ein, dass mein Kind in London vergeblich darauf wartete, dass ich es anrief, und ohne dass ich es verhindern konnte, rollte eine Träne an meiner Nase entlang und tropfte auf Hagens Hand. Er wischte sie sanft weg.

»Bitte schildern Sie mir Ihren Kontakt mit Frau Stolze so detailliert wie möglich.«

Ich richtete mich auf. Unterdrückte eine zweite Träne.

»Ich habe sie aufgesucht, da Friederikes Mutter bei ihr einen sogenannten Stuhl hatte. Ich wusste, dass Marianne Grüber sich auf Partyfrisuren spezialisiert hatte. Ich wollte wissen, in welchen Haushalten sie zum Zeitpunkt von Friederikes, nun, sagen wir, Empfängnis verkehrt hat. Frau Stolze wollte mir ein altes Terminbuch heraussuchen. Als ich sie nun darauf ansprach, behauptete sie, das Buch nicht gefunden zu haben. Ich vermute, das war gelogen. Der Name des Mörders steht in diesem Buch. Er wird es ihr abgenommen haben.«

»Kaum!«, sagte Hagen lässig. Das Telefon läutete. Er sagte nur »Ja« und »Nein«, was ich hasse, weil man sich so hilflos vorkommt, wenn man gegenübersitzt.

»Und?«

»Das hatte nichts mit diesem Fall zu tun. Also, Frau Stolze hatte vermutlich die Wahrheit gesprochen. Wir fanden in ihren Akten einen Bericht der Feuerwehr, in dem ein kleinerer Brandschaden dokumentiert war, ausgelöst durch eine defekte Trockenhaube in ihrem Hinterzimmer. Unter anderem wurde dabei ein Stapel alter Bücher und Unterlagen so beschädigt, dass sie weggeworfen werden mussten. Das ist Jahre her, aber die Leute heben solche Schreiben aus irrationalen Gründen gerne auf. Falls mal eine Rückfrage vom Finanzamt kommt.«

»Aber sie wollte mir etwas sagen. Das war eindeutig.«

»Möglicherweise hat ihr tragischer Tod gar nichts mit diesem Fall zu tun. Das ist zumindest meine Vermutung. Klosterruinen ziehen unserer Erfahrung nach merkwürdige Gestalten an, und sie hielt sich ganz allein dort auf. Es war schon später Nachmittag und eine unheimliche Beleuchtung. Ein Wetterwechsel stand bevor, es wurde kälter. Der Herbst kündigte sich an. Da mag eines zum anderen gekommen sein. Die Spurensicherung ist noch nicht fertig, aber es sieht nicht gut aus. Auf dem Boden sind im Laufe des Tages so viele Leute herumgetrampelt, dass wir kaum eindeutiges Material finden werden.«

»Hatte sie nichts bei sich? Was war in ihren Taschen?«

Hagen warf mir einen prüfenden Blick zu. »Also gut. Spielen wir unser privates kleines Spiel weiter. Wenn meine Vorgesetzten das alles erfahren, bin ich mit einer netten Dienstaufsichtsbeschwerde dran. Dann kann ich Sie nicht in den ›Albkönig‹ einladen, dann müssen wir die Geschlechterrollen tauschen, und Sie zahlen. Zumindest beim Essen.«

Ich blickte zu Boden, damit er mein Gesicht nicht sah. Mist.

»Also, ich zeige Ihnen den Inhalt ihrer Tasche. Vielleicht geben Sie dann endlich Ruhe! Es ist die Tasche eines harmlosen Frauchens.«

Er stand auf, ging hinaus, ich hörte Stimmen, Türen, wieder Telefone.

Als er zurückkehrte, hatte er eine schwarze Damenhandtasche in der Hand und trug einen leichten Sommermantel über dem Arm, was einigermaßen seltsam aussah. An der Tasche baumelte ein Schild mit einer Nummer.

»Das ist die Handtasche der Toten. Bitte sehr!« Er reichte mir dünne Plastikhandschuhe. »Sie ist schon gründlich untersucht worden, aber trotzdem. Sicherheitshalber.«

Kamm. Schminktäschchen mit Lippenstift. Portemonnaie. Handy.

Keine schöne Aufgabe. Man kam sich vor wie ein Leichenfledderer. Die Handtasche einer Frau war so etwas wie ihr Tagebuch. Die Sachen darin gingen nur sie etwas an.

Ich hielt das Handy hoch. Fragend sah ich Hagen an.

Er zuckte die Achseln. »Keine gespeicherten Nummern. Eine Kollegin sagte, sie kam damit nicht gut zurecht. Wir fanden nur die vom Anbieter vorprogammierten Rufnummern. Wir haben die Nummern, die sie in den letzten Wochen gewählt hat, nachvollzogen. Sowohl zu Hause als auch hier. Nichts Verdächtiges. Freundinnen. Ihre Schwester. Ihr Zahnarzt. Frauenarzt. Feuerwehr, wahrscheinlich wegen Brandschutzfragen. Seit dem Brand damals war sie offenbar ängstlich, und sie hatte vor einiger Zeit neue Föhne angeschafft, das war wahrscheinlich der Grund …«

Ich hörte nicht hin. Erneut ein Riesenfehler.

»Frauenarzt?«

Hagen schüttelte den Kopf.

»Dachte ich mir, dass Sie da einhaken würden. Ja, sie hat Dr. Hellali angerufen. Nichts Verdächtiges daran. Sie war eine Patientin von ihm. Noch aus der Zeit, als er hier in Karlsruhe praktizierte, und Frauen haben«, jetzt räusperte er sich unbehaglich, »offenbar den Hang, ihren Frauenärzten treu zu bleiben. Obwohl wir nach wie vor keinen Zusammenhang zwischen ihm und den beiden Verbrechen sehen, haben wir ihn bereits telefonisch zu den beiden Terminen befragt: Er hat ein absolut wasserdichtes Alibi für beide Morde. Befand sich in der Praxis, beide Male, und hat gearbeitet. Hat mehrere Zeugen dafür. Für seine Verstrickung in den Fall gibt es keinerlei Hinweise. Offen gestanden denke ich, die arme Frau Stolze wurde Opfer eines Zufallskriminellen. Ein Wohnsitzloser, der die Nacht in der Ruine verbringt. Wir werden die Protokolle der Kollegen der umliegenden Gemeinden nach derartigen Kandidaten und eventuellen Vorfällen genau durchleuchten. In Spielberg sind innerhalb der letzten zwei Wochen vier Katzen die Schwänze abgehackt worden.«

Da dachte ich anders. Ich würde Hellali nochmals aufsuchen. Er war der Schlüssel, das spürte ich. Nicht Tibor Lodemann, sondern Moammar Hellali.

Hayden beobachtete mich mit leiser Ironie, als ich weiter geistesabwesend in der Tasche der armen Toten herumkramte. Rasch brachte ich es hinter mich. Nicht gerade angenehm. Ich konnte nichts Verdächtiges mehr am Inhalt der Tasche entdecken und reichte sie ihm verlegen zurück. »Wenn Sie mich so beobachten, kann ich nicht nachdenken.«

Verärgert legte er die Tasche zur Seite. »Frau Tobler, das hat jetzt einen Grad erreicht, den ich nicht mehr dulden kann. Bitte halten Sie sich fern von allen Personen, die auch nur im Entferntesten …«

»Aber Herr Hayden«, ich schenkte ihm die ganze Breitseite meines Lächelns, »können Sie einer Frau verwehren, einen Gynäkologen aufzusuchen?«

»Frau Tobler, ich ...«
»Danke, Herr Hayden. Man sieht sich.«

***

Am anderen Morgen. Diesmal empfing mich Hellali in der Klinik.

Es blieb ihm auch nichts anderes übrig, denn ich hatte mir als Privatpatientin bei seiner nichts ahnenden Sekretärin einen Termin besorgt. Nun saß ich ihm in einer schicken modernen Praxis in der Baden-Badener Stadtklinik gegenüber, die eher an ein schön gelegenes Hotel als an ein Krankenhaus erinnerte. Im Eingangsbereich gab es neben dem üblichen Kiosk mit Zeitschriften und Süßigkeiten sogar einen Laden für Freizeitkleidung.

Man kann sich kaum vorstellen, dass der Tod in diesen Hallen Zutritt fand. Und doch mussten auch hier wohl gelegentlich Leute sterben.

Hellali saß mir gegenüber, den üblichen sphinxartigen Ausdruck im Gesicht. Seine braunen Hände mit Leberflecken hatte er zwar gefaltet, doch zuckten sie und verrieten Ungeduld oder Nervosität.

»Herr Dr. Hellali, ich gebe es offen zu: Ich war auf der Suche nach Friederikes richtigem Vater. Aufgrund bestimmter Kombinationen hatte ich auch Sie im Verdacht, obwohl die arme Frau offen gestanden wenig Ähnlichkeit mit Ihnen aufwies. Aber manchmal geht die Natur seltsame Wege. Ich habe blondes Haar, und meine Mamma war fast schwarz.«

Hellali sah auf seine Uhr. Breitling. Navitimer. Mindestens viertausend Euro. Weibliche Befindlichkeitsstörungen schienen sich zu lohnen in diesem Land.

»Ich habe Sie inzwischen ausgeklammert. Sie haben offenbar ein Alibi.«

Er zog verärgert die Augenbrauen hoch.

»Aber ich glaube, Sie wissen mehr. War Marianne Grüber nach ihrer Entbindung bei Ihnen? Hat sie Ihnen den Namen des Vaters ihrer Tochter genannt, und schützen Sie diesen Mann heute noch?«

Hellali, der Beherrschte, der Kultivierte, der Ruhige, hatte mir zugehört. Höflich. Äußerlich gelassen.

Jetzt beugte er sich zu mir und zischte mehr, als dass er sprach: »Wissen Sie was, Frau Tobler: Sie sind eine schöne Frau. Zu schön für das Spatzenhirn, das Sie unter Ihrem gut geschnittenen Pony beherbergen. Lassen Sie mich in Ruhe und stehlen Sie mir nicht meine Zeit. Und wagen Sie es nicht, mir noch einmal die Polizei auf den Hals zu hetzen. Das tut meinem Ruf nicht gerade gut. Und den habe ich mir in diesem Land sehr hart erarbeitet.«

Ich widerstand der Versuchung, zurückzuweichen. Das kam nicht in Frage. Ich wartete und sah ihm mindestens genauso wütend in die bösen Augen. Ich dachte an meine Großmutter. »Wenn du angegriffen wirst, richte dich auf und zische wie eine Schlange. Die meisten Hasen rennen weg.«

»Ihr Ruf ist nicht mehr wert als ein Menschenleben! Seltsame Berufsauffassung, oder?«

Hellali war ein Hase und gab auf. »Es widerspricht der Schweigepflicht, aber ich habe die Hoffnung, dass Sie aus Rücksicht auf Ihren bedauernswerten Gatten ebenfalls schweigen. Frau Marianne Grüber war tatsächlich eine Patientin von mir. Das heißt, sie war von ihrer Frauenärztin gewechselt, als sie versucht hatte, schwanger zu werden und es nach einer Weile nicht geklappt hatte. Wir haben über alles Mögliche gesprochen ...«

Er brach ab. Stand auf. Sah nach draußen. Ins Grüne.

»Auch über den Vater ihres ersten Kindes?«

Jetzt war ich nahe dran. Ich spürte es.

Er drehte sich um. Es war etwas wie Überdruss in seinen Augen. Als wollte er es endlich loswerden.

»Marianne Grüber hat niemals ein Kind geboren. Und jetzt gehen Sie bitte!«

***

Dieser Schock saß tief.

Ich saß wie betäubt auf einer Bank vor dem Krankenhaus in Baden-Baden, sah die Krankenwagen Patienten abholen und einliefern und sah es doch nicht wirklich.

Neben mir hustete ein alter Mann im Schlafanzug. Er zog gierig an einer Zigarette, die ihm drinnen natürlich verwehrt war.

Am liebsten hätte ich ihn gefragt, ob er einen Schnaps dabeihatte. Mir kam es vor, als sähe ich die ganze Welt durch einen Zerrspiegel, der sich plötzlich um einige Grade verschoben hatte.

Alles, was ich gedacht und geglaubt hatte, stimmte nicht mehr. Marianne Grüber hatte gar kein Kind geboren. Das heißt, Friederike war adoptiert gewesen. Sie hatte nicht nur einen anderen Vater, sie hatte ganz andere Eltern gehabt.

Damit fielen alle Mordmotive weg. Aber die gestohlenen Unterlagen in dem ominösen Kästchen? Wie wahrscheinlich war es, dass ihre eigentlichen Eltern sich unter den Gästen an jenem Vormittag in dem Haus der Schmieds befunden hatten? Was hatte die kleine Friseurin damit zu tun?

»Ganz ruhig, Swentja«, ermahnte ich mich selbst. Der Schlafanzugträger rückte ein Stück von mir ab. Vermutlich hielt er mich für verrückt.

Lieselotte Stolze musste gewusst haben, wer die eigentlichen Eltern von Friederike waren. Hatte sie nicht gesagt, Marianne Grüber sei zur Entbindung nicht in Karlsruhe gewesen? Irgendwo in der Pfalz hatte sie Frauen die Haare gemacht und sich eine Weile dort aufgehalten. Dort hatte sie angeblich auch das Kind zur Welt gebracht. Sie hatte behauptet, sie habe eine Hausgeburt gehabt, und das Kind bei der Gemeinde angemeldet. Man hatte keine Fragen gestellt. Sie war eine biedere, verheiratete Frau, ihr Mann stammte aus dem Ort, war als ehrlich bekannt. Warum sollte man bezweifeln, dass eine junge Ehefrau ein Kind zu Hause zur Welt brachte? Dann war das Paar wieder nach Karlsruhe gezogen, und alles war seinen normalen behördlichen Lauf gegangen.

Es war also keine offizielle Adoption gewesen. Irgendein Ehepaar hatte ein Baby bekommen und hatte es nicht behalten wollen. Warum nicht?

Seiboldt kam mir in den Sinn. Vielleicht hatten sie befürchtet, nach der ersten Tochter noch ein weiteres behindertes Kind zu bekommen.

Und wieso wusste Lieselotte Stolze etwas davon? Möglicherweise hatte sie gemerkt, dass Marianne Grüber gar nicht wirklich schwanger war. Oder Marianne hatte sich ihrer mütterlichen Chefin anvertraut.

Das arme Frauchen hatte das Terminbuch tatsächlich nicht mehr besessen. Es war zerstört worden. Aber sie hatte etwas anderes gewusst.

»Ich muss erst ihn fragen!«, hatte sie gesagt. Ihn? Wer war dieser Mann, den sie erst fragen musste? Hatte *er* sie umgebracht?

***

Szenen meiner Ehe:

»Hallo, Swentja. Alles in Ordnung zu Hause? Ich komme am Freitag wieder.«

»Ja. Es gibt Neuigkeiten. Eine Friseurin, die ich gekannt habe und die ich auf die Sache mit Friederike angesprochen hatte, ist gestern Abend umgebracht worden. In Frauenalb draußen!«

»Frauenalb? Da geht eine Frau ja auch nicht allein hin. Und schon gar nicht abends. Wie am Brocken. In der Walpurgisnacht. Dort tanzen eben auch die Hexen!«, sagte mein Mann und lachte. »Swentja, verschone mich mit deinen Mördergeschichten. Könntest du unserer Hilfe sagen, dass sie mir bitte das rot-weiß gestreifte Hemd bügelt? Das brauche ich am Sonntag. In der Neuen Messe in Rheinstetten drüben sind Unternehmertage. Ich muss Schluss machen. Frau Rothard kommt mit den Unterlagen.«

Er legte auf.

An diesem Gespräch waren mehrere Dinge bemerkenswert.

Mein Mann interessierte sich nicht einen Deut für den Tod einer kleinen, unbedeutenden Friseurin.

Mein Mann interessierte sich nicht für mich, nur für die ordnungsgemäße Abwicklung seiner Bügelwäsche.

Mein Mann hatte ein Verhältnis mit seiner Mitarbeiterin Frau Rothard.

Woher ich das wusste?

Das spürte man.

Aber da war noch etwas gewesen. Er hatte noch etwas gesagt. Was war es nur?

***

Dass ich schlecht geschlafen hatte in dieser Nacht, wäre untertrieben gewesen. Kein Auge hatte ich zugetan. Ich wollte gar nicht daran denken, was für Augenringe ich am Morgen haben würde.

Friederikes Tod hatte mir mehr geraubt als nur meine Seelenruhe. Vor allem meine Illusionen. Nämlich die, dass man mit Geld außer Mode auch ein erwachsenes Leben kaufen konnte. Und ich hatte erkannt, dass meine Ehe ein Haufen Scheiße war. Es tat mir gut, endlich so ordinär über Nicolaus zu denken. Es würde ihm nicht gefallen. Auch gut. Ich hatte einen Mann, der sich für nichts, was mich betraf, interessierte. Für Hagen hingegen war ich nur eine Herausforderung. Eine Affäre mit mir wäre ein Sieg, mehr nicht.

Sich mit mir zu verabreden schien sowieso höchst ungesund zu sein, was bedeutete, dass auch mein Geschäft litt. Heute Morgen hatte ich bereits zwei Absagen bekommen für Einkaufsberatungen, die nächste Woche hätten stattfinden sollen. Eine ältere Dame aus der Gegend von Heidelberg und die Freundin einer Tennispartnerin aus Bühl.

Wie eine Woge überschwemmte mich der plötzliche Wunsch, allein – ohne Männer – zu leben und mich selbst mit dem durchzubringen, was ich konnte. Aber was war das?

Danke, Friederike. Du hast mir meinen Seelenfrieden geraubt und mir die Orientteppiche direkt unter meinem Hintern weggezogen.

Auf jeden Fall musste ich Horst Schmied noch einmal aufsuchen. Hatte Friederike niemals Zweifel gehabt, was ihre Mutter anging?

Ich beschloss, ohne vorherigen Anruf bei ihm vorbeizugehen. Ein Fehler.

Schon der schicke kleine Flitzer vor der Tür ließ mich Übles ahnen. Er öffnete die Tür nur einen Spalt. Wirkte sehr freizeitmäßig gekleidet, um es vorsichtig zu sagen.

»Swentja«, meinte er verlegen. »Warum hast du nicht angerufen? Ist was? Gibt's was Neues?«

»Ja. Die ehemalige Chefin deiner Schwiegermutter ist umgebracht worden.«

»Furchtbar«, erwiderte er flach, doch sein Gesichtsausdruck strafte seine Worte Lügen.

»Horst? Willst du Kaffee oder Tee?«

Im Hintergrund erschien eine Person, die schon fast klischeehaft aus den Witzblättern entnommen schien. Groß. Blond. Lange Beine. Ich kannte sie vom Sehen. Sie machte irgendwas im Sekretariat des Golfclubs.

Männer trösteten sich schnell und unkompliziert. Die Blusen der Exfrau wurden im Kleiderschrank zur Seite geschoben. Platz für die Tangas des mobilen Ersatzkommandos.

Demnächst würden Friederikes Sachen im Diakonieladen hängen.

»Wir sprechen uns später, ja?«

»Ja«, rief er mir nach. »Danke. Melde dich mal!«

***

»Das ist … unglaublich. Unglaublich.«

Elena schüttelte den Kopf.

»Weißt du, was du jetzt machen musst?«

»Nochmals zur Polizei gehen.«

»Sie werden dir jetzt so wenig glauben wie zuvor. Nein, du musst versuchen, dich an alles zu erinnern, was diese Friseurin Frau Stolze … meine Güte, es tut mir ja doch ein wenig leid um die alte Haut … Denk nach, überleg dir, was hat die kleine Friseurin in dem ersten Gespräch mit dir alles erzählt? Einen Namen?«

Elena war bei mir zu Besuch. Ich hatte sie auf dem Handy erwischt, als sie gerade vom Masseur kam. Die »Freundinnen des Balletts« finanzierten durch eine ihrer Stiftungen Massage und Krankengymnastik für die gesamte Balletttruppe. Um ihre Mädchen anzuhalten, dieses sinnvolle Angebot wahrzunehmen, ging auch Elena gelegentlich dorthin, obwohl sie selbst immer noch so biegsam wie Gummi war.

»Mineralwasser, danke, ohne Kohlensäure.«

Ich versuchte, mich an dieses erste Gespräch mit Frau Stolze zu erinnern. »Sie hat von Friederike erzählt. ›Das arme Ding.‹ Und dass sie stets ein wenig zu dick war. Dass Marianne unbedingt noch ein Kind wollte … mehr fällt mir nicht ein.«

»Schade.« Elena sah auf die Uhr. »Ich muss los. Ist Lavinia da? Ich kann sie gleich mitnehmen.«

Ich lachte. »Das wird ihr eine Ehre sein. Mit der Chefin ins Theater. Kommt fast einer Beförderung gleich. Sie ist unten. Ich wollte heute sowieso ihr Bett frisch beziehen. Sag ihr, sie soll alles liegen lassen.«

Als die beiden kurze Zeit später wegfuhren, seufzte ich.

Es ging voran und doch nicht.

Arme Friederike. Ihr musste schwindelig geworden sein, als sie den Inhalt der Schatulle studierte.

Ich fühlte auf einmal das Bedürfnis, mich bei Janine zu entschuldigen. Wahrscheinlich war das alles tatsächlich ein Zufall gewesen. Das Kind konnte nichts dafür.

Nachdenklich ging ich hinunter in Lavinias Zimmer. Öffnete das Fenster. Hob ihre alten Ballettschuhe auf, die sie jetzt als Hausschuhe benutzte. Lächelte, als ich ein zerknülltes T-Shirt auf dem Boden sah, auf dem die Worte »I'm the best« standen.

Da bewegte sich etwas in dem T-Shirt. Aus den Falten ragte ein haariger Arm heraus, dann krabbelte der Rest des Spinnenkörpers hervor, kroch aus dem Hemd über den Teppich. Ich wollte schreien. Ich konnte nicht. Wie gebannt sah ich der Spinne zu, wie sie sich orientierte und dann langsam loslief. Auf mich zu. Wie ferngesteuert.

Kalt wie Eis lief es mir den Rücken herunter. Endlich konnte ich mich umdrehen und mit gallertartigen Beinen, die beinahe wegknickten, aus dem Zimmer laufen. Draußen wurde mir schlecht. Schlecht vor Angst.

Ich rannte aus dem Haus. Zur Nachbarin. Dort fing ich an zu weinen.

***

Zwei Tage später. Donnerstag.

Ein Kammerjäger hatte das Haus untersucht. Die Spinne hatte noch in etwa da gesessen, wo ich sie zuletzt gesehen hatte. Diese kaltblütigen Dinger bewegten sich nicht viel. Mit einem Spezialhandschuh hatte er sie in ihren Behälter zurückbefördert.

Lavinia war untröstlich. Sie entschuldigte sich tausendmal. Sie verstehe das nicht. Das Glasgefäß sei verschlossen gewesen. Wie immer. Wenn sie das Gefäß reinige, setze sie die Spinne vorübergehend in die Badewanne. Da könne sie nicht entkommen. Und danach gehe es sofort wieder zurück ins Gefängnis.

Sie bedauere, dass ich einen solchen Schreck bekommen hätte. Und sie werde die Spinne weggeben. Ich müsse sie nie wiedersehen.

Tatsächlich verschwand die Spinne. Ich hatte keine Ahnung, wohin. Ich wollte es nicht wissen.

Ich verdrängte sie und ihren Anblick, ebenso wie ich versuchte, die beiden Morde zu verdrängen. Es wurde Zeit, dass ich ins Leben zurückkehrte und mir überlegte, was ich mit meinem vermutlich untreuen Mann machen sollte. Was hätten meine Oma und meine Mamma gemacht? Ablenken, Swentja!

Ich ging Tennis spielen im Horbachpark. Traf mich mit neugierigen Freundinnen zum Essen in dem neuen italienischen Restaurant in Karlsruhe, wo man alles, was man bestellte, auf einen Chip buchen ließ. War das Bestellte fertig, läutete ein kleines Gerät mit dem Chip. Aus einem geheimnisvollen Grund ballten sich dort die Louis-Vuitton-Täschchen und die Gucci-Schühchen, offenbar galt es als schick, den halben Abend lang wie gebannt auf das Gerät zu starren. Ich mochte sie nicht mehr, diese Freundinnen, aber ich brauchte sie, denn sonst wäre ich allein gewesen.

Ich kaufte mir ein neues Shampoo von Marlies Möller. Und einen Anhänger mit Herz von Thomas Sabo. So etwas sollte man eigentlich geschenkt bekommen, und verdrängt ist nicht vergessen.

Noch eine Nacht lang wälzte ich mich unruhig hin und her. Immer wieder sah ich Spinnenarme auf mich zukommen. Tagsüber war ich müde und kaputt. Erstmals war ich froh, dass Nicolaus heute Abend wiederkommen würde.

Aber vorher musste ich noch mit Janine sprechen.

»Ich möchte dich eigentlich nicht mehr so gerne mit meiner Tochter allein lassen«, sagte Marlies auf meine entsprechende Bitte hin.

»Ich verspreche dir, dass ich sie nicht zu dem Geschehen befragen werde. Ich möchte mich bei ihr … ja, in gewissem Sinne entschuldigen. Nur fünf Minuten, ja?«

»Und warum ohne mich?«

»Weil es mir vielleicht ein bisschen peinlich ist.«

»Also gut. Aber ich bleibe in der Nähe!«

Janine sah mich trotzig an. »Hallo!«

»Janine, ich hatte angenommen, dass du vielleicht einen der Herren, die du da oben gesehen hast, angesprochen hast und – drücken wir es mal vorsichtig aus – gefragt hast, ob sie dich mit dem Taschengeld ein wenig unterstützen. Offenbar war das falsch von mir. Der Kommissar hat dich darauf angesprochen, und das hat deine Mama und dich gekränkt. Der Unfall war doch ein Zufall.«

»War er nicht«, sagte Janine und setzte sich gerade hin. »War er nicht.«

»Und wieso nicht?«

»Weil ich es gemacht habe. Jemanden angerufen. Aber ich sag nicht, wen. Ich wollte mir was kaufen.«

»Wie meinst du das?«

»Ich hab's genau so gemacht. Und jetzt habe ich Angst. Deshalb sag ich's nicht.«

»Janine, du musst es sagen. Der Mann hat noch jemanden umgebracht.«

Janine musterte mich so altklug, wie es Kinder gerne tun. »Swentja, du stellst immer wieder die falsche Frage.«

»Wie meinst du das?«

Janine fing an zu heulen.

Meine Güte. Kinder. Ich weiß, warum ich nur eins gekriegt habe.

»Die Frau. Sie hat sich die Bilder angesehen. Und dann hab ich …«

Sie schüttelte den Kopf mit den blonden Strähnchen. »Ich sag nichts mehr. Lass mich.« Letzteres schrie sie ziemlich laut.

Die Tür zu Janines Jungmädchenzimmer wurde jäh aufgerissen, wie ein Rachedrachen erschien Marlies. »Jetzt heult sie schon wieder. Du hast es doch getan.«

Marlies zitterte vor Wut, und es machte die Sache auch nicht besser, dass sie es in einem ziemlich schönen Pullover tat.

»Sofort gehst du. Mein armes Kind, komm her!«

Marlies nahm ihre Tochter in die Arme. Mir blieb nichts anderes übrig, als zu gehen. Gegen den Schutz einer Mutter kam eine Außenstehende nicht an.

Draußen auf dem Kies der Einfahrt fiel es mir wie Schuppen von den Augen.

Die Frau! Die Frau? Angelika! Sie hatte gesagt, die Bilder von Friederike seien so schön gewesen. Aber von Horst wusste ich, dass sie diese Bilder an jenem Abend das erste Mal aufgehängt hatte. Das bedeutete, Angelika Lodemann hatte Friederikes Gemälde nur im ersten Stock im Hause der Schmieds und nur an jenem Abend sehen können.

Also war auch sie dort oben gewesen.

»Du stellst die falschen Fragen!«, hatte Janine geheult.

Ich hatte nur nach Männern gefragt. Frauen hatte ich vergessen. Frauen wie Angelika Lodemann, die ihre Brut verteidigten, wie es Mütter seit Urzeiten tun. Nur dass nicht alle Mütter morden.

***

Denk nach, hatte Elena gesagt. Überleg dir, was hat die kleine Friseurin in dem ersten Gespräch mit dir alles erzählt?

Mir fiel nichts mehr ein. Draußen herrschte erstmals schlechteres Wetter. Es wurde kühler. Der Herbst war nicht mehr aufzuhalten.

Und wieder suchte ich den tröstlichen Wellnesstempel im Hotel Albkönig auf. Es war Mittagszeit. Die Schwimmlandschaft war leer. Ich sah auch keine Angestellten. Um diese Zeit nahmen sie wahrscheinlich jene Pause, die sie sich nachmittags und abends kaum gönnen konnten.

Mir war es recht, denn ich mochte es nicht, wenn ständig dienstbare Geister um mich herumschwirrten. Dann fühlte ich mich beobachtet und unfrei. »Brauchen Sie etwas?« »Nein danke!« »Bitte sehr!«

Nie könnte ich einen Job ausüben, bei dem man sich bedanken muss, wenn man nicht gebraucht wird. Luxusmieze Swentja. Und wenn du keinen Ehemann hättest, dessen Bankkonto ein Bollwerk ist zwischen dir und der Realität?

Ich streckte mich auf meiner Liege aus. Nahm einen Schluck von dem Champagner, der am Eingang auf einem kleinen Tischchen bereitstand. Solch eine Geste konnten sich nur Hotels leisten, die so teuer sind, dass die Leute, die dort logierten, es nicht nötig hatten, sich wie die Wölfe auf den Freischampus zu stürzen.

Ich lag also da. Dachte nach.

Angelika Lodemann. Eine Mörderin? Aber warum eigentlich?

Die Lodemanns waren von Anfang an im Zentrum meiner Nachforschungen gewesen, denn sie waren betroffen von dem Bau der Motorradrennstrecke, waren auf der Party gewesen und bildeten so eine Klammer zwischen allem.

Doch was hatten sie mit Friederikes undurchsichtiger Familiengeschichte zu tun? Waren sie etwa Friederikes wirkliche Eltern? War ihnen ein Kind damals in ihrer Familienplanung lästig gewesen?

Es fiel mir wie Schuppen von den Augen: Angelika war sehr jung gewesen, als sie Tibor Lodemann kennenlernte. Ein Zimmermädchen mit einem unehelichen Kind und einer gescheiterten Ballettkarriere. Heute war sie um die Fünfzig. Damals also etwa achtzehn. Ein geschwängertes Zimmermädchen kam damals wie heute nicht gut an. Lodemann hatte Marianne Grüber überredet, das Kind als ihres auszugeben. Jetzt wusste Friederike die Wahrheit und hatte ihn gedrängt, sich zu ihr zu bekennen. Aber das hätte seiner Position in dem kleinen Ort Bad Herrenalb geschadet. Ihm seinen soliden und konservativen Ruf als Präsident des Historischen Eisenbahnvereins gekostet.

Hatte Horst Schmied von diesen Zusammenhängen gewusst? Vielleicht erkannte er die beiden Lodemanns in gewissem Sinne als seine Schwiegereltern an, und er wollte ihnen auch deshalb durch die Schnellstraße helfen? Man müsste recherchieren, wie lange es die Schnellstraßenpläne schon gab.

All das ging mir durch den Kopf, und ich spürte, wie meine Angst wieder zunahm. Diese verdammte Spinne.

Ich glitt ins Wasser. Es war dunkel im Bad. Rot die Wände. Warm das Wasser. Mit kraftvollen Stößen strebte ich in die Mitte. Legte mich auf den Rücken, sah an die Decke. Atmete nicht, um nicht unterzugehen. Toter Mann hatten wir das früher genannt.

Toter Mann. Tote Frau. Arme tote kleine Frau Stolze. Jetzt kamen die Namen und die Erinnerung zurück.

Ja, der alte Meierbeer könnte was erzählen, hatte sie gesagt. Er war Hausmeister am Theater gewesen. Hausmeister. Am Theater. Kürzlich hatten sie alle zusammengestanden. Vor Beginn der Vorstellung. Der Buchhändler, die Garderobenfrauen, der Hausmeister und ... der Feuerwehrmann.

Am Telefon hatte die Polizei festgestellt, dass die arme Lieselotte Stolze die Feuerwehr angerufen hatte. Die Feuerwehr? Der Hausmeister. Das Theater. In Gedanken wandelte ich durch die Gänge des Theaters, so wie ich es getan hatte, als ich unsere Schneeflocke besucht hatte. In Gedanken tastete ich die langen Betonwände ab. Schmucklose Wände. Graue Gänge, die man versucht hatte, durch Fotos aufzumöbeln.

Ein Foto. Der fesche Mann von der freiwilligen Feuerwehr in Uniform, der im Theater Dienst getan hatte. Ein ganz entfernt vertrautes Gesicht. Und immer wieder der Anruf der armen kleinen Lieselotte bei der Feuerwehr. Und die Spinne. Die Spinne, die langsam auf mich zukroch.

Die ewig angepasste Friederike, die plötzlich wohlhabend werden wollte, um jemandem zu imponieren. Die seit Neuestem Französisch lernte, obwohl sie kaum je nach Frankreich fuhr. Die krampfhaft versuchte, sportlicher und schlanker zu werden. Die Tanzspiele mit den Kindern veranstaltete und eigentlich viel disziplinierter war, als wir alle gedacht hatten. Die plötzlich annahm, dass sie doch ganz leicht schwanger werden könnte. Das Erbe der Marianne Grüber zählte nicht mehr.

Und das Leckerli, das der Hund im oberen Stockwerk bekommen hatte. Eines von mehreren Leckerlis. Man hatte Angst gehabt, dem Hund würde schlecht. Also hatte es noch mehr Leckerchen gegeben.

Und eine Frau, die nicht Mutter werden durfte. Keinesfalls. Der Satz klang in mir nach: »Wenn sie schwanger wird, ist es vorbei mit der Karriere.«

Und ein Bundesverdienstkreuz, das sie unbedingt haben wollte. Und eine Tochter, die keine Ehre war. Deren Geburt eine verheimlichte Schande gewesen war. Eine Frau, die zwischendurch mal »dick« gewesen war. Wie konnte ich nur mein Kind der Lüge zeihen?

Diese verdammte Tochter, die mit ihrer Gefühlsduseligkeit eine Lebenslüge zerstörte. Marianne Grüber, die verzweifelt ein Kind wollte. Warum denn? Sie hatte doch schon eines.

Nein, sie hatte eben *keines* gehabt. Sie hatte ein eigenes gewollt. Kein untergeschobenes. Ein von ihrem virilen, gut aussehenden Mann gezeugtes und ihr untergeschobenes Kind. »Balletttänzerinnen sind keine Nonnen, was man so hört!«, vernahm ich hohl und weit weg die Stimme meines Mannes.

Eine Hand, weich, fast liebevoll, erfasste meinen Nacken, drückte mich nach unten. Erbarmungslos wie Stahl.

Ich strampelte. Kämpfte. Um mein Leben. Die Luft ging mir aus. Wurde knapp und knapper. Meine Lungen schmerzten, aber mein Kopf wurde leicht. Ganz leicht. Verzerrt durch das Wasser sah ich ihr seit vielen Jahren vertrautes Gesicht, das mich nun in den Tod begleiten würde.

Elena.

***

»Selbstverständlich haben wir Ihre Hinweise ernster genommen, als Sie dachten. Aber wir haben einfach abgewartet. Das war doch in Ihrem Sinne, nicht wahr?«

»Wie …?«

Ich lag im Krankenhaus, obwohl ich mich gar nicht krank fühlte. Nur komisch. Vor allem, weil sie mir ein Hemd von abstoßendem Schnitt und mieser Qualität angezogen hatten. Es war hellgrün. Eine Farbe, die nicht auf meiner Farbkarte stand! Das würde juristische Folgen haben. Auch Patienten hatten Anspruch auf modische Würde.

Hagen saß an meinem Bett. Er hingegen sah gut aus. Ein Hemd in Grau. Die Farbe passte zu seinen verdammten grauen Augen.

»In letzter Sekunde. Marlies Rubenhöfer hat uns angerufen. Janine war vollkommen durcheinander und hat nun doch alles erzählt. Sie hatte Elena Gontard tatsächlich beobachtet. Elena war die Letzte, die im ersten Stock war. Ob auf der Toilette oder nicht. Es war gegen Ende der Party. Das Kind war schon etwas schläfrig. Da Frau Gontard aber – und das war ihr Fehler – dem Hund unten ein Leckerli gegeben hatte, ist das Vieh aufgestanden und ihr nachgelaufen. Er hat sich an die Wohltat erinnert. Wie Hunde eben so sind. Janine, die ermahnt worden war, den Hund nicht unbeaufsichtigt im Haus umherlaufen zu lassen, ist ihm nach einer Weile gefolgt und hat beobachtet, wie Frau Gontard aus Friederikes Zimmer kam, die Schatulle in der Hand. Janine hätte sie normalerweise nicht gesehen, wäre es nicht wegen des Hundes gewesen.«

»Ein Hund!« Ich lachte ungläubig und richtete mich auf, doch mir wurde sofort wieder schwindelig, und ich ließ mich zurück in das Kissen fallen. »Mein Fehler. Ich war betriebsblind und habe nur nach Männern gesucht, die sich an jenem Abend im ersten Stock herumtrieben.«

»Ach ja? Sie suchen nach Männern? Sieh, das Gute liegt so nah.« Hagen nahm ein Tuch, tauchte es in eine Art Wasserschale und wischte mir über die Stirn. Es war eine zärtliche Geste.

Ich überhörte das und murmelte weiter. »Doch zumindest eine weitere Frau war ebenfalls oben. Angelika Lodemann. Sie hat sich die Bilder angesehen. Janine hat sie nicht erwähnt, denn ich hatte sie ja nur nach Männern gefragt. So hat sie mit gutem Gewissen auch Elena unterschlagen und hat sogar darauf geschworen.«

»Ein verständlicher Irrtum. Und so schwer es mir fällt, das zuzugeben, aber Sie hatten recht. Friederike hat ihre wirkliche Mutter aus der Umkleidekabine heraus angerufen und verkündet, sie sei jetzt allein. Das hatten die beiden Frauen so vereinbart. Elena hatte so getan, als plante sie eine Überraschung für sie. Ich helfe dir aussuchen, mein Kind, wird sie versprochen haben. Und dann wird diese arrogante Swentja, die sich für die Königin der Mode hält, staunen. Sag es nur niemandem. Ich komme und helfe dir. Die wird Augen machen. Stattdessen hat sie ihre Tochter erwürgt und ist durch den Hinterausgang verschwunden. Die Frau im Blumenladen hatte ebenfalls recht: Das Kleid war ausgestopft gewesen, aber nur, um die schmale Elena kräftiger erscheinen zu lassen. Es war übrigens ein überzähliges Kostüm aus dem Stück ›Kirschgarten‹ von einem Typ namens Tschechow. Nie gehört!«

»Mein Gott!«, murmelte ich aus mehreren Gründen.

»Sie hat zur Tarnung das Portemonnaie gestohlen, das herausgefallene Geld aber nicht bemerkt oder nicht gewollt. Das Handy musste sie aber unbedingt mitnehmen. Man hätte sonst sofort gesehen, dass Friederike gerade erst mit ihr gesprochen hatte.«

Ich seufzte.

Hagen schüttelte den Kopf. »Das alles liegt jetzt klar vor uns, aber das Motiv ist mir immer noch ein Rätsel.«

»Friederike«, sagte ich langsam, »hatte recht, als sie eine Fremdheit gegenüber ihren Eltern spürte. Doch es war die falsche Mutter, nicht der falsche Vater. Sie wollte dieses Gefühl nicht zulassen, deshalb war sie auch in Behandlung und litt unter diversen Ängsten. Ihr Vater war ein gut aussehender, vielleicht ein wenig gewöhnlicher Casanovatyp. Er war bei der freiwilligen Feuerwehr im Theater beschäftigt, lernte so die Theaterleute kennen und begann ein Verhältnis mit der damals noch ziemlich jungen Elena, die auch nichts anbrennen ließ. Sogar mein Mann hat eine derartige Andeutung gemacht. Und ich vermute, noch mehr von den Herren, die ich aufgesucht habe, wussten davon.« Ich erinnerte mich an manches Grinsen. »Dann wurde sie schwanger. Ein Kind kam für sie nicht in Frage. Es hätte bekanntlich ihre Karriere zerstört. Und die war für sie einfach alles. Man arrangierte eine Scheinschwangerschaft von Marianne Grüber, die anscheinend keine Kinder haben konnte, und diese tat so, als hätte sie ein Kind bekommen.«

Hagen hörte mir aufmerksam zu, und ich genoss es.

»In Wahrheit war es Elenas Kind. Auch das ließ sich gut kaschieren, denn sie hielt sich ja häufig auf im Ausland, um Tänzer zu engagieren und Fortbildungen zu besuchen. Oder als Gastchoreografin. Meine eigene Tochter hatte mir den Hinweis gegeben: Vor Jahren war Elena bei einem ihrer Auslandsaufenthalte in Paris gesehen worden und wirkte damals dicker. Doch alles klappte ganz gut. Friederike wuchs bei den Grübers auf, geliebt vom eigenen Vater, für den die Affäre mit der berühmten Choreografin sicher ein Höhepunkt im Leben war. Schließlich«, und das sagte ich jetzt mit Bedacht, »klaffte ein gesellschaftlicher Unterschied zwischen den beiden.«

Hagen lachte spöttisch. »Auch da!«, sagte er. Ich musterte ihn erstaunt. Hatte dieser Mann denn keine Minderwertigkeitskomplexe? Schließlich hatte ich die Lösung des Falles gefunden, nicht er.

»Deshalb nannte er sie auch immer ›meine Prinzessin‹. Sie war das Ergebnis der Liebe zu einer Frau, die weit über ihm stand und von allen bewundert wurde. Also alles lief glatt, bis Friederikes Mama starb, sich nicht mehr an die Abmachungen hielt und ihrer Tochter die Unterlagen posthum zur Verfügung stellte. Jetzt wusste Friederike, dass ihr Vater tatsächlich ihr leiblicher Vater und ihre Mutter eine bewunderte Berühmtheit war. Von da an hat sie versucht, Elena zu imponieren. Das geschah alles in den sechs Wochen vor ihrer Ermordung. Sie hat begonnen, Französisch zu lernen, um sich mit Elenas Familie in Frankreich unterhalten zu können. Durch ihr Engagement für die Motorradrennstrecke wollte sie den Wert ihrer Wohnungen in Bad Herrenalb erhöhen und zur wohlhabenden, selbstständigen Frau werden. Doch Elena, ihre Mutter, blieb distanziert. Friederike war nun mal kein Ruhmesblatt in ihrem Leben, sondern eine Gefahr für ihren Ruf.«

Kopfschütteln.

»Dabei war Friederike ihr im Grunde ähnlicher, als sie dachte. Sie war ebenso konsequent wie Elena. Tanzte gerne, beurteilte die Kinder in der Schule nach ihrem Körpergefühl und interessierte sich fürs Theater. Nein. Elena hat ihre Tochter nicht erkannt. Sie hat sie nicht mit den Augen der Liebe gesehen.«

»Keine Liebe. Die Arme!«, sagte Hagen mit überraschender Wärme und ließ offen, wen er meinte. Die, die nicht geliebt wurde, oder die, die nicht lieben konnte. Nicht wahr, Swentja?

»Doch das nützte ihr nichts. Elena wollte die unschöne und

plumpe Tochter loswerden. Sie war eine Schande und eine Sünde. Sie hätte sie ihren Ruf gekostet und vielleicht sogar die Verleihung des Bundesverdienstkreuzes gefährdet. Daher musste sie sterben.«

»Mein Gott. Das eigene Kind getötet!«

»Sie hatte es schon vorher getan!«, sagte ich leise. »Als sie sie weggab und verleugnete und als sie sie für die Karriere opferte, hat sie ihre Tochter umgebracht.«

Epilog

Nach ein paar Tagen wurde ich aus dem Krankenhaus entlassen. Mein Mann hatte keine Zeit gehabt, mich abzuholen. »Sitzung, sorry. Bestell dir ein Taxi!«, sagte er. »Und ruf unsere Perle an, wenn du etwas brauchst. Ich komme nicht zu spät heute Abend.«

Ich bestellte das Taxi, doch ich konnte den Fahrer wieder wegschicken. Hagen wartete auf mich. Fast ein wenig verlegen.

»Wie geht es Ihnen?«, fragte er.

»Gut. Ich bin wie neu!«

»Darf ich Sie trotzdem nach Hause bringen?«

Schweigend fuhren wir von Karlsruhe nach Ettlingen auf die grünen Hügel des Albtals zu.

Vor unserem Haus hielt er an. Die Reifen knirschten. Bei den Nachbarn bewegten sich sacht die Vorhänge.

»Kommen Sie mit herein?«, fragte ich. »Ich bin alleine.«

Er beugte sich vor, und seine Wange streifte meine. Sein Mund glitt über mein Kinn, fand meinen Mund, küsste mich erst zart, dann mit Verlangen. Er vergrub seine Hände in meinem Haar. Ließ mich los.

»Nicht so«, sagte er rau. »Ganz oder gar nicht, Swentja!«

Ich stieg aus und sah ihn davonfahren.